国家社科基金重大项目"《文心雕龙》汇释及百年'龙学'研究"
（批准号：17ZDA253）特辑

戚良德

/

主编

中國文论

［第十一辑］

山东人民出版社·济南
国家一级出版社 全国百佳图书出版单位

图书在版编目（CIP）数据

中国文论.第十一辑/戚良德主编.—济南：山东
人民出版社，2023.8
ISBN 978－7－209－14856－6

Ⅰ.①中… Ⅱ.①戚… Ⅲ.①中国文学—文学
理论—研究 Ⅳ.①I206

中国国家版本馆CIP数据核字(2023)第201444号

中国文论（第十一辑）
ZHONGGUO WENLUN (DISHIYIJI)

戚良德 主编

主管单位 山东出版传媒股份有限公司
出版发行 山东人民出版社
出 版 人 胡长青
社 址 济南市市中区舜耕路517号
邮 编 250003
电 话 总编室 (0531) 82098914
市场部 (0531) 82098027
网 址 http://www.sd-book.com.cn
印 装 山东华立印务有限公司
经 销 新华书店

规 格 16开 (169mm×239mm)
印 张 18.25
字 数 300千字
版 次 2023年8月第1版
印 次 2023年8月第1次
ISBN 978-7-209-14856-6
定 价 38.00元
如有印装质量问题，请与出版社总编室联系调换。

《中国文论》编辑委员会

目 录
CONTENTS

文心雕龙

1　论海峡两岸"龙学"的学术背景与指导思想　　　　　　　李 平

33　论闺秀诗话的发展流变　　　　　　　　　　　　　　　张丽华

文之枢纽

70　如何理解《文心雕龙》的"征圣""宗经"思想

　　　——论牟世金有关论述的重大贡献，兼评魏伯河

　　　　　对"枢纽"五篇的点评　　　　　　　　　　　韩湖初

86　人性、人情概念与孟、荀文论之辨　　　　　　　　　　王子珺

论文叙笔

100　铭、箴"《礼》总其端"与"生于《春秋》"之辨　　　　朱芝蓓

114　论魏文帝诏书之"辞义多伟"与"作威作福"　　　　　任晓依

剖情析采

127　庄子绝妙哲思引领文学创造的历史印记

　　　——从诗词回归园田的叙写到小说戏曲梦幻神游之成文　涂光社

145　刘勰《文心雕龙》中的"风骨"论　　　　　　　　　　钟灿辉

知音君子

159　鉴赏论

　　　——中国古典诗歌创作论之五　　　　　　　　　　　鲍思陶

学科纵横

202 "文心雕龙学"发微   朱文民

240 当代"龙学"的不懈探索
　　　——2020—2021年"龙学"论文概览   陈沁云

文场笔苑

270 王昭君与和亲文化   石　羽

280 精神不灭百代扬
　　　——祝贺《牟世金文集》出版   徐传武

285 稿　约

论海峡两岸"龙学"的学术背景与指导思想

李 平

摘 要： 海峡两岸人民同祖同宗，海峡两岸文化同根同源，《文心雕龙》作为海峡两岸共同的民族文化遗产，成为两岸学者共同关注、研究的对象，以致两岸"龙学"都处于兴盛发达的显学状态。然而，二十世纪下半叶，由于学术环境、社会制度和意识形态等方面的差异，两岸"龙学"同中有异，除了一些共同的特点和规律外，在不同的社会背景的影响下，形成了各自的学术指导思想。具体而言，台湾地区的"龙学"以保守主义思潮为主导，高举复兴传统文化的大旗，在指导思想方面具有强烈的"尊经重史"意识；同时也受到自由主义思潮的浸染，具有一定的西化色彩。大陆的"龙学"则以马克思主义为指导思想，以古为今用为研究目的，带有鲜明的意识形态色彩和学术传统的断裂痕迹；粉碎"四人帮"后，大陆"龙学"进入飞速发展、高度繁荣的时期，出现了多元化的研究格局。当然，两岸"龙学"在宗旨目的与指导思想上，也并非绝对的水火不容、势不两立。相反，倒是不乏相似相近、共通互补之处，这也印证了两岸"龙学"是一个整体的显学。

关键词： 海峡两岸；龙学；学术背景；指导思想

海峡两岸学者同祖同宗，作为统一的中华民族的成员，只是分别聚居在两岸不同的地域空间，其文化背景、心理素养与思维方式，都有许多共同之处；海峡两岸"龙学"同根同源，一脉相承，且都处于兴盛发达的显学状态，在发展历程上，又呈现出互补的发展态势。因此，由两岸学者共同开创的"龙学"事业，在研究的宗旨目的和思想内容方面，也必然有着很多相同相似之处。然而，1949 年后，国民党当局逃往台湾，两岸长期处于隔绝的状态。两岸"龙学"同中有异，除了一些共同的特点和规律外，在不同的学术背景影响下，形成了各自的指导思想。

"近代以来，中国知识分子在面对西方文化的强力挑战之际，逐渐产生一股强烈的危机感，并且体认到中国现代化之迫切需要。五四新文化运动提出了'民主'与'科学'两句口号，代表当时中国知识分子所理解的'现代化'之基本内涵。自此而后，中国知识界逐渐形成三大思想主流鼎足而立的局面，这三大主流是共产主义、保守主义和自由主义。此处所说的'保守主义'并非指康有为、陈焕章之流的孔教派，而是指由梁漱溟、熊十力开其端，经张君劢、贺麟、钱穆诸人之阐扬，于大陆易帜后复经唐君毅、牟宗三、徐复观诸人之努力而大行于台、港及海外的思想方向。一九四九年六月徐复观先生得到国民党的资助，在香港创办了《民主评论》半月刊。他结合钱穆、唐君毅、牟宗三、张丕介诸人之力，使这份刊物成为保守主义之代表刊物。近年来，海内外的学术界往往以'现代新儒家'或'当代新儒家'称呼这个思想方向。中国自由主义则于'九一八'事变之后逐渐形成以胡适为首的论政团体，其代表刊物为《独立评论》……一九四九年十一月，雷震、傅孟真等人奉当时尚在美国任大使的胡适为发行人而创办了《自由中国》半月刊，以后这份刊物便成了自由主义之代表刊物。殷海光先生从一开始便担任这份刊物的编辑，并且在其中发表文章，鼓吹自由主义思想。"①

共产主义、保守主义和自由主义三大思想主流鼎足而立，这就是二十世纪下半叶海峡两岸文化教育和学术研究活动的思想背景。具体而言，大陆的文化学术活动都是在马克思主义思想指导下进行的，而台湾的文化学术活动则受保守主义或自由主义思潮的影响和制约。

一、台湾"龙学"的背景与指导思想

台湾"龙学"是在日本殖民统治时代结束，国民政府从大陆退至岛内的背景下诞生的；其兴起与发展，也是为了配合"台湾当局"摆脱日本殖

---

① 李明辉：《徐复观与殷海光》，殷夏君璐等著，贺照田编选：《殷海光学记》，上海：上海三联书店 2004 年版，第 325—326 页。

民统治时期的"皇民化"影响，推行国语，倡导国学，"复兴中华文化"的社会改革运动。在这样的背景下，台湾的"龙学"研究以保守主义思潮为主导，高举复兴传统文化的大旗，在指导思想方面具有强烈的"尊经重史"意识。同时，台湾的"龙学"也受到自由主义思潮的浸染，具有一定西化色彩。

1. 政治背景

1895—1945 年，日本侵占台湾，使其与大陆母体割裂，这五十年为日本殖民统治时期。日本殖民统治初期，台湾人民不断进行大小武装反抗斗争，所谓"三年一小反，五年一大反"。在台湾人民的武装斗争被镇压下去以后，日本殖民统治时期进入非武装斗争阶段，开始了殖民地式的对外开放。为了更加有效地统治台湾，日本侵略者除了政治控制、军事占领、经济压榨以外，还强制推行皇民化政策，就是要以日本文化取代中国文化。"而从台湾角度看，它拥有强大的中华民族文化传统，对外来文化决不会囫囵吞枣，全盘接受，必然引起两种文化的融合和冲击，作为中华民族文化组成部分的台湾文化，非但未被外来文化取代，反而在融合和冲击中变得更加强大，这是日本侵略者始所不曾料及的。"[①] 台湾现代文学就是在"两种文化的融合和冲击"中诞生的，前辈作家以文学为武器，在日本殖民统治时代创作了大量的反帝、反封建的民族抵抗文学作品。

1949 年前，台湾没有专门研究《文心雕龙》的学者，更没有所谓"龙学"。台湾著名"龙学"家王更生说："台湾以往在日本皇民化的教育制度下，有心人士虽然想挣脱殖民地的枷锁，对我大汉民族的传统力图维护，但在救亡图存之唯恐不暇，于学术研究更是侈谈。"在日本统治了五十年以后，国民党1949 年入台，大力推行国语。"语言是沟通情感的桥梁，语言不通，其他一切等于空谈。在这种特殊的政治背景下，'《文心雕龙》学'于台湾原有的文献中，还很少看到这一类的论文。所以现在来谈'《文心雕龙》学'的成长过程，必定要从三十八年（1949）作开始的上限，即令是这样，如果容我们回顾当时台湾的学术研究环境，真可说是满目疮痍，不堪回首！"[②] 台湾"龙学"的兴起，得益于从大陆迁台的一批学者，如张立

① 王剑丛、汪景寿、杨正犁、蒋朗朗编著：《台湾香港文学研究述论》，天津：天津教育出版社1991 年版，第82 页。

② 王更生：《文心雕龙新论》，台北：文史哲出版社1991 年版，第284 页。

斋、潘重规、高明、李曰刚、王叔岷、华仲麐、徐复观、廖蔚卿等，尤其是从大陆迁台的一批黄侃门人，他们沿袭了民国时期的学术作风和思维路向。"台湾《文心雕龙》研究始于'政府'播迁来台时，当时来自大陆的学者有一批是黄侃门生及再传弟子，如潘师重规、高师明、李师曰刚、华师仲麐、李中成等，重视发扬黄氏之学，特别是黄侃《文心雕龙札记》开启现代《文心雕龙》研究之门，故台湾《文心雕龙》研究直承于此。"①

由于长期的日本殖民统治的影响，台湾地区的语言、教育、文化等方面都有着浓郁的日化色彩。为了尽快摆脱日本皇民化教育的阴影，台湾当局强调以国文教育为基础，主张"复兴中华文化"，发展并改革教育制度。1956年，张其昀负责教育，大力提倡国学，推进高等教育改革。因懔于中国学术文化之式微，大专学校国文师资之缺乏，遂令台湾师范学院改为大学，并在校内创立台湾地区首个国文研究所，建立博士制度，提高学术水准，促进学术独立，培养教育人才。于是，一批国学素养深厚的迁台学者，受到当局的赏识和重用。如张立斋抵台不久即被委以重任，对文化、国学重整与文教建设事业等发表意见。张氏也是孕育台湾"龙学"的前辈人物，不仅最早于"政治大学"开设《文心雕龙》课程，而且最早在台湾从事《文心雕龙》校注工作，其《文心雕龙注订》为台湾"龙学"界最早的一部学术专著。

台湾当局强力推行国文教育，极力主张"复兴中华文化"，一方面是为了尽快消除日本殖民统治时代留下的影响，另一方面也有对历史过失的反思和现实的考量。诚如台湾清华大学中文系教授吕正惠所说："……他们以最保守的态度来维护中国文化。用'五四派'学者的话来说，国民党大力提倡的是中国的'封建文化'，并且不断宣传'尧、舜、禹、汤、文、武、周公、孔、孟、程、朱'的道统，最后接上孙中山和蒋介石。这样，各级学校的国文课和大学的中文系就成为他们看守得最严密的阵地。在一般人眼中，国文课和大学中文系也就成为很少人有兴趣的'古董'，是装饰用的，和现实生活没有多大关系。"② 这就指明了台湾当局文化教育政策的政治背景。

① 刘渼：《台湾近五十年来"〈文心雕龙〉学"研究》，台北：万卷楼图书有限公司2001年版，第21页。

② 吕正惠：《抒情传统与政治现实》，武汉：华中师范大学出版社2011年版，第2页。

同时，二十世纪下半叶，台湾文化界除了受保守主义的影响外，还明显受到自由主义思潮的制约，基本上有两股力量相互激荡。吕正惠接着说："跟官方的意识形态相反，在文化圈中更有影响力的是西方的自由主义思想。胡适虽然在一九六二年就去世，但他在台湾的信徒还是不少，而年轻的、更具反叛性的一代，由于对国民党严密钳制思想的不满，又进一步把胡适的思想激进化。二十世纪六十年代的文化'英雄'是李敖，他毫不妥协地提出'全盘西化论'。他的名言是，学习西方文化不能挑着要，不能只要好的、不要坏的，我们要西方的民主、科学，同时也就要西方的梅毒（大意如此）。跟着西化论一起盛行于台湾文化界的，是西方的现代主义思想和文学，这种思想和文学，被视为世界上'最现代、最进步的'潮流。在我就读于台湾大学中文系期间（1967—1971 年），凡是被认为最优秀的文学院学生，没有人不谈逻辑实证论、存在主义和现代诗的，这些都是西方先进文化的代表。"① 在自由主义思潮的影响下，西方的文学理论、文学传统和研究方法，如雨后春笋般涌进台岛，给台湾地区的文学研究及"龙学"留下了深深的印记。

2. 指导思想

台湾"龙学"的指导思想，可以"尊经重史"来概括。这一指导思想，实际是在保守主义思潮影响下，通过"复兴中华文化"运动而呈现出来的。作为大陆来台的第一代学术宗师，高明（仲华）承章黄学派之余绪，得乾嘉学脉之正传，学术渊源有自，成果气象万千，于台湾学界开枝散叶，培育桢干，精研国学，弘扬文化，成为台湾现代学术教育的重要推手。

高明认为，抗战胜利后台湾虽然回到祖国怀抱，但日本统治台湾五十年，中国语文已被摧残殆尽，民族精神亟待传播发扬。于是，他不仅自己终身致力于中国文化的研究，还亲自为初高中及大专院校编撰《国文》教材，借以奠定台湾同胞接受祖国文化的基础。在他看来，中华文化之永恒价值约有四端：一曰中华文化生命之悠久，举世无匹也；二曰中华文化气象之宏阔，举世无匹也；三曰中华文化内容之丰富，举世无匹也；四曰中华文化精神之高卓，举世无匹也。② 他对自由主义西化派给台湾学术造成的影响甚为不满，谓今之言学术者，大率则效西洋，分科务求其细密，研理

① 吕正惠:《抒情传统与政治现实》,第 2 页。
② 高明:《中华文化问题之探索》,台北:正中书局 1987 年版,第 6—18 页。

但贵乎专精；其所成就，多专家，而少通儒；于中国学术文化之大本、大源、大体、大用，多忽而不言，中国之学术文化亦几于亡矣！①

有鉴于此，在复兴传统文化学术上，高明以承前启后为己任，尽其所能，苦心擘画，创建系所；竭其所知，弘扬文化，教导诸生。至于如何开展中国文学研究，他说："讲到中国文学的研究法，实在是千头万绪，现在我姑且归纳成十二种方法来讲。"在他归纳的十二种方法中，第一是"治经子以溯其渊源"，第二是"研史地以索其背景"，表现出强烈的"尊经重史"意识。尊"经"自然包括"子"，因为圣贤经子通常并言，即刘勰所谓"圣贤并世，经子异流"（《文心雕龙·诸子》）。重"史"必然涵盖"地"，因为"史"是时间，"地"是空间，时空一体，故古代讲地理的著述大多附于史书中。

具体而言，"我们研究中国文学一定要知道中国文学的渊源……先秦时代的群经和诸子，影响我们中国民族的思想生活，则有三千年之久，后来的文学作品都是由这些书中演变出来的。章学诚在《文史通义·诗教》篇里说：'后世文章皆源于六艺，而多出于诗教。'六艺就是易、书、诗、礼、乐、春秋六经，是后来各种纯文学、杂文学的渊源所在，尤其《诗经》更是中国文学的始祖，中国历史上伟大的文学家没有一个不受这些书的影响的。至于先秦诸子，后代散文家常常奉为圭臬；如孟子、荀子、庄子、韩非子等等，唐宋以来的古文作家对他们备至推崇，受他们的影响极大。所以，研究中国文学的，没有研究过群经诸子，便也是'数典忘祖'，不能算是懂得中国文学"。如果说经子关乎文学的渊源，那么史地则展示文学的背景。"文学不能离社会而存在。研究任何一位文学作家的作品，如果不知那作家，那作品的社会背景，便不能真正了解那作家和那作品。历史是告诉我们各个时代的社会背景的，地理是告诉我们各个区域的社会背景的。研究中国文学的人，如果没有研究过中国的历史和地理，对各时代、各区域的作家所以产生各种各色作品的缘由，便不能了解。屈原为什么会产生像《离骚》那样的不朽的作品？我们只有研究战国的历史和楚国的地理，才能得到解答……'文''史'在中国一向是联系在一起的。中国文学的基础奠立在魏晋以前，所以《史记》《汉书》《后汉书》《三国志》这四部记载魏晋以前史事的史书尤其重要，何况这四部史书本身又具有高度的文学价

---

① 参见黄庆萱:《故国文系高明教授学述》,《师大校友》2006 年第 330 期。

值，影响后世的文学家极大呢？再说，文学作品里往往有援古证今的（刘彦和《文心雕龙》的《事类》篇即论此），中国历代的文学家在'据事以类义，援古以证今'的时候，多喜引用魏晋以前的事，所以，读过四史，对研究中国文学实在有不少的方便。"①

作为第一代"渡海传灯人"，高明提出的"尊经重史"的文学研究法，在其弟子王更生那里具体化为《文心雕龙》研究的指导思想。王更生是由大陆来台而在台接受高等教育的次生代学人，1963 年他于台师大夜间部国文系毕业，1966 年在高明指导下完成硕士论文《晏子春秋研究》，1972 年又在高明、林尹两位教授指导下完成博士论文《籀庼学记——孙诒让先生之生平及其学术》。博士毕业后，他接替李曰刚教授在台师大讲授《文心雕龙》，并将毕生心血奉献给"龙学"事业，成为台湾"龙学"研究的中坚人物②。王氏致力"龙学"研究的一个重要目的就是要发展民族文学，在他看来，《文心雕龙》"不仅是中国古典文论的渊薮，更为建立现代民族文学的张本"。因此呼吁"以我们锲而不舍的精神，共同拓展'文心雕龙学'的未来，使我们的民族文学，在正统文学理论的熏染下，开放傲视全球的奇葩"！其"尊经重史"的"龙学"指导思想，就是在复兴传统文化的基础上形成的。他说：

> 我们发现刘勰在写作《文心雕龙》的时候，有两个相辅相成的方法。这两个方法就像我们身体上的血脉经络，是有条不紊的。这两大脉络，一是"经学思想"，一是"史学识见"。且经学思想是点，史学识见是线，连点成线，串连出基本架构。常人只知道他有《宗经》《史传》二篇，殊不知在《文心雕龙》全书里，"经学思想"和"史学识见"汇成两道纵横交织的主流。"宗经"是刘勰思想的主导，"史

---

① 高明：《高明文学论丛》，台北：黎明文化事业股份有限公司 1983 年版，第 81—82 页。

② 其弟子刘渼曾说："王师对龙学的贡献是全方位的，在论著上有五十多篇论文、十余本专著，居全台之冠。在学术交流上，领导召开'《文心雕龙》国际学术研讨会'，促进世界龙学交流。早年大陆学者牟世金在《台湾〈文心雕龙〉研究鸟瞰》称许'师心自见'是'王更生做学问的一大特色，也是台湾龙学家中最可宝贵之处'，并赞誉他是'台湾龙学界的重要人物'，'他在承上启下，推动台湾《文心雕龙》研究的发展上，是起了较大作用的'。《文心雕龙学综览》也言王师对龙学的突出贡献有六大方面：开创新境、推广龙学研究风气、促进国际间龙学学术交流、重视《文心》在国文教育上的应用、注重民族特色、培养专门研究人才。如此高的评价出自彼岸，足见王师治学与教学的用心，成就非凡，贡献厥伟，早已扬名国际。"（《台湾近五十年来"〈文心雕龙〉学"研究》，第 46—47 页。）

学"是刘勰运笔的金针。①

王氏所谓《文心雕龙》的两个相辅相成的方法——"经学思想"和"史学识见"，其实正是他本着"尊经重史"的指导思想，对《文心雕龙》一书的性质特点和理论体系进行探讨的结论。"经学思想"和"史学识见"是中华传统文化两个最重要的标签。先秦诸子百家中，儒家是较早在政治、道德、历史等方面，提出自己理论主张的一个重要学派；儒家思想形成后，很快被统治阶级承认并利用，上升为官方意识形态，在社会上占据统治地位，成为传统文化的主干，对几千年的封建文化产生了深远的影响；而儒家思想又是通过经学的形式具体传播的，尊经就是宗儒。梁启超在《中国历史研究法》一书中说："中国于各种学问中，惟史学为最发达；史学在世界各国中，唯中国为最发达。"② 中华民族具有深厚的历史意识，中国古代史官文化特别发达，历史记载绵延不绝，有着丰富的历史典籍和完备的修史制度，形成了一套优良的史学传统，史学的高度发达成为中国传统文化的重要特征。

"尊经重史"的指导思想不仅深契传统文化的本质与特点，而且也符合刘勰的思想与精神。关于刘勰的思想倾向，范文澜说是"严格保持儒学的立场"③。儒家思想主导说是符合《文心雕龙》实际的，王元化曾说，在《文心雕龙》的主导思想上，"我个人是同意《范注》儒家古文学派之说的（详《文心雕龙创作论》上篇）……我觉得要否定《文心雕龙》在思想体系上属儒家之说，不能置原道、征圣、宗经的观点于不顾，不能置《宗经篇》谓儒家为'恒久之至道，不刊之鸿教'的最高赞词于不顾，不能置《序志》篇作者本人所述撰《文心雕龙》的命意于不顾……"④ 同时，《文心雕龙》又是一部具有深厚历史感的文论著作，全书充满了"原始要终"的史学意识。《史传》强调："载籍之作也，必贯乎百氏，被之千载；表征盛衰，殷鉴兴废。"除《史传》论述"原始要终"的史学意义外，在其他篇目里刘勰还进一步总结了它在文学上的意义：《章句》"原始要终，体必鳞次"；《附会》"原始要终，疏条布叶"；《时序》"原始以要终，虽百世

---

① 王更生：《重修增订文心雕龙导读》，台北：华正书局1988年版，第2、3、59页。
② 梁启超：《饮冰室合集》（第十册），北京：中华书局1989年版，第9页。
③ 范文澜：《中国通史简编　第二编》（修订本），北京：人民文学出版社1965年版，第418—419页。
④ 王元化：《日本研究文心雕龙论文集·序》，王元化选编：《日本研究文心雕龙论文集》，济南：齐鲁书社1983年版，第6页。

可知也"。《序志》更是直接提出了"原始以表末"的写作要求。

王氏在师辈的指导与影响下，形成了"尊经重史"的指导思想和为民族文学张本的研究宗旨，并以此贯穿其"龙学"研究的始终。①《文心雕龙研究》（1976 年初版）是其成名作和代表作，作者以此书顺遂升等为教授。这本书就是他以"尊经重史"为指导思想完成的第一部"龙学"专著，全书的内容架构清楚地表明了这一点：

第一章　绪论
第二章　梁刘彦和先生年谱
第三章　《文心雕龙》史志著录得失平议
第四章　《文心雕龙》版本考略
第五章　《文心雕龙》之美学
第六章　《文心雕龙》之经学
第七章　《文心雕龙》之史学
第八章　《文心雕龙》之子学
第九章　《文心雕龙》文体论
第十章　《文心雕龙》风格论
第十一章　《文心雕龙》风骨论
第十二章　《文心雕龙》声律论
第十三章　《文心雕龙》批评论
第十四章　《文心雕龙》在中国文学史上之地位

按照作者的意图，第一章为绪论，第五至十三章为本论，第二、三、四及十四章为附论。本论九章是全书的核心，其中后五章分论文体论、批评论及创作论中的风格、风骨和声律三题，分纲别目，颇失统序。作者本人也意识到这一问题："《文心雕龙》陶冶万汇，组织千秋，由于笔者受到自己才、学、识、意的局限，所以本书挂漏之处尚多。诸如《文心雕龙》创作论的运思与养气问题、内容形式配合问题、镕意裁辞问题、文隐言秀

---

① 王更生说："笔者幸生于社会安定、学术昌明的时代，回想同好先进对《文心雕龙》整理与发皇的卓越成就，以及林师景伊、高师仲华平时的指导与鼓励，使我得根据他们的成说，以推究未竟之绪业。"（《重修增订文心雕龙研究·例略》，台北：文史哲出版社 1979 年版，第 15 页。）

问题，均应设篇研究；而本书却将其散置于《风格》《风骨》《声律》三论之下，未能彰显其各自独特的精神。"① 相反，本论前四章分论《文心雕龙》美学、经学、史学、子学，不仅极有伦序章法，而且深契文化传统，实为"尊经重史"的指导思想使然。这也构成了其书的优长之处和最大特色，诚如牟世金所评："此书虽失之东隅，也还是有它的独到之处，这就是对《文心雕龙》美学、经学、史学、子学的研究。这方面的研究虽不完全是对其文学理论的研究，也是为深入理解刘勰文学思想所必需的。本书把较大的篇幅用在这方面，正以此而形成其书的主要特点。这就不仅独步当时，至今仍无出其右者。所以，此亦可谓收之桑榆矣。""王书的特色是和著者对此书的性质的认识密切联系着的。著者着意从经学、史学、子学方面来研究，已透露出他对此书性质的倾向了。"②

王氏从中华文化经史子集的传统出发，认为《文心雕龙》是"文评中的子书，子书中的文评"，强调这一性质最能显示刘勰的全部人格和《文心雕龙》的内容趣旨。这样的认识又是与其"龙学"研究的宗旨与目的相一致的："在我们全力推动复兴中华文化，建立民族文学的今天，研究刘彦和在文学上的基本思想，作为我们温故知新的张本，不但是有必要，而且是迫切的。"③ 而"《文心雕龙》之经学"就是用来考镜其主导思想的，因为在王氏看来："刘勰既感于孔子垂梦而著《文心》，所以就从'文章乃经典枝条'出发，详究文章的根源，以为一切文章莫不由经典中来，所以他也就根据这个基准，论思想、论文体、论创作、论鉴赏，举凡关系文学之事，无不以经典为宗本。"④ 再从"《文心雕龙》之史学"来看，王氏所着眼的也不是刘勰的文学史论，而是从纯史学的角度，阐述刘勰的史学思想和《文心雕龙》的史学价值。他说："然而人恒知《文心雕龙》为文论的名著，竟忽视了他在文论中的史学方面的成就。至于荟萃其史学思想的《史传篇》，更是史学界考史、论史空前未有之作，今特钩稽出来，以飨世之好刘氏学者。"⑤ 例如，本章的各节标题：一、史官建置与史学演进；二、阐

---

① 王更生：《重修增订文心雕龙研究》，第15页。
② 牟世金：《台湾文心雕龙研究鸟瞰》，济南：山东大学出版社1985年版，第79页。
③ 王更生：《重修增订文心雕龙研究》，第303页。
④ 王更生：《中国古代文学理论的秘宝——文心雕龙》，台北：黎明文化事业股份有限公司1995年版，第33页。
⑤ 王更生：《重修增订文心雕龙研究》，第263页。

明史著的义例；三、扬榷史书的利病；四、依经附圣的思想；五、史家责任与著述目的；六、学以练事的强调；七、史料的整理与鉴别；八、综论史法四原则；九、结语。可见，其着力阐述的正是《文心雕龙》中所蕴藏的史官文化和史学价值，体现的则是"尊经重史"的指导思想和文化复兴的价值诉求。①

王氏之书出版之际，作者就在例略中谈到了该书内容结构上的不足。因此，在接下来的两年多时间里，作者一直致力于该书的修订完善工作，终于在1979年出版了"重修增订"本。修订后的目录如下：

第一章　绪论（《文心雕龙》的回顾与前瞻）

第二章　梁刘彦和先生年谱

第三章　《文心雕龙》版本考

第四章　《文心雕龙》之美学

第五章　《文心雕龙》之史学

第六章　《文心雕龙》之子学

第七章　《文心雕龙》文原论

第八章　《文心雕龙》文体论

第九章　《文心雕龙》文术论

第十章　《文心雕龙》文评论

第十一章　结论（《文心雕龙》在"中国文学史"上之地位）

作者以为，原第三章《文心雕龙》史志著录得失平议，属于资料的性质，故删去；原第五章《文心雕龙》之美学，改为第四章，保留原题但改写了全部内容；原第六章《文心雕龙》之经学，改为第七章《文心雕龙》文原论；原第十章《文心雕龙》风格论、第十一章《文心雕龙》风骨论、第十二章《文心雕龙》声律论，与前后之文体论、批评论不合，全部删去；增补第九章《文心雕龙》文术论，将原批评论改为文评论。修订本最大的

---

① 王氏强调《文心雕龙》之史学也是渊源有自，傅振伦先生早在1932年5月就发表了《刘彦和之史学》（《学文杂志》一卷五期）一文，强调："第世人知《文心》为文史类之要籍，而不知其史学思想已充满其中矣。其《史传》一篇，论史之功用，源流利病，史籍得失及撰史态度，实开史评之先河；详读其书，可以知之。吾国史学名家刘子玄，实多采此论说也。今略举二氏之史学见解，以见彦和学说之梗概，及其影响，因见子玄卓识伟论，固有所本也。"王氏之论乃本其说而后出转精。

特色是掌握了"为文用心"的精神，依据《文心雕龙》的结构体系，把文原论、文体论、文术论、文评论，像四支擎天的玉柱，先架设在全书的主体部位，构成研究的中坚；然后前乎此者，是《文心雕龙》之美学、史学、子学；后乎此者，是结论；第二章年谱重人，第三章版本重书。这样的修订调整，从结构的安排上，当然显得更加合理，但"尊经重史"的指导思想并没有改变，只是将"经学"改为"文原论"而已。

蔡宗阳属于1945年及以后在台湾出生、成长并接受教育的新生代学人。1989年，在黄锦鋐、王更生两位教授的指导下，他于台师大国文所完成博士论文《刘勰文心雕龙与经学》。与师辈学者一样，蔡氏也是本着"尊经重史"的指导思想，致力于《文心雕龙》的研究。他认为："刘勰为文虽长于佛理，然撰《文心雕龙》，则推本经籍，辨体立名，执术驭篇，评文利病，其自成一家之言者，固可奉为著述之金科，而属文雅赡，思理圆密，亦秉文之玉尺也。"基于这样的认识，他以《文心雕龙》与经学为专门研究对象，撰写博士学位论文，对两者之间的关系进行全面的探讨。全书共十章二十三节："总兹十章，每章每节，凡所论述，无不以经典为依归，如是，方知'详其本源，莫非经典'，此言不虚。"①

蔡氏博士指导教授之一的黄锦鋐，不仅擅长"龙学"，更是《庄子》研究专家。受黄师影响，蔡氏既强调《文心雕龙》与经学的关系，亦重视老庄道家思想对刘勰的影响。他一方面撰写《从〈文心雕龙〉全书架构论刘勰的宗经观》，从"组织周全的全书五十篇""文学思想的基本原理论""论文叙笔的文学体裁论""剖情析采的文学创作论""崇替褒贬的文学批评论""驾驭群篇的绪论"六个方面，阐述分析《文心雕龙》与儒家经典的关系；同时又撰写《论〈文心雕龙〉与老庄思想之关系》，以《文心雕龙》文原论、文体论、文术论、文评论为经，老庄词句、思想为纬，分析、比较、归纳《文心雕龙》与道家思想的关系②。表明其正是在"尊经重史"的思想指导下，对《文心雕龙》展开研究的。故其对《文心雕龙》一书性质、内容和特点的认识，也是与其研究的指导思想相契合的："《文心雕龙》虽为文论专书，然体大虑周，其内容与经学、史学、子学攸关，《文心

---

① 蔡宗阳：《刘勰文心雕龙与经学》，台北：文史哲出版社2007年版，第1、11页。
② 《从〈文心雕龙〉全书架构论刘勰的宗经观》《论〈文心雕龙〉与老庄思想之关系》两文，收入作者《文心雕龙探赜》一书。

雕龙》中有《宗经》《史传》《诸子》三篇，是其证也。"①

蔡氏"尊经重史"的指导思想，相较于其师王更生可以说是有过之而无不及。王更生在修订其《文心雕龙研究》时，将初版第六章《文心雕龙》之经学改为新版第七章《文心雕龙》文原论，内容不变。然而，蔡氏认为没有"经学"，哪怕缺少的只是目录标题，也是很大的遗憾。于是，他在《〈文心雕龙研究〉新旧版本之比较》一文中，提出了一个综合性的修订建议："王师《文心雕龙研究》新旧版本，虽有同有异，但各有千秋。若能将二书之特色，重新组合如下：序、第一章绪论、第二章刘彦和先生年谱、第三章《文心雕龙》版本考、第四章《文心雕龙》文原论、第五章《文心雕龙》文体论、第六章《文心雕龙》文术论、第七章《文心雕龙》文评论、第八章《文心雕龙》之经学、第九章《文心雕龙》之史学、第十章《文心雕龙》之子学、第十一章《文心雕龙》之美学、第十二章《文心雕龙》风格论、第十三章《文心雕龙》风骨论、第十四章《文心雕龙》声律论、第十五章结论、附录《文心雕龙》史志著录得失平议、参考书目，则可以推出一部新著，书名可命为《最新修订文心雕龙研究》。此书编排的次第，不止先谈作者，再论版本，也先依全书体例，阐述文原、文体、文术、文评；再依经、史、子及其他，析论其内涵。如此，则纲举目张，井然有序。"②

以复兴传统文化为宗旨的"尊经重史"的指导思想，不仅一以贯之地渗透于开山宗师高明、次生代学者王更生、新生代学人蔡宗阳，师徒三代的学术研究活动中③，而且旗帜鲜明地表现在整个台湾的"龙学"研究活动中。前辈学者中，李曰刚就明确标举宗经大旗："五经蕴藏无穷潜力资源，取之不尽，用之不竭，每当吾民族生命濒于颠蹶，文学创作迷入歧途时际，五经即可焕发国运更新之生机，引领文学前进之去路，故有志文学深造，欲研摩子史杂集，以便广蒐博采，而可取精用弘者，安能不一宗于经乎！"而其历时二十余载呕心沥血、废寝忘食撰成的《文心雕龙斠诠》

① 蔡宗阳：《文心雕龙探赜》，台北：文史哲出版社2001年版，第15页。
② 蔡宗阳：《文心雕龙探赜》，第218—219页。
③ 关于台湾学界的辈分代际，龚鹏程也有过与笔者类似的划分。他说："我们可以说在台湾之古典文学研究，可以渡海来台传播火种的林尹、高明、潘重规、台静农、郑骞、李辰冬等为第一代。他们所培养出来的黄永武、王熙元、吴宏一、于大成、罗宗涛等博士为第二代。成立古典文学研究会的，也就以这些人为主力。但借着会务的推动、研讨会之办理，立即带起了一批更年轻的博士生、讲师，形成了新锐力量。这就是我和瑞腾这一辈人。"（龚鹏程主编：《五十年来的中国文学研究（1950—2000）》，台北：台湾学生书局2001年版，第363页。）

一书，正是以复兴传统文化、发展民族文学为目的："笔者末学肤受，明知蚊力不足以负山，蠡瓢不足以测海，然仍不揣谫陋，勉成斯编者，冀能存千虑一得，为复兴中华文化、发展民族文学。而略尽其绵薄耳！"①

曾接受过严格的传统教育，对旧学研究深有所爱，于岛内致力于古籍整理的张立斋，在《文心雕龙》校注上也是以尊经宗儒为指导思想。其《文心雕龙注订·叙》曰："勰之作，正本于道，尚宗于经，远溯二帝，具元首载歌之言，一尊曲阜，有夫子继圣之颂。文主神理，体尚自然，质纯而才绮，思奥而笔周，卓见迈时，指归启后，涵容者丰，折衷者当。析类辨言，惟精惟审，挺拔独秀，粹然儒家，逸步于前修，鲜踵于来哲。"② 台湾早期"龙学"研究的代表人物张严，也将《文心雕龙》的宗旨归结为"翼圣宗经"，他在《刘勰文学观探源》一文中说："彦和五十篇之基本文学观，实为翼圣宗经。翼圣所以严体制，宗经所以立修辞，此制作之规范，亦立文之本源也。故《序志》有云：'盖文心之作也，本乎道，师乎圣，体乎经，酌乎纬，变乎骚，文之枢纽，亦云极矣。'此五十篇之指归，亦彦和之基本文学观也。"③

徐复观以治中国古代思想史著称，其治学活动特重"史的意识"。在他看来，台湾"所以不能出现一部像样点的中国文学史"，原因之一就是："研究文学史的人，多缺乏'史的意识'；常常是以研究者自己的小而狭的静的观点，去看文学在历史中的动的展出。不以古人所处的时代来处理古人，不以'识大体'的方法来处理古人，也不以自己真实的生活经验去体认古人。而常是把古人拉在现代环境中来受审判……"④ 以此为鉴，他从事《文心雕龙》和古代文学艺术研究，都是从思想史的角度切入。他说："我从一九五〇年以后，慢慢回归到学问的路上，是以治思想史为职志的。因在私立东海大学担任中国文学系主任时，没有先生愿开《文心雕龙》的课，我只好自己担负起来，这便逼着我对中国传统文学发生职业上的关系，不能不分出一部分精力。偶然中，把我国迷失了六七百年的文学中最基本的文体观念，恢复它本来的面目而使其复活，增加了不少信心。我把文学、艺术，都当作中国思想史的一部分来处理，也采用治思想史的穷搜力讨的

① 李曰刚：《文心雕龙斠诠》（上编），台北："中华丛书"编审委员会1982年版，第80、17页。
② 张立斋：《文心雕龙注订》，台北：正中书局1967年版，第1页。
③ 张严：《文心雕龙通识》，台北：台湾商务印书馆1969年版，第3页。
④ 徐复观：《中国文学论集·自序》，北京：九州出版社2014年版，第3页。

方法。"① 从思想史的角度出发，他不同意许多人认为《原道》的"道"是道家的"自然之道"，而"坚持《原道》的'道'，指的是'天道'，并且此天道又直接落实于周公、孔子的道"②。

前辈宗师之外，次生代学者如王忠林、黄庆萱、龚菱等，新生代学人如黄春贵、沈谦、龚鹏程等，在学术活动和《文心雕龙》研究中，也都秉持"尊经重史"的基本思想，其中比较突出且见解独到的是龚鹏程。他明确主张："我们必须经由历史文化意识去理解、感知文学的流变与内涵，也必须透过文学艺术来省察审美意识的底蕴，才能通贯古今，并有以融摄中西。因此，我提倡一种具有历史文化意识的文学研究和一种联贯文学与美学的文化史学。"③

本此理念，龚鹏程强调把《文心雕龙》放到整个批评史的发展变迁中看待其地位、价值与不足，而对于将《文心雕龙》视为空前绝后的伟构颇不以为然。"我不太赞成把《文心雕龙》说成什么'钩深穷高、鉴周识圆，在我国古今文学名著里，还找不出第二部来'的'牢笼百代的巨典'（王更生《文心雕龙研究》）。《文心》在中国文学批评领域里，乃草创时期的英雄，非穷深极高的伟人。正如纪昀说它《正纬》一类见解：'在后世为不足辩论之事，而在当日则为特识。'它所讲的，大概只能算是中国文学批评的基本常识。后世推高极深，恐已远远超出它的理论水平及范畴。所以，不懂《文心雕龙》，不可以论中国的文评；只知《文心雕龙》，也不足以论中国文学批评！"④

此外，他对于说《文心雕龙》体大思精、科条分明是受佛教影响的结果，也持截然不同的观点。他认为说刘勰文学理论的安排是建筑在佛学根基上，这个推断采用的是类比法，因而是完全不能成立的。他从刘勰所继承的大传统和写作《文心雕龙》的美学取向两方面来解释这一问题。首先，刘勰不是以他以前的论文之作（如《典论·论文》《文赋》等）为典范来写作《文心雕龙》的，而是以两汉经学为取法对象，以儒家经典为文章之本，以论文之作为训释经典的枝条，其工作与马郑诸儒之解经并无不同；其辞尚体要者，乃以汉人训释经义之书为写作模型。《总术》曰："自非圆

① 徐复观：《中国文学论集续篇·自序》，北京：九州出版社2014年版，第2—3页。
② 徐复观：《儒道两家思想在文学中的人格修养问题》，《中国文学论集续篇》，第8页。
③ 龚鹏程：《文学批评的视野·自序》，武汉：华中师范大学出版社2011年版，第5—6页。
④ 龚鹏程：《文学批评的视野》，第61页。

鉴区域，大判条例，岂能控引情源，制胜文苑哉？"刘勰撰《文心雕龙》，大判条例；条例即是汉人治经的办法，他仿经学条例以论文。因此，无论从刘勰所继承的传统及他所处的时代，甚或他自言之志说，《文心雕龙》的体制结构都不是偶然的，与佛教更无任何关系。那么，《文心雕龙》是论文之书，为何必须采取这样的组织体系呢？这是因为，自汉朝刘熙《释名》、蔡邕《独断》开始作文体分类以来，文体论一直是文学理论的主要重心，各种文体论著几乎全是对于文章体式、各体之风格规范、修辞写作方式、历史发展的讨论。各类文学作品，即是一个个客观的、可分析的对象；作者也必须"程才效技"，将自己没入文类规范之中，依其客观规律及风格要求去写作。因此，这时的文论界弥漫着一种浓厚的客观精神。正是在这种客观精神影响下，《文心雕龙》走上了建构体系之路；而刘勰等人的客观美学态度，也是顺着两汉经学中蕴涵的理性精神而导出的。他们不但将文类客观化，更要依其文类规定，找出优劣判断的客观标准。总之，由于两汉的经学传统、学术思维、刘勰本人的志趣和他所处那个时代的美学课题与美学方向，使得他努力建构了这一"圆鉴区域，大判条例"的系统规模。此一规模在后代，并未获得青睐，亦少继承者，乃是美学思考路向及形态产生变化使然。①

　　龚氏的新谊创见给人耳目一新的感觉，然其骨子里流淌的仍是"尊经重史"的意识。他主张摆脱"传统—现代""中国—西方"的二元对立模式和内在意识纠结，提出"传统就是现代"的观点："传统与现代根本无从区分，人之所以能够发现他的处境，并对处境有所感受与理解，靠的就是历史传统；诠释经验，本质上也是历史性的经验。因此，我们同时是在依我们存在的境遇感去理解历史而又通过历史的参与，在理解我们自己的处境。传统和现代不是两个实体，不是两个世界；在存在之中，时间也不是直线进展的。"在他看来，"既然可以从西方知识文化传统中发展出现代化与帝国主义这样的许多范型（Paradigm），当然也就可以、或应该在非西方世界中，试图寻求足以对应及交谈的理论范型和世界观"，而"要这样做，自应反求于历史文化之理解"。②

　　台湾《文心雕龙》研究中强烈的"尊经重史"意识，从教育制度层面

　　①　龚鹏程：《〈文心雕龙〉的价值与结构问题》，见《文学批评的视野》，第55—67页。
　　②　龚鹏程：《传统与现代意识纠结的危机》，台湾《文讯》1987年第30期。

看，也有高校学科设置方面的原因。"在台湾的学科建置中，从事文学研究者，只在中国文学系（外文系宗旨别在，且混语言教育与文学训练为一，可暂置勿论）。可是中国文学系实质上乃是国学系，以弘扬中华文化，为往圣继绝学为己任。大陆上在九十年代出现的国学热所企图在校园中建置国学院或培养国学通才之理想，事实上即为当时台湾各大学中文系之一般现象。"①

在国学的架构和精神内涵中，文学研究的地位并不突出，主流乃是宗经征圣，通过文字训诂以明道。因此，专业的、独立的文学研究并不明显。中国文学在这样的学科架构中，乃是以中华文化的内涵之一而被体认、被实践的。如中文系出身的学者，在研究文学时，习惯从大的文化角度看问题，会讨论作者的心志性情、价值理念、道德态度以及创作的时代、社会、文化状况等，经史小学乃至诸子学、理学等文化史知识，对他们的文学研究颇有助益。这些都不是中文系以外的文学研究者所擅长的。同时，专业文学研究者在这种架构下也很难出现，许多中文（国文）系教授都不止做文学研究。例如，高明的经学、易学研究；徐复观的思想史、儒家道家研究；王梦鸥的《礼记》、阴阳五行研究；黄永武的小学研究；黄庆萱的《周易》研究；曾昭旭的王船山研究；李丰楙的道教研究等等。即使以文学为主要研究对象的学者，也不像大陆那样，先将语言与文学分作两大专业，再从时间上分为古代、近代、现当代等不同的教研室，教师一般只做某一时期、某一文体、某一专门对象的研究。这样的学科设置，从制度上促使台湾的"龙学"研究是与对传统文化的关怀分不开的，故其指导思想亦深深地植根于传统文化之中，形成了"尊经重史"的意识。②

对台湾"龙学"研究中强烈的"尊经重史"意识，王更生有过很好的总结：

> 《文心雕龙》卷一包括《原道》《征圣》《宗经》《正纬》《辨骚》五篇，顾名思义，好像在谈五个不同的问题，而实际上是以"宗经"为主轴，然后上推文学的本原来自自然，所谓"道沿圣以垂文，圣因文而明道"。继言中国文学必以经典为宗祖。所谓"论文必征于圣，窥

---

① 龚鹏程：《五十年来的中国文学研究·序》，龚鹏程主编：《五十年来的中国文学研究（1950—2000）》，第4页。
② 参见龚鹏程：《五十年来的中国文学研究·序》。

圣必宗于经"。又次言经正纬奇，纬书"无益经典，有助文章"。最后辨屈宋骚赋是"雅颂之博徒，而词赋之英杰"。《原道》《征圣》两篇之作在《宗经》，《正纬》《辨骚》更是宗经。所以我说卷一的五篇，看似谈五个问题，实际上只有一个，那就是"宗经"，如果研究《文心雕龙》不能理会此等关键所在，则刘勰从事著述和散见全书的性情、精神，将如镜花水月，一切都化为泡影了。换一个层面来看，从文学的角度说，它是中国文学的本源，从刘勰本身说，它是作者的文学思想。所以我们可以这样说，刘勰不是一般人所谓单纯的文学理论家，而是中国的文学思想家。根据以上的诠释，再来观察台湾"《文心雕龙》学"界，四十年来在这方面发表的论著，计其重要者有张雁棠的《文心雕龙之文学本原论》、庄雅洲的《刘勰的文原论》、周弘然的《文心雕龙的宗经论》、华仲麐先生的《宗经征圣与刘勰》、郑明娳的《刘勰的宗经论》、王更生的《征圣宗经的文学论》。其中最具条理的是张雁棠的作品，这篇文章从文原论的历史背景，讲到道原自然，文原于道；征圣立言，则文有师；经体广大，尊经为本；纬说诡诞，酌采质文；接轨风诗，骚体始变。文末引梁绳祎和纪昀两家之说作结，以为"刘氏的文原论，乃其文学观的基础，确为枢纽所在，诚实重要"。①

同时，他又从台湾《文心雕龙》研究"尊经重史"的角度，对大陆"龙学"的研究方向作了这样的归纳：第一是关于刘勰的身世及卒年问题，第二是关于《文心雕龙》的成书年代问题，第三是关于《文心雕龙》的理论体系结构和宗旨问题，第四是关于《隐秀》篇补文的真伪问题，第五是关于刘勰《文心雕龙》的思想问题，第六是关于"风骨"的诠释问题，第七是关于《辨骚》在全书中的位置问题，第八是关于刘勰与佛教关系的问题。并且不无遗憾地指出："我很怀疑的是《文心雕龙》和传统'经学'的关系，他们一直不谈、避谈，或很少谈。"②

---

① 王更生：《文心雕龙新论》，第 300 页。
② 王更生：《重修增订文心雕龙导读》，第 148—149 页。

二、大陆"龙学"的背景与指导思想

1949 年以后,努力建设当代社会主义文艺学成为文艺界最迫切也是最根本的时代任务。在政治文化的规约中,大陆的"龙学"研究带有鲜明的意识形态色彩和学术传统的断裂痕迹,直至 20 世纪 80 年代,在改革开放和思想解放浪潮的推动下,大陆"龙学"才真正迎来了百花齐放、繁荣发展的新局面。

1. 政治背景

美国学者加布里埃尔·阿尔蒙德曾对"政治文化"作了这样的界定:"政治文化是一个民族在特定时期流行的一套政治态度、信仰和感情。这个政治文化是本民族的历史和现在社会、经济、政治活动的进程所形成。"在当代中国,"龙学"研究同政治文化息息相关。当代中国政治文化的核心就是马克思主义——毛泽东思想。"对毛泽东的信赖和对毛泽东思想的信仰,成了一个时代流行的政治态度、信仰和感情。作为文艺学知识生产者的群体,不仅要受到民族群体意识的影响,同时,旧的社会制度死亡之后,对于大多数学者来说,他们也需要自我认同的重新确认。"①

随着中华人民共和国的建立,中国社会发生了翻天覆地的变化,人们的思想认识也在发生巨大的变化。学习马列主义、毛泽东思想,改造自己的世界观,以便跟上时代的步伐,成了知识分子的当务之急。50 年代初,相继对电影《武训传》和萧也牧的创作倾向进行了批判。两次批判之后,文艺界开始了整风学习。1951 年 11 月 24 日,北京文艺界召开了整风学习动员大会。胡乔木作了题为《文艺工作者为什么要改造思想?》的报告,周扬在讲话中也指出:文艺工作者当前最根本的问题,就是思想改造。中国古代文论的研究者与其他学科的研究者一样,在学习了马克思主义的辩证唯物主义和历史唯物主义以后,逐渐萌发出一种渴望、一种自觉,就是包括批评史在内的全部中国历史,都需要重新研究,重新审视。过去写成的批评史,也要按新的指导思想,新的认识,去重新改写,以消除错误思想的影响,适应新的形势需要。

与马克思主义指导思想相伴随的,还有所谓的"苏联模式",因为苏联

---

① 杜书瀛、钱竞主编,孟繁华著:《中国 20 世纪文艺学学术史》(第三部),上海:上海文艺出版社 2001 年版,第 5—7 页。

是社会主义成功的典范，苏联文艺学也就自然成了新中国文艺学学习的榜样、模仿的范本。在全力追随、学习苏联文艺学的同时，苏联文学和理论所具有的鲜明的意识形态色彩和作为无产阶级革命事业一部分的性质，也在当代中国文艺学中留下了深深的印记。然而，1959 年以后，中苏关系走向破裂，双方论战由暗而明。在"反修"的旗帜下，文艺界也开始要求肃清苏联文艺学的影响，从理论上摆脱苏联模式。与此相呼应，周扬倡议建设有民族特色的马克思主义文艺学，强调要继承借鉴民族的文学遗产，以便在自己民族历史文化的基础上去吸收世界文化的精华。1961 年，在中宣部、教育部领导下，成立了文科教材办公室，由周扬负责。为此他着手抓高校的教材建设，将"中国文学批评史"和"古代文论"教材的编写工作提上了议事日程。这样，《文心雕龙》作为重要的民族文学遗产，在"古为今用"的宗旨下，"龙学"研究又有了新的进展。

粉碎"四人帮"以后，文艺从长期的窒息禁锢中解放出来，迎来了中国的"文艺复兴"。新时期的文学在反思中突进，文学批评也在解放思想、拨乱反正、肃清极"左"路线的影响中向前迈进。1979 年秋，周扬在第四次全国文代会上作了题为《继往开来，繁荣社会主义新时期的文艺》的报告。他在报告中"鸟瞰一百多年的社会主义文艺史，总结新中国成立以来三十年文艺工作的经验教训，就如何处理好攸关社会主义文艺兴衰成败的文艺与政治、文艺与生活、文艺的继承与革新三个关系，作了科学阐述，提出了新时期文艺的战斗任务"①。这样，新时期的"龙学"研究终于走出低谷，从 80 年代开始进入新的高潮期，并且一直持续到九十年代。

2. 指导思想

二十世纪下半叶，大陆的学术研究以马列主义、毛泽东思想为理论武器。为了摆脱旧时代的影响，适应新的社会思潮，知识分子在加强思想改造的同时，努力与旧传统保持距离乃至划清界限，转而以新的指导思想从事学术活动，其中包括对以前的旧著进行修订改写，以达到古为今用的目的。这方面比较典型的是郭绍虞。

中华人民共和国成立后，郭氏着手对其旧著《中国文学批评史》进行修订，将原来的两卷合为一册，由上海新文艺出版社于 1955 年出版。这次修订形式上变化较大，如作者对编目作了较大的调整，除保留上古、中古、

---

① 朱寨主编：《中国当代文学思潮史》，北京：人民文学出版社 1987 年版，第 549 页。

近古三个时期外，不再分章节排列，全书列目也不再以问题为纲，而大部分改为批评家。此外，书中内容的改动则不是很多。作者在新版《后记》中对此作了解释："改写好像复雕，细细琢磨，理应更加完美一些；可是，改写又好像校书，如扫落叶，总不易收拾净尽。尤以自己马克思列宁主义的文艺理论研究不够，旧观点不能廓清，对各家意见不能给以应有的评价，均属意料中事。更因在病中，工作起来，每有力不从心之感，虽然改写的态度自认是严肃的，但结果仍只能是一部资料性的作品。"① 尽管在有限的改动中，我们还是可以看出作者受时代政治的影响，在书中有意运用政治标准来评判古代文论，并开始尝试运用历史唯物主义和社会历史分析的方法。

应该说，郭氏对旧著改写的态度是严肃的、认真的。然而，"改章难于造篇，易字艰于代句"（《文心雕龙·附会》）。第一次改写不满意，他又着手进行第二次改写。1959 年，作者完成了对旧版批评史上册的第二次修订，以《中国古典文学理论批评史》为名由人民文学出版社出版。这次改写作者下了大功夫，因而与旧版面貌完全不同，它体现了作者在新的指导思想下研究批评史的成绩，所以作者心中充满了喜悦之情，书前的《以诗代序》就是作者这种心情的流露：

以诗代序
——永得新红易旧白

我昔治学重隅隙，鼠目寸光矜一得。
坐井窥天天自小，迷方看朱朱成碧。
矮子观场随人云，局促徒知循往迹。
客观依样画葫芦，主观信口无腔笛。

自经批判认鹄的，能从阶级作分析。
如聋者聪瞽者明，如剌肠胃加漱涤。
又如觅路获明灯，红线条条遂历历。
心头旗帜从此变，永得新红易旧白。②

---

① 郭绍虞：《中国文学批评史》，上海：新文艺出版社 1955 年版，第 605 页。
② 郭绍虞：《中国古典文学理论批评史》（上册），北京：人民文学出版社 1959 年版，卷首。

　　1949 年后，我国的对外政策的指导方针是"一边倒"，对世界文学思潮只接受苏联文学的影响。在文学理论方面也是照搬苏联的模式，除了受苏联文学报刊理论文章的影响之外，主要是系统翻译介绍了别林斯基、车尔尼雪夫斯基、杜勃罗留波夫等俄国 19 世纪现实主义理论家的著作。这就使得文学观念和批评标准较先前发生了彻底的变革，主要表现为以反映论为文学理论的哲学基础，强调阶级分析，注重文学的认识价值，以及推崇现实主义的创作方法等等。郭氏的改写也力求体现上述理论倾向。他在《绪论》中说："古典文学的优良传统，可以说基本上是现实主义的；中国古典文学理论批评史可说是现实主义文学批评发生发展的历史，也就是现实主义文学批评和反现实主义文学批评斗争的历史。"① 作者将"反现实主义"具体理解为"形式主义"和"唯心主义"，并认为"现实主义常和唯物主义相结合的，它所创造的形象是现实中观察到的现象之再现，也就是照世界的本来面目来理解世界的。形式主义则常和唯心主义相结合，把自己的幻想加在世界之上，所以常从空幻的观念来塑造形象"② 。既然将现实主义和反现实主义的斗争作为文学批评史的发展主线，所以书中随处可见"现实主义理论批评的萌芽""唯心论者的文艺思想""儒家文论唯心唯物的分歧"一类的标题。而魏晋南北朝是形式主义文论的萌芽与发展时期，隋唐五代则贯穿着对齐梁以来形式主义文论斗争的历史。与此相联系，作者对文学批评史的分期也作了调整，放弃了早期依文学观念的发展按正—反—合的逻辑，将批评史划为上古、中古、近古三个时期的做法，而是"参酌文学史和哲学史的分期再与社会发展的情况相结合"，将中国文学批评史分为八个时期：春秋战国、秦汉、魏晋南北朝、隋唐五代、北宋、南宋金元、明代、明清之际与清中叶以前。这样的划分与古代社会政治的发展更加贴近了。作者大概也意识到以上做法似乎有些简单化，所以强调在具体运用时要注意具体问题具体对待，不能简单化。他也确实这样努力了，如在分析司空图《诗品》时，一方面承认，"司空图《诗品》的本质，基本上也是属于反现实主义的文学理论"；另一方面又指出，"他的诗论恰恰代表了盛唐另一派也拥有相当群众基础的诗人"③ ，所以一向受到一般人的

① 郭绍虞：《中国古典文学理论批评史》（上册），第 5 页。
② 郭绍虞：《中国古典文学理论批评史》（上册），第 5—6 页。
③ 郭绍虞：《中国古典文学理论批评史》（上册），第 244 页。

推崇，并且强调代表以王维为首的诗佛一派诗论的《诗品》，更值得重视。在对司空图的诗论作了具体分析之后，他得出这样的结论："不能因为他诗论有脱离人生的思想，就认为他的诗是反现实主义的作品，他的诗论也成为反现实主义的理论。"① 看到这样的努力，我们也就可以理解作者在书中时常流露的"左"的倾向，因为那毕竟是时代使之然。

而范文澜因为没有时间和精力修订其《文心雕龙注》，就干脆对旧著持否定态度，不愿意再版，这样的例子也颇能说明知识分子在学术上的自我革新精神。范老是马克思主义新史学家的杰出代表，其不断修订的《中国通史简编》，就是以马克思主义为指导思想编写的历史名著②。他出身书香门第，自幼饱读经史，向慕浙东学派经史合一之学，就读北大期间，曾师事黄季刚、陈汉章、刘申叔诸大师，"追踪乾嘉""笃守师法"，被名儒耆宿视为衣钵传人。其第一部学术专著《文心雕龙讲疏》（1925 年天津新懋印书局），就是他尊奉汉儒以经生笺注方式治学的结果。后来他又不断修订此书，1929—1931 年北平文化学社分上、中、下三册出版时更名为《文心雕龙注》，1936 年上海开明书店又出版了经作者再次修订的七册线装本，这也是范老本人修订的最后定本。

范文澜的《文心雕龙注》是 20 世纪中国学界最重要的学术经典之一，被誉为《文心雕龙》研究史上的一座里程碑！然而，20 世纪 50 年代初，人民文学出版社拟再版此书，并于 1954 年 7 月 13 日致函范老，想请他写一篇前言。"不想范文澜却不愿意这样做，说这本书是原先的范文澜写的，原先的范文澜已经死了，现在活着的是另一个范文澜，怎么能由我再写一篇前言呢？"③ 范老认为那是他"以追踪乾嘉老辈""为全部生活的唯一目标"时期的"旧我"之"旧作"，不值得一提！这种"不惜以今日之我否定昔日之我"的崇高精神和革命情怀，正是他作为马克思主义史学家的人格表现。

杨明照的《文心雕龙校注》1958 年由古典文学出版社出版，该书以作

---

① 郭绍虞：《中国古典文学理论批评史》（上册），第 258 页。

② 许冠三说："范氏抵延安不久，即出任中共中央马列学院历史研究室主任，承宣传部之命撰写新观点的《中国通史简编》，以'为某些干部补习文化之用'，其职责有类封建朝廷的史官，与郭（沫若）、翦（伯赞）的身在'白区'，分属'异党'处境有霄壤之别。"（《新史学九十年》，长沙：岳麓书社 2003 年版，第 445—446 页。）

③ 陈其泰：《范文澜学术思想评传》，北京：北京图书馆出版社 2000 年版，第 143—144 页。

者大学和研究生两个阶段的毕业论文为基础，经过二十余年的积累与修订最终整合而成，代表了作者早年"龙学"研究的水平。此后，作者对旧著的修订工作从未停歇，屡屡对原校注进行拾遗补正，并于1982年出版了其"龙学"代表作《文心雕龙校注拾遗》（上海古籍出版社）。在此次修订过程中，作者自觉地坚持马列主义的指导思想，运用唯物辩证法原理，对刘勰的文学思想和《文心雕龙》的具体内容进行分析和评判，以期批判地继承古代文学遗产，建设社会主义新文艺。他在"前言"中说："《文心雕龙》是对齐代以前文学理论批评的一次大型总结，同时也是对齐代以前文学创作实践经验的一次系统探讨，成就是巨大的。当然，一千四百多年前的刘勰不可能不受时代和阶级的局限，因而书中也必然存在一些偏颇的甚至错误的见解。但是，从总的成就看，那毕竟是次要的。对于这样一部杰作，我们应该在马列主义的指导下，进一步研究它，发掘它，为发展社会主义文艺提供更多的借鉴。"并具体引用列宁的观点作为评判的根据："列宁曾说：'判断历史的功绩，不是根据历史活动家没有提供现代所要求的东西，而是根据他们比他们的前辈提供了的新的东西。'我们按照列宁的教导来衡量刘勰，那他在《文心雕龙》中的确比他的前辈提供了不少新的东西，不愧是我国最优秀的古代文学理论遗产之一，值得我们深入学习和探讨。"①

1956年，为了反对教条主义，破除对苏联的迷信，毛泽东在政治局扩大会议上作了《论十大关系》的报告，并采纳了会议代表的讨论意见，提出了"双百"方针："'百花齐放，百家争鸣'，我看应该成为我们的方针。艺术问题上百花齐放，学术问题上百家争鸣。"②"双百"方针犹如一股春风，使文化学术界呈现出空前的活跃气氛，各种文艺争鸣、学术讨论活动层出不穷。在此背景下，此后十年间的《文心雕龙》研究，也取得了显著的成绩，相关报刊围绕"龙学"方方面面的问题，展开了充分、激烈而持久的讨论，推动了"龙学"研究进一步向前发展。

然而，无论讨论如何激烈，话题如何丰富，成果如何众多，古为今用的宗旨和马列主义、毛泽东思想的指导始终没有变。诚如牟世金所总结的那样："一九五六年以来，全国各主要报刊发表了研究《文心雕龙》的文

---

① 杨明照：《文心雕龙校注拾遗》，上海：上海古籍出版社1982年版，第14、7页。
② 杜书瀛、钱竞主编，孟繁华著：《中国20世纪文艺学学术史》（第三部），第242页。

章约一百三十篇，此外还陆续出版了一些专门论著。《文心雕龙》是我国古代文艺理论的一份珍贵遗产，近年来得到学术界如此普遍的重视和研究，是完全必要的。在《文心雕龙》的研究工作中，大多数研究者都遵循毛泽东同志的指示，运用历史唯物主义的观点，贯彻了批判继承的原则，取得了一定的成绩：《文心雕龙》中许多重要的问题，我们逐步明确起来了；其中的精华与糟粕，也大都能辨别了。可以肯定，这些研究，在清理总结和批判地继承我国古代文学遗产的工作中，是积极有益的，在一定程度上起到了古为今用的作用。"① 而当时报刊发表学术文章，也是以不违背马克思主义指导思想为标准，如发表包括"龙学"在内的古典文学讨论文章最多的《文学遗产》编辑部就提出：选稿标准"以不违反辩证唯物主义和历史唯物主义的观点，作者曾付过一定劳动，而对于读者又有一定参考价值，或可引起讨论的著作为原则"②。

粉碎"四人帮"后，特别是十一届三中全会以来，党和国家实行改革开放的政策，重申"双百"方针，强调学术民主，文艺界迎来了真正的春天，"龙学"研究也进入飞速发展、高度繁荣的时期！为了进一步推进《文心雕龙》研究，开创"龙学"的新局面，1982 年在山东济南召开了全国第一次《文心雕龙》研讨会，并酝酿成立中国《文心雕龙》学会。1983年在青岛召开了《文心雕龙》学会成立大会，这是"龙学"史上具有里程碑意义的大事。学会名誉会长周扬同志在答记者问时提出："对于我国丰富的文化遗产（包括医学理论方面的遗产在内），我们应当怎样把它整理研究出来，使它为建设社会主义的新文化做出贡献呢？首先是，要以马克思主义思想为指导。清代有人主张'中学为体，西学为用'。我国马克思主义，是从外国输入来的，是从德国、英国、法国来的，欧洲来的，这是事实。按照'中学为体，西学为用'的说法，就不能以马克思主义为体了。这个观点实际上是错误的。不能按中西、按国别来确定什么为体、什么为用。现在的《文心雕龙》的研究，古代文论的研究，古代文化遗产的整理，还是要以马克思主义思想为指导。旧民主主义时代，像张之洞这些人，提出这样主张还有一定的意义，实际上是介绍了西学。'西学为用'就是要用西学，从这个意义上讲有进步作用。但是，严格地讲这个话是不科学的，甚

---

① 牟世金：《近年来〈文心雕龙〉研究中存在的几个问题》，《江海学刊》1964 年第 1 期。
② 《文学遗产增刊》（二辑）"出版说明"，北京：作家出版社 1956 年版。

至是反动的。按民族分，按国别分，中国的东西'为体'，这就成了国粹主义，这正是'五四'以来我们所反对的。'五四'新文化运动，反对国粹主义。这是正确的，革命的。"①

此外，学会会长张光年同志强调：《文心雕龙》研究要"对建设具有时代独创性、阶级独创性、民族独创性和个人独创性的我国社会主义文学、文学理论批评和文学史这样的基本建设工程，发挥更大的助力，作出更大的贡献"②。副会长王元化也持同样的观点："研究古代文论，研究《文心雕龙》，在今天的重要意义就在于以实事求是的科学精神，马克思主义的历史唯物主义和辩证唯物主义，揭示这部书里蕴涵的意蕴，探讨其中的文学规律，从而为建立具有我国民族特点的马克思主义作出一定的贡献。"③ 这表明新时期大陆的《文心雕龙》研究，虽然具备了较为宽松的学术环境和相对自由的研究氛围，并且随着西方学术思潮的引进、介绍，大陆学者的学术视野逐渐开阔，研究的角度、方法和手段也渐趋多元化，但是马克思主义的指导思想和古为今用的学术宗旨始终没有变化。

张长青、张会恩是新时期较早尝试对《文心雕龙》的义理内涵进行浅显阐释的两位学者，他们"深感《文心雕龙》年代绵邈，意旨幽深，骈体难识，常使自学者望而生畏。有些注解、校勘虽然翔实精审，但多用文言；有些译注、分析虽用白话，但解释又嫌简略。倘有一书能用辩证唯物主义与历史唯物主义观点及浅近文字，对《文心雕龙》作单篇诠释，对读者学习这部杰著将有所裨益"。于是，他们作《文心雕龙诠释》一书献给读者，并强调"本书力图以马克思列宁主义、毛泽东思想为指导，在详细占有材料的基础上，联系当时社会政治、经济和思想史、文学史的实际，从整体上把握刘勰的世界观和文艺思想，采取实事求是、科学分析的态度进行诠释"④。穆克宏在其《文心雕龙选（注译本）》中也强调："我们学习和研究《文心雕龙》，一定要以马列主义、毛泽东思想为指针，正确对待文学理论遗产，批判地吸收其中有益的东西，作为繁荣和发展社会主义文艺理论和

① 周扬：《关于建设具有中国民族特点的马克思主义文艺理论问题——周扬同志答〈社会科学战线〉记者问》，《社会科学战线》1983年第4期专稿。
② 张光年：《张光年同志的讲话》，中国《文心雕龙》学会编：《文心雕龙学刊》第2辑，济南：齐鲁书社1984年版，第7页。
③ 王元化：《王元化同志的讲话》，《文心雕龙学刊》第2辑，第10页。
④ 张长青、张会恩：《文心雕龙诠释》，长沙：湖南人民出版社1982年版，"序言"第2页。

文艺创作的借鉴。"① 王达津的《古代文学理论研究论文集》收入论文十余篇，以《文心雕龙》的研究为主，作者则谦逊地表示："文章的写作，均力图取得古为今用的效果，但由于马列主义水平和学识水平的不足，便难以如愿，只能说：'虽不能及，心向往之。'"②

从古为今用的观点出发，继承优秀的民族文化遗产，以助当代文艺学建设之需，并不是仅仅停留在口头上的标语，而是实实在在落实在《文心雕龙》的具体研究中。吴调公把他研究古代文论和《文心雕龙》的书取名《古代文论今探》，并专门写了一篇《关于文论遗产古为今用问题的浅见》作为"前言"，以表明其对"今探"，亦即"古为今用"问题的自觉反思。首先，"探"而名曰"今"就是试图用马克思主义观点去进行全面的、科学的分析、研究。其次，古代文论之所以要"今探"，还因为需要正确对待古今关系，要知古知今。既要认识古代文论在历史中的地位，还要明确古代文论同现实的关系。第三，古代文论的古为今用贵在通过改造的实践而去使用，没有改造就拿来照搬照套，要达到为今而用的目的，是不可能的。第四，古代文论的古为今用要和古代文学的古为今用相结合，研究古代文论固然是为了建立我们具有民族特点的马克思主义文艺理论，这是根本的目的，但也应该用既有的研究成果来观察和衡量古代文学中涉及的各种问题。最后，古代文论的古为今用还要和审美实践相结合，因为古代文论研究的对象是文艺理论、文艺批评和文艺鉴赏，何况我国古代文论很早就有优良传统，系统地探讨古典文学的性质、功能和创作规律的巨著《文心雕龙》，全部运用了富有形象的诗意的语言来阐述。③ 作者对古为今用反思的核心在于："唯其要'用'得自觉，'用'得辩证，作为今天的古代文论探讨者的立足点就有'居'社会主义之'今'的必要。"④

詹锳的《文心雕龙义证》是"龙学"史上的一部集大成之作。作者有感于《文心雕龙》研究中"多空论而少实证"，"甚至把自己的看法强加在刘勰身上"的不良风气，编著《义证》一书，试图"把《文心雕龙》的每字每句，以及各篇中引用的出处和典故，都详细研究，以探索其中句义的

---

① 穆克宏：《文心雕龙选(注译本)》，福州：福建教育出版社1985年版，第11页。

② 王达津：《古代文学理论研究论文集》，天津：南开大学出版社1985年版，第285页。

③ 吴调公：《古代文论今探·前言》，西安：陕西人民出版社1982年版。

④ 吴调公：《激扬文论 居今探古——古代文论探索刍议之二》，《古典文论与审美鉴赏》，济南：齐鲁书社1985年版，第362页。

来源"。全书充分吸取前人特别是近人与当代学者（包括港、台、日、英等国家和地区）的研究成果，撷众家之精华，成为《文心雕龙》校注史上的集大成之作，具有会校集释的性质，一定程度上弥补了《文心雕龙》没有"三会"本的缺憾。"读者手此一编，可以看出历代对《文心雕龙》研究的成果，也可以看出近代和当代对《文心雕龙》的研究有哪些创获。"作者以为，"这样来研究《文心雕龙》，可以帮助建立民族化的中国古代文艺理论体系，以指导今日的写作和文学创作，并作为当代文学评论的借鉴"①。

杜黎均在古为今用方面则做得更具体，其《文心雕龙文学理论研究和译释》下编，从古为今用出发，将《文心雕龙》中的文学理论精华，选出近二百个条目，按现代文学理论体系，如论文学和现实、论文学的内容和形式、论文学的特征、论文学的风格、论文学的继承和创新、论作家的修养、论文学的欣赏和批评、论写作方法等，进行分类专题汇编、注释和翻译，以便人们按图索骥、对号入座。作者对此似乎非常满意，认为"实践证明：《文心雕龙》并不神秘，使这部理论宏伟却又艰深难懂的巨著，实现'古为今用'，还是可能做到的"②。殊不知，如此以今范古并不能真正做到古为今用，反倒是留下了任意割裂古人的痕迹。

而童庆炳则将"古为今用"理解为揭示《文心雕龙》"范畴"的现代意义，他说："我的'龙学'研究特点是专攻'范畴'，在古今中西比较上用力，力求揭示这些'范畴'的现代意义。"③作者选取了刘勰论文原、文变（"道心神理"说、"奇正华实"说、"会通适变"说）；刘勰论文体、风格（"因内符外"说、"循体成势"说、"感物吟志"说）；刘勰论文学创作（"神与物游"说、"风清骨峻"说、"情经辞纬"说）；刘勰论作品构成（"杂而不越"说、"比显兴隐"说、"言外重旨"说）四组十二个范畴，从古今中外的角度，对其进行深入细致地探源发掘，全面客观地分析比较，以揭示其理论内涵的现代意义，将《文心雕龙》中的文论范畴上升到当代文艺理论的高度，作出了今天应有的理性"裁断"，实现了对《文心雕龙》的阐释由传统向现代的转型。

---

① 詹锳义证：《文心雕龙义证》（上），上海：上海古籍出版社1989年版，第3、7—8页。
② 杜黎均：《文心雕龙文学理论研究和译释》，北京：北京出版社1981年版，"后记"第242页。
③ 童庆炳：《童庆炳谈文心雕龙》，开封：河南大学出版社2008年版，第1页。

三、异中有同、相济互补的宗旨与思想

海峡两岸的《文心雕龙》研究，由于意识形态和地域环境等方面的不同，导致两者在宗旨目的和指导思想上存在一定的差异。台湾地区"龙学"在摆脱日本皇民化影响的社会背景下，上承早期的中国文化本位说，顺接当时正在兴起的新儒家思潮，伴随着轰轰烈烈的文化复兴运动，形成了以复兴传统文化为宗旨，以"尊经重史"为指导思想的研究特色。

1949 年以后的大陆"龙学"，在延续 40 年代以来延安传统的基础上，"逐渐地从'百家'走向'一家'，从'多元'走向'一元'，这'一家''一元'就是马克思主义文艺学和它在中国政治文化化的特殊形态——毛泽东文艺思想"①。因此，宗奉马列主义、毛泽东思想为指导，批判地继承民族文化遗产，以达到古为今用的现实目的，就成了大陆"龙学"基本底色。

另一方面，除了强烈的政治对立和鲜明的意识形态差异之外，由于两岸学者同宗同族，两岸文化同根同源，加之学术研究有其自身的特殊规律，因此，即使在宗旨目的与指导思想上，海峡两岸的"龙学"也并非绝对的水火不容、势不两立。相反，倒是不乏相似相近、共通互补之处，体现了两岸学者共同发展民族文学的心志术业，也印证了两岸"龙学"是一个整体的显学。例如，大陆的《文心雕龙》研究，与台湾"龙学"尊经重史的指导思想，并非背道而驰。大陆学者在宗奉马列主义的基础上，也非常重视传统经学和史学对刘勰文学思想的影响，着力探讨《文心雕龙》的儒家主导思想和传统史学内涵。《文心雕龙》的主导思想是大陆学者重点研究的问题之一，虽然观点不一，但自范文澜以来，大多数学者都是赞同刘勰是站在儒家古文经学的立场来撰写《文心雕龙》的。

关于《文心雕龙》的思想体系，王元化说："近年来，有人提出它是佛家思想，也有人认为它是道家思想。这可以进一步研究。在这个问题上，我基本上保持原来的意见，即认为《文心雕龙》的思想是属于儒家思想体系……分析一部著作的思想体系，要注意两点：一、不能用简单的语汇类比法，即这一著作出现了另一著作曾运用过的词语，就认为这一著作属于另一著作的思想体系。有人论证《文心雕龙》属佛家思想，就采用了这种方法。这是非科学的。词语的借用并不等于思想体系的相同。二、正如恩

---

① 杜书瀛、钱竞主编,孟繁华著:《中国 20 世纪文艺学学术史》(第三部),第 45 页。

格斯所说的，每个思想家都必须以前人的思想资料作为出发点和前提。《文心雕龙》同样不能不以前人和他同时代人的思想资料为前提。"①

同时，大陆学者也很重视从历史的角度来研究《文心雕龙》，只是与台湾学者更强调史学内涵有所不同，大陆学者更关注的是刘勰的文学史观，在这方面有不少研究成果，如张文勋、杜东枝的《论〈文心雕龙〉的文学史观》（《文艺论丛》1979 年第 7 辑），李文思、李文恕的《刘勰的文学史观》（《山西师范大学学报》1991 年第 3 期），胡大雷的《论刘勰的文学史观》（《古代文学理论研究》2001 年第 19 辑），葛红兵、温潘亚的《刘勰的文学史思想》（《文学史形态学》上海大学出版社 2001 年）等。为了系统地探讨刘勰的文学史思想，张文勋还撰写了专题著作《刘勰的文学史论》（人民文学出版社 1979 年）。当然，也有专门从史学角度进行研究的，如蒋祖怡的《刘知幾〈史通〉与刘勰〈文心雕龙〉》一文，具体探讨《史通》在史学方面对《文心雕龙》的继承、发展关系。

至于台湾"龙学"复兴传统文化的宗旨，也与大陆"龙学"有不谋而合之处。中华人民共和国成立后的十余年，由于各种原因，传统文化的研究没有进步；"文化大革命"结束后，在改革开放和现代化建设的背景下，加强思想文化研究成了历史发展的必然。于是，80 年代初，大陆开始出现"文化热"，至 80 年代中后期进入全盛状态。但是，这次"文化热"渐渐向西方文化倾斜，以致后来演变为否定传统文化。至 90 年代，又出现了第二次"文化热"，这次主要表现为对传统文化的重视，故伴随着"国学热"。不过，大陆"文化热""国学热"的兴起，与台湾的中华文化复兴运动也不无关系，海峡两岸实际上形成了"合作或竞争的关系"。诚如龚鹏程所言："改革开放以来，两岸形势丕变。大陆成为国际社会承认的中国代表者，中华文化也成了大陆朝野重新研讨维护之物。政府固然努力以民族精神、传统文化的旗号号召四海；知识界也透过寻根热、文化热、国学热，来重新省思自我。这时，两岸间对中华文化的研究，便成为合作或竞争的关系了。"②

在此"文化热"与"国学热"浪潮的影响下，大陆的"龙学"也开始

---

① 王元化：《王元化同志的讲话》，《文心雕龙学刊》第 2 辑，第 11 页。
② 龚鹏程：《五十年来的中国文学研究·序》，龚鹏程主编：《五十年来的中国文学研究（1950—2000）》，第 3 页。

关注《文心雕龙》与传统文化的关系，一些论者有意识地从文化学角度研究《文心雕龙》。张少康的《〈文心雕龙〉与我国文化传统》（《文史知识》1987 年第 1 期）和《再论〈文心雕龙〉和中国文化传统》（《求索》1997 年第 5 期）、李欣复的《从文化学看〈文心雕龙〉》（《齐鲁学刊》1987 年第 1 期）、李时人的《"文化"意义的〈文心雕龙〉和对它的"文化"审视》（《学习与探索》1987 年第 1 期）、刘凌的《古代文论的现代转化与〈文心雕龙〉的文化价值》（《文心雕龙学刊》1992 年第 7 辑）、朱良志的《〈文心雕龙·原道〉的文化学意义》（《中国文学研究》1990 年第 2 期）、李平的《论〈文心雕龙〉的文化意蕴》（台湾《中国文化月刊》1999 年第 2 期）等，都属于这方面的研究论文。而这方面后续性的发展，正方兴未艾。1998 年《文心雕龙》第六次年会提交的二十篇论文中，从文化学角度研究的论文就有三篇。

　　大陆"龙学"宗奉马列主义的指导思想，当然不会简单地出现在台湾学术界。但是，台湾思想文化界自由主义与保守主义交织的现实状况，使得其意识形态领域也不是铁板一块。相反，各种思想思潮的此消彼长、相互更迭，在一定程度上，为马克思主义思想的渗透提供了可能，而且这种渗透甚至反映到台湾文学上。龚鹏程对此曾做过分析，20 世纪 60 年代初，台湾学者关杰明发表了《中国现代诗的困境》，展开了对现代文学进展路向的质疑，随后又有"唐文标事件"，而以《文季》为主的批判现代主义风气也逐渐兴起。他们既反对两千多年的封建社会贵族文学、山林文学，又反对西方商业资本主义社会的文学，批判帝国主义对台湾的侵略殖民。因此，他们的立场是在传统与西化之间，站在这个社会现实上写作的。"此或冠以民族主义文学，或冠以社会写实文学之名，而实质上则是有一部分马克斯社会理论、有一部分民族意识的奇异糅合。一如六二年高上秦编《龙族评论专号》所得到的结论：'就时间而言，期待着它与传统适当的结合；就空间，则寄望于它与现实的真切呼应。'由此蓬勃兴起的社会写实主义、乡土文学，大抵均属此一脉络。"①

　　而大陆"龙学"古为今用的研究目的，则与台湾的《文心雕龙》研究遥相呼应，殊途同归。对此，王更生有明确的说明："《文心雕龙》既是通古今之变的，我们有理由借用其文论思想与现代的文艺思潮相结合。如刘

---

① 龚鹏程：《传统与现代意识纠结的危机》，台湾《文讯》1987 年第 30 期。

勰评六朝文家的'竞古疏今，好奇反经'，'体情之制日疏，逐文之篇愈盛'的流弊，在今天的文坛上，仍然是令人触目惊心的活跃着，三民主义的文艺思潮，要我们写出以国族为背景的作品，而《文心雕龙》所谓'矫讹翻浅，还宗经诰，斯斟酌乎质文之间，而檃括乎雅俗之际'，二者又若合符节。今天社会所要求于作家者，是以健康、活泼、富有生命力的作品，以振奋人心，淬励士气，而《文心雕龙》即云'饰穷其要，则心声锋起，夸过其理，则名实两乖。若能酌《诗》《书》之旷旨，剪扬马之甚泰，使夸而有节，饰而不诬，亦可谓之懿也'。这种去泰去甚的信条，正是一个健康文学必循的途径。所以有志于文学理论研究的同好，得刘勰之说而行之，则中国当前的文艺创作，才能推《文心》之至理，有不竭的源泉。"① 而其《〈文心雕龙〉在国文教学上的适应性》一文，则是《文心雕龙》古为今用的具体探索之作②。另外，新生代学人沈谦也非常重视运用《文心雕龙》的理论与方法从事当代文学评论，《期待批评时代的来临》一书就是这方面的具体成果。李瑞腾曾有这样的评价："沈先生研究《文心雕龙》，关心现代文学批评，依我看，到目前为止，把《文心雕龙》应用在当代的文学批评和文学理论系统的建立，应用得最好的是他。"③

（作者单位：安徽师范大学文学院）

---

① 王更生：《重修增订文心雕龙导读》，第 87 页。
② 文见氏著《文心雕龙新论》。
③ 李瑞腾：《文心雕龙研究的检讨与展望·台湾地区：八〇年代》，台湾中国古典文学研究会主编：《文心雕龙综论》，台北：台湾学生书局 1988 年版，第 474 页。

论闺秀诗话的发展流变[①]

张丽华

摘　要：闺秀诗话的创作，自晚明延续到民国，历时 300 余年，目前见诸记载的作品至少在 80 种以上，以专著和报刊、杂志等新媒体为文献形态且两者所载诗话之数量大体相当。晚明至清乾隆以前，仅有两部闺秀诗话见于记载，可视为闺秀诗话的初创期，作品规模偏小，且或与总集相类，或体近说部，体现出撰著者对写作形式的探索尝试。乾隆以来闺秀诗话得到了进一步发展，至 1830 年代之前作品增加了 8 部左右，惜皆不可见。鸦片战争前十年到清末的几十年，闺秀诗话专著仅有 10 余部，然精粹毕集又各具特色，是为闺秀诗话的繁荣期。民国初立的十年间，闺秀诗话的创作热度不减，计有近十部专著产生，在赓续着既有传统的同时又展现出新面貌，其中还有两部大部头作品，是传统闺秀诗话的有力结响。1910 到 1940年代，在传统文化渐趋式微的时代气候之下，闺秀诗话的创作虽在报刊杂志等新媒体上表现出一定的热度，但已是强弩之末，是为闺秀诗话创作的余波。

关键词：闺秀诗话；发展；初创；繁荣；结响；余波

　　诗话是中国传统诗学批评开展的重要形式，与诗法、诗论鼎足而三。诗话之作，自宋代欧阳修《六一诗话》发轫以来，历宋、元、明三朝，"至清代而登峰造极"[②]。有清一代，"严格意义的诗话已知就有一千四百七十余种"[③]，这一数字显然已远远超过《宋诗话全编》所收 562 家（含专著

---

①　基金项目：教育部人文社科规划项目"清代闺秀诗话研究"（14YJC751050）阶段性成果。
②　郭绍虞：《清诗话续编序》，《清诗话续编》，上海：上海古籍出版社 1983 年版，第 1 页。
③　蒋寅：《清代诗学史》（第一卷），北京：中国社会科学出版社 2012 年版，第 13 页。

170 余种）、《明诗话全编》所收 722 家（含专著 120 余种），可见清代诗话创作之繁荣。诗话繁荣的必然结果之一是向类型化、专门化发展，闺秀诗话即是诗话类型化的产物之一。闺秀诗话系统地记载、评价了中国古代以闺阁女性为主体的女性诗人以及她们的作品，既在不同时期、一定程度上推动了女性文学的发展，更留存了有关古代女性文人生活与创作的各种资料，为后人留存了一笔宝贵的文化遗产。明代中后期"公安派"之中坚江盈科所撰《闺秀诗评》即以闺秀诗歌为评论对象，开闺秀诗话创作之先河；明末清初，陈维崧作《妇人集》继轨于后。清乾嘉以来，闺秀诗话专著渐多，以苏畹兰的《名媛诗话》、王琼的《（爱兰）名媛诗话》、杨芸的《金箱荟说》声名较著。至道光、咸丰、光绪年间，闺秀诗话力作频出，最可称扬者如沈善宝的《名媛诗话》、梁章钜的《闽川闺秀诗话》、淮山棣华园主人的《闺秀诗评》、丁芸的《闽川闺秀诗话续编》等，各具特色而卓有成就。逮至民国，纂辑闺秀诗话之风气更盛，特别是民初前十余年，王蕴章之《燃脂余韵》、苕溪生之《闺秀诗话》、金燕之《香奁诗话》、雷瑨与弟雷瑊之《闺秀诗话》、施淑仪之《清代闺阁诗人征略》等作集中涌现，短短十年之间专著数量之多、规模之大远迈前代；更需注意的是，报刊、杂志等新型媒体也成了闺秀诗话发表的重要阵地，就数量而言不少于闺秀诗话专著之和，这一现象与数字足应引起研究者的重视。

闺秀诗话的创作，自晚明延续到民国，历时 300 余年，时间跨度较大。目前见诸记载的作品至少在 80 种以上，以专著和报刊、杂志等连续出版物为文献形态且两者所载诗话之数量大体相当。晚明至清乾隆以前，仅有两部闺秀诗话见于记载，可视为闺秀诗话的初创期。乾隆以来闺秀诗话得到了进一步发展，至 1830 年代之前作品增加了 8 部左右，也就是说晚明至清代中期的 200 余年里共出现 10 部左右的闺秀诗话，但除早期体量较小的《闺秀诗评》与《妇人集》外，余者皆不可见。鸦片战争前十年直至民国初始十年的 90 余年间产生的闺秀诗话作品最多，其中专著与报刊诗话均在 20 种以上，且力作频出，精粹毕集。1920 年代以后，在传统文化渐趋式微的时代气候之下，闺秀诗话的创作虽然在报刊上依然表现出一定的热度，但已为强弩之末。理清闺秀诗话的发展脉络，在宏观把握闺秀诗话发展史的基础上，大体以诗话作品产生时间先后为序，对重要作品作微观细化的考察，确定其在整个闺秀诗话发展链条中的地位，展现其作为"闺秀诗话"的突出特点与存在意义，并对一些存有争议的文献问题进行考辨，对系统全面把握闺秀诗话的发展状貌具有积极意义。

一、闺秀诗话的初创

闺秀诗话是明清女性文学繁荣与诗话创作兴盛的直接产物，它与女性文学总集同为女性文学批评的重要形式，产生时间略滞后于女性诗文总集。胡文楷《历代妇女著作考》收明代女性诗文总集40余部，嘉靖三十三年（1554）魏留耘已刻张之象所编《彤管新编》八卷，田艺蘅的《诗女史》十四卷亦存有嘉靖三十六年（1557）刻本（收入《四库全书存目丛书》），而目前可见最早的闺秀诗话著作即江盈科之《闺秀诗评》的刻本则是万历后期才出现的。清代乾隆前期之前已出现刘云份的《唐宫闺诗》《翠楼集》、邹漪的《红蕉集》、季娴的《闺秀集》、王端淑的《名媛诗纬初编》、王士禄的《燃脂集》等几部重要的女性诗歌总集，闺秀诗话则只有陈维崧所著的《妇人集》。乾隆朝之前，是闺秀诗话的初创期。

（一）闺秀诗话的开山之作：江盈科的《闺秀诗评》

江盈科（1553—1605）字进之，号渌萝山人，湖广桃源（今属湖南）人。万历二十年（1592）进士，授长洲令，历大理寺正、户部员外郎，官至四川提学副使，有政声。以文学名世，是公安派创始人与代表作家之一，主张写真性、真情、真我，"诗多信心为之，或伤率意，至其佳处，清新绝伦，文尤圆妙"①，被公安袁氏兄弟称为诗文"大家"。著有《雪涛阁集》《雪涛四小书》《皇明十六种小传》等。《闺秀诗评》最初同《雪涛诗评》合为《诗评》，与《谈丛》《闻纪》《谐史》合刻为《雪涛阁四小书》（又名《雪涛小书》），有万历三十二年江盈科初刊本；另有明万历四十年潘之恒刻《亘史钞》本，清初《说郛续》刻本。今黄仁生辑校《江盈科集》，中有《雪涛阁四小书·闺秀诗评》，以明万历四十年潘之恒刻《亘史钞》本为底本、以清初刻本《说郛续》卷三十四《闺秀诗评》及相关文献参校而成。另《中国诗话珍本丛书》有影印之排印本（北京图书馆出版社2004年版，第12册第787—805页收录）。

目前，对江盈科《闺秀诗评》一书文献属性的认定存有争议，主流观点是以之为诗话。诗话研究专家蔡镇楚持此观点，其《诗话学》称："明

---

① 袁中道：《江进之传》，见江盈科纂，黄仁生辑校：《江盈科集》（增订本），长沙：岳麓书社2008年版，第898页。

人江盈科撰作《闺秀诗评》1卷，专门评论古今闺阁之诗，开名媛闺秀诗话之先河。"①《中国诗话珍本丛刊》将《闺秀诗评》收录在内，显然也将其视为诗话。另王翼飞的博士论文《清代女性文学批评研究》称："江盈科的女性文学批评著作《闺秀诗评》评论了28位女诗人的44首作品，体例由为诗人小传、作品、简评三个部分组成。此书规模虽然不大，却是明清两代女性诗话的开山之作。"②台湾学者连文萍认为"《闺秀诗评》是诗话撰著中首次以女性诗作为全书评论的对象"③。有些学者则认为《闺秀诗评》不是诗话，较典型的代表是蒋寅先生，他认为"闺秀诗话之有专书，则肇自有清一代"④。按，《闺秀诗评》以人立目，选入唐至明近30位女性诗人40余首诗歌，人名之下先列小传或诗本事，次录诗，再评诗，其性质似宋蔡正孙之《诗林广记》，"在总集诗话之间"⑤。然其集前小序称："余生平喜读闺秀诗，然苦易忘。近摘取佳者数首，各为品题，以见女子自抒胸臆，尚能为不朽之论，况丈夫乎？"⑥结合作品"诗评"之题名，则可知作者选诗一方面是出于个人喜好，另一方面意在评诗以激励男子立言不朽，这虽然体现出与后世大部分闺秀诗话不同的创作目的，但其诗人小传中多涉诗之本事，如其第一则云："崔氏，校书卢象妻，有词翰。结缡之后，以校书年暮微嫌，卢请赋诗，立成一绝：'不怨卢郎年纪大，不怨卢郎官职卑。自怨妾身生较晚，不及卢郎年少时。'"其后评语曰："心中不乐事，徐以一语自解，其妙入神，归于无怨。"⑦记诗歌创作本事的诗"话"的性质明显。可见，《闺秀诗评》兼具诗话之论诗及事与论诗及辞的特点。另，全书刘采春、花蕊夫人、蒨桃、元氏、郑奎妻、陈氏六人而外余者皆录诗一首，也从侧面反映了作者意不在选诗的态度，宜将其归入诗话一类。

从选录对象看，被选入者既有鱼玄机、花蕊夫人、朱淑真、杨用修妻等知名女性文人，亦有廉氏、薛氏、李氏、翁客妓、豫章妇等寂寂无闻者，

---

① 蔡镇楚：《诗话学》，长沙：湖南教育出版社1990年版，第85页。
② 王翼飞：《清代女性文学批评研究》，武汉大学博士论文2014年，第4—5页。
③ 连文萍：《诗史可有女性的位置？——以两部明代诗话为论述中心》，《汉学研究》1999年第17卷第1期，第177页。
④ 蒋寅：《闺秀诗话十二种叙录》，《文献》2004年第3期，第253页。
⑤ 纪昀等：《四库全书总目》卷197，北京：中华书局1965年版，第1790页。
⑥ 蔡镇楚主编：《中国诗话珍本丛书》第12册，北京：北京图书馆出版社2004年版，第787页。
⑦ 江盈科：《闺秀诗评》，见江盈科纂，黄仁生辑校：《江盈科集》（增订本），第739页。下两段所引《闺秀诗评》材料均出此书739—758页，不赘注。

不拘身份与地位，可见作者之平等观念。从体例上看，廉氏、刘采春、余淑柔、朱淑真、贾蓬莱、薛氏、郑奎妻、杨用修妻、孟淑卿九位诗人名下无传，其余诗人小传亦多为简笔勾勒且重在记诗歌本事。所录诗词后皆有评语，多为三言两语的点睛之笔，或从文学批评角度论诗歌的情感特征（如崔氏诗之"无怨"、陈玉兰诗之"凄恻"）、表现手法（如毛龙友妻诗"用事切当"、翁客妓之"口头语组织成词"）、美学风格（如鱼玄机诗"苍老古拙"、刘采春诗"古色照人"、廉氏诗"质而不俚"）、成就地位（如论花蕊夫人《宫词》可"与王建齐名"）等，或从人物批评角度褒扬女性之道德与识见（如评虞氏诗"贞心劲节，溢于言表"；评元遗山之妹诗具"清贞之意"，为"识者之词，难为众人道也"）。《闺秀诗评》的批评方式，奠定了后世闺秀诗话批评的基础，其所选取的品评角度与体现出的强调女性诗人道德品行的倾向，完全为后世的闺秀诗话所承继。

《闺秀诗评》始录盛唐秘书郎卢象妻崔氏诗，而后大体依时代序次，偶见以前置后者，略失严密，而薛涛、李清照等一流作家竟不在选录之列，可见，无论是就创作目的而言，还是从选录对象与评论话语来看，江氏选评女性诗歌都带有很大的随意性与偶然性。然其记事、录诗、评点之体例，已为后世闺秀诗话之基本范式。

（二）以诗话记史：陈维崧的《妇人集》

《妇人集》一卷，陈维崧撰，冒褒注，王士禄评；《妇人集补》一卷，冒丹书补。陈维崧（1625—1682），字其年，号迦陵，宜兴（今属江苏）人，清初阳羡词派领袖。祖陈于廷、父陈贞慧为明末清流。陈维崧少逢国难，中年落拓，曾访冒襄并读书其家。康熙十八年（1679）举博学鸿词，授翰林院检讨。著有《湖海楼集》五十四卷等。冒褒，冒襄同父异母弟，字无誉，号铸错，江苏如皋人。诸生。有《铸错老人集》。王士禄（1625—1673）字子底，一字伯受，号西樵山人，山东新城（今桓台）人。顺治九年（1652）进士，授莱州府教授，迁国子监助教，擢吏部考功员外郎。与弟王士祜、王士禛均有诗名，号为"三王"。有《考功集》等。尝集古今闺秀之作二百三十卷为《燃脂集》，惜未能完整流传。冒丹书，字青若。冒襄子。贡生。官同知。有《枕烟堂集》《西堂集》等。《妇人集》是陈维崧纂辑明清之际妇女轶事之作，《妇人集》初以钞本行，后世版本较多，主要有：道光十年（1830）长洲顾氏《赐砚堂丛书新编》刻本；道光廿六年（1846）潘仕成《海山仙馆丛书》刻本，民国二十五年（1936）商务印书馆《丛书集成初编》据以影印；另有光绪二十六年（1900）、宣统元年（1909）、宣统三年等《冒氏丛书》刻本，宣统元年（1909）、宣统三年（1911）上海国学扶轮社排印本（《香艳丛书》据以影印）。

《妇人集》计80余则，有近60则记载了女性文人的诗词作品，冒丹书所补10则中有8则涉及女性的文学创作，其余20余则或记与诗歌创作无关的女性逸闻轶事，或者录男性评价女性的诗篇，所以不称《妇人诗话》。可见，《妇人集》具有诗话性质却为体不纯，体现了闺秀诗话初创期的特点，也对后世部分闺秀诗话体例不严有直接影响。《妇人集》虽体兼说部，却是"至今所知清代最早记载清代闺秀诗词创作而具有诗话性质的著作"，"为清代的闺秀诗话确定了基本模式，即内容大体是女性诗词选兼诗人小传，间有简短评语，并采录部分与诗词无关的女性逸闻遗事"，在清代闺秀诗话史上居于"开山地位"。[1]

与前代江盈科《闺秀诗评》相比，《妇人集》篇幅扩大一倍有余，且所收女性都生活于明末清初，与撰者同时者多，基本可视为一部当代女性史料集。所录者不拘身份，既有前明宫廷之贵妃、公主与宫女，也有出身青楼之陈圆圆、柳如是、李香君、寇白门、董小宛，亦有闺阁女子徐灿、王端淑、顾若璞、叶绍袁三女、宗元鼎之母、王士禄夫人等，而以吴越才女为多。《妇人集》大体以明清易代之际有诗歌轶事流传的女性为收录对象，记载了诸多身经社会离乱的女性的坎坷遭际与内心痛楚，也隐约展现了作者的故国之思、兴亡之感。如，记徐灿"才锋遒丽，生平著小词绝佳。盖南宋以来。闺房之秀，一人而已。其次娣视淑真，姒畜清照。至'道是愁心春带来，春又归何处'，又'衰杨霜遍灞陵桥，何处是前朝'等语，缠绵辛苦，兼撮屯田、淮海诸胜，直可凭衿。"[2] 既是对徐灿文学成就的评定，选录之作更寓有强烈的兴亡感慨。至于详述陈圆圆色艺俱佳而一生飘零、记离乱之际前朝宫女等人的多首题壁诗等，更足以目为诗史。可以说，《妇人集》兼具史料价值与文学价值。此外，《妇人集》常常将具有相似点的人物连缀在一起，如开篇4则均记明末宫廷中人，继而将陈圆圆、临淮老伎、寇白门、柳如是等青楼女子连续排列，复将女子题壁相聚而编等等。这种"以类相从"的合理编纂方法在后来的许多闺秀诗话中都有应用，又

---

① 此段引语见王英志主编：《清代闺秀诗话丛刊》，南京：凤凰出版社2010年版，"前言"第4页。
② 陈维崧：《妇人集》，王英志主编：《清代闺秀诗话丛刊》，第13页。

以沈善宝《名媛诗话》最为突出，且沈善宝撰写诗话曾多次引用《妇人集》中的材料，《名媛诗话》等作"以类相从"的编排方法很可能是受《妇人集》的影响。

闺秀诗话初创期的两部作品规模都偏小，且或与总集相类，或体近说部，均体现了闺秀诗话最初撰著者对于写作形式的探索尝试。从内容看，两作均由述作家小传与诗本事、录选诗歌、评价诗人或诗作三部分构成；从选录范围看，《闺秀诗评》为通代诗话，《妇人集》则专记某一历史时期；从体例来看，《闺秀诗评》以人立目，《妇人集》逐条分列：凡此，均成为后世闺秀诗话的基本范式，两部作品的开拓之功不可湮灭。另，如前所述，江盈科作《闺秀诗评》体现出较大的随意性和偶然性；陈维崧《妇人集》虽无序跋等述及创作宗旨与背景，但从冒襄、王士禄、冒丹书等人或评注或续补的行为来看，显然清初文人已经表现出以诗话为载体传女性之作的极大热情，在这种趋势之下，加之女性创作热情的日益高涨，必然促成乾隆以后闺秀诗话的发展繁荣。

二、闺秀诗话的繁荣

康雍时期，闺秀诗话的创作较为沉寂。乾嘉年间，袁枚与陈文述等人于江南广招女弟子，倡导女子为诗，并以作诗序、刊选集、录诗话、诗会雅集等方式大力推扬女子为诗，极大地带动了女性进行诗歌创作的热情，一定程度上推动了专门化的闺秀诗话的发展。据各类目录所载，乾隆后到嘉庆时期出现的闺秀诗话专书有：乾隆间辞赋家倪一擎妻苏畹兰的《名媛诗话》，杨芳灿（1754—1816）女杨芸所著《金箱荟说》八卷，王豫（1768—1826）妹王琼的《（爱兰）名媛诗话》八卷，王豫女王筊德的《竹净轩诗话》、王筊容的《浣桐阁诗话》，吴嵩梁（1766—1834）继室蒋徽的《闺秀诗话》，丁彬的《闺秀吐花胲诗话》，另有存在争议的《袁枚闺秀诗话》[①]。但令人遗憾的是，这8部诗话均或散或佚，仅丹徒王氏姑侄所著三种诗话有辑佚条目70余则[②]，余者皆难觅见，以至于闺秀诗话发展期的面貌难以探寻。鸦片战争前的1830年代到清末，闺秀诗话的创作从未停止，

---

① 袁枚研究专家王英志师称："袁枚并未专门撰写过一部闺秀诗话，他自己从未提及，也罕见有人提及，惟《贩书偶记》载，约乾隆年间有抄本《随园诗话》一卷。估计此书是《随园诗话》中涉及闺秀诗人的摘编。"（王英志主编：《清代闺秀诗话丛刊》，第53页）较为合理。

② 刘源、邓红梅：《清代丹徒王氏闺秀诗话三种辑录》，《山东女子学院学报》2013年第1期。

虽专著数量仅有 10 余部，但出现了一批极具特色又颇有成就的作品，可视为闺秀诗话创作繁荣的产物。以下对闺秀诗话繁荣期出现的部分作品在闺秀诗话史上的地位及其突出特点作一分析。

（一）专题性闺秀诗话的开创：梁章钜的《闽川闺秀诗话》

从前文介绍与诗话名称大体可知，闺秀诗话初创期与发展期的作品，基本都是记载、评论各类女性诗人及其诗作的综合性诗话。道光以后，闺秀诗话出现了向精细化方向发展的趋势，《闽川闺秀诗话》《闽川闺秀诗话续编》《历代闽川闺秀诗话》等地域闺秀诗话正是这一趋势的产物，《闽川闺秀诗话》首开其风，也最具代表性。

《闽川闺秀诗话》四卷，梁章钜编撰。梁章钜（1775—1849）字闳中，一字苣林，晚号退庵，福建长乐（今属福州）人。嘉庆十年（1805）进士，官至江苏巡抚兼署两江总督。清代学者，文学家。幼颖而力学，博览群书，学识渊博，勤于著述，一生有作品 70 余种刊行于世，较知名的有《文选旁证》《楹联丛话》《称谓录》《归田琐记》《退庵随笔》等，另有诗集《藤花吟馆诗钞》等。

《闽川闺秀诗话》是梁章钜专门记载、评价明末到清代道光年间闽地女性诗人事迹及诗歌的诗话作品。这部诗话的创作，带有较强的为地域文学与家族文学张目的意图，是区域性闺秀诗话的首创之作，也是集中记载家族诗事活动最详细的闺秀诗话。

梁章钜"著作等身，尤留意梓邦故实"，"尝辑唐以来《闽川诗钞》数十卷，并仿秀水朱氏《明诗综》之例，间缀诗话，而于国朝诸诗事尤详，已有十二卷成书，意欲先为脱稿单行"。① 现所见其诗话作品主要有《南浦诗话》《长乐诗话》与《闽川闺秀诗话》等，表现出诗话创作进一步细化、专题化的倾向。

《闽川闺秀诗话》的编撰态度是极为审慎认真的，材料的采辑力求准确全面。梁章钜一方面采集各类可靠的典籍，主要有《莆风清籁集》《闺秀正始集》《国朝诗别裁集》等总集与《福建通志》《漳州通志》《长乐县志》《古田县志》等方志，同时参考人物传记与墓志铭等材料，确保材料的翔实、准确；另一方面，又请梁韵书以女性身份之便"就同时亲串诸家

---

① 梁韵书：《闽川闺秀诗话》序，王英志主编：《清代闺秀诗话丛刊》，第 189 页。

耳目较近者详加采访"①，获取同时代的女性诗歌以及由各个家族保留下来的部分前人之诗歌材料与诗事；再加上他本人的着意搜罗，广泛求索，尽最大可能地保证全面获取撰写诗话的资料。另外，梁章钜还注意与他人著作相参照，收录他作未取或遗漏者（如黄淑畹条录《榕城诗话》未收者，卷二），订正他集有误之处（如郑镜蓉条订《闺秀正始集》之误，卷二）等，因此，这部诗话的资料是较为全面的，史料价值较高。《闽川闺秀诗话》是最早出现的专题性闺秀诗话，为后来《青楼诗话》等专题诗话导夫先路；它也是闽地闺秀诗话的开山之作，直接启发丁芸辑《闽川闺秀诗话续编》与《历代闽川闺秀诗话》，由此形成了闽地闺秀诗话的系列作品，进而完整地展现了中国古代闽地女性的诗歌活动。这部作品对于闺秀诗话的深细化发展与福建地域文学的构建均具有积极意义。

此外，《闽川闺秀诗话》还集中、系统、详细地记载了女性的家族文学活动。诗话共四卷，以人立目，计收女诗人 103 位，其中对于闽地黄任（字莘田）、郑方坤（字荔乡）与梁章钜本家三个家族女性的文学活动记载尤详。郑氏一门三代约 10 人的文学活动载于卷二之中，郑方坤女"郑镜蓉"条下称："荔乡先生一门群从风雅蝉联，膝前九女，皆工吟咏。荔乡先生守兖州时，退食余暇，日有诗课，拈毫分韵，花萼唱酬，有《垂露斋联吟集》。自古至今，一家闺门中诗事之盛，无有及此者。"② 展现了郑氏一门诗歌创作的盛况，也从侧面反映出家族男性长辈对女性诗人成长的重要作用。卷三更以整卷篇幅记梁氏一门四代 14 位女性的文学创作，举凡地方文化家族之间的交互影响、文化家族女性成长的环境与多样化的文学活动等均有详细记载，为研究家族性女性文学创作提供了极好的范本。

就内容而言，这部诗话主要有以下几个突出特点：第一，极力表彰具有孝慈贞义等品性的女性，集中着意载录大量的慈母、孝妇、贞女、节妇、烈妇，对"能持大节"（许琛，卷一）者之事迹记载尤详，肯定女子祈天代姑病、刲股肉以疗疾等孝行与"以节终""以烈终"的贞烈气节，将"足以觇德性"（卷二"姜氏"条）、显"慈训"（卷二"黄淑庭"条）、露"孝思"（卷三"先叔母许太淑人"条）的诗歌作品选入以寓教化。可见，

① 梁章钜：《闽川闺秀诗话》，王英志主编：《清代闺秀诗话丛刊》，第 189 页。
② 梁章钜：《闽川闺秀诗话》，王英志主编：《清代闺秀诗话丛刊》，第 213 页。以下引自《闽川闺秀诗话》者皆出此处，不赘注。

既显女性之才华，复赞女性之美德，是作者选辑诗歌的重要标准。第二，注意兼取多种艺术风格的诗作，这一点明显体现在梁章钜的品评话语中：所收诗歌既有"朴实言情""直抒胸臆"者，也有"诗意婉约""含毫邈然"者；既有"藻丽气清、不愧家学"者，也有"偶傥不凡、别出手眼"者；"情景兼到"与"意在言外"并举，"慷慨激昂"与"音节谐婉"兼容，一定程度上体现了梁章钜兼收并取的诗学观念。同时，作者特别称赏能突破闺阁诗常见模式之"别调"，如称苏世璋"闺阁中独能学选体"（卷一）、魏凤珍的怀古之作《咏韩侯钓台》"慷慨激昂，在香奁中颇不易得"（卷一）、林淑卿"拟古便能近古，非描脂画粉者所能猝办"（卷二）等。第三，诗话选录的诗歌作品全方位展现了女性的生活内容与情感，吟风弄月、诗酒酬唱、念远思乡、儿女情长等均述诸诗章，特别是有 30 余位或芳华早陨、或所嫁非偶、或夫亡而寡守节以终、或夫死身殉的不幸女性，她们在诗歌中抒写坎坷多难的人生与独特深沉的情感体验，情真意切，语语沉挚，其诗其事，皆足感人。《闽川闺秀诗话》比较全面地展现了明清时代闽地文化女性的生活状况，堪为闽地女诗人生活资料的汇编，具有重要的史料与文学价值。

《闽川闺秀诗话》是现存较早、较成熟的闺秀诗话，也是水平较高且最具代表性的地方性闺秀诗话。《闽川闺秀诗话》有道光二十九年（1849）刻本，《续修四库全书》本据此影印；另有《香艳丛书》本。

（二）闺秀诗话中的扛鼎之作：沈善宝的《名媛诗话》

沈善宝（1808—1862）字湘佩，晚号西湖散人，钱塘（今浙江杭州）人。为武凌云继室。沈善宝出身于官宦之家，曾随母吴世仁浣素、姨母吴世佑及义母史太夫人等学诗，并师事陈权等人。她自幼聪慧，多才多艺，"博通书史，旁及岐黄，丹青、星卜之学，无所不精"，[①] 尤深于诗，是道咸年间女性吟坛的宗主。著有《鸿雪楼诗集》十五卷、《鸿雪楼词集》一卷、《名媛诗话》十二卷续集三卷。

《名媛诗话》主要记录了明清以来的女性文人及其文学创作与文学活动。诗话的创作始于道光二十二年（1842），至道光二十六年（1846）完成十一卷，又辑题壁、方外、扶乩、朝鲜等为末卷，成正编十二卷；后又编《续集》上、中、下三卷，计十五卷。续集后有光绪五年（1879）武凌

---

① 武友怡：《名媛诗话》续集下后题识，王英志主编：《清代闺秀诗话丛刊》，第613页。

云子武友怡题识。诗话所收基本为明代至清道咸年间的女性文人，对与著者同时代的各地女性之文学活动与成绩记载尤详。沈善宝以"红闺诗领袖"的身份主动自觉地撰写闺秀诗话以为闺秀传名，意义自然不同；而沈善宝个人较高的文学造诣、广泛的交游、宏阔的视野，又使得《名媛诗话》成为闺秀诗话中一部极具典范意义的作品，也是闺秀诗话中最优秀的作品。

1. 女性著者的身份意义

沈善宝之前，已有女性文人专撰闺秀诗话的先例。乾隆以来，苏畹兰、王琼、王婀德、王婀容、杨芸、蒋徽、张倩等均有闺秀诗话之作，但是这些作品几乎都难以见到，且除杨芸所著《金箱荟说》八卷规模较大而外，其他大多篇幅较短。沈善宝是否见过上述作品，我们不得而知。但是，这样一些作品在历史上出现本身已经向人们昭示，闺秀诗话的创作已是文学发展的自身要求，这也是1840年以来《名媛诗话》《闽川闺秀诗话》与棣华园主人《闺秀诗评》等几部较优秀的诗话相继完成的原因之一。沈善宝的《名媛诗话》是目前所知现存最早且规模较大的女性撰写的闺秀诗话，撰著者的女性视角，使得作品本身呈现出一些特殊的意义。

沈善宝十二岁时，家庭遭遇变故，其父沈学琳在江西义宁州通判任上被诬，自裁而亡，家道因此中落。沈善宝不得不走出闺阁，"日勤翰墨，不数年，求诗画者踵至。因以润笔所入奉母课弟，远近皆称其贤孝"①。道光十二年（1832），沈母离世，湘佩诗画自给，两年后更积资营先世八棺葬于祖茔。道光十七年（1837），沈善宝被义母史太夫人召至京寓相依，并嫁来安武凌云为继室。沈善宝在浙地时已有诗名，与杭州闺秀梁德绳、许云林、丁步珊、吴藻等名媛多有酬唱。道光十六年（1836）即入京前一年，其《鸿雪楼诗初集》四卷付梓。至京城后，沈善宝开始与顾太清、项屏山、余季瑛、富察蕊仙、陈慕青、余淑苹等京城名媛以及随宦入京闺秀诗人广泛交游，结秋红吟社。此后与京城、杭州两地文人频繁互动，逐渐成为道咸年间女性文坛的领袖。沈善宝个性豪爽，从早年润笔养家、营葬先人以及积极进入文坛等人生经历不难看出，她是一位独立有主见、主体意识较强的女性，《名媛诗话》的创作一直贯穿着一位女性写作者明显的女性意识。诗话开篇的引语称：

---

① 梁乙真：《清代妇女文学史》，北京：中华书局1932年版，第211页。

> 自南宋以来，各家诗话中多载闺秀诗，然搜采简略，备体而已。昔见如皋熊澹仙女史所著《澹仙诗话》内载闺秀诗亦少。

沈善宝对南宋以来各家诗话对女性文学的记载状况表达了不满。从南宋谈起，其实隐含了沈善宝对前代诗话建构女性文学史的期盼，但因各家"搜采简略、备体而已"，这一希望显然落空。特别是早于她半个世纪左右的女诗人熊琏所著的《澹仙诗话》，以女性著者身份而录闺秀诗少①，更让她感到不满甚或失望。这些话语，既隐含了沈善宝建构女性文学史的强烈要求，同时又折射出其鲜明的性别意识与书写女性文学史的责任感，而这种源自于女性生命个体内心的要求，是一般男性难以体会也不具备的。紧接着，沈善宝明确阐述了诗话创作的心理动因与目的：

> 窃思闺秀之学与文士不同，而闺秀之传又较文士不易。盖文士自幼即肄习经史，旁及诗赋，有父兄教诲，师友讨论。闺秀则既无文士之师承，又不能专习诗文，故非聪慧绝伦者，万不能诗。生于名门巨族，遇父兄师友知诗者，传扬尚易；倘生于蓬筚，嫁于村俗，则湮没无闻者不知凡几。余有深感焉。故不辞摭拾，搜辑而为是编。惟余拙于语言，见闻未广，意在存其断句零章，话之工拙不复计也。②

"中国旧俗，妇女皆禁为学。一则贱女之风，以女子仅为一家之私人，故以无才为德；一则男女既别，不能出于学校以求师。相习成风，故举国女子殆皆不学。"③康有为所言固然失于绝对，但封建时代的女性因为社会地位低，能接受文化教育的数量极为有限，可系统学习女德而外的诗文创作者更是凤毛麟角，女子能学难，学诗更难。而若要以诗名流传后世，则需良好的教育、聪颖之天分、认同女性为诗价值的父兄师友等男性之揄扬等因素兼备，这简直是可遇而不可求了。沈善宝从女性真实的生命感受出发所

---

① 《澹仙诗话》采录有诗作的闺秀48人，另有部分提到姓名而未采录作品的，女性诗人占全书所录总人数的十分之一以上。详见蒋寅：《性灵诗观在女性诗学中的回响——熊琏〈澹仙诗话〉的批评史意义》，《学术研究》2020年第3期。

② 沈善宝：《名媛诗话》序，王英志主编：《清代闺秀诗话丛刊》，第349页。

③ 康有为：《大同书》戊部《去形界保独立·妇女之苦总论》，沈阳：辽宁人民出版社1994年版，第156页。

体察的女性为文之"三难",道尽了封建时代多少文化女性之痛,而一句"深有感焉"之中,又含有她对才女湮灭不彰之遭际的无限同情以及无奈与叹息!作为一位有思想又有行动力与能力的女性诗人,沈善宝对女性在文学史上遭受的冷落是极不甘心的,故"不辞撷拾",广为采辑且不计工拙,为闺秀之专题诗话,意在存断句零章,为女性文人留名于世。

源于强烈的女性意识①,沈善宝以撰著闺秀诗话承担起建构女性文学史的任务,存文学女性之诗与人,是她最主要的目的。搜集、记录、颂扬,是《名媛诗话》写作的"三步曲",我们在作品中几乎看不到沈善宝对女性创作否定性的评价,若就严格的女性文学史之书写与女性文学批评而言,这显然是有缺失的;然而,沈善宝从女性视角出发创作的《名媛诗话》,在留存女性诗史资料、传扬自我与其他女性声名、肯定女性个体生命价值、倡导女性文学发展等方面显然取得了极大的成功。

另外,沈善宝在《闺秀诗话》中记录了大量个人亲身参与的文学活动,她以亲历者的身份几乎详细地呈现了道咸年间女性的诗歌活动场景,以此完成了构建女性文学史中重要的一环:不只是孤立的作家与作品的零散记录,还包括女性文学生产展开方式的记载,如女性诗人的个体成长与群体活动,女性诗人之间的诗艺切磋与诗友情谊,特别是大量的文学活动场景,这些资料弥足珍贵。

2. 《名媛诗话》的典范意义

就作品创作而言,《名媛诗话》在很多方面具有典范意义。

首先,《名媛诗话》具有突出的原创性。作品的内容主要由两大部分组成。其一,记录沈善宝围绕江南与京师两个中心同时又辐射到其他区域的交游圈的文学创作与文学活动。因为足迹遍及南北且在文坛颇具影响,沈善宝一生交游甚广,与之唱和之诗友遍及各地,有些甚至只是"神交"并未谋面。沈善宝将自己与几十位闺友直接或间接的文学交往及这些女性的文学活动与创作都记载在了诗话之中,言人之所不知与未言,道光年间有关女性文学创作的大量生动详细的第一手资料留存于诗话之中,极为宝贵。其二,沈善宝欲创作一部力图呈现明清女性文人与文学作品的诗话,在写

---

① 张宏生:《才名焦虑与性别意识——从沈善宝看明清女诗人的文学活动》(《阜阳师范学院学报》2001 年第 6 期)、段继红:《清代女诗人研究》(苏州大学博士论文,2005 年)等作均论及沈善宝的女性意识,可参看。

作中是不可能不参阅他人之前的相关记载的，如卷一"顾若璞"条称顾"节行文章为吾乡闺秀之冠，惜文集早经散佚，《撷芳集》言之甚详，《池北偶谈》《正始集》俱载之"。① 可见，沈善宝在撰写闺秀诗话时，对相关论著是作了较充分的了解的，也自然会用到其中的材料。不过，在材料使用的方式上，沈善宝既没有采用辑录体方式直接引据，更没有像后世很多诗话一样直接照抄而不做任何说明。如，卷二"徐灿条"的写作如下：

《妇人集》载：徐湘蘋灿，大学士陈之遴室。才锋遒丽，小词绝佳。南宋以后闺房之秀，一人而已。如"道是愁心春带来，春又归何处"及"衰杨霜遍灞陵桥，何处是前朝"。又有《感旧·西江月》云："剪烛闲思往事，看花尚记春游。侯门东去小红楼。曾共翠娥杯酒。闻说倾城尚在，可如旧日风流。匆匆弹指十三秋，怎不教人白首。"金沙王朗亦工小令。《浪淘沙·闺情》云："几日病淹煎。昨夜迟眠，强移心绪镜台前。双鬓淡烟低髻滑，也自生怜。不贴翠花钿，懒易鲜衣，碧袖衫子褪红边。为怯游人如蚁拥，故拣阴天。""疏雨滴清籁，花压重檐。绣帏人倦思恹恹。昨夜春寒眠不足，莫卷湘帘。罗袖护纤纤，怕拂妆奁。兽炉香倩侍儿添。为甚双蛾长锁翠，也自憎嫌。"又有"学绣青衣闲刺凤，自把金针，代补翎毛空"之句，缠绵妍丽，可销读者之魂。②

此条所论之徐灿与王朗均见于陈维崧之《妇人集》，但并不相连：

徐湘蘋（名灿），才锋遒丽，生平著小词绝佳。盖南宋以来，闺房之秀，一人而已。其词娣视淑真，姒畜清照。至"道是愁心春带来，春又归何处"。又"衰杨霜遍灞陵桥，何处是前朝"等语，缠绵辛苦，兼撮屯田、淮海诸胜，直可凭衿。③

金沙王朗，学博次回（名彦泓）女也。学博以香奁艳体盛传吴下，朗亦生而凤悟，诗歌书画，靡不精工，尤长小词，为古今绝调。生平

① 沈善宝：《名媛诗话》卷一，王英志主编：《清代闺秀诗话丛刊》，第350页。
② 沈善宝：《名媛诗话》卷二，王英志主编：《清代闺秀诗话丛刊》，第370页。
③ 陈维崧：《妇人集》，王英志主编：《清代闺秀诗话丛刊》，第13页。

著撰甚多，兵火以来，便成遗失。尝于扇头见其《浪淘沙·闺情》三
首云："几日病淹煎。昨夜迟眠，强移心绪镜台前。双鬓淡烟低髻滑，
也自生怜。不贴翠花钿，懒易鲜衣，碧袖衫子褪红边。为怯游人如蚁
拥，故拣阴天。""疏雨滴清籁，花压重檐。绣帏人倦思恹恹。昨夜春
寒眠不足，莫卷湘帘。罗袖护纤纤，怕拂妆奁。兽炉香倩侍儿添。为
甚双蛾长锁翠，也自憎嫌。""斜倚镜台前，长叹无言。菱花蚀彩个人
焉。吩咐侍儿收拾去，莫拭红绵。满砌小榆钱，难买春还。若为留住
艳阳天。人去更兼春去也，烦恼无边。"才致如许，真所谓"却扇一
顾，倾城无色"矣。①

　　沈善宝按其以类相从的编选原则，将出现在《妇人集》中的不同条目
组合在一起，并视所需对材料进行了择取，而后灵活化入自己的写作体系
之中，显然也是一种创造性行为。后世不少闺秀诗话的一大弊病就是杂抄
诸书而无任何改造且不出注释，与其相比，沈善宝《名媛诗话》对此类旧
材料的重新组合与阐释显然是具有一定的创造性的。

　　其次，以类相从的编选方法极具典范意义。沈善宝的《名媛诗话》并
不是最早采用"以类相从"方法编排的闺秀诗话，之前陈维崧的《妇人
集》已有一些尝试，但《名媛诗话》却是最典型的运用"以类相从"之法
的作品。诗话中同类相连的情况极多，诗人或因同里而相从、或因同处边
地而相从，或因同具有孝义品性而相从，或因具有共同的风格特点而相从，
或因所作皆为咏史诗而相从，同类相从的编排散见于各卷之中，俯拾皆是。
这一编撰方法，使得处于分散状态的诗人与作品可适当地集中聚合，形成
散中有聚的特点，亦可为类型研究与其他诗话的编撰提供启示。

　　再次，当代为核心兼取前代的选录范围划定，也是一种具有典范意义
的方法。与很多诗歌总集编纂时往往不录当代或尚存世者相反，《名媛诗
话》特重对当代诗歌的选录与诗歌活动的记载，体现了突出的当代性，在
及时保留更生动、更真实的闺秀诗歌创作方面，具有重要意义。后此棣华
园主人的《闺秀诗评》、苕溪生的《闺秀诗话》、雷氏兄弟的《闺秀诗话》、
金燕的《香奁诗话》都表现出对同时代女性文人及其作品的关注，不能说
完全没有沈善宝的影响。当然，就《名媛诗话》的写作来说，沈善宝后来

---

① 陈维崧：《妇人集》，王英志主编：《清代闺秀诗话丛刊》，第17页。

因人情之请，将一些不怎么有价值的作品也收到了诗话之中，必然一定程度地削损整部诗话的艺术水平，这是应予以注意的。

《名媛诗话》的版本颇多，较重要的有道光年间刻十二卷本，北京大学图书馆藏；光绪五年（1879）鸿雪楼刻本十二卷续集三卷，是内容最全的本子，中山大学图书馆藏，《续修四库全书》据以影印；另有民国十年（1921）钱塘沈氏铅印与民国十二年（1923）沈补愚所刊的八卷本，藏清华大学图书馆。

（三）独特的批评标准的确立：棣华园主人的《闺秀诗评》

署名棣华园主人的《闺秀诗评》，最早有咸丰元年（1851）棣华园刊圈点本、另有咸丰二年（1852）刻《闺秀诗评初编》四卷本，是与《闽川闺秀诗话》及沈善宝《名媛诗话》几乎同时产生的一部作品。宋清秀曾对作者棣华园主人作了较充分的考证，得出棣华园主人应是道咸年间戏曲家黄钧宰的结论①，与蒋寅先生称作者为道咸间黄姓人的推断相吻合。②

蒋寅先生《清诗话考》记安徽省图书馆有《闺秀诗评初集》四卷本钞本，笔者亦查阅到《东北地区古籍线装书联合目录》中著录"闺秀诗评初集4卷，咸丰二年刻本，吉林大学图书馆藏"③，惜未能获睹全豹，以下仅就《清代闺秀诗话丛刊》所据光绪间申报馆丛书本收入的一卷本《闺秀诗评》所见予以简述。

《闺秀诗评》一卷本虽然无作者序跋，但作者的个人行迹、大体创作时间与文学观念在诗话之中都有记载。首先，作品的创作时间大体可以推知。诗话中记载："予年二十以前好作词曲，有传奇数种。""丁未（1847）来江南，闻予选《闺秀诗录》，顾作数首见访。""辛亥（1851），晤黄浦姜月台。"则可知作品的创作至迟在丁未年已经开始，而且一直持续到咸丰元年辛亥刊刻棣华园圈点本之时，此时作者的年龄应在20岁以上。其次，诗话中多次提及作者甲辰年至辛丑年间的行迹，如"辛丑、壬寅间（注：指道光辛丑、壬寅年即1842年、1843年），（周凤韶）从父侨居江南，与予朝夕见，相得甚欢。今不通音问近十年矣。""予甲辰应试金陵""甲辰至金陵城北诸寺，见题壁二十字""甲辰予客扬州时，石生邀余过晓山""丙

①　宋清秀：《〈闺秀诗话〉与〈闺秀诗评〉关系及作者考述》，《苏州大学学报》2011年第2期。
②　蒋寅：《清诗话考》，北京：中华书局2005年版，第554页。
③　辽宁省图书馆等：《东北地区古籍线装书联合目录》，沈阳：辽海出版社2003年版，第3667页。

午、丁未间，余家居读书，杜门不出""二诗皆庚戌入都见之""予庚戌过德州时"等等。这些条目清晰地显示，作者辛丑（1842）、壬寅（1843）间居于江南，甲辰年（1844）曾至金陵、客扬州，丙午（1846）、丁未（1847）年间家居读书，庚戌年（1850）曾过德州、入京城。可见作者曾四处漂泊，主要活动与江南地区，亦曾北上。其《闺秀诗评》所记，基本是棣华园主个人的见闻以及友人石生因其请为他搜集来的资料，涉及包括广州、成都、西安、太原等各地的女性诗人而以江南地区为主。若细作对比，我们就会发现，虽然与沈善宝《名媛诗话》均产生于道光后期的江南地区，二人诗话所录女性诗人却几乎不重合，其原因在于沈作主要录名门大族、官宦之家与社会上较为知名的才媛之诗，而《闺秀诗评》主要表现出对同时代中下层女性的热切关注。如：余姚高芷香夫王鼎叔"客江宁，高从之"；"剑州沈秋眉，嫁徐柳村秀才，未及半载，而徐赴浙省为某太守记室，每数年甫能一归"；"扶风汪晓山，豪旷士也，弃诸生，携妇来游江浙间，居无定所，以卖画所得为旅资。"① 因此，《闺秀诗评》是一部典型的当代诗话，可与《名媛诗话》互为补益，此为其价值之一。

《闺秀诗评》的另一个重要价值在于，与大部分闺秀诗话中道德批评凌驾于美学批评之上的观念不同，作品表现出美学批评对道德批评的超越。首先，前于与后于它产生的很多诗话，如沈善宝《名媛诗话》、梁章钜《闽川闺秀诗话》、丁芸《闽川闺秀诗话续编》、雷氏弟兄《闺秀诗话》等中都有非常突出的对女性慈、孝、贞、烈等道德行为的记载与揄扬，体现出既重女性才情、更重女性德行的评价标准。这部诗话中虽然对恪守传统道德的女性事迹也偶有记载，但笔墨明显少了很多，甚至有些条目还对迂腐的旧理学予以嘲讽（如驳理学者言"夫妇必相敬如宾"条等）。通观全作，诗话的重点明显在于诗歌文本的精择细选与对女性文人作品的美学评价，作者主要从诗美层面出发，择选艺术水平与成就较高的作品入诗话，以故所收几乎尽为佳作且诗评话语较多。这样的特点，使得《闺秀诗评》虽篇幅不大，但价值却足以超越大部分同类作品。

《闺秀诗评》的第三个价值在于不同于时的对女性诗歌的评价标准。绝大多数闺秀诗话中表达的对女性诗美的主流评价倾向是，一方面肯定闺秀诗之清音，另一方面表现出对有雄健、豪迈、苍老之格的闺中"别调"的

---

① 以上引文均见棣华园主人：《闺秀诗评》，王英志主编：《清代闺秀诗话丛刊》，第2277—2315页。

推崇与欣赏，强调女性文学中与男性文学"同质"的因素，梁章钜、沈善宝甚至民国以后的金燕、雷瑨等莫不如此，棣华园主人无疑是个特例。他特别肯定了女性文学异于男性文学的特点，强调女性文学独特的艺术魅力。首先，他认为评女性诗当重性灵而略风格："近人言诗，往往尚风格而不取性灵，甚至阅女子诗亦持此论，尤为迂阔。深闺弱质，大率性灵多，学力少，焉得以'风格'律之？故予所录诸作，取其温柔袅娜、不失女子之态者居多。"① 明确将女性诗特有的"温柔袅娜"之美作为选诗的标准，同时借友人石生之口道出："夫选闺秀诗，必确是闺秀口吻方妙。"② 作者称自己素性最喜诗词，闺秀诗尤爱之若拱璧，其原因是"女子自言其性情，大都丰韵天然，自在流出，天地间亦少此种笔墨不得"③，肯定女性诗歌性情之真、性灵之趣、天然丰韵、自在流出，并以之为文学中不可缺少之境界，这些论调显然有性灵派之影响。故蒋寅先生《清诗话考》评价棣华园主人"论女子诗须持不同于男子之标准，亦甚有见地，颇与今日女权主义批评之理论暗合"④。

（四）规范的辑录体闺秀诗话：丁芸的《闽川闺秀诗话续编》

闺秀诗话的成书方式大概而言有撰著、辑录、杂抄三种。早期大多数闺秀诗话均为撰著成书，闺秀诗话发展繁荣的表现之一是成书方式渐趋多样，光绪年间丁芸所辑之《闽川闺秀诗话续编》四卷，是一部较早出现且规范的辑录体闺秀诗话。

丁芸（1859—1894）字耕邻，一字晴艿。福建侯官（今福州）人。光绪十六年（1890）举人，选用儒学训导。性和而介，勤于著述，"尤有意于古作者"⑤，有《〈尔雅〉郭注溯源》《〈古文论语〉郑注辑本》《〈左传五十凡〉义证》《〈公羊〉何注引》《〈汉律〉考》《〈晋史杂咏〉注》等学术著作，辑《柏筒诗话》《柏筒人物传》《闽川闺秀诗话续编》《历代闽川闺秀诗话》等地方文献，另有《丁氏家集》《闽文选》《闽中石刻考》《国朝闽画记》《有可观斋经说》《有可观斋诗文》等未及脱稿，因兄丁菁猝死，

---

① 棣华园主人：《闺秀诗评》，王英志主编：《清代闺秀诗话丛刊》，第2278页。
② 棣华园主人：《闺秀诗评》，王英志主编：《清代闺秀诗话丛刊》，第2283页。
③ 棣华园主人：《闺秀诗评》，王英志主编：《清代闺秀诗话丛刊》，第2286页。
④ 蒋寅：《清诗话考》，北京：中华书局2005年版，第554页。
⑤ 谢章铤：《丁耕邻墓志铭》，见丁芸：《闽川闺秀诗话续编》，王英志主编：《清代闺秀诗话丛刊》，第265页。

哀伤感愤而卒，年三十有六，诚可憾也。

《闽川闺秀诗话续编》收明清两代计135名闽地女诗人。诗话仿《闽川闺秀诗话》，以人立目，但各条正文均直接引用其他文献材料，乃辑纂而成。《闽川闺秀诗话续编》共征录文献四十余种，于其中"选闽中珠玉"，"述而不作"①，是一部典型的辑录体诗话。所引文献，包括《全闽诗录》《闽文选》《杭郡诗续集》《闺秀正始续集》等诗文总集，《赌棋山庄文集》《绣余吟草》《绿田吟榭诗稿》《筠青阁吟草》等别集，《射鹰楼诗话》《屏麓草堂诗话》《听秋声馆词话》《陔南山馆诗话》等诗话，《福建通志》《福清县志》《长乐县志》《光泽县志》《福安县志》《厦门志》等方志，另有《榕阴谈屑》《芹漈随笔》《避暑钞》等笔记，材料丰富，内容亦较翔实。丁芸此作最值得称道的是"义例尤严"："生存者概置不录"②，每条材料均注明文献来源，辑录材料而外丁芸个人补充的材料或见解在引文中或条目后缀以按语，用来注释生平、补充诗作或考辨真伪等，且均言之有据，可见作者审慎严谨的写作态度。《闽川闺秀诗话续编》堪为辑录体诗话的典范之作。

除此而外，丁芸此作的价值还体现在以下几方面。其一，诗话是续补《闽川闺秀诗话》之作，所收诗人绝大部分为梁作未收者，偶有重出者所记内容必不同，正可补梁作之阙。其二，作为一部辑录体诗话，诗话中提及的一些别集颇为稀见而又为作者亲见，不少别集及其中的作品后世无传，这些稀有材料在文献辑佚、编目领域有重要的价值。诗话征引的其他类作品如《芹漈随笔》等也很难查到，或稀见或亡佚，相关材料亦可用于辑佚。其三，诗话中保留的别集信息、女性诗人信息可为女性文学目录的编纂提供材料。

《诗话》前有光绪三十四年（1908）戊申侯官女士薛绍徽序、丁芸表叔谢章铤之《丁耕邻墓志铭》；后有光绪丙申年（1896）冬梁溪杨蕴辉《书后》，录其从刘家谋《怀藤吟馆随笔》中所辑诗话3则并有跋语。杨蕴辉（1875—1909），字静贞，江苏无锡人。杨英灿孙女，福建军董敬箴室。能诗，诗风沉郁，工画花卉草虫。著有《吟香室诗草》。《闽川闺秀诗话续

---

① 薛绍徽：《闽川闺秀诗话续编》序，见丁芸：《闽川闺秀诗话续编》，王英志主编：《清代闺秀诗话丛刊》，第263页。

② 薛绍徽：《闽川闺秀诗话续编》序，见丁芸：《闽川闺秀诗话续编》，王英志主编：《清代闺秀诗话丛刊》，第264页。

编》有民国三年（1914）丁震北京刻本，哈佛大学燕京图书馆藏此本，外题《女士闽川闺秀诗话二》；内书名篆文，题"长乐谢枚如先生鉴定《闽川闺秀诗话续编》"，署"侯官郭莅宜题"，下有阳文钤印"十珠"。《清代闺秀诗话丛刊》据民国三年刻本整理。

上述所论四部作品中，其中有三部都产生于1850年代前后，但却表现出迥异的特色；丁芸的《闽川闺秀诗话续编》的问世约在半个世纪以后。民国建立之前，还有一部较为特殊的作品是陈芸的《小黛轩论诗诗》，此书一身而兼二体，实际上是论诗诗与诗话的合体，其中，论诗诗为陈芸所作，具有诗话性质的注署陈荭作，二人为晚清著名女诗人薛绍徽之女。作品附于宣统三年辛亥（1911）所刊薛绍徽《黛韵楼诗词集》后，计收论诗诗二百二十一首，以七言绝句论闺秀千余家。但其论诗多仅串联女性文人事迹，注文大部分仅提供论诗诗所记女性的籍贯、婚配情况与作品集名称，材料颇为常见，录诗与录事的内容都很少，所以与大部分闺秀诗话还是有区别的，虽也保留了一部分文学资料，但总体价值与他作相比略逊一等，故论从略。总体来讲，这几部各具特色的作品为此后闺秀诗话的创作从不同方面提供了养分，也促成了民国初十余年间几部重要诗话作品的产生。

三、闺秀诗话的结响

20世纪初期，中国社会面临着一场巨变，激烈的政治动荡与鲜明的文化转型昭示着一个新时代的到来。在女子解放运动的影响之下，闺秀诗话的创作热度不减，一方面赓续着既有的传统继续前行，一方面又展现出新的面貌：记事紧追时代的步伐，新、旧两类女性的创作面貌均有反映；批评上既有以诗话传递进步之思想观念者，也有欲藉诗话扬女德、复传统者，新、旧思想与文化的捍卫者或支持者均欲藉闺秀诗话为斗争的武器。形式上除以传统著述呈现之外，又借新媒体之力，在报纸杂志上大量刊行。从1911年到1920年，计有近十部闺秀诗话专著产生，其中还有两部大部头的作品，是传统闺秀诗话的有力结响。这一时段报刊闺秀诗话在20种左右，因大多规模不大，零星地点缀在专著创作的周围，姑且置于下一部分作报刊诗话专论。

（一）闺秀诗话中的鸿篇巨制：雷瑨、雷瑊的《闺秀诗话》

雷瑨、雷瑊所辑之《闺秀诗话》计十六卷。雷瑨（1871—1941）字君曜，别号娱萱室主，笔名云间颠公、缩庵老人等。松江人。清光绪十四年

（1888）举人。初任扫叶山房编辑，后任《申报》编辑多年。工诗词，善文章，熟谙掌故，著述颇富，文史兼擅。尝笺评、编选诗、词、小说集数种，尤关注女性文学，相关著作有《美人千态诗》《美人千态词》《闺秀诗话》《闺秀词话》《青楼诗话》等。雷瑊，字君彦，雷瑨弟，事迹未详。

雷瑨在作于乙卯（1915）六月的《自序》中交代了关于此书创作的一些重要信息：

> 甲寅之夏，足患湿疾甚苦，经月不能步履。郁伊无聊时，与吾弟君彦，取各家诗集及笔记、诗话诸书，随意浏览，以消永昼。见有涉闺秀之作，则别纸录之。四方朋好，又时贻书，以闺秀诗录示，或专集，或一二零章断句。有仅具姓氏者，亦有遗闻轶事足资谈柄者。每有所得，辄付管城子记之，不分时代，不限体格。大旨以有清一代闺秀诗为断，元明间闺媛名著偶亦附入焉。阅一年为乙卯夏，成书十六卷，得闺秀一千三百余人。另辑《闺秀词话》四卷、《青楼诗话》两卷。①

诗话的创作从甲寅（1914）年夏天开始，一年以后即乙卯年（1915）夏已完成，同时还完成了《闺秀词话》《青楼诗话》的创作。《闺秀词话》与《青楼诗话》民国五年（1916）由扫叶山房率先发行，《闺秀诗话》的出版则滞后几年，至民国十一年（1922）才出现扫叶山房石印本。作者称所收范围"大旨以有清一代闺秀诗为断，元明间闺媛名著偶亦附入焉"，而作品中所收诗人之时代实不止于元明清三代，对宋及其他时代的作品亦有收入，所收诗作迄于成书之世，而以清代为主体；诗人不拘地位身份，凡有诗或诗事可传者皆予采录，计"得闺秀一千三百余人"，蔡镇楚《诗话学》誉之为"历代名媛闺秀诗话之冠"②。

从序言看，作者创作闺秀诗话乃是为消遣病中难耐之时光，但这不过是诗话创作的一个契机，作者编选诗话的深层心理动因则是对闺秀诗话的创作现状不满：一是专辑闺秀的诗话"如麟角凤毛，寥寥不易觏"；二是"卷帙不富，书亦不甚流传"，而这两个因素都会导致能诗之女士"不能垂

---

① 雷瑨、雷瑊：《闺秀诗话》，王英志主编：《清代闺秀诗话丛刊》，第872页。
② 蔡镇楚：《诗话学》，长沙：湖南教育出版社1990年版，第85页。

之久而传之远"。雷瑨对闺秀诗话发展情况的概括是符合实际的。虽然历史上也出现了一些闺秀诗话专集，但数量毕竟寥寥，至民国时代反观女性文学发展时，则会发现前代诗话多偏而不全：清代卷帙最富的闺秀诗话当推沈善宝《名媛诗话》正续编十五卷，然所收不过七百余人，所记亦止于道光年间；后来虽有丁芸等作，然或所采择限于一地，或部头偏小，可以说有关道光至民初半个多世纪的女性诗歌创作的记载极少。第二，闺秀诗话之书的刊刻与流传情况并不乐观。已知民国以前产生的 22 部闺秀诗话专著中，有 15 种或未刊或难见，能刊刻的仅约三分之一。事实上，除陈维崧《妇人集》、梁章钜《闽川闺秀诗话》而外，即便是如沈善宝《名媛诗话》这样的优秀作品，在其身后出版刊刻时也困难重重，几乎面临散佚之虞，这也是造成其版本中四卷、八卷、十二卷、十五卷甚或十六卷本错杂并出的重要原因。闺秀诗话发展中存在的这些显而易见的问题，使创作一部收罗较全、规模较大的作品成为时代的要求。雷瑨对古代女性的文学创作与流传的不易怀有深深同情：

> 自古迄今，名媛淑女之谐吟咏、工声律者，咸思以呕心镂肝之词，托诸好事文人，载其一二惬心语，以供知音者之流连吟赏。使名篇佳什，零落散佚，无人焉为其悉心搜辑，勒成一书，恐不及数十载，文词锦绣，荡为云烟，而姓氏且不流于人口。后世即有风雅名流，搜求遗佚，而名闺著述渺焉难求，不亦闺媛所伤心，而为艺林之憾事乎？①

雷瑨感女子为诗之苦心，希望闺秀之作能"藉此以广其传"，读者亦可以"因此而窥一代之故实"，这是他根本的创作目的。

《闺秀诗话》的编排以人立目，目录中复以所著诗集名称缀于各家名下，较为独特。正文叙述多依照以类相从的顺序：或以籍贯类从，或以家族与姻亲类从，或因诗人地位身份、人生际遇相同类从，或以诗社等诗学团体类从，或以诗歌题材、诗歌体制等类从，叙次有一定的条理性。但整体而言，此书体例较为杂乱：诗人大多被随意集于一卷，各家之间多缺少内在的逻辑联系；作者虽注意到按类论列诗家，同类相集者却又杂出于各卷，以至于诗作重出复现；此外还有同一诗人的事迹或作品散见于各卷的

---

① 雷瑨、雷瑊：《闺秀诗话》，王英志主编：《清代闺秀诗话丛刊》，第 872 页。

情况。这些问题的出现，可能是辑录者随抄随出、成书后未加系统整理与校审不精所致，更与雷瑨此书纂辑各书汇集而成的成书方式有关。《闺秀诗话》中不少条目都是著者从他书抄录而来的，很多条目直接取自《名媛诗话》《闽川闺秀诗话》《闽川闺秀诗话续编》等前代闺秀诗话，或略加改编，或直接抄录，要之以文辞畅达、表述合理为标准。作品的文献材料主要源于各家诗集、诗话、笔记诸作，兼采源于各种渠道的名媛诗专集或断章残句，同时报纸杂志中所见闺媛诗作亦有采入，个别条目会注明出处。虽体例欠精严，也缺乏独创性，但《闺秀诗话》卷帙之富、采辑之广在闺秀诗话中称最。

本书略于品评而详于记叙。与大多数女性诗话一样，书中所采诗的内容基本不出抒写女性情感、描写女性生活之范围：或道人生际遇、叹身世不幸、明贞孝心志，或吟风弄月、流连光景、亲友唱和。作者对能突破女性创作常规之作赏誉有加，如特重风格雄放有英雄气的作品，对擅长长篇古体等体制的女诗人极为推崇，并格外留意搜罗身逢乱世之女性自叹飘零、直击时事的具有强烈现实主义精神的诗歌。可以说，不论在题材类型、思想内容还是艺术风格上，《闺秀诗话》都力求全面展示女性诗歌创作的风貌。值得注意的是，作者还特别奖掖处于僻陋之地如边疆或少数民族地区的女诗人，对八旗妇女的创作予以专述，又专辑朝鲜与日本女性的汉诗创作。上述内容虽笔墨不多，却为我们全面研究女性文学与民族之间的诗文化交流保存了珍贵资料，作者的慧眼卓识颇值赞赏。另外，《闺秀诗话》还记载了不少明清以来女性进行诗学活动的材料，如地区性的女性结社，活跃的家族性女性诗文化活动，女性诗人与家人、时人频繁的唱和交流以及女性参与诗学理论批评的情况等。这些记载生动再现了古代女性诗歌创作的生态环境，为今日研治女性文学者提供了宝贵的资料。

当然，正如作者《自序》所言"书固不能无疵"，《闺秀诗话》也有不足之处。上文已言其体例之失；此外，书中所采诗人诗作很多非但排之无序，更不注诗人生卒年代，这也是大多数闺秀诗话的通病，给读者与研究者带来很多不便，也必然削损材料的使用价值。另，由《自序》可知，此书之辑已在民国年间，但编者的封建伦理道德观念极重，书中极力表彰贞女烈妇，大肆搜罗此类女子自明心志之作，因此收入不少艺术上无足称道的诗歌，使得集中良莠杂陈，搜罗虽广而不精；再有，宿命论调与诗谶之说流于书中，芳华早殒的女子多被冠以"宜其不寿也"之类的评定：凡此既可见作者思想之局限，也可见前代诗话对其的影响。

《闺秀诗话》有民国十一年（1922）扫叶山房石印本，又有民国十七年（1928）冬扫叶山房重校本。

（二）精粹之选与考据之作：王蕴章的《燃脂余韵》

《燃脂余韵》六卷，撰者王蕴章（1884—1942），字莼农，号西神，别号西神残客、梁溪莼农、云外朱楼、红鹅生、洗尘等，室名菊影楼、篁冷轩、秋云平室。金匮（今江苏无锡）人。近现代著名诗人、文学家、书法家、教育家。光绪二十八年（1902）中举人，清季曾任英文教师，清末应聘于商务印书馆为编辑，主编《小说月报》《妇女杂志》十余年，又任沪江大学国文教授、《新闻报》编辑等职。著有《女艺文志》，辑有《梁溪词征》三十卷。

王蕴章创作《燃脂余韵》乃是因追慕其本宗王士禄《燃脂集》之选，故"有意续之"，立志颇高。王士禄的《燃脂集》是清初最负盛名的女性文学总集之一，但王蕴章"此书体例，与西樵《燃脂集》略异。盖《燃脂》为集部之宏编，此仅为诗话之别录也"①。据诗话徐彦宽跋语，此书之辑始于民国三年（1914），最初散载于涵芬楼出版之各月刊中，民国七年（1918）由商务印书馆结集发行铅印本，先报刊散载而后结集单行，出版方式是较为特殊的。

《燃脂余韵》选录标准较为严格，是民国以后闺秀诗话中质量较高的一部作品。王蕴章在《凡例》中说："闺阁著述，浩如烟海。此编撷腴捃华，虽略别淄渑，而珊网遗珠、邓林坠羽，亦复不少。续有采取，容俟补编。"诗话的创作不求全面，而是注意"撷腴捃华"，共精选有清一代500余位不同身份和层次的女性文人，"仙乩鬼怪之作不录，惩荒诞也；浮靡艳荡之作不录，戒狎亵也"②，将一些荒诞无聊之诗料与浮靡艳荡之作剔除掉，选录标准较之前沈善宝的《名媛诗话》等作为严，由此保证了入选作品的质量。徐彦宽跋语称其"卓然集清三百年闺秀诗词话之大成"③，虽有过誉之嫌，亦并非妄言。与大部分诗话一样，《燃脂余韵》有些条目的内容也是直接撷抄前代诗话而成的，如卷一"吴丝""林文贞"等条完全抄自《闽川闺秀

---

① 王蕴章：《燃脂余韵》凡例，王英志主编：《清代闺秀诗话丛刊》，第627页。
② 王蕴章：《燃脂余韵》凡例，王英志主编：《清代闺秀诗话丛刊》，第627页。
③ 徐彦宽：《燃脂余韵》跋，王英志主编：《清代闺秀诗话丛刊》，第864页。

诗话》、"张孟缇"条与沈善宝《闺秀诗话》所记基本一致，所用《闺秀正始集》中之资料也不少，这在一定程度上损害了作品的原创性。

与一般闺秀诗话相比，《燃脂余话》对诗歌的评论话语略多，且多清晰而明确地给出评定；同时作者表现出对女性诗歌异于男性诗歌的缠绵婉丽之美的肯定，这一点与棣华园主人的《闺秀诗评》极为相似。就内容而言，《燃脂余韵》有两点特别值得关注。其一是选录了不少近代女性诗人诗事，如卷一中记柳亚子所见癸未年（1883）叶小鸾六世侄孙叶璚华诗，卷四记陈衍夫人萧道管诗，卷六记同、光年间上海农女蔡秀倩诗等，可补前代诗话之阙。其二是作者在诗话中凡遇前人记载之误必予考辨，体现出严谨的著述精神。如辨钱洁因曾为龙氏养女，《闺秀正始集》误作"龙洁"（卷一）；广为传颂的娟红题壁诗实为常州男子陆祁孙与友人醉后戏笔（卷一）；更以不相续之两则考订张问陶买妾事之有无，并从诗歌入手来探讨才子丈夫与才女妻子之间的感情问题等等（卷一）。这些细节考辨，既澄清了一些遗留在文学史上的诗案，同时也增加了作品的学术含量。此外，作品记载的"不同层次的女性的生活状态与环境等，具有社会学、伦理学等价值，可供今人挖掘的资料是十分丰富的。"①

（三）文化转型时期新文学女性的载录：金燕的《香奁诗话》

《香奁诗话》计三卷。撰者金燕，字翼谋，江苏太仓人，南社成员。诗话前有焦玉森题词与民国三年四月许颂瑚叙。许叙先批评诗话中欲求"载绣阁之香词、记红闺之逸事，则殆希如星凤焉"，再批"各家诗话间亦采录，不过一二而已，无连篇累牍者"，这一说法是不符合实际的。许叙又指出《香奁诗话》的收录范围与原则："上自前清，下迄今日，习见者避之，俗劣者汰之。除是二者，凡有佳作，靡不网罗。"② 《香奁诗话》之辑，分上、中、下三卷，卷上为"闺秀部"，收闺秀33人；卷中为"青楼部"，收青楼女子18人，卷下收诗尼7人，女冠1人。其所收实际上包括明末至民国的女性，收60位左右女性诗人而称"凡有佳作，靡不网罗"，无乃过誉太甚。当然，就作品本身而言，《香奁诗话》还是有值得称道处的。

《香奁诗话》最有价值的内容在于，反映了晚清以来女性逐渐接受新文化后表现出的新思想与新面貌。首先，记载了一些新文化女性积极参与社

---

① 王英志：《燃脂余韵》整理前言，王英志主编：《清代闺秀诗话丛刊》，第619页。
② 许颂瑚：《香奁诗话》叙，见金燕：《香奁诗话》，王英志主编：《清代闺秀诗话丛刊》，第2223页。

会生活，在教育、医疗、新闻等各领域焕发出的全新风采。如钱希令充任县立毓娄女师范学校校长；吕逸初热心教育，历任各女校教职员，孜孜不倦；张竹君幼入教会学校读书，常登坛演讲以唤醒女界之迷梦者，又与李平书先生于上海设立医院，并于辛亥起义时筹设红十字会以治伤员；陈撷芬与诸同志创立《女学报》于沪上并主其笔政；康有为之女康同璧曾留学于欧美各大学，随父游学印度时满怀自豪地宣称"若论女士西游者，我是'支那'第一人"① 等等，凡此既反映了清末民初女性活跃于社会各界的风貌，也折射了女性主动跳出封建观念之牢笼、寻求个人社会价值实现之途径的积极努力。其次，诗话中记载了很多新女性对时事的热切关注，以及借诗篇抒写的满腔报国热忱。如华亭县红梅女士《写志》云："梁家红玉世难逢，桴鼓驱胡意气雄。眼底一般痴女子，沉沉醉死可怜虫。"歌颂女英雄梁红玉生逢其世可驱胡报国，批判平庸女子之碌碌无为，可谓意气荦荦，志气不凡。② 吕碧城更有《忧国吟》组诗："沉忧日抱杞人思，怕见江山破碎时。叹息蛾眉难用武，临风空读木兰辞。""休言红粉喜谈兵，为感时难也不平。屡欲愤提双剑起，桃花马上请长缨。"③ 常州江毓真《悲时》云："国步艰如蜀道难，几人流泪话江山。子规空啼枝头月，胡马犹羁塞上鞍。拼得微躯填苦海，除非热血挽狂澜。横刀一笑前途远，开遍樱花忍读看。"④ 这些诗歌或沉郁悲愤，或慷慨激昂，多写女性诗人意欲奔赴沙场痛击敌寇之壮志，表达了她们深切的爱国情怀。无论是在思想观念上，还是在行为方式上，这些女性都表现出了与传统女性迥异的精神风貌。

另外，《香奁诗话》虽然载录了吴蕊仙、周羽步、黄媛介等部分明清知名女性，但其所记与前代如陈维崧《妇人集》、沈善宝《名媛诗话》等内容并不相同，可为研究者提供一些新的材料，这也是作品的一个价值。

当然，《香奁诗话》也有明显的问题。其一，体例不够严谨，下编为方外专编却以女冠诗人入闺秀部，还有几则非闺秀诗话混入。其二，作品中时漏文人轻薄浮浪之气，如讥诮体肥腋臭或眇目、跛足的青楼女子等，这类条目殊无可观之处。

《香奁诗话》有民国七年（1918）上海广益书局铅印本。

① 金燕：《香奁诗话》，王英志主编：《清代闺秀诗话丛刊》，第 2242 页。
② 金燕：《香奁诗话》，王英志主编：《清代闺秀诗话丛刊》，第 2240 页。
③ 金燕：《香奁诗话》，王英志主编：《清代闺秀诗话丛刊》，第 2240—2241 页。
④ 金燕：《香奁诗话》，王英志主编：《清代闺秀诗话丛刊》，第 2244 页。

（四）辑录体闺秀诗话的集大成之作：施淑仪的《清代闺阁诗人征略》

《清代闺阁诗人征略》的作者施淑仪（1876—1945），一名淑懿，自号学诗，崇明（今属上海）人。施淑仪是明末清初知名的进步女性，清末任职于女校，1905 年被推为"放足会"会长与崇明女子学校的校长，1920 年任县女子职业学校的校长。为了推广国语，曾北上入京参加蔡元培主办的国语讲习所，学习拼音字母，将一生奉献给了妇女教育事业与社会事业。施淑仪思想开明，具有强烈的男女平等观念，更有强烈的女性留名意识。她以十年之力于四十岁左右完成的《清代闺阁诗人征略》，即是为古代闺秀传名，更是欲"凭借选本实现其人生价值，在文化史、文学批评史上建立不朽之名"①。

《清代闺阁诗人征略》辑顺治至光绪末年 1270 余位女性人物的事迹，入选诗人数量与雷瑨、雷瑊的《闺秀诗话》接近，是规模较大的闺秀诗话之一。此书最大的特点在于其采摭群言、辑录成书的体例形式。关于此书的体例，作者在《例言》中有所交代：

> 是编体例，仿厉樊榭《玉台书史》、张南山《诗人征略》而变通之。先详姓氏、里居、著述、次列事迹，而分注所引书名于下。②

清人厉鹗所辑《玉台书史》收汉代至明代 213 位女性书法家，作者依身份特征将所收人物分为宫闺、女仙、名媛、姬侍、名妓、灵异、杂录七大类，在类别之下又按照朝代顺序一一列举人物。姑举例以见其体例特点，如姬侍类"柳如是"条：

> 柳如是，字如是，一字蘼芜。本吴江名妓徐佛弟子，姓杨名爱，柳其寓姓也。风姿逸丽，翩若惊鸿。性狷慧，赋诗辄工，尤长近体七言，作书得虞、褚法。年二十余归虞山钱宗伯，而河东君之名始著。（《钮琇·觚剩》）

再如名媛类"李清照"条：

---

① 黄元：《施淑仪——清代江南著名女诗人》，上海：上海人民出版社 2013 年版，第 61 页。
② 施淑仪：《清代闺阁诗人征略》例言，王英志主编：《清代闺秀诗话丛刊》，第 1697 页。

　　李清照，号易安居士，礼部员外郎格非女，知湖州赵明诚室。

　　易安居士能书能画，而又能词，尤长于文藻。迄今学士每读《金石录序》，顿令心神开爽。何物老妪，生此宁馨？大奇！（《才妇录》）

　　李易安《一剪梅词帖》：红藕香残玉簟秋，轻解罗裳，独上兰舟，云中谁寄锦书来，雁字回时，月满西楼。花自飘零水自流，一种相思，两处闲愁。此情无处可消除，才下眉头却上心头。（《右调一剪梅》）

　　《跋李易安书一剪梅词》云：易安词稿一纸，乃清秘阁故物也，笔势清真可爱。此词《漱玉集》中亦载，所谓离别曲者耶？卷尾略无题识，仅有"点定"两字耳。（《书画舫》）①

　　很显然，《玉台书史》是一部典型的辑录体资料汇编，作者在介绍女书法家时基本都是直接从其他典籍中摘录资料，并将所引文献名以小字注在文末，其征引文献类型包括史书、传记、方志、笔记、墓志铭等近百种书籍。其对每一人物的介绍方式大致是先记其姓名与身份，再述其特长、列其作品名称，偶记其事迹，部分人物还收录了文章。

　　张维屏的《国朝诗人征略》是嘉庆、道光年间的大型诗话资料汇编。作品以诗人为条目，按照时代先后分六十卷，每卷人物又按照出生先后顺序进行排列。如卷一开篇前三者依次为鄂貌图（1614—1661）、卞三元（1616—1697）与李滢（1618—？），这三位诗人均为明末清初诗人。我们可以举卷一"卞三元"条，以见作者对人物的介绍方式：

　　卞三元，字月华，一字桂林，汉军人。崇德六年举人。官至云贵总督。谥恪敏，后夺。有《公余诗草》。

　　三元任荆州道副史时，夷陵以西寇未靖，三元励将士，多所擒获。（《大清一统志》）

　　公勋庸卓绝，垂情风雅，时与宾客将吏酬倡于丹山绿水间。庾公南楼，羊传岘山，无以过也。（《诗观》）

　　摘句："半窗边地月，一枕故乡情。""层云旅燕横秋月，断岭孤

———————————

　①　厉鹗：《玉台书史》，见刘晚荣辑：《藏修堂丛书》，光绪十六年（1890）新会刘氏刻本。

猿叫夜霜。"①

张维屏对每位清代诗人的介绍方式是：先简单概括每位诗人的基本情况，包括姓名字号、籍贯身份、人生经历与仕宦情况并记其作品集；而后直接引用其他文献对人物的详细记载并于引文末标明文献名称，其引用文献包括诸家文集、诗话、县志以及与说部有关的轶事、诗评；最后摘录其知名的诗句。

显然，《玉台书史》与《国朝诗人征略》每一具体条目的内容安排正是"先详姓氏、里居、著述、次列事迹"，这一内容安排的方式为施淑仪采纳。但厉鹗与张维屏这两部作品最为突出的特征还是辑引他书资料以成书，即辑录体的特点，施淑仪所称仿两书之体例，指的就是《国朝闺阁诗人征略》学习两家采摭群言、辑而成书的方式。这里以卷六"席佩兰"条为例以见一斑：

> 佩兰字韵芬，一字道华，又字浣云，江苏昭文人。庶吉士孙原湘室。有《长真阁集》。
> 原湘字子潇，嘉庆乙丑进士，有才名。浣云刻苦吟诗，与子潇共案而读，互相师友。(《正始集》)
> 工诗，善画兰。在《蕊宫花史》中与屈宛仙齐名。(《画林新咏》)
> 字字出于性灵，不拾古人牙慧，而能天机清妙，音节琮琤。似此诗才，不独闺阁中罕有其俪也。其佳处，总在先有作意，而后有诗。今之号诗家者，愧矣！(袁简斋《长真阁集题词》)
> 昭文孙子潇太史，与德配席浣云，俱能诗，唱和甚伙。其《示内》句云："赖有闺房如学舍，一编横放两人看。"又《赠内》云："五鼓一家都熟睡，怜卿犹在病床前。"上联想见闺房之乐，下联想见伉俪之笃。(倪鸿《桐阴清话》)②

可见，施淑仪采取张维屏的方式，先对所列人物作简单介绍，再引征

---

① 张维屏:《国朝诗人征略》卷一，见周骏富辑:《清代传记丛刊》,台北:明文书局1985年版,第2页。

② 施淑仪:《清代闺阁诗人征略》,王英志主编:《清代闺秀诗话丛刊》,第1944页。

其他文献的材料对人物事迹作详载，并对部分人物的作品进行摘录。总而言之，从体例上看，《清代闺阁诗人征略》效仿《玉台书史》和《国朝诗人征略》，是一部典型的辑录体闺秀诗话，其编修方式与辑录成书的类书和辑录体目录极为相似。由此可见，在传统文化集大成的清代，学术门类之间的交叉影响是较为明显的。辑录他书资料以成书，固然难以见出选辑者个人对研究对象较为透彻全面的主观认识与评价，似乎"学术研究"的分量轻了点，但是其优点也是显而易见的。本书编纂之时汇聚群书，书中引用文献类型丰富，汇聚群文的方法为后人直接保留了大量的可贵的文献资料。《清代闺阁诗人征略》一书共辑引 1449 条文献，征引书目数量达 260 部，涉及总集、别集、方志、诗话等各种文献类型，其中有不少书目今天已经罕见或不见，资料藉《清代闺阁诗人征略》得以保存。① 因此，辑录体的成书方式提高了作品的文献价值。

在序次编排上，大部分闺秀诗话都排列无序，不同时代的作者毫无规律的混编在一起，给阅读和研究带来不少障碍。《清代闺阁诗人征略》则吸纳了厉鹗之作依时而列的序次方式，人物大体依时代而列，同一时代人物之编排又往往视具体情况合理地同类相从。这样的排列能让读者更加清晰地看到清代女性文人的时间分布、地域分布和创作情况，对于探讨清代女性文学发展之规律自具重要意义。

《清代闺阁诗人征略》每条征引材料都注明详细出处，是一部极为规范的辑录体著作。施淑仪在辑录清代女性人物资料时也有一些思考和发现，于是她也效法张维屏，将个人的认识加入作品中，以"按语"方式标出。作品中施淑仪的按语数量不多，总共 29 条，但或补充材料，或用以校勘，或分列异说，均起到了不同的作用。这一点与丁芸的《闽川闺秀诗话》一致。

《清代闺阁诗人征略》多方面吸纳前人著作中合理的因素，汇聚群文，辑录成书，序次井然，编排细腻，注评结合，规范而合理，实为辑录体诗话的集大成之作。

《清代闺阁诗人征略》以民国十一年（1922）崇明女子师范讲习所铅印本为最早，台湾的台联国风出版社与鼎文书局、上海书店等都曾影印此本出版。

---

① 详见李景媛：《〈清代闺阁诗人征略〉研究》，内蒙古师范大学硕士论文，2019 年。

　　民国时期另有署名茗溪生的《闺秀诗话》，据考作者为民国才子徐枕亚。诗话计四卷 151 条，其中 108 条完全抄录《闺秀诗评》且不注出处，是有剽窃之嫌的。① 但另 33 条诗话，则体现了新的时代观念，如肯定一夫一妻制的合理性，提倡自由婚姻，激烈批评封建时代的女子缠足习俗与帝王宫嫔制，值得肯定；以"茗溪生曰"形式呈现的评价，亦时见新意：这是此作的可取之处。

四、闺秀诗话的余波

　　民国前期，雷瑨、雷瑊《闺秀诗话》和施淑仪《清代闺阁诗人征略》两部大部头作品的问世，为闺秀诗话专书的创作画上了句号。但是，闺秀诗话的创作依然在持续，而且借助报纸杂志等新兴媒体面向更广泛的阅读群体。自近代以来，如《申报》等报刊上就已刊载闺秀诗话，总体上来说，报刊闺秀诗话大量出现是在 1911 年以后，且男、女两性作家均有较高的创作热情。目前已知的民国报刊闺秀诗话在 40 种以上，较均匀地分布在 1910 年到 1940 年之间，1940 年以后，创作明显减少。与闺秀诗话专著相比，报刊闺秀诗话表现出明显的特异性。

　　（一）篇幅长短不一，杂抄多于独创

　　民国报刊闺秀诗话数量较多，就规模而言，篇幅长短不一，但总的来讲没有部头太大的作品。以目前所见，俞陛云《清代闺秀诗话》内容最多，其次是亶父抄录棣华园主人《闺秀诗评》而成的《闺秀诗话》与湘叶的《绿旆阁诗话》。剩余作品中，30 则以上者只有张啸尘与叶国英合撰的《锦心绣口录》、周瘦鹃的《绿蘼芜馆诗话》、李玉成的《两株红梅室诗话》、苏慕亚的《妇人诗话》、潭华仙子的《瑶台玉韵》与常熟庞松柏著、程灵芬注的《今妇人集》等几部，已属报刊闺秀诗话中的长篇了；10 则至 30 则的有杨全荫的《绾春楼诗话》、朴庵的《玉台诗话》、甘肃兰州雪平女士的《红梅花馆诗话》、程嘉秀的《镜台螺屑》、蒋瑞藻的《苎萝诗话》、吕君豪的《名媛（闺）诗话》、梁彦的《妇女诗话》、萧瑟庵主的《漆室诗话》；10 则以下的最多，如许慕西的《苍崖室诗话》、未署名的《鹤啸庐诗话》、仰厂的《闺秀诗话》、娟秀楼主人的《闺秀诗话》各 7 则，桂英的

---

　　① 详见宋清秀：《〈闺秀诗话〉与〈闺秀诗评〉关系及作者考》，《苏州大学学报》2011 年第 2 期。宋作统计相似条目 106 条，笔者对比后发现另有两条即第 5 条、第 89 条也是完全抄录自《闺秀诗评》的。

《女子诗话》与啸虹女士的《啸虹轩诗话》6 则，啸云的《香闺诗话》5 则，范海容的《闺秀诗话》、小犁眉公的《梦砚庐诗话》与姚民哀的《妇女诗话》4 则，易瑜的《瓶笙花影录》、绿蘋轩主的《绿蘋轩闺秀诗话》3 则，作茧生、凤兮女士、云峰三人各一种《闺秀诗话》与病愁生的《女友诗话》均 2 则，惨绿愁红生的《香国诗话》仅 1 则。可见，绝大部分作品篇幅都极短，价值自然也有限。报刊分载的形式必然使诗话的篇幅受限，一些创作者的写作只为赚取稿酬态度并不认真，加之政局不稳，很多报纸杂志发行不久即停刊，加之撰著者不一定都能持续供稿，诸多因素导致了短篇作品的大量出现。

民国报刊闺秀诗话中杂抄之作较多，或抄前代之作，或抄时人之作，甚至有从此刊抄入彼刊的情况。最为典型的是署名亶父、连续刊载于上海《妇女杂志》的《闺秀诗话》，几乎全部抄录咸丰二年（1852）刊刻的棣华园主人的《闺秀诗评》，姚民哀的《妇女诗话》4 则亦全部抄自他作，自然也无善可陈。更多的报刊闺秀诗话是集抄、编于一体，如范海容的《闺秀诗话》、萧瑟庵主的《漆室诗话》、娟秀楼主人的《闺秀诗话》等作中均多有抄袭，但也有自己编辑的条目。这样的做法显然是缺乏认真严肃的创作态度的反映，与诗话创作主要以投报赚取稿费之目的有一定关系。当然，报刊诗话中也有些具有一定原创性的作品，如《女友诗话》《瓶笙花影录》、作茧生的《闺秀诗话》等记录自己身边的女性诗人诗作，《绾春楼诗话》《绿麓芜馆诗话》等记同时代杰出女性诗事；另有一些作品虽然记前代女性文人的创作但作者能独立精心编纂，序次井然，凝练畅达，水平较高，如俞陛云的《清代闺秀诗话》、朴庵的《玉台诗话》、梁彦的《妇女诗话》、蒋瑞藻的《苎萝诗话》等。总体来看，民国报刊闺秀诗话中原创性作品偏少。

（二）新内容与旧材料、新思想与旧观念杂糅

从内容上来看，民国报刊诗话大体有两个发展方向。其一，依然赓续闺秀诗话创作的传统，记旧人，讲旧事，或杂抄前人之作汇为一编，或旧题新作即熔铸前人材料而略加改造出以己辞，传递着清代以来闺秀诗话中既有的道德观念与美学观念。如对"清""雅"之风的崇尚，创新很少，这类作品在报刊闺秀诗话中很常见。如朴庵的《玉台诗话》所记周羽步、阚玉、梁蓉函、梁秀芸、许若洲、林瑛佩、顾若璞、王素音等等，对比就会发现皆从《妇人集》《闽川闺秀诗话》《名媛诗话》等作取材而略作改

编；佚名的《鹤啸庐诗话》7 则全为简短的"旧话"；范海容的《闺秀诗话》、吕君豪的《名媛（闺）诗话》、姚民哀的《妇女诗话》、绿蘋轩主的《绿蘋轩闺秀诗话》、凤兮女士的《闺秀诗话》、惨绿愁红生的《香国诗话》、梁彦的《妇女诗话》、娟秀楼主人的《闺秀诗话》、程嘉秀的《镜台螺屑》与啸虹女士著、淑芳女士注的《啸虹轩诗话》等皆属内容与观念俱"旧"之作。另有一些作品中有记载晚清至民国女性旧诗创作的条目，如湘叶的《绿蓶阁诗话》多记晚近以来女性的诗事，这些作品为近代文学研究提供宝贵的资料；作茧生《闺秀诗话》两则记朱蓉芬、刁素云两位民国前后的诗人，病愁生《女友诗话》记林姊寄华之诗，两作虽篇幅不大，但都有存文学史料之价值；桂英的《女子诗话》、萧云峰的《闺秀诗话》、易瑜的《瓶笙花影录》、小犁眉公的《梦砚庐诗话》、张啸尘与叶国英合撰的《锦心绣口录》，也属此类。虽是旧写法、旧观念，但部分内容可续补前代之作，有一定价值。

其二，或以新的时代观念来审视、评价传统文学中女性的文学创作，或记录民国前后女性具有时代新风的古典诗歌创作，这两类作品均给人耳目一新之感，或有史料价值，或有思想价值，值得重视。如，周瘦鹃之《绿蘼芜馆诗话》记当时教育家吕碧城、女英雄秋瑾与朝鲜女子题报国诗等诗事，另记近代三十余位女性诗人之作，为他作罕觏，具有较重要的价值。此外，杨芬若的《绾春楼诗话》所记更详且有明显的以诗存史、以诗话存史的意识：

> 辛亥秋末，革命事起，全国响应。海上女学界，当时有女子军事团之组织，红粉英雄，千古美谈。城东女学校杨雪子女史有《送军事团北伐》古风一首，意殊道壮，气吞万夫，真堪掷地作金石声也。亟为录存，亦他日革命史中别材也。其原序云："元月二十日，女子军事团由上海出发江宁，会同北伐。同学张君志学、志行、黄君慧缣及姊氏雪琼，均与其队，爰作长句以送之。"诗云："北风劲逼衣如铁，脆骨当之靡不裂。况乃久处温度中，不见坚冰与窖雪。一旦联袂从军行，舍身誓把匈奴灭。怯者瞠其目，顽者咋其舌。疑难起非谤，百般来摧折。吾谓攻城在攻心，心力当先自团结。不见木兰一乡女，投杼代父从军热。又闻红玉乃贱人，黄天荡里着勋烈。彼皆了无军事识，尚能致果杀仇敌。矧为堂堂节制师，讵云智巧反不及。饥餐胡虏肉，渴饮

匈奴血。健儿不作等闲死，死于安乐寿考胡乃非俊杰。生当报我国，死当扫其穴，须知锦绣好山河，血泪斑斑红点缀。祝我诸姊莫回头，休惜生难兼死别。"读此，参观杜陵"车辚辚，马萧萧"之篇，王翰"醉卧沙场君莫笑，古来征战几人回"诸什，徒见其气馁而已。①

辛亥革命时国民情绪之激昂，巾帼不让须眉、毅然参军北伐之热血沸腾，于诗事、诗作中展露无遗，具有强烈的时代精神。此外，诗话中写道"庚子以后，全国竞开学校，然女子教育提倡而赞助者，以吾所闻，当时首推吕家三姊妹为最著"②，并记吕惠如、吕眉生诗；另记其友唐英辛亥末自东瀛归国后感怆时局所作《感事》诗以及其论远大志向事。虽然诗话中不尽是此类作品，但显然作品因这类内容的存在更具价值。至于啸云之《香闺诗话》批专制制度致女学之不昌、《绾春楼诗话》斥专制君主纵情声色多强选民间女子、萧瑟庵主的《漆室诗话》记爱国女英雄等等，均闪耀着思想光芒。报刊闺秀诗话中最具价值的内容就是这类对晚近以来新女性的文学活动与崭新思想观念的记载，记录了文化转型时期女性的生存状况与文化、文学活动，有较高的社会史料价值与文学价值。

如上所述，不同的诗话作品之间表现出新、旧内容与观念的差异，同时，这种新旧交织的现象还出现在同一作品内部。有不少报刊闺秀诗话是古今通收，新、旧内容与新、旧思想杂糅于一部作品之内。如，仰厂的《闺秀诗话》计7条，既记乾隆年间毕沅之母张氏、随园女弟子孙云凤事，又记近代北京女师范学校国文教员、直隶女师范监学史敬之；李玉成的《两株红梅室闺秀诗话》既记明代申屠氏、清康熙时八旗诗人蔡琬、乾隆时毕沅母张氏，又记近代教育家施淑仪；兰州雪平女士的《红梅花馆诗话》记柳如是、顾横波、毛奇龄女弟子诗，又记秋瑾诗；常熟庞松柏著、程灵芬注的《今妇人集》既表彰大量的烈妇、节妇，同时赞赏近代投身革命事业、教育事业的女性如秋瑾、吕碧城等人，对手创振华女校的谢长达、13岁登台慷慨陈词控诉美帝恶行的薛锦琴等更钦慕有加，誉之为近世女杰。上述作品新、旧内容思想相互杂糅，展现了产生于文化交替时期诗话的典型特征。

---

① 《妇女时报》1912 年第 8 期，第 76 页。
② 《妇女时报》1912 年第 8 期，第 77 页。

（三）良莠杂陈，劣作多而佳什少

从上面的梳理中我们已不难看出，民国报刊诗话良莠杂陈，水平不一，总体来讲，佳作偏少。当然，有几部作品还是很有特色的，除上文已提及者外，再如《苎萝诗话》专记浙江诸暨地区女性诗事，篇幅不大，但续接了前代地域闺秀诗话的传统，且编排精谨，对于地方文化建设有积极意义。而俞陛云萃选诸家而成的《清代闺秀诗话》，可称是闺秀诗话发展史上的殿军之作。

俞陛云（1868—1950）字阶青，号乐静，又号斐龛，室名乐静堂，浙江德清人。近代知名学者、诗人。光绪二十四年（1898）戊戌科进士，以殿试一甲第三名赐探花及第，授编修，光绪二十八年（1902）出任四川副主考，民国元年（1912）任浙江省图书馆馆长，1914 年任清史馆协修，移居北京。拒绝溥仪佐政伪满之邀，日军侵华后为保气节闭门京郊，诗书自娱，卖字为生。《清代闺秀诗话》即作于俞陛云隐于京郊期间，载于《同声月刊》1941年第 1 卷第 12 期，1942 年第 2 卷第 1、2、3 期，每期各 1 卷，凡 4 卷；又载于《故都旬刊》1946 年第 1 卷第 3 期，称《清代闺秀诗话》（卷一），署"阶青"，内容与《同声月刊》所载四卷并不相同。诗话初刊第一卷前有俞陛云辛巳（1941）年秋之序语，末曰："三百年来，人才如海，非勺水所能罄。他日访求所及，当为续编。"《故都旬刊》所载当为续前之作（可称之为第 5卷），惜《故都旬刊》发行时间太短，所续诗话目前也仅见一卷。

《清代闺秀诗话》前四卷计收入有清一代（含由明入清者）150 名左右女性文人，大体依诗人生活时代之先后而列；第五卷则收入盛昱之母博尔济吉特夫人、俞樾门下士王彦成母、汪甘卿母吴佩缫及孙采蘋、诸锦香、严永华、严澂华 7 位晚近文坛杰出女性之诗。作者选录诗家去取颇严，"袁随园诸妹"条云：

> 袁随园诸妹，如素文、绮文、秋卿、淑英，皆能诗。惟绮文《寄兄诗》云："无言但劝归期早，有泪多从别后弹。新暑乍来应保重，高堂虽老幸平安。"性情中语，不事雕饰，而真切有味。素文诸人，以无警句未录。（卷三）①

---

① 《同声月刊》1942 年第 2 卷第 2 期，第 10 页。

又录袁枚女孙诗：

> 袁随园诸女孙，皆耽风雅，紫卿诗词尤工。原本性灵，意无不达。其《乐安公主玉印歌》《养蚕歌》，均见才气，登临怀古之作尤佳。《鸡笼山》云："复道旧曾回玉辇，台城谁为掷金瓯。"《桐江舟中》云："滩声喧水碓，帆影掠鱼矶。"《南平道中》云："月宫旧梦沉哀角，水国新凉上薄衣。"《抚州野望》云："炊烟村屋环红树，晓日渔舟晒绿蓑。"皆清丽可诵。（卷四）①

袁氏闺秀之诗，经随园揄扬，后人多盛称之。俞陛云则按个人选诗标准重新去取，两代仅留袁绮文、袁紫卿之诗，余者因无警句不录。这种不盲从、自判定的独立精神是可贵的。

此外，《清代闺秀诗话》有很强的原创性，诗话中条目的编写绝无因袭前人之迹，能展现出作者的学养与识见。这在闺秀诗话发展后期撮抄蹈袭之弊风行的大环境下，尤显难能可贵。如卷二记阚玉诗事：

> 明宏光时，广征采女。民间有及笄之女端丽者，仓卒适人，以避征选。钱塘人阚玉，为媒妪所绐，误适匪人。终日喂豕锄泥，头如蓬葆，仰天而号，作感吟句曰："我本无心植杨柳，阴成都作夜栖鸦。"闻者哀之。②

阚玉事在陈维崧《妇人集》、雷瑨等《闺秀诗话》卷七等作中均有记载，然仅就个人而论，且事繁文复。俞陛云则删繁就简，存其精义，且由宏光朝选秀女事入笔，将阚玉的命运遭际置于大的时代背景之下，突出了阚玉以个体现群体的典型意义，可为以文存史之作。再如"毕韬文"条：

> 毕韬文，年二十，随父官蓟州。值寇乱，父战死。韬文率精锐入贼营，手刃其渠。众溃，夺父尸归。赋《纪事诗》云："吾父矢报国，雪涕复父仇。夜战贼不备，手刃仇人头。泣奠慰先灵，归葬乡山陬。"

---

① 《同声月刊》1942 年第 2 卷第 3 期，第 15 页。
② 《同声月刊》1942 年第 2 卷第 1 期，第 21 页。

孝烈之声，播于遐迩。于归后，食贫偕隐，淡泊自安。有《村居赠外诗》云："明日断炊君莫问，且携鸦嘴种梅花。"其高致如是。见者不知为孝勇之奇女子也。[1]

毕韬文，名著，沈善宝《名媛诗话》卷一、雷瑨等《闺秀诗话》卷七亦皆有载，二作均详述韬文入敌营前与众人之对话，俞陛云此条均略去，而以精简的语言概括其奇勇孝行，更写其淡泊自安之高致，芜杂尽褪，独现毕著之精神。

俞陛云早年受教于其祖清末经学大师俞樾，诗词文章造诣很高，在撰写闺秀诗话之前，已有《诗境浅说》（自序称丙子年即 1936 年）、《唐五代两宋词选释》（1941）等诗词批评选本。晚年的俞陛云以诗人加诗论家的双重身份、诗话的形式对有清一代闺秀诗歌展开批评，精择严选，并以深厚之学养发精辟深微之见解，其独到之眼光，精当之结论，足应引起清代女性文学研究者的重视。

作为闺秀诗话最后的存在形态，受动荡之政局、时代之交替与作者之转型等诸多因素影响，民国报刊闺秀诗话总体给人以纷杂凌乱之感，良莠并陈，其中有不少单纯为刊载获利、于闺秀诗话建设毫无益处之作。面对这样的文化遗留，我们首先必须以足够的耐心细细梳理，逐一甄别，剔除糟粕，选出其中真正有价值的作品，将其放入闺秀诗话发展的整个链条当中去评价。处于新旧文化交替期与闺秀诗话发展终结期的民国报刊闺秀诗话，自有其价值。如，俞陛云的《清代闺秀诗话》为闺秀诗话之荟萃总结；另外，湘叶《绿施阁诗话》等诗话所记多晚近人物，如曾国藩幕僚曾吟村继室左冰如、近代算学家华蘅芳夫人史佩兰、咸同间诗人吴声槐妹吴适徐等等；常熟庞松柏著、妻程灵芬注《今妇人集》中记载了很多近代文学女性投身教育事业、慷慨报国的事迹，正可接续《名媛诗话》《闽川闺秀诗话》等记载终止于道光末咸丰初的作品，完整呈现闺秀诗创作的全貌。因有几种优秀的作品出现，民国报刊闺秀诗话亦值得重视。

（作者单位：内蒙古师范大学文学院）

---

[1] 《同声月刊》1942 年第 2 卷第 1 期，第 19 页。

如何理解《文心雕龙》的"征圣""宗经"思想

——论牟世金有关论述的重大贡献，兼评魏伯河对"枢纽"五篇的点评

韩湖初

摘　要：有论著往往把《文心雕龙》和儒家传统的原道征圣宗经思想混为一谈，未得刘勰"为文之用心"。牟世金先生首次揭示：该书的理论体系是以自然之道为基石，质文相称、衔华佩实即是贯穿整个理论体系的主线。它既是由《原道》篇有质自然有文的自然之道而来，又是对历代各种文体写作的丰富经验的提炼和概括，首次揭示该书理论体系的"枢纽"（纲领）与文体论、创作批评论的内在联系，贡献巨大。魏伯河先生称："宗经"是"枢纽"五篇的"核心"和"主轴"，其余为"铺垫"和为其"廓清道路"，有违原旨。

关键词：原道；征圣；宗经；枢纽；衔华佩实

一、牟世金首次揭示《文心》原道、征圣、宗经的真谛及其理论体系三大部分的内在联系，贡献重大

牟世金先生在 20 世纪 80 年代先出版了《雕龙集》，完成了首部《文心雕龙》全书的译注，继有《文心雕龙研究》问世，成果卓著。在笔者看来，有三方面贡献令人瞩目。

其一，牟先生指出：刘勰论文尽管带有浓厚的儒家思想，但"毕竟是一个文论家，而不是传道士"。《文心雕龙》毕竟是一部文学理论著作，而

不是"敷赞圣旨"的五经论。即使在该书最集中、最着力推崇儒家圣人著作的《征圣》《宗经》中,"并没有鼓吹孔孟之道的具体主张"。他"既不是一切问题上都从维护儒家观点出发,也没有把文学作品视为孔、孟之道的工具而主张'文以载道'"。①如《奏启》篇就对儒、墨两家以禽兽为喻对骂各打五十大板,并不偏袒儒家②。《诸子》篇同情和称赞诸子"身与时舛,志共道申",评价也比较客观,没有"独尊儒术"。《征圣》《宗经》两篇,前者"主要讲征验圣人之文,值得后人学习";后者"则强调儒家经典的伟大","建言修辞必须宗经","大都是言过其实的"③。《宗经》篇的"文能宗经,体有六义",是强调从"情深""风清""事信""义贞""体约"和"文丽"六个方面向儒家经典学习,"全都是从写作的角度着眼的",称这是"刘勰所论学习儒家经典的全部价值",也是"'征圣''宗经'的全部目的"④。

其二,牟先生指出:《原道》篇之"道"即"自然之道","是指万事万物必有其自然之美的规律"⑤。儒家经典其所以值得后人学习,"主要是因为它体现了自然之道"。由此"首先树立本于自然之道而能'衔华佩实'的儒家经典这个标",为其论文提供"理论根据"⑥,并指出"以内容为主而情采兼顾、文质并重"是其"整个文学理论体系的一根主线"⑦。也就是说,有质自然有文乃是宇宙普遍规律,它演进到人类社会文学领域便演进为情采一致、衔华佩实,成为《原道》《征圣》《宗经》三篇中"提出的核心观点",是"文学创作的金科玉律"和"评论文学的最高准则"⑧。可见,刘勰的文学理论体系,是打着儒家思想旗号,以"自然之道"为基石、以衔华佩实为主线建构起来的。

其三,牟先生还首次揭示该书具有纲领性质的"枢纽"论、文体论和创作与批评论三者之间的内在联系。根据《序志》篇的说明,该书的理论体系由三大部分构成:从首篇《原道》至《辨骚》五篇为"文之枢纽",

①　陆侃如、牟世金:《文心雕龙译注》上册,济南:齐鲁书社1981年版,"引论"第40页。
②　陆侃如、牟世金:《文心雕龙译注》上册,"引论"第41页。
③　陆侃如、牟世金:《文心雕龙译注》上册,"引论"第38—39页。
④　陆侃如、牟世金:《文心雕龙译注》上册,"引论"第41—42页。
⑤　陆侃如、牟世金:《文心雕龙译注》上册,"引论"第36页。
⑥　陆侃如、牟世金:《文心雕龙译注》上册,"引论"第43页。
⑦　牟世金:《雕龙集》,北京:中国社会科学出版社1983年版,第176—177页。
⑧　陆侃如、牟世金:《文心雕龙译注》上册,"引论"第43页。

是为纲领；从《明诗》至《书记》二十篇为"论文叙笔"的文体论，论述各种文体的源流演变，解释其名称，选出代表作品，总结其写作规律；从《神思》至《程器》二十四篇论文学的创作与批评，谓之"割情析采，笼圈条贯"，即从内容与形式两方面剖析文学创作与批评的种种问题。牟先生还指出：《原道》篇称："道沿圣以垂文，圣因文而明道"，即自然之道通过圣人体现而为文章，圣人通过文章来体现自然之道，由此"创立了'原道''宗经'相结合的基本文学观"，"然后据以检验历代作家作品，进而建立起'割情析采'的一整套理论体系"①。其中文体论，"不仅仅是论述文体，更主要的还是分别总结晋宋以前各种文体的写作经验"②。"刘勰的文学观点，主要是从古代大量优秀作品中总结、提炼出来的。根据这些经验，他才建立起'割情析采'的一整套理论体系"③；而论创作与批评的"割情析采"部分，"既是在全书总论中提出的基本观点指导之下写成的，也是在'论文叙笔'中总结了前人丰富经验的基础之上，进而所作理论上的提炼和概括"，是"贯通全书的基本思想的纲领"④。概言之，刘勰是"以'衔华佩实''质文相称'为纲来建立其整个理论体系"，其理论根据是《情采》篇所说的"文附质""质待文"即质文相称范畴⑤；而"有其物，就必有其形；有其形，就必有其文"，这就是《原道》篇所说的"道"，"是指万物自然有文的法则或规律"⑥。这就首次揭示《文心》理论体系构成的三大部分的内在联系："枢纽"的"原道""宗经"是其基本观点；贯穿其整个理论体系主线的"衔华佩实"，既是由质文相称的自然之道演进而来，又是总结和提炼前人各种文体的写作经验的结晶，并贯穿创作与批评论。

笔者认为，牟先生的上述研究成果具有重大意义。它首次揭开了长期笼罩在该书《原道》《征圣》《宗经》之上的神圣面纱，不再把它与儒家传统的原道征圣宗经思想混为一谈，在龙学界可谓发聋振聩⑦。牟先生称：周

---

① 陆侃如、牟世金：《文心雕龙译注》上册，"引论"第 46 页。
② 陆侃如、牟世金：《文心雕龙译注》上册，"引论"第 45 页。
③ 牟世金：《雕龙集》，第 234 页。
④ 牟世金：《雕龙集》，第 187 页。
⑤ 陆侃如、牟世金：《文心雕龙译注》上册，"引论"第 60 页。
⑥ 牟世金：《雕龙集》，第 218 页。
⑦ 拙文：《〈文心雕龙〉"文道自然"的理论意义——兼评魏伯河先生对龙学界肯定该说的错误批评》，《中国文论》第 8 辑，济南：山东人民出版社 2020 年版，第 53 页。

振甫已经指出"刘勰的原道，完全着眼在文上"①，显示了高尚的谦虚品
德，但仍以牟先生的阐述最为详细、全面和深刻。随后周振甫先生也称：
刘勰的《宗经》显然不是"要求用儒家思想"和"要求用经书的语言"来
写作，"宗经的目的，是要提倡文章的雅正"②。罗宗强先生也指出："（刘
勰）宗经的目的，是要提倡文章的雅正"③；"雅丽"与"衔华佩实"，《征
圣》篇只略一带过，"其实此一标准贯串全书"④。这就从不同角度印证了
牟先生的上述见识。可知刘勰的"宗经"是从文学角度而不是为宣传儒家
思想已逐渐成为龙学界的共识。牟先生首次深入揭示其意蕴以及构成其体
系的三大部分的内在联系。牟先生不仅详细论证"文质并重""情采一致"
是刘勰文学理论体系的主线⑤，而且指出在有质自然有文（才有自然美）
的命题中，"美是物的属性"⑥，而"文质并重""情采一致"正是由"质
文相称"（有质自然有文）范畴演进而来。鉴于文通纹，具有美的意义。
这是首次揭示《文心》理论体系的美学性质和意蕴，意义重大。其后，当
代美学大师李泽厚、刘纲纪阐释《原道》篇首句"文之为德也大矣"称：
"刘勰认为'文'之'德'是'道'的表现，从而又认为'文'之'德'
是'与天地并生'的，把对于'文'的属性、本质、功德的探讨提到宇宙
起源论的高度。这是魏晋以来强调'文'的重要性的思想发展，也是第一
次最为明确地把'文'提到了'与天地并生'的地位，并由此出发对
'文'的本质展开了过去所未见的系统的哲学论证。"⑦ 可见牟先生的揭示
在龙学研究史上的意义重大。

　　但牟先生把《正纬》《辨骚》两篇排在总论之外，总体上把握"文之
枢纽"五篇的思路和意蕴似有欠缺。牟先生称："所谓总论，应该是贯穿全
书的基本论点，或者是建立其全部理论体系的指导思想"，不同于"枢
纽"，且认为"总论只提出两个基本的主张：'原道'，'宗经'"，从而把

① 牟世金:《雕龙集》,第 360 页。
② 周振甫:《文心雕龙注释》,北京:中华书局 1983 年版,第 28 页。
③ 罗宗强:《魏晋南北朝文学思想史》,北京:中华书局 1996 年版,第 278 页。
④ 罗宗强:《魏晋南北朝文学思想史》,第 276 页。
⑤ 牟世金:《雕龙集》,第 177 页。
⑥ 牟世金:《雕龙集》,第 221 页。
⑦ 李泽厚、刘纲纪:《中国美学史》第二卷下册,北京:中国社科出版社 1987 年版,第 681 页。

《正纬》《辨骚》两篇排除出总论之外①：称《正纬》篇"和文学关系不大"②，"无论是正纬书之伪或论其'有助文章'，都是为了'宗经'"③；强调《辨骚》是一篇"楚辞论"，"实为'论文叙笔'之首"④。

其实，《序志》篇云："《文心》之作也，本乎道，师乎圣，体乎经，酌乎纬，变乎骚，文之枢纽，亦云极矣。"可见刘勰视"枢纽"五篇为一个整体，逻辑连贯，脉络清晰，其思路并非到"宗经"而止，而是还要通过"酌乎纬"和"变乎骚"来阐述文学如何发展演变。因此，随着诗赋作品的大量涌现，文学发展进入了自觉最追求美的新时代，《正纬》篇不仅要正谶纬之伪，还说明要"酌乎纬"即吸取纬书的"事丰奇伟，辞富膏腴"；《辨骚》篇则通过明辨《诗经》与屈骚的异同总结文学的发展应该"变乎骚"（像屈骚发展《诗经》那样）。罗宗强教授指出："盖纬书只提供了事之奇与文辞之富的借鉴，而诗赋等文学式样所最需要的风情气骨、奇文壮采，还有待于楚辞来作榜样。而这风情气骨，惊辞壮采，正是刘勰文学思想枢纽之不可或缺之一方面。"⑤可见"刘勰的文学思想的主要倾向并不仅仅是宗经"，"文学自觉的思潮在他的文学思想中也留下了印记。宗经之外，他又提出了正纬和辨骚。酌乎纬，辨乎骚，与宗经一起，构成他文学思想的核心"⑥。其实"枢纽"即户枢与纽带，是关系带动全局之意，故不应把《正纬》《辨骚》两篇视为"附带论及""和文学关系不大"⑦，从而排除在《文心》思想的核心内容即总论之外。牟先生又详细辨析《辨骚篇》"是一篇全面的楚辞论"⑧。其误有四：一是篇名为"辨骚"，明明指所论全部为屈原的作品，而并非包括宋玉乃至汉初一些作家的作品。其中四同、四异之辨完全是就经书与屈骚而非与整个楚辞比较，故能得出"执正驭奇"的新变法则。如果是包括宋玉等人的楚辞，则不能得出这样的结论；二是问题不在于该篇是否可以视为楚辞论，而是刘勰是否把它作为文体论来论述。《序志》篇明明说属于"枢纽"。如果视为文体论则应置于《明诗》篇之后

---

① 牟世金：《雕龙集》，第 224 页。

② 陆侃如、牟世金：《文心雕龙译注》上册，第 32 页。

③ 牟世金：《文心雕龙研究》，北京：人民文学出版社 1995 年版，第 196 页。

④ 牟世金：《雕龙集》，第 224 页。

⑤ 罗宗强：《魏晋南北朝文学思想史》，第 279 页。

⑥ 罗宗强：《魏晋南北朝文学思想史》，第 278 页。

⑦ 陆侃如、牟世金：《文心雕龙译注》上册，第 32 页。

⑧ 牟世金：《文心雕龙研究》，第 225 页。

而不是其前；三是该篇显然没有按照该书文体论的格式撰写；四是"枢纽"即户枢、纽带，意谓关键、带领全局，显然有总论之意。牟先生自己也说："《辨骚》篇总结了《楚辞》（笔者按：应为屈骚）的写作经验，提出了'酌奇而不失其贞，玩华而不坠其实'的著名论点，成为具有普遍意义的创作原则，也体现了刘勰主张华实相胜的中心思想。"① 可见具有总论的性质。

不过，令人注目的是，牟先生不但肯定"同于经典"的四同，而且认为"异于经典"的"四异"从字面上很难理解"博徒""荒淫"等词语为褒而非贬，但实质上是"贬而实扬"，是"贬其局部而肯定由这些局部构成的整体"②。这里所谓"贬其局部"而"肯定"其整体的提法十分勉强，笔者并不苟同，但敬佩牟先生从整体而不是仅是局部着眼的眼光。牟先生还指出：《辨骚》篇总结的"酌奇而不失其贞，玩华而不坠其实"乃是"具有普遍意义的创作原则，也体现了刘勰主张华实相胜的中心思想"③。可见该篇总结的"执正驭奇"原则与贯穿《文心》理论体系的主线"衔华佩实"是一致的。这么说来，也就应在总论之列了。牟先生还指出：刘勰的"变乎骚"的"变"，"是发展变化的变，而其实质则是由经典之文变为文学艺术之文。""这种变化既是对儒家五经而言，新变而成的又是'惊采绝艳'的文学作品，则不必'皆合经术'，或不须完全'依经立义'"④。如此一来，"宗经是论文的宗经，变则是文的必然规律，而'变乎骚'又是讲由经典之文变为文学之文，都是从'文'出发。"⑤ 由此，《辨骚》篇与《征圣》《宗经》两篇的思路就衔接了。应该说，这些论述可谓得刘勰之"用心"。而魏伯河先生称：牟先生的"所有论述""只不过是为了证明《辨骚》篇不属总论而是属于文体论这样一个并不可靠的结论"⑥。不知魏先生看过牟先生的上述论述没有？如此以偏概全，并非对前辈学者应有的尊重态度。

① 牟世金：《雕龙集》，第 243 页。
② 牟世金：《文心雕龙研究》，第 228 页。
③ 牟世金：《雕龙集》，第 243 页。
④ 牟世金：《文心雕龙研究》，第 229 页。
⑤ 牟世金：《文心雕龙研究》，第 230 页。
⑥ 魏伯河：《正本清源说宗经——兼评周振甫先生的有关论述》，《中国文论》第 3 辑，上海：上海古籍出版 2016 年版，第 75 页。

二、《文心》理论体系的建构以自然之道为基石，以情采相符为主线，以酌纬、变骚为文学发展方向

首先，"枢纽"五篇之首《原道》之"道"应训自然之道。而魏伯河先生称："《原道》之'道'是源于《易经》、神秘微妙的'天道'（或称'神道'）"，而非自然之道。① 这有违原旨，也有违龙学界主流的共识。

探究《文心雕龙·原道》之道，首先不能脱离文本。该篇首称日月山川之"文""盖道之文"，次说人有"人文"乃"自然之道"，再说动植万物以及"无识之物"与人类皆"郁然有彩""盖自然耳"。可见应训自然之道无疑。这也是自纪昀以来龙学界的共识。这里的"自然""自然之道"兼有体、用二义。从体来说，它是宇宙本体，是世界万物生成演变的总根源；从用来说，宇宙万物的生成、变化自来如此，自然如此。它有如下特征：（1）源自《易传》的阴阳变化之道，也包含道家的自然之道的意义；（2）进入人类社会演进为儒家之道；（3）主要倾向是唯物的，其中所说"神理"接近自然神论的神秘观念，但在全书中是次要的；（4）在中国唯物论美学史上具有划时代的重大意义。②

当今学界认为《易经》虽有唯心的因素，但主要倾向是唯物的。《易经》认为万物变化既是千变万化，又有规律可循，《文心》正是继承这一思想而来。《宗经》云："夫《易》惟谈天，入神致用"，是说《易经》探究天道精深微妙，又能在实际中运用；《书记》更云："阴阳盈虚，五行消息，变虽不常，而稽之有则也"，是说《易经》根据阴阳法则细究宇宙万物尽管变化无常，还是有规律的。可见刘勰认为天道变化是有规律可循的。就拿多少带有神秘色彩的"神理"来说，邱世友教授指出："自然就其微妙变化说是神，就其变化的规律性说是理。神理不是指支配一切、派生一切的最高精神存在。"③ 李泽厚、刘纲纪对此有详细阐述④。魏先生严厉批评龙学界不少论著"不能或不愿、不敢正视文本实际，而是发挥己意强作解人"⑤。但对上述文本无论《易经》还是刘勰均视天道并不神秘，魏先生

---

① 魏伯河:《正本清源说宗经——兼评周振甫先生的有关论述》,《中国文论》第 3 辑,第 60 页。
② 李泽厚、刘纲纪:《中国美学史》第二卷下册,第 679 页。
③ 邱世友:《文心雕龙探原》,长沙:岳麓书社 2007 年版,第 7 页。
④ 李泽厚、刘纲纪:《中国美学史》第二卷下册,第 623—626 页。
⑤ 魏伯河:《正本清源说宗经——兼评周振甫先生的有关论述》,《中国文论》第 3 辑,第 59 页。

却视而不见，称《原道》之道为"神秘微妙"，还严厉批评龙学界无视文本，实属荒谬，也是学界闻所未闻！试问：《原道》篇称从伏羲到孔子等圣人"莫不原道心""研神理"云云，如果"道心""神理"神秘微妙，圣人又何必枉费心机去"原"和"研"？而且圣人"原""研"所得的著作即"经"不过是一笔糊涂账，而魏先生却极力主张刘勰是"宗经"的，又有什么意义？既然"宗经"的"经"不可靠，《文心》又有什么意义？这不是制造混乱又是什么？

《文心·原道》之"道"应训自然之道，进入人类社会便演进为儒家之道。范文澜、郭绍虞、张少康等龙学名家指出了这一点。魏先生却作逆行理解："尽管我们看到的文本，是由《原道》到《征圣》再到《宗经》，是循着'道沿圣以垂文'的关系，呈顺流而下之势，而在刘勰的构思和写作中，其实是由《宗经》到《征圣》再到《原道》的，是循着'圣因文而明道'的方向，呈逆流而上之势。"① 如此说来，刘勰的"构思和写作中"的思路竟然与写出来的文本是背道而驰的，由此对"道—圣—文"的理论架构竟作逆向的解读，遍批龙学界名家大师：批评郭绍虞指出《原道》之"道"是指自然之道、《宗经》之道是指儒家之道"直接打乱了'道—圣—文'三位一体理论架构的统一性"，"肯定是违背刘勰本意的"②。《原道》篇的"圣因文而明道"的前句是"道沿圣而垂文"，即自然之道经圣人的"原""研"所得而体现在其著作即"经"，故进入人类社会便演进为儒家之道。魏先生却把其逻辑进程颠倒为"文"→"圣"→"道"，"道沿圣而垂文"是顺流而下却变成了逆流而上，竟然有如此多理解，真是令人眼界大开。如此说来，《序志》篇所说"本乎道"即为基石和出发点的"自然之道"却变成终点。这是一个只凭主观意愿随意解读文本的典型例子。魏先生自己错了却不自知，还批评龙学界名家凭主观意愿解读文本，实在荒唐！张少康教授早已指出："刘勰认为儒家的社会政治之'道'乃是作为普遍的自然规律的哲理之道的具体运用和发挥。"这样，刘勰"便把老庄那种哲理性的'自然之道'具体化为儒家之'道'，又把儒家之'道'上升

① 魏伯河：《〈文心雕龙〉"文之枢纽"新探》，《中国文论》第5辑，济南：山东人民出版社2019年版，第79页。

② 拙文：《〈文心雕龙〉"文道自然"的理论意义——兼评魏伯河先生对龙学界肯定该说的错误批评》，《中国文论》第8辑，济南：山东人民出版社2020年版，第60页。

为普遍的自然规律之体现。"① 也就是说，只有进入人类社会后由"圣人"总结的社会人伦之道才是儒家之道。魏先生却反复强调"自然之道""只是出现于叙述语句中的一般语词"②，根本不懂得或不承认它已经是一个哲学范畴，还反过来由《宗经》篇的儒家之道逆向推进认定《原道》篇之道非儒家之道不可。必须指出：这才肯定是"违背刘勰本意的"。请问：如果把"本乎道"说成是本于儒家之道，难道《原道》篇称万物皆有美丽之姿"盖自然耳"属于儒家之道吗？请问："道沿圣而垂文"的"沿"字义明明是顺流而下，怎能作逆向而上之意？《文心雕龙》的逻辑思维是严密的，今人赞誉该书"体大思精"，绝非浪得虚名。王运熙、杨明引唐代刘知几称赞其"折衷群言、见识圆通全面"，引明胡应麟赞其"议论精凿"，引近人章学诚赞其"体大而虑周""笼罩群言"，一致称赞《文心雕龙》"体系完整，论述精密"③。学界一致认为该书体例庞大、内容丰富，思虑周密、逻辑言密。《原道》篇明明说："心生而言立，言立而文明，自然之道也"，意谓言（文）为心声，于是有人类的文明。怎能把该书视为言（文）与心相违的著作？《原道》篇的"道沿圣而垂文"，明明说圣人之作是由圣人"原道心""研神理"而来，这里的逻辑次序怎可逆转？魏先生却作逆向理解，则变成了该书是心思与语言文字相违的著作，如此则《文心雕龙》岂不是思路不清、逻辑混乱之作，试问还有何价值？又教人如何研究？这岂不是给刘勰和《文心雕龙》抹黑、制造混乱？

其次，魏先生称："宗经"是"枢纽"的"核心"或"主轴"，其余四篇为"附属物"：《原道》和《征圣》两篇"只是为突出《宗经》的地位而做的铺垫"，《正纬》《辨骚》"则是为给《宗经》主张廓清道路而作"④。这些说法均有违原旨。关于"枢纽"前三篇的思路《序志》篇说得很清楚：先是"本乎道"即从自然之道出发，继而"师乎圣"即以圣人为师、"体乎经"即以"经"（圣人著作）为作文的榜样。其中"道"→"圣"→"文"的逻辑思路是逐渐推进的关系，不可逆转：如果没有"原道"即圣人对"道心""神理"的艰苦探索，其著作"经"则无从谈起和

① 张少康：《文心雕龙新探——刘勰文学理论体系及其渊源》，济南：齐鲁书社1987年版，第28页。
② 魏伯河：《走出"自然之道"的误区——读〈文心雕龙·原道〉札记》，《中国文论》第4辑，上海：上海古籍出版社2018年版，第70页。
③ 王运熙、杨明：《魏晋南北朝文学批评史》，上海：上海古籍出版社1989年版，第329页。
④ 魏伯河：《〈文心雕龙〉"文之枢纽"新探》，《中国文论》第5辑，第75、73页。

有何价值？既无价值，又何来"征圣""宗经"？可见《原道》《征圣》是
《宗经》的基石和前提，并非"附属物"和"铺垫"。至于魏先生称《正
纬》《辨骚》"则是为给《宗经》主张廓清道路而作"：前者"不过是附带
论及"纬书"可酌"①，后者是"辨析楚辞（应是屈骚，下同）的地位次于
五经"，由此牢固地树立"宗经的大旗"②，均有违原旨。前者揭示谶纬内
容荒诞诡谲，不足配经，但指出随着诗赋大量涌现的文学潮流，应该吸取
为纬书的"事丰奇伟，辞富膏腴"。后者魏先生称该篇之"辨"，即"辨析
楚辞与五经的异同，指出其地位次于五经"③；经过一番"辨"和"正"，
明确了纬书和楚辞均非所"宗"之"经"，由此牢固地树立"宗经的大
旗"④。这又是无视文本断章取义的解读。看来令人怀疑魏先生是否阅读
《辨骚》篇原文，因为该篇先是首句"奇文郁起"，后列举十篇屈骚作品赞
其"气往轹古"云云即压倒经典作品。还有《时序》篇盛赞"屈平联藻于
日月"和屈骚"笼罩《雅》《颂》"。该篇如此大段极赞屈骚的白纸黑字，
魏先生竟然视而不见，还批评别人"完全无视文中大段辨析文字的存在，
进而忽略了刘勰对《离骚》评价的分寸感，甚至把'博徒'与'四异'之
类贬词也强作褒义"⑤。如此等等，实在可笑！"奇文郁起""气往轹古"，
以及"笼罩《雅》《颂》"，刘勰明明说屈骚远远超过经典，这些都是事实，
难道魏先生要否定吗？还说商周文学是"顶峰"，《诗经》乃属周代文学，
令人费解。由于此前已经不止一次领教魏先生自己无视文本却又挥舞大棒
乱批龙学界大师，也就见怪不怪了。

　　学术界对该篇总结屈骚与经书的四同均认为是肯定的，但对四异的理
解尚有分歧。该篇名为"辨骚"，《序志》篇称"变乎骚"，周振甫先生说
得好："'变乎骚'的主要精神，不是要用儒家思想来贬低《楚辞》的创
作，恰恰相反，是要用《楚辞》的新变来论证文学的发展。"⑥辨析经"表
面上是承接'宗经'辨别楚骚与经书的同异，实际是经过这种辨别研究文
学的新变，从中总结文学发展的'执正驭奇'新变规律。'辨'和'变'

---

①　魏伯河：《〈文心雕龙〉"文之枢纽"新探》，《中国文论》第 5 辑，第 73、80 页。
②　魏伯河：《〈文心雕龙〉"文之枢纽"新探》，《中国文论》第 5 辑，第 81 页。
③　魏伯河：《〈文心雕龙〉"文之枢纽"新探》，《中国文论》第 5 辑，第 82 页。
④　魏伯河：《〈文心雕龙〉"文之枢纽"新探》，《中国文论》第 5 辑，第 81 页。
⑤　魏伯河：《〈文心雕龙〉"文之枢纽"新探》，《中国文论》第 5 辑，第 83 页。
⑥　周振甫：《文心雕龙注释》，"前言"第 28 页。

是结合的，而以'变'为主。"① 该篇既然前有极赞屈骚"奇文郁起"、后有盛赞所列举屈骚十篇作品压倒经典，还有《时序》篇盛赞屈骚有如日月和"笼罩"《诗经》，其中四异也就不能视为贬义的了②。刘勰反复强调屈骚超过了经典，堪称文学新变的榜样。魏先生却视而不见，认定是为辨析其地位"次于"五经，还引纪昀称屈骚是"浮艳之根"③。如此又怎能从中总结文学发展的新变规律？这又一次说明魏先生自己根本视文本为无物，但又严厉批评别人违背文本，岂非怪事？

三、刘勰视文学由"枢纽"带动、受自然和社会的影响向前发展，且有自身的继承创新规律

魏先生称：刘勰之所以把"宗经""作为其主要的文学主张"，一是"出于对儒家经典发自内心的崇拜"。在他看来，五经是"取之不尽用之不竭的宝库"④；二是"作为矫正文坛弊端的利器"，即《通变》篇所说"矫讹翻浅，还宗经诰"，"使文学发展回到健康的大道上来"⑤。还臆造"商周文学顶峰论"，可见魏先生视刘勰为主张回复到商周时代。但上述诸说均经不起检验。

首先，刘勰认为，文学是不停向前发展的，永无止境。《时序》篇概括从黄帝以来十个朝代的文学发展说："蔚映十代，辞采九变。枢中所动，环流无倦"（综观十个时代文学是不停发展的。就如天枢的转动，永远不会停止。）可见文学不会停留在商周时代，也不会回复到商周时代。魏先生引《通变》篇概括从黄、唐"淳而质"到宋初的"讹而新"，其趋势是"由质及讹，弥近弥澹"称"最理想的是以经书为代表的商周之文，这是中国文学发展的顶峰。在此之前，文学走的是上坡路，在此之后，则逐步走的是下坡路。"由此使他"把宗经作为自己的主要文学主张，处处依经立义，甚至认为'百家腾跃，终入（五经）环内'。"⑥ 如此解读完全经不起推敲。《宗经篇》所说的"百家腾跃，终入环内'"，是说诸子百家无论怎样驰骋

① 周振甫：《文心雕龙注释》，第42页。
② 拙文：《四辨〈辨骚〉之"四异""博徒"》，《中国文论》第7辑，济南：山东人民出版社2020年版，第108页。
③ 魏伯河：《〈文心雕龙〉"文之枢纽"新探》，《中国文论》第5辑，第81页。
④ 魏伯河：《〈文心雕龙〉"文之枢纽"新探》，《中国文论》第5辑，第77页。
⑤ 魏伯河：《〈文心雕龙〉"文之枢纽"新探》，《中国文论》第5辑，第77页。
⑥ 魏伯河：《正本清源说宗经——兼评周振甫先生的有关论述》，《中国文论》第3辑，第66页。

活跃，归根到底总是跳不出的经书的范围。笔者的理解，其含义一是五经是"群言之祖"（各种文体的源头）；二是五经是为文的榜样，故说"文能宗经，体有六义"；三是写作文章可从五经中吸取丰富养料。不应理解为文章（文学）到五经就是"顶峰"而不再向前发展了。《辨骚》篇盛赞屈骚继"奇文郁起"和屈骚的十篇作品"气往轹古"；还有《时序》篇以日月为喻"联藻于日月"和"笼罩《雅》《颂》"，等等，难道说还不算超越商周文学？可见，称刘勰视"商周文学"为"顶峰"实为主观臆造。魏先生严厉批评龙学界随意解读文本，自己却可以无视文本臆造新说，岂不是"只准州官放火，不准百姓点灯"？

　　至于魏先生引徐复观先生称：五经是中国文化的基型、基线，中国文学是"以这种文化的基型、基线为背景发展起来的"。既然称为"基型""基线"，岂不是后来还有发展吗？怎么又说是"顶峰"？至于说汉赋系统脱离文化的"基型""基线"而另辟疆域，后者便会"发出反省规整的作用"①，细检刘勰论汉赋的演变发展，与实际情况不符。

　　其一，所谓基型，顾名思义只能有一个，但我国诗歌不能说只有《诗经》一个基型。《楚辞》作为南方楚地的歌谣，从时间说不会晚于《诗经》。范文澜先生指出："以《离骚》为首的《楚辞》，与《诗》三百篇起源不同"②。《诠赋篇》论述"赋"的源起指出：作为《诗经》"六义"之二："赋者铺也，铺采摛文，体物写志也。"开始与比、兴同是被视为写作手法，作为一种文体还不够成熟。到了"灵均唱骚，始广声貌"，它"受命于《诗（经）》人，拓宇于《楚辞》"，赋也就开始发展成为一种文体。到了汉朝，不少作家继续创作，陆贾开了头，贾谊承其绪，枚乘、司马相如继续发展，王褒和扬雄顺势推波助澜，枚皋、东方朔以后，辞赋家可以把一切事物都写进赋里。成帝时献到宫廷的作品就有一千多首。可见"信兴楚而盛汉矣"。范文澜先生指出：屈骚使巫史"两种文化合流，到西汉时期《楚辞》成为全国性的文学，辞赋文学灿烂地发展起来"，"标志着中国古代文学向前大进了一步"③。顾炎武《日知录》二十一《诗体代降》称：

① 魏伯河：《〈文心雕龙〉"文之枢纽"新探》，《中国文论》第5辑，第78页。
② 范文澜：《中国通史简编》修订本第一编，北京：人民出版社1964年版，第286页。
③ 范文澜：《中国通史简编》修订本第一编，第285页。

"《三百篇》之不能不降而《楚辞》，《楚辞》之不能不降而汉、魏……势也。"①《辨骚》篇首论其继轨《风》《雅》，但已成为一种独立文体，并对后世的影响要大于《诗经》，学习屈骚成为时代的潮流。可见把我国诗歌的源头和发展有《诗经》一个基型，并不符合实际。

其二，在赋的形成发展中，屈原把儒家思想融铸入《楚辞》起了关键的作用。他把体现儒家思想的史官文化与富有想象力的巫官文化合流而形成辞赋系统（包含汉赋）是伟大的贡献，不应视为"脱离文化的基型基线而另辟疆域"给以否定。沈约在《宋书·谢灵运传论》评述汉代和建安以后"源其飚流所始，莫不同祖风、骚"，钟嵘的《诗品》中把五言诗分为"源出于"《国风》《小雅》，即《诗经》和《楚辞》两大流派，而且后者的人数多于前者，说明后者已经成为时代的潮流。刘勰在《时序》篇云："爰自汉室，迄至成、哀，虽世渐百龄，辞人九变，而大抵所归，祖述《楚辞》，灵均余影，于是乎在。"（自从汉朝的建立，直至成帝、哀帝，虽历百年，辞赋不断变化，但大体的趋势是效法《楚辞》，屈原的影响随时可见。）故知汉赋的出现标志我国文学发展进入自觉追求美的新阶段。在其后的数百年中，它的影响要大大超过《诗经》，贡献是积极的、巨大的。《文心·物色》称"《诗》、骚所标，并据要害"，故后世作家"莫不因方以借巧，即势以会奇"（《诗经》和《楚辞》的特点就是善于抓住客观事物的要点，后世的作家都不敢在这点上与它们较量。无不依照这种方法学其巧妙，顺着文章气势显示自己的特点）。三位影响巨大的理论家一致把以屈骚为代表的楚辞看成在文学史上具有与《诗经》同等地位，"英雄所见略同"。唐人殷璠在《河岳英灵集论》说：他选择的标准是"既闲（熟习）新声，复晓古体；文质半取，风、骚两挟"。足见其历史地位。清人龚自珍有诗云："《庄》《骚》两诗鬼，盘踞肝肠深"（《杂诗，己卯自春徂夏，在京师作，得十有四首》）。可见其影响深远。由此说明：对辞赋系统发挥重大影响的是屈骚，其影响是正面的、积极的，不应理解为由"基型""基线"发生的"规整"作用。

其三，刘勰认为，文学的发展演变有内因和外因，前者即《通变》篇所说"通"（承传）与"变"（新变）；后者则是社会和自然环境的影响，

① ［清］顾炎武著，黄汝成集释，秦克诚点校：《日知录集释》，长沙：岳麓书社1994年版，第747—748页。

《时序》和《物色》两篇有详细论述。我们没有看到以五经为"基型""基线"如何"发出反省规整的作用"。再看刘勰对汉赋的总体评价，不但称赞那些大赋"京殿苑猎，述行述志，并体国经野，义尚光大"，认为那些描写京城和宫殿，叙述苑囿和狩猎，或者记载远行，抒发自己抱负，都是关系到国家大事，意义广大，写得典雅、宏大，加以肯定；而且对于描写花草鸟兽的小赋，也赞其"拟诸形容，则言务纤密；象其物宜，则理贵侧附"，即那些描写花草鱼虫的小赋也触兴致情，在情和物的变化中二者结合，描写细致周密，也给以积极的评价。刘勰还称所列举十家作品为"辞赋之英杰"。可见总体评价是肯定的和积极的。要说汉赋系统"脱离文化的基型基线而另辟疆域"，由此受由基型基线"规整"，不知从何说起。至于汉赋在其发展过程中，出现浮艳的文风，这也就是《宗经》篇所说的"楚艳汉侈，流弊不还"，这并非总体评价。刘勰认为这既违背了美乃是事物属性的规律，而不能是外加的、矫饰的，也丧失了诗歌自身的讽喻传统，必须纠正。没有说及"基型""基线"如何发挥"规整"作用。牟世金先生指出：刘勰在《原道》篇所阐释的万物有质自然有文的规律，"肯定有其物，才有其形；要有其形，才有其文，才有其自然美"，可见"美是物的属性"①。《情采篇》称："圣贤书辞，总称'文章'，非采而何？"他把圣贤著作说成是皆有文采，不过是强调文学创作必须做到"情采相符"。可见刘勰不但顺应自觉追求美的时代潮流，而且还为之找到理论依据，并"以内容为主而情采兼顾、文质并重作为贯穿其整个文学理论体系的一条主线"②。刘勰清醒地认识到：在文学从质朴趋向华丽的发展过程中，由宋玉开始片面追求形式美的浮艳之风抬头，其后愈演愈烈。这种文风其形式之美是矫饰的，并非出自事物本身的属性，故必须批判和纠正。《诠赋篇》就指出：所谓"登高能赋"，就是看到外界事物引起内心的情感，又通过作者的情感来表现外界事物，由此赋必须做到"丽词雅义，符采相胜"，即华丽的文辞和雅正的内容相结合，做到"文虽新而有质"。这是"立赋之大体"（作赋的根本法则）。而"逐末之俦，蔑弃其本，虽读千赋，愈或体要。遂使繁华损枝，膏腴害骨，无贵风轨，莫益劝戒"，指责那些颠倒本末的辞赋家放弃根本，即使作赋千篇反而更迷惑而没有抓住根本。结果就像花朵太

① 牟世金：《雕龙集》，第221页。
② 牟世金：《雕龙集》，第176页。

多妨碍了枝叶，过于肥胖伤害了骨骼。所作的赋既没有讽喻的作用，失去了劝惩的意义。批判这种浮艳文风既违背赋体必须符合质文相称、情采相符的原则，有的作家（如扬雄）写了一千多首赋，结果写出来的赋丧失了《诗经》的讽谏传统，没有劝惩教育的意义。汉代的思想家扬雄早年"尝好辞赋"，自己也创作多首辞赋希望发挥辞赋的"讽谏"作用，结果"讽"而反"劝"，适得其反。他把赋分为"诗人之赋"和"辞人之赋"，肯定前者"丽以则"即合乎法度，否定后者"丽以淫"即泛滥过度。晚年后悔不再作赋。他揭露汉赋创作的弊端并反思其不良倾向①。可见汉赋创作的不良倾向受到思想家和文论家的批判：一是片面追求华丽；二是丧失了诗歌的讽谏传统和劝诫教育的意义。其出发点是违背了美应出自事物的属性和诗歌本身的讽谏传统。要说这是由"基型""基线"而发出的"规整"，恐怕比较勉强罢。

其次，魏先生还引纪评"辞赋之源出于《骚》，浮艳之根亦滥觞于《骚》，辨字极为分明"，把屈骚视为后世的"浮艳之根"②。其实《诠赋》篇说得很清楚："宋发巧谈，实始淫丽。"祖保泉先生早已指出：除《辨骚》篇外，《文心》"大约尚有十篇提到了屈原或《离骚》没有一处对屈原之作有贬义"③。可见，被刘勰视为"浮艳之根"的是宋玉而非屈原。《时序》篇称"屈平联藻于日月"无疑是最高的评价。故知刘勰不会把屈骚视为"浮艳之根"。《宗经》篇的"正本归末"和《通变》篇的"还宗经诰"并不是要回到经书素醇质朴的老路，而是主张创新发展。

可见刘勰的文学发展观认为，从《通变》篇批评从楚汉"侈而艳"到魏晋的"浅而绮"再到宋初的"讹而新"，其趋势"由质及讹，弥近弥澹"，是不好的，因为它违背了质文相称、情采相符的原则，但"艳""绮""新"并非完全贬义，而是贬中有褒，说明从楚汉的"侈而艳"开始文学发展到了一个自觉追求形式美的新阶段。但又变成了"侈""浅""讹"，是走过头了，事物之美变成矫饰的、外加的，并非事物的本性，故刘勰认为必须批判和纠正。因此，《宗经》篇提出"正本归末"和《通变》篇提出"矫讹翻浅，还宗经诰"，意思是要回到商周文学"情采相符""衔

---

① 王运熙、杨明：《魏晋南北朝文学批评史》，第 545 页。
② 魏伯河：《〈文心雕龙〉"文之枢纽"新探》，《中国文论》第 5 辑，第 81 页。
③ 祖保泉：《"文之枢纽"臆说》，《文心雕龙学刊》第一辑，济南：齐鲁书社 1983 年版，第 98 页。

华佩实"即形式之美是事物的属性的正道，而不是回到经书素醇质朴的老路。一些同是主张刘勰以"宗经"是其文学思想的核心的论者，有意无意忽略了《通变》篇继云："凭情以会通，负气以适变"，要求创作出"采如宛虹之奋鬐，光若长离之振翼"的"颖脱之文"。赞语"望今制奇，参古定法"，可见"参古"只是手段，不是回到经书的老路，而是根据时代要求创作出"颖脱之文"，也就是文采如虹蜺的拱背、光芒如飞腾的凤凰般雄奇壮丽的"奇文"，而不是回复到商周文学的老路。罗宗强先生把《文心》"文之枢纽"五篇的逻辑演进概括为：原道（源于自然）→征圣、宗经（法古）→酌纬、变骚（新变）："原道"为"源于自然"，"征圣""宗经"为"法古"，"酌纬""变骚"为"新变"①。这与《通变》篇所说的"参古定法，望今制奇"一致："参古"即"法古"只是手段，"制奇"即新变才是目的。可见"宗经"即"法古"只是其理论体的中间环节，魏先生却视为"核心""主轴"，其余四篇为"附属"，还一口咬定龙学界陷入"误区"（而且十分严重），自己深陷错误泥潭而不自知，实在可笑。葛洪在《抱朴子·均势》篇指出："古者事事醇素，今则莫不修饰，时移世改，理自然也。"他公开说《尚书》不及后代的诏册奏议之"清富赡丽"，《诗经》不及《上林》《羽猎》等赋"博富"。萧统《文选序》称："盖踵其事而增华，变其本而加厉。物既有之，文亦宜然。"可见社会在发展，时代在前进，今胜于古，这是当时思想家、文论家的共识。否则，他的理论还有什么价值？可见《征圣》《宗经》不过是打着复古法古的旗号进行创新，《宗经》篇的"正末归本"并非回归商周文学的老路。

（作者单位：华南师范大学文学院）

---

① 罗宗强：《魏晋南北朝文学思想史》，第310页。

人性、人情概念与孟、荀文论之辨

王子珺

摘　要：人性与人情是孟子与荀子思想中的关键词。这两个概念彰显孟荀思想的差异，并且渗透到他们的文论思想中。他们围绕着这两个概念而展开对于人性问题的探讨，并且影响到各自的文论思想。刘勰《文心雕龙》汲取了孟荀思想的滋养，并且创建了自己的理论体系。从中也可以看到这本文论巨典深厚的思想蕴涵。

关键词：人性；人情；孟荀；文论；刘勰

"人性""人情"是孟子与荀子这两位先秦大思想家的关键词，孟子好谈性、命、人性等，而绝口不谈"人情"这些词汇，而荀子却好用"人情"这一概念。这两个概念体现出孟荀思想的差异，并影响到他们的文论，《文心雕龙》的文学观念即深受他们思想的影响。透过这两个关键词去解析孟荀的文论思想，可以看出他们思想的差异，洞察先秦文论的特质，以及如何影响到刘勰《文心雕龙》与后世文论的。

一

人性问题是先秦思想的支点，也是先秦文论的出发点，先秦时代还没有六朝那样自觉而独立的文学理论，但是先秦思想家们对于人性问题的研究与观察，却为后世文学理论的发展奠定了良好的基础。因为中国古典文论的基本特征，是从人学出发去建构其文学理论体系的。从孟荀关于人性问题的看法中，我们可以看到他们对于人性问题的思考与探讨，是如何渗透到他们的文学理论中去的。

孟子略早于荀子，是战国中期的儒家代表人物。《孟子·滕文公上》说："孟子道性善，言必称尧、舜。"孟子主性善，他的理论支点是强调人的天性是良善的，后天的行为也是生发于这种良善本性。《孟子·告子》记载：

> 告子曰："性犹杞柳也，义犹桮棬也。以人性为仁义，犹以杞柳为桮棬。"孟子曰："子能顺杞柳之性而以为桮棬乎？将戕贼杞柳而后以为桮棬也？如将戕贼杞柳而以为桮棬，则亦将戕贼人以为仁义与？率天下之人而祸仁义者，必子之言夫！"①

这是《孟子》中唯一出现的人性概念。告子认为，人性如杞柳这种木材，而义这一道德行为好比木制而成的餐具，如果将人性等同于仁义，岂非以杞柳当作餐具了，因此，未加工过的木材不能当作餐具。告子区分了后天的道德行为与先天之性不是一回事，人性是后天形成的。孟子则反驳，如果不能将杞柳之性当成桮棬这种餐具，就会将人的天性摧残为后天的器物，孟子维护人性的先天良质，反对后天的摧残，这使我们想起明代李贽的《童心说》："童子者，人之初也；童心者，心之初也。夫心之初，曷可失也？"②

在孟子的思想中，人的良善存于先天本性中，"性"就是先验的人类本性，人性即是这种先天之性，它的特点是善良之心，性与心往往联在一起。孟子又与告子辩论："告子曰：'性犹湍水也，决诸东方则东流，决诸西方则西流。人性之无分于善不善也，犹水之无分于东西也。'孟子曰：'水信无分于东西，无分于上下乎？人性之善也，犹水之就下也。人无有不善，水无有不下。"③ 告子认为，人性无所谓善恶，就像地上的水，东西流向随着决口的方向流去，孟子则巧妙地回答，水的流向是由地势高低决定的，人性之善，好比水流向低处一样，是一种自然趋势。"人性之善，犹水之就下也"，孟子设定了人性是天然向善的，而这种先验的人性随处可见：

> 恻隐之心，人皆有之；羞恶之心，人皆有之；恭敬之心，人皆有之；是非之心，人皆有之。恻隐之心，仁也；羞恶之心，义也；恭敬

---

① ［清］阮元校刻：《十三经注疏·孟子注疏》，北京：中华书局 2009 年版，第 5978 页。
② ［明］李贽：《焚书》卷三，北京：中华书局 2009 年版，第 98 页。
③ ［清］阮元校刻：《十三经注疏·孟子注疏》，第 5978 页。

之心，礼也；是非之心，智也。仁义礼智，非由外铄我也，我固有之也，弗思耳矣。故曰："求则得之，舍则失之。"或相倍蓰而无算者，不能尽其才者也。《诗》曰："天生蒸民，有物有则。民之秉彝，好是懿德。"孔子曰："为此诗者，其知道乎！"故有物必有则，民之秉彝也，故好是懿德。①

孟子将恻隐之心、羞恶之心、恭敬之心、是非之心这些后天的人伦统统归诸先天的人性，只要将这种本性加以扩张大就可以了，求则得之，舍则失之，关键在于主体的意愿。他引用《诗经》中"好是懿德"的诗句，以及孔子对此诗句的赞美，证明人性本善，无须外力。同时，从这段话也可以看出孟子用性本善来解读《诗经》的路径。

孟子为证明性本善，甚至将仁义道德比作人的生理组织。他强调："无恻隐之心，非人也；无羞恶之心，非人也；无辞让之心，非人也；无是非之心，非人也。恻隐之心，仁之端也；羞恶之心，义之端也；辞让之心，礼之端也；是非之心，智之端也。人之有是四端也，犹其有四体也"② 孟子固执地认为，人们只要将存于心中的良善天性加以涵育扩充，则可以保四海，成就大事，如果不能护持，则不足以事父母。应当说，孟子的这些话在今天看来，具有它的铭箴价值，因为现实社会中缺失这四项道德行为，早已引起了人们的共鸣。但其主观性也是显而易见的。在《孟子》一书中，大量运用的是"性"这一概念，用以指称人性，而对于人情、性恶则绝口不提，这也是很自然的。

孟子提出："尽其心者，知其性也；知其性，则知天矣。存其心，养其性，所以事天也。夭寿不贰，修身以俟之，所以立命也。"（《孟子·尽心上》）③ 孟子认为对善的追求只有达到了尽其性，也就是对道德的自我体认与自我超越，精神世界才可以说是找到了最后的归宿，才有了人格的最终依托，从而产生浩然正气。产生于秦汉时期的儒家经典《礼记·大学》发挥了这种说法，将神圣的道德比作生理本能，诚于中，才能形于外。而这种至诚来自天性。这样就使先秦儒家的道德与美学走出了内省的境域，与

① ［清］阮元校刻：《十三经注疏·孟子注疏》，第5981页。
② ［清］阮元校刻：《十三经注疏·孟子注疏》，第5851—5852页。
③ ［清］阮元校刻：《十三经注疏·孟子注疏》，第6014页。

天地相参、物我合一的博大情怀融合在一起了。

与此相应的则是人格美的内省化。孔子主张通过"六艺之教"来提升人性，并对这种教化方案作了各种设定，但孟子则强调人性的自我觉醒。《孟子·尽心下》记载了孟子与他的学生浩生不害的一段对话："浩生不害问曰：'乐正子何人也？'孟子曰：'善人也，信人也。''何谓善，何谓信？'曰：'可欲之谓善，有诸己之谓信，充实之谓美，充实而有光辉之谓大，大而化之谓圣，圣而不可知之之谓神。乐正子，二之中、四之下也。'"① 孟子将人格境界分为善、信、美、大、圣、神六个层次。首先，他将"美"与"善""信"分别对待。"善""信"只是以道德本性去做人，而美则不然，它是在自我觉悟情况下的升华，在人格修养中使人性中固有的善变成自己的东西，升华成人性的闪光。在它之上，还有大、圣、神几个层次。所谓"大"也就是崇高之美；"圣"是使人景仰的人格圣境；"神"则表现了对伟大人物人格力量的顶礼膜拜，如后人对尧、舜、禹、周公一类人物的赞叹。

孟子认为人格之所以为人格，就在于它的自我体悟，而这种体悟的本体则是天，因为天是至中不偏，至诚无欺的，它与"性"的概念相匹配。孟子指出：

> 是故诚者，天之道也。思诚者，人之道也。至诚而不动者，未之有也。不诚，未有能动者也。

东汉赵岐注："授人诚善之性者，天也，思行其诚以奉天者，人道也。至诚则动金石，不诚则鸟兽不可亲狎，故曰不诚未有能动者也。"②

由此可知，诚是"性"用以感通天地的心灵体验，它的特点是澄明无瑕，至正洁净的，由此与道德境界相通，并旁及文学境界。孟子强调："万物皆备于我矣。反身而诚，乐莫大焉。强恕而行，求仁莫近焉。"③ 这一思想在秦汉时期得到发展。《礼记·中庸》提出，"诚"是一种不勉而中，不思而得的圣人之德："诚者，天之道也；诚之者，人之道也。诚者，不勉而

---

① ［清］阮元校刻：《十三经注疏·孟子注疏》，第 6040 页。
② ［清］阮元校刻：《十三经注疏·孟子注疏》，第 5919 页。
③ ［清］阮元校刻：《十三经注疏·孟子注疏》，第 6015 页。

中，不思而得，从容中道，圣人也；诚之者，择善而固执之者也。"① 这是强调"诚"可以通过学习与自我完善来逐渐实现。一旦达到"至诚"的境界，人心也就与天心相呼应，由内及外，达到所需要的理想人格境界。《礼记·中庸》对于"诚"作了更为深入的阐述：

> 唯天下至诚，为能尽其性；能尽其性，则能尽人之性；能尽人之性，则能尽物之性；能尽物之性，则可以赞天地之化育；可以赞天地之化育，则可以与天地参矣。②

"诚"是沟通天人之性的中介，个体通过"诚"尽物之性，进而参天地之化育。金代文人元好问特别强调"诚"的意义，他不满于历代一些文人创作时言不由衷的现象，认为这是心不实诚所致。他在《杨叔能小亨集引》一文中说："由心而诚，由诚而言，由言而诗也，三者相为一。情动于中而形于言，言发乎迩而见乎远。同声相应，同气相求。"③ 在元好问看来，没有人格的作品，不管它外表如何好看，只要照之于作者的行为，马上就可以见出其价值，而杜甫则是实践这种诚的楷模："唐人之诗，其知本乎！何温柔敦厚蔼然仁义之言之多也！幽忧憔悴，寒饥困惫，一寓于诗，而其厄穷而不悯，遗佚而不怨者，故在也。至于伤谗疾恶，不平之气不能自掩。责之愈深，其旨愈婉；怨之愈深，其辞愈缓。优柔餍饫，使人涵泳于先王之泽，情性之外不知有文字。幸矣，学者之得唐人为指归也。"④ 元好问激赏唐诗体现了以诚为本的美学观念。诗人历尽磨难也毫不动摇，作为典型的便是杜甫。杜甫在安史之乱后四处流浪，备受痛苦，但是在他的诗中却看不到对皇帝的怨言，相反，却是忠君之心拳拳可见，真是以"诚"为本、温柔敦厚的榜样。"诚"构成儒家文论的重要范畴，与孟子的阐述有着直接关系，深刻影响了后世的中国文论。

孟子对于中国文论影响较大的还有养气说，所谓养气就是将心中的至诚这类心灵境界加以光大与充实。《孟子·公孙丑上》记载孟子与他的学生

---

① 〔清〕阮元校刻：《十三经注疏·礼记正义》，北京：中华书局 2009 年版，第 3542 页。

② 〔清〕阮元校刻：《十三经注疏·礼记正义》，第 3543 页。

③ 〔金〕元好问著，狄宝心校注：《元好问文编年校注·杨叔能小亨集引》，北京：中华书局 2012 年版，第 1022 页。

④ 〔金〕元好问著，狄宝心校注：《元好问文编年校注·杨叔能小亨集引》，第 1023 页。

公孙丑有一段对话：

> "敢问夫子恶乎长？"曰："我知言，我善养吾浩然之气。""敢问
> 何谓浩然之气？"曰："难言也。其为气也，至大至刚，以直养而无害，
> 则塞于天地之间。其为气也，配义与道；无是，则馁也。是集义所生
> 者，非义袭而取之也。行有不慊于心，馁矣。"①

孟子在回答学生公孙丑的问题时，坦言自己擅长养浩然之气，这种浩然之
气有两个内涵，一是"配义与道"，是道德精神的充塞；二是它至大至刚，
与天地相感应，接近于宗教的神秘体验，与荀子的世俗人情说不同。李泽
厚先生在《中国古代思想史论》中曾说，如果没有荀子世俗人情的引正，
儒家思想很可能变成宗教。因此，从人情与人性、性这些范畴的区分，可
以看出孟子与荀子思想的差异，也延伸到文论领域。

二

荀子对于人性的看法与孟子很不同，从他采用较多的是"人情"这一
概念术语中可以看出这一点。《荀子·性恶》中有一段对话：

> 尧问于舜曰："人情何如？"舜对曰："人情甚不美，又何问焉？
> 妻子具而孝衰于亲，嗜欲得而信衰于友，爵禄盈而忠衰于君。人之情
> 乎！人之情乎！甚不美，又何问焉？"唯贤者为不然。②

这段话假托与舜的对话，通过日常生活中人们常见的行为，说明世态炎凉，
人情甚不美，唯有贤者才不是。荀子并未否认人性有高尚的一面，但强调
大多数的人是趋利避害的，这与孟子将大多数的人性说成以善为本迥然不
同。荀子认为："人之性恶，其善者伪也。今人之性，生而有好利焉，顺
是，故争夺生而辞让亡焉；生而有疾恶焉，顺是，故残贼生而忠信亡焉；
生而有耳目之欲，有好声色焉，顺是，故淫乱生而礼义文理亡焉。"③ 人生

---

① ［清］阮元校刻：《十三经注疏·孟子注疏》，第5840—5841页。
② ［清］王先谦撰，沈啸寰、王星贤点校：《荀子集解》，北京：中华书局1988年版，第444页。
③ ［清］王先谦撰，沈啸寰、王星贤点校：《荀子集解》，第434页。

下来就有趋利之心，由此产生争夺，失去辞让，生而有耳目之欲，喜好声色，淫乱由此而生，可见，礼义之道出于教化而成，并非天生的。这些说法与孟子针锋相对。

荀子用"人情"代替孟子的人性、性命等抽象概念，成为一种走向世俗的概念。他认为这种人情是人性的正常表现，这一点也与孟子有所不同。孟子也认为"食色，性也"，但认为最高的境界是"尽其性"，即超越这些日常欲望。孟子赞颂："居天下之广居，立天下之正位，行天下之大道，得志与民由之，不得志独行其道。富贵不能淫，贫贱不能移，威武不能屈，此之谓大丈夫。"（《孟子·滕文公下》）① 荀子则提出："夫贵为天子，富有天下，是人情之所同欲也。"② 荀子认为，贵为天子，富有天下，是人情所共同追求的人生目标，然而人的欲望的实现必须要有礼义的导养与划分。所以，礼起源于分，分就是区分与划定人的等级与秩序，这样社会各个阶层的利益才能实现，各得其宜，否则社会就会无序与动乱。而"乐合同，礼别异。礼乐之统，管乎人心矣"③，礼是用来制定社会等级秩序的，乐则是调和不同阶层人的思想感情的，礼乐配合，才能实现理想之治，荀子从他的人情概念，推导出他的礼乐思想。

荀子认为，衡量一个人的道德标准，只能建立在这种常人的标准之上，而不能像孟子那样，用圣人的道德标准要求普通百姓。人情概念的运用，与他的这种人性论相关。荀子认为，文艺和审美正是为了协调个体与群体的关系，使人际关系在更高的层次上得到升华，有助于礼义的实现，纲纪的规范。在这一点上，荀子的文学思想明显地具有功利性。与孟子重在自我提升不同，荀子文艺观中的世俗情结表现了中国古代文论立足于现实的礼义导养，协调情与理，情与法，求得二者之间的平衡，注重从社会和谐、规范纲纪的角度去看待文艺事业的特点。

荀子为此提出了著名的"养情说"。他在《礼论》中说："人生而有欲，欲而不得，则不能无求，求而无度量分界，则不能不争。争则乱，乱则穷。先王恶其乱也，故制礼义以分之。以养人之欲，给人之求，使欲必不穷乎物，物必不屈于欲。两者相持而长，是礼之所起也。故礼者，养

---

① ［清］阮元校刻:《十三经注疏·孟子注疏》，第5894页。
② ［清］王先谦撰，沈啸寰、王星贤点校:《荀子集解》第70页。
③ ［清］王先谦撰，沈啸寰、王星贤点校:《荀子集解》，第382页。

也。"① 荀子指出，情欲的满足是以礼义的节导作为前提的。而节导的同时也就是养情的过程，"刍豢稻粱，五味调香，所以养口也；椒兰芬苾，所以养鼻也；雕琢刻镂、黼黻文章，所以养目也；钟鼓管磬，琴瑟竽笙，所以养耳也；疏房檖貌，越席床笫几筵，所以养体也"②。荀子强调礼既是对人的约束，也是对于人情的疏导与滋养，文艺活动既能满足人的生理快感，又能升华人的精神境界，而人情则是这种文艺活动的出发点。他指出：

> 夫乐者，乐也，人情之所必不免也，故人不能无乐。乐则必发于声音，形于动静，而人之道，声音、动静、性术之变尽是矣。故人不能不乐，乐则不能无形，形而不为道，则不能无乱。先王恶其乱也，故制《雅》《颂》之声以道之，使其声足以乐而不流，使其文足以辨而不諰，使其曲直、繁省、廉肉、节奏足以感动人之善心，使夫邪污之气无由得接焉。是先王立乐之方也，而墨子非之奈何！③

荀子强调乐（当时包括诗歌、音乐、舞蹈）是人情所生发的，是人的一种正常欲望，人们不能没有乐，而乐的本体是快乐的呈现，人的性术通过乐而获得彰显，这里的性术是指内心世界，包括孟子所谓的人性与性、命这些范畴。由此看来，荀子所说的"人情"是性术的外化，而性术则是深层的内心世界。人情中包含着性术与情感，它是人的自然本性与外在习染的统一。汉代《毛诗序》指出："诗者，志之所之也，在心为志，发言为诗，情动于中而形于言。"④ 内心之志即含括着性的范畴，它的生成有赖于情感的激发。荀子认为，人情发而为乐，乐如果没有适当的规范则会流于淫乱，所以圣人制礼作乐，以导养人情。而中和之美则是理想的审美境界："故乐者，天下之大齐也，中和之纪也，人情之所必不免也。是先王立乐之术也，而墨子非之，奈何！"⑤ 荀子为此指责墨子的"非乐"不通人情。荀子的人情说，重视的是世俗人情对于诗乐自然生成的决定作用，强调必要的礼义

---

① [清]王先谦撰，沈啸寰、王星贤点校：《荀子集解》，第346页。
② [清]王先谦撰，沈啸寰、王星贤点校：《荀子集解》，第346—347页。
③ [清]王先谦撰，沈啸寰、王星贤点校：《荀子集解》，第379页。
④ [汉]毛亨传，[汉]郑玄笺，[唐]陆德明音义，孔祥军点校：《毛诗传笺》，北京：中华书局2018年版，第1页。
⑤ [清]王先谦撰，沈啸寰、王星贤点校：《荀子集解》，第380页。

对于诗乐等审美活动的制约，缘此而形成了他的原道、征圣、宗经的文论思想体系，荀子又把"道"与礼义相联系，认为"道"是礼义在理论上的总的统率与纲纪，而这个"道"又通过圣人的权威阐释而表征出来，代代相传。荀子首次提出原道、征圣、宗经三位一体的文艺观："圣人也者，道之管也；天下之道管是矣，百王之道一是矣。……《书》言是其事也；《礼》言是其行也；《乐》言是其和也；《春秋》言是其微也。……天下之道毕是矣。"（《荀子·儒效》）① 这种文论思想对于西汉扬雄、南朝刘勰、唐代韩愈的文论思想影响至大。

　　荀子的人情说，对于西汉的思想产生了很大影响。《礼记·礼运》指出：

　　　　何谓人情？喜怒哀惧爱恶欲，七者，弗学而能。②

　　《礼记·礼运》承认人情不学而会，如果不加以教化与制导，则会放轶流荡："故圣王修义之柄、礼之序，以治人情。故人情者，圣王之田也。修礼以耕之，陈义以种之，讲学以耨之，本仁以聚之，播乐以安之。"③ 这些思想观念，显然受到荀子的启发。《礼记·丧服四制》还指出：

　　　　凡礼之大体，体天地，法四时，则阴阳，顺人情，故谓之礼。④

　　不仅礼起源于人情，而且音乐也是人情的表达。《礼记·乐记》强调：

　　　　乐也者，情之不可变者也。礼也者，理之不可易者也。乐统同，礼辨异，礼乐之说，管乎人情矣。穷本知变，乐之情也；著诚去伪，礼之经也。⑤

西汉著名的杂家著作《淮南子》也屡屡引用"人情"这一概念："故哀乐

　① ［清］王先谦撰，沈啸寰、王星贤点校：《荀子集解》，第133—134页。
　② ［清］阮元校刻：《十三经注疏·礼记正义》，第3080页。
　③ ［清］阮元校刻：《十三经注疏·礼记正义》，第3088页。
　④ ［清］阮元校刻：《十三经注疏·礼记正义》，第3680页。
　⑤ ［清］阮元校刻：《十三经注疏·礼记正义》，第3332页。

之袭人情也深矣……凡人情，说其所苦即乐，失其所乐则哀。故知生之乐，必知死之哀。"① "故礼因人情而为之节文。"② "明于天道，察于地理，通于人情。"③ 这些人情观念，在西汉史学家中也得到引证与发挥。司马迁《报任少卿书》指出："夫人情莫不贪生恶死，念父母，顾妻子，至激于义理者不然，乃有不得已也。"④ 司马迁坦诚地指出，人情都是贪生怕死，念父母，顾家室，只有那些深信礼义者能够超越世俗，而他自己隐忍苟活，写作《史记》乃是有不得已的使命，是属于激于礼义者。司马迁认为，那些违背人情的行为，是一种反常的行为，不值得信任与推崇。司马迁在《史记·齐太公世家》中采用了《韩非子·难一》的说法，对历史上易牙之类悖犯天理人情的作为予以坚决的谴责："管仲病，桓公问曰：'群臣谁可相者？'管仲曰：'知臣莫如君。'公曰：'易牙如何？'对曰：'杀子以适君，非人情，不可。'公曰：'开方如何？'对曰：'倍亲以适君，非人情，难近。'公曰：'竖刀如何？'对曰：'自宫以适君，非人情，难亲。'管仲死，而桓公不用管仲言，卒近用三子，三子专权。"⑤ 管仲去世前，齐桓公问他谁可代相者，管仲对于齐桓公推举的三个奸臣竭力反对，认为他们所作所为违背人情，不可任用。齐桓公不听，管仲死后用了这三个奸臣，最后齐国大乱，齐桓公死无葬身之处，遭受后人的耻笑。

司马迁对于礼乐的看法，与荀子很接近。他在《史记·礼书》中感叹："太史公曰：洋洋美德乎！宰制万物，役使群众，岂人力也哉？余至大行礼官，观三代损益，乃知缘人情而制礼，依人性而作仪，其所由来尚矣。"⑥ 他从历史的角度考察了三礼制的演变，悟出了礼仪缘人情而制作。这里所说的人情，显然是荀子所说的世俗人情。西汉的礼乐思想，受到荀子一派的影响较大。荀子的《乐论》对于西汉产生的《礼记·乐记》形成了启发意义，司马迁《史记·乐书》采纳了《乐记》的说法，他指出："乐也者，

---

① ［汉］刘安编，刘文典撰，冯逸、乔华点校：《淮南鸿烈集解》，北京：中华书局2013年版，第332页。

② ［汉］刘安编，刘文典撰，冯逸、乔华点校：《淮南鸿烈集解》，第356页。

③ ［汉］刘安编，刘文典撰，冯逸、乔华点校：《淮南鸿烈集解》，第682页。

④ ［汉］班固撰，［唐］颜师古注：《汉书·司马迁传》，北京：中华书局1962年版，第2733页。

⑤ ［汉］司马迁撰，［南朝宋］裴骃集解，［唐］司马贞索隐，［唐］张守节正义：《史记·齐太公世家》，北京：中华书局1982年版，第1492页。

⑥ ［汉］司马迁撰，［南朝宋］裴骃集解，［唐］司马贞索隐，［唐］张守节正义：《史记·礼书》，第1157页。

情之不可变者也；礼也者，理之不可易者也。乐统同，礼别异，礼乐之说贯乎人情矣。"① 司马迁在《史记·太史公自序》中交代自己为什么要写《乐书》时说："乐者，所以移风易俗也。自雅颂声兴，则已好郑卫之音，郑卫之音所从来久矣。人情之所感，远俗则怀。比乐书以述来古，作《乐书》第二。"② 由此可以见出司马迁的史学思想与文论观念，受到荀子的影响是很深的。

当然，司马迁对于孟子也很尊重，他在《孟子·荀卿列传》中指出："太史公曰：余读孟子书，至梁惠王问'何以利吾国'，未尝不废书而叹也。曰：嗟乎，利诚乱之始也！夫子罕言利者，常防其原也。故曰'放于利而行，多怨'。自天子至于庶人，好利之弊何以异哉！"③ 然而，司马迁对好利的心态是认同的，他在孟荀之间，更赞同荀子的学说。他在《史记·货殖列传》中指出："故曰：'仓廪实而知礼节，衣食足而知荣辱。'礼生于有而废于无……故曰：'天下熙熙，皆为利来；天下攘攘，皆为利往。'夫千乘之王，万家之侯，百室之君，尚犹患贫，而况匹夫编户之民乎！"④ 司马迁所处的汉武帝时期，国力强盛，经济繁荣，工商业活动发达，求富好利成为时尚。司马迁认为这是无可厚非的，他强调"仓廪实而知礼节，衣食足而知荣辱"，管子的思想与荀子的思想有相通之处，他们都重视经济活动与对于礼义的导引效果，而不赞成治国仅仅靠道德的自觉，老百姓只有温饱了才能懂得什么是礼义廉耻。西汉君臣治国理念较为开放与现实，关心百姓的衣食住行。例如，晁错在给汉景帝的上书中坦言：

> 夫寒之于衣，不待轻暖；饥之于食，不待甘旨；饥寒至身，不顾廉耻。人情，一日不再食则饥，终岁不制衣则寒。夫腹饥不得食，肤寒不得衣，虽慈父不能保其子，君安能以有其民哉！明主知其然也，

---

① ［汉］司马迁撰，［南朝宋］裴骃集解，［唐］司马贞索隐，［唐］张守节正义：《史记·乐书》，第1202页。

② ［汉］司马迁撰，［南朝宋］裴骃集解，［唐］司马贞索隐，［唐］张守节正义：《史记·太史公自序》，第3305页。

③ ［汉］司马迁撰，［南朝宋］裴骃集解，［唐］司马贞索隐，［唐］张守节正义：《史记·孟子荀卿列传》，第2343页。

④ ［汉］司马迁撰，［南朝宋］裴骃集解，［唐］司马贞索隐，［唐］张守节正义：《史记·货殖列传》，第3256页。

故务民于农桑，薄赋敛，广蓄积，以实仓廪，备水旱，故民可得而有也。①

因此，"人情"成为西汉思想家经常出现的话语，也是西汉文化精神开放包容的彰显。孟子的人性论与荀子的人情说在西汉呈现既融合又交争的的态势，这在《盐铁论》中文学与财政大臣桑弘羊的激烈争吵中可以见出。

当然，孟荀人性论并非水火不容，二者有着相通的地方，比如关于"诚"的论述，荀子也提出："君子养心莫善于诚，至诚则无它事矣。唯仁之为守，唯义之为行。"② 不同的是，孟子将"诚"视为纯粹的内心体验，而荀子强调它是一种修养与教化的产物，它的形成既需要内心的提升，也需要仁义的导引，不纯粹是心灵的体验。近年来，有的学者致力孟荀思想的会通，亦可作为参考。

三

南朝齐代刘勰《文心雕龙》以儒学为主，兼及道玄佛思想，这是我们一般的认识。《文心雕龙》对于孟子与荀子的思想是兼收并蓄的。《时序》云："春秋以后，角战英雄，六经泥蟠，百家飙骇。方是时也，韩魏力政，燕赵任权，五蠹六虱，严于秦令，唯齐、楚两国，颇有文学。齐开庄衢之第，楚广兰台之宫，孟轲宾馆，荀卿宰邑，故稷下扇其清风，兰陵郁其茂俗，邹子以谈天飞誉，驺奭以雕龙驰响，屈平联藻于日月，宋玉交彩于风云。观其艳说，则笼罩《雅》《颂》，故知暐烨之奇意，出乎纵横之诡俗也。"③ 刘勰将孟子与荀子作为先秦文学的重要人物，称赞他们活跃于当时的文坛，于二人并无轩轾。《诸子》中指出："研夫孟荀所述，理懿而辞雅。"④ 这时将孟子与荀子作为先秦诸子的两个重要代表，称道他们"理懿而辞雅"。

刘勰《文心雕龙》原道、征圣、宗经的文学理念，受到荀子思想的启发是很明显的。王元化先生的《〈文心雕龙〉创作论》中认为，刘勰的文

---

① ［汉］班固撰，［唐］颜师古注：《汉书·食货志》，北京：中华书局1962年版，第1131页。

② ［清］王先谦撰，沈啸寰、王星贤点校：《荀子集解》，第46页。

③ ［梁］刘勰著，黄叔琳注，李详补注，杨明照校注拾遗：《增订文心雕龙校注》，北京：中华书局2012年版，第535—536页。

④ ［梁］刘勰著，黄叔琳注，李详补注，杨明照校注拾遗：《增订文心雕龙校注》，第228页。

论思想主要受到荀子思想的启发。当然，孟子思想对于《文心雕龙》的影响也是不应忽视的。① 刘勰对于孟荀思想的兼收并蓄，体现在他的文学本原论与创作论方面，他较多采用了"情性"与"性情"这两个概念，这两个概念包含着内在的性与外显的情这两个因素。刘勰意识到，片面地强调先天之性与后天之情，都会导致文学创作的弊病，造成文章的讹、滥、淫。光谈抽象的"性""理"等概念，会扼杀文章的情感，过分地强调"情"则会放纵欲望。刘勰在《文心雕龙·杂文》中说："若任情失正，文其殆哉！"情性合一，以性统情，以情涵性，才是文章的中和之美。刘勰在《文心雕龙·明诗》指出：

> 大舜云诗言志，歌永言，圣谟所析，义已明矣。是以在心为志，发言为诗，舒文载实，其在兹乎！诗者，持也，持人情性；三百之蔽，义归无邪，持之为训，有符焉尔。人禀七情，应物斯感，感物吟志，莫非自然。②

刘勰认为"人禀七情，应物斯感，感物吟志，莫非自然"，显然这是缘于荀子的"人情"说。但他同时也吸取了孔孟的诗学，强调诗歌既要发言为诗，也要持人情性。三百之篇，义归无邪。显然，这是将孔孟的人性说与荀子的人情说相融合而生成的诗学观念。在《文心雕龙·征圣》中，刘勰指出："夫作者曰圣，述者曰明。陶铸性情，功在上哲。夫子文章，可得而闻，则圣人之情，见乎文辞矣。"③ 刘勰赞美孔孟之圣的文章陶铸性情，圣人之情，见乎文辞。他还盛赞孔子的功绩："至夫子继圣，独秀前哲，熔钧六经，必金声而玉振；雕琢情性，组织辞令，木铎起而千里应，席珍流而万世响，写天地之辉光，晓生民之耳目矣。"④ 刘勰认为，不仅是孔孟先圣，而且诸子的文章也以性情为本，"研味《孝》《老》，则知文质附乎性情；详览《庄》《韩》，则见华实过乎淫侈。若择源于泾渭之流，按辔于邪正之路，亦可以驭文采矣。夫铅黛所以饰容，而盼倩生于淑姿；文采所以饰言，而辩丽本于情性。故情者文之经，辞者理之纬，经正而后纬成，理

---

① 参见袁济喜《〈文心雕龙〉与孟子学说论析》一文，《国学学刊》2013 年第 3 期。
② ［梁］刘勰著，黄叔琳注，李详补注，杨明照校注拾遗：《增订文心雕龙校注》，第 64 页。
③ ［梁］刘勰著，黄叔琳注，李详补注，杨明照校注拾遗：《增订文心雕龙校注》，第 17 页。
④ ［梁］刘勰著，黄叔琳注，李详补注，杨明照校注拾遗：《增订文心雕龙校注》，第 2 页。

定而后辞畅。此立文之本源也。"① 这些文献，足证刘勰对于先哲的性情学
说加以吸纳与改造，形成了自己独树一帜的文学观念。

　　刘勰在谈到文学创作环节时，也贯穿了他的性情观念。比如他谈到文
学创作的发生时强调："夫情动而言形，理发而文见，盖沿隐以至显，因内
而符外者也。然才有庸俊，气有刚柔，学有浅深，习有雅郑，并情性所铄，
陶染所凝，是以笔区云谲，文苑波诡者矣。"② 他还指出："吐纳英华，莫
非情性。"③ 他还从养气的角度，论述了性情与生理状态相关。刘勰还在
《养气》中说："昔王充著述，制《养气》之篇，验己而作，岂虚造哉！夫
耳目鼻口，生之役也；心虑言辞，神之用也。率志委和，则理融而情畅；
钻砺过分，则神疲而气衰。此性情之数也。"④ 从这些文献来看，刘勰《文
心雕龙》对于孟子与荀子的思想加以融会贯通，形成了他的"体大思精"
的思想体系与文论气概。

　　人情与人性、性等概念从关键词的角度来说，彰显出孟子与荀子思想
的差异与共同处，这就是从人性维度来探讨天人问题及其文艺问题。而刘
勰《文心雕龙》理论体系的创建，得力于先哲经典的助力，正如他自己在
《序志》中所述："不述先哲之诰，无益后生之虑。"⑤

（作者单位：北京语言大学人文学院）

---

① ［梁］刘勰著，黄叔琳注，李详补注，杨明照校注拾遗：《增订文心雕龙校注》，第411—412 页。
② ［梁］刘勰著，黄叔琳注，李详补注，杨明照校注拾遗：《增订文心雕龙校注》，第375 页。
③ ［梁］刘勰著，黄叔琳注，李详补注，杨明照校注拾遗：《增订文心雕龙校注》，第376 页。
④ ［梁］刘勰著，黄叔琳注，李详补注，杨明照校注拾遗：《增订文心雕龙校注》，第507 页。
⑤ ［梁］刘勰著，黄叔琳注，李详补注，杨明照校注拾遗：《增订文心雕龙校注》，第608 页。

铭、箴"《礼》总其端"与"生于《春秋》"之辨

朱芝蓓

摘　要：刘勰与颜之推在铭、箴文体的起源上存在分歧，刘勰认为铭、箴"《礼》总其端"，而颜之推认为"生于《春秋》"。两人虽然意见相左，但"以文体为备于经教则一"，这是两人共同的"尊体"策略。在此基础上，两人"所宗各异，则立体有殊"，显示出他们在铭、箴文体观上的差异，反映了南朝与北朝不同的观念。

关键词：铭；箴；刘勰；颜之推；起源

刘勰在《文心雕龙·宗经》篇中指出"铭诔箴祝，则《礼》总其端"①，认为铭、箴文体起源于《礼》。而颜之推对此持不同意见，其《颜氏家训·文章》篇中称"书奏箴铭，生于《春秋》者也"②，认为铭、箴文体发源自《春秋》。历来学者大多注意到两人以文章本于五经观念上的一致性，却对两人的分歧甚少谈及。刘勰与颜之推将各体溯源至五经，从文体发生的角度看是经不起推敲的，但由此切入，分析两人的文体观念仍有一定价值。因此，本文试分析两人在铭、箴文体起源上的分歧，以明确两人的文体观念差异，这对于认识南朝与北朝文学观念的差异有一定意义。

---

① ［梁］刘勰：《文心雕龙·宗经》，周振甫：《文心雕龙注释》，北京：人民文学出版社1981年版，第19页。

② ［北齐］颜之推：《颜氏家训·文章》，王利器：《颜氏家训集解》，北京：中华书局1993年版，第237页。

一、"以文体为备于经教则一"

刘勰和颜之推都以五经为文体起源，这是他们宗经观念和尊体策略的表现。

刘勰主张铭、箴"《礼》总其端"，颜之推则认为二体"生于《春秋》"。虽然在具体文体的起源上存在分歧，但两人都将铭、箴文体的起源推至五经，体现出相同的宗经观念。对于两人的分歧，近人孙德谦认为，两人"所言虽有异同，而以文体为备于经教则一，可见六朝之尊经矣"①。大多学者观点与其一致，认为刘、颜两人虽然在铭、箴文体的起源上存在分歧，但两人的宗经主张是一致的。这种文本于经的观念由来已久，学者们很早就将各种知识归入六经体系之下，形成"宗经"的传统。如《荀子·儒效》篇曰：

> 圣人也者，道之管也。天下之道管是矣，百王之道一是矣。故诗书礼乐之道归是矣。诗言是其志也，书言是其事也，礼言是其行也，乐言是其和也，春秋言是其微也。②

这段论述体现出古人对六经的认识。古人认为借由圣人可以窥见终极的"道"，而各经为圣人所作，因此要通往终极的"道"必须借助各经。学者们还将六经看作各种学术的源头。如《汉书·艺文志》曰："今异家者各推所长，穷知究竟，以明其旨，虽有弊短，合其要归，亦六经之支与流裔。"③ 在宗经观念的统御下，文章也被视作六经的支流。如班固认为"赋者，古诗之流也"④。又王逸指出"《离骚》之文，依诗取兴"⑤。这说明汉代已经将五经视为诗赋之源。此外，大量实用文体在汉代也被视为六经支流。如《汉书·艺文志》中，奏、疏、章、表等文体并未独立，而是附于六经之后，《六艺略》中《尚书》类著录《议奏》四十二篇，《礼》类著

① 孙德谦：《六朝丽指·文体原本六经》，王水照：《历代文话》，上海：复旦大学出版社2007年版，第8447页。
② ［清］王先谦撰，沈啸寰、王星贤点校：《荀子集解》，北京：中华书局1988年版，第158页。
③ ［汉］班固：《汉书》，北京：中华书局1962年版，第1746页。
④ ［梁］萧统编，李善、吕延济、刘良、张铣、吕向、李周翰注：《六臣注文选》，北京：中华书局1987年版，第23页。
⑤ ［汉］王逸：《楚辞章句》，黄灵庚：《楚辞章句疏证》，北京：中华书局2007年版，第9页。

录《议奏》三十八篇，《春秋》类著录《议奏》三十九篇、《奏事》二十篇，《论语》类列《议奏》十八篇。而如《国语》《世本》《战国策》《楚汉春秋》等史书则都著录于《春秋》类。显然，在宗经观念的影响下，文本于经的主张早已出现，这是刘勰、颜之推宗经观念的思想根源。

在宗经观念影响下，刘勰以文章为经典枝条，颜之推认为文章原出五经，因此两人都以五经为各文体起源。刘勰在《文心雕龙·序志》篇中将文章视作"经典枝条"，指出："唯文章之用，实经典枝条，五礼资之以成文，六典因之致用，君臣所以炳焕，军国所以昭明，详其本源，莫非经典。"①刘勰将文章与经典相联系，并视作接近圣贤的途径之一，体现对文章价值的肯定。颜之推也将文章视作五经的支与流裔。在他看来，轻视文章，盲目尊经的儒士是目光狭隘的。如《颜氏家训·勉学》篇曰："俗间儒士，不涉群书，经纬之外，义疏而已。吾初入邺，与博陵崔文彦交游，尝说《王粲集》中难郑玄《尚书》事。崔转为诸儒道之，始将发口，悬见排蹙，云：'文集只有诗赋铭诔，岂当论经书事乎？且先儒之中，未闻有王粲也。'崔笑而退，竟不以《粲集》示之。"②颜之推指出"夫文章者，原出五经"③，既是对文章之学的重视，也是对这些割裂文章之学与经学的"俗儒"们的反驳。刘勰、颜之推继承前人宗经思想，尊奉经典，两人将文章视为五经支流是文章地位提高的表现。而以五经为各文体起源则是两人尊体的策略。

从文体发生的角度看，以五经为各类文体的起源是经不起推敲的。将五经作为各体起源，本质上是一种尊体的策略。在后世看来，刘勰、颜之推对各文体渊源与五经的一一对应并不准确。如明代宋濂曰："呜乎！为此说者，固知文本乎经，而濂犹谓其有未尽焉，何也？《易》之《彖》《象》有韵者，即诗之属；《周颂》敷陈而不谐音，非近于《书》欤？《书》之《禹贡》《顾命》，即序纪之宗；《礼》之《檀弓》《乐记》，非论说之极精者欤？况《春秋》严谨，诸精之体又无所不兼之欤？错综而推，则五经各备文之众法，非可以一事而指名也。"④仔细考究则五经"各备文之众法"，难以将某几类文体之起源归于某经，因此刘勰、颜之推将各体分别归入各

① ［梁］刘勰：《文心雕龙·序志》，周振甫：《文心雕龙注释》，第534页。
② ［北齐］颜之推：《颜氏家训·勉学》，王利器：《颜氏家训集解》，第184页。
③ ［北齐］颜之推：《颜氏家训·勉学》，王利器：《颜氏家训集解》，第237页。
④ ［明］宋濂：《宋学士文集》，上海：商务印书馆1937年版，第149页。

经的做法并不准确。而在纪昀看来，将五经作为各体的根源有生搬硬套的嫌疑，他评《文心雕龙·宗经》时写道："此亦强为分析，似钟嵘之论诗，动曰源出某某。"① 认为以各体源出各经是强行将各文体与五经扯上关系。可见两人并非准确地追溯各文体根源，只是将各文体与五经含混地大致对应，因此受到后人质疑。以某经为某几种文体起源的论断并不准确，但刘勰、颜之推仍然要以某体源于某经，这实际上体现了二人的尊体策略。吴承学先生指出所谓 "文本于经"，"名为尊经，实则尊体"。② 将文体推源至于经，各体就获得了高贵的出身。文论家在谈论文体时经常使用这种策略。在谈论一些出身非古或品位未尊的文体时，这种策略的使用尤其显著。如宋王铚《四六话序》曰："世所谓笺题表启，号为四六者，皆诗赋之苗裔也。"③ 将骈文的渊源追溯至古老的诗赋。再如孔尚任在《桃花扇小引》中说："传奇虽小道……其旨实本于《三百篇》，而义则《春秋》，用笔行文，犹《左》《国》《太史公》也。"④ 打着五经的旗号称扬传奇。刘、颜两人将各体溯源至五经，也是在使用这种策略，两人通过主观感受而将各体与五经含混地对应，因此在各文体的五经起源上存在诸多分歧，如刘勰以 "论说辞序，则《易》统其首；诏策章奏，则《书》发其源；赋颂歌赞，则《诗》立其本；铭诔箴祝，则《礼》总其端；记传盟檄，则《春秋》为根"⑤，颜之推则曰："诏命策檄，生于《书》者也；序述论议，生于《易》者也；歌咏赋颂，生于《诗》者也；祭祀哀诔，生于《礼》者也；书奏箴铭，生于《春秋》者也。"⑥ 两人只在论、序、诏、策、诔、赋、颂、歌这几种文体的起源上一致，可见两人对各体的起源也是大致而言。由此可知，刘勰、颜之推将各体溯源至五经目的在尊体，并非就文体发生的实际情况而言。

综上，刘勰和颜之推虽然在铭、箴文体的起源问题上存在分歧，但都将铭、箴文体的起源归于五经，这是出于宗经和尊体的考虑。因此，不应以文体发生视角看待两人的分歧，而应由此分歧切入，探究两人文学观念

---

① ［梁］刘勰著，黄叔琳注，纪昀评，李详补注，刘咸炘阐说：《文心雕龙》，上海：上海古籍出版社2015年版，第16页。

② 吴承学、陈赟：《对 "文本于经" 说的文体学考察》，《学术研究》2006年第1期。

③ ［宋］王铚：《四六话》，王水照：《历代文话》，第6页。

④ ［清］孔尚任：《桃花扇》，北京：人民文学出版社1959年版，第1页。

⑤ ［梁］刘勰：《文心雕龙·宗经》，周振甫：《文心雕龙注释》，第19页。

⑥ ［北齐］颜之推：《颜氏家训·勉学》，王利器：《颜氏家训集解》，第237页。

的差异。

二、"所宗各异，则立体有殊"

五经各有其风格特质，而刘勰、颜之推分别以《礼》《春秋》为铭、箴二体起源，是以此二经所代表的不同风格为铭、箴二体立体。如李曰刚先生所说："所宗各异，则立体有殊。"① 两人在铭、箴二体起源上的分歧是不同铭、箴文体观的表现。

刘勰、颜之推都以五经来归类文体，这是因为各经具有不同的整体风格，可以作为某种风格的代表。各经内容各有分工，因此整体风格互有不同。春秋以前，学习五经是贵族子弟的特权，如《礼记·王制》曰："乐正崇四术，立四教，顺先王《诗》《书》《礼》《乐》以造士。春秋教以《礼》《乐》，冬夏教以《诗》《书》。王大子、王子、群后之大子，卿大夫、元士之嫡子，国之俊选，皆造焉。"② 作为贵族子弟的学习内容，各经需要按照一定逻辑加以区分成的几个目类，这样的划分可对前人留下的文化加以系统化、逻辑化，以便于教学。《国语·楚语上》中楚大夫申叔时曾建议楚庄王在楚国推行西周以来的文化教育，就曾概括过贵族子弟所学各课程的性质："教之《春秋》，而为之从善而抑恶焉，以戒劝其心；教之《世》，而为之昭明德而废幽昏焉，以休惧其动；教之《诗》，而为之导广显德，以耀明其志；教之《礼》，使知上下之则；教之《乐》，以疏其秽而镇其浮；教之《令》，使访物官。"③ 各科目分别针对为人处世的不同层面对贵族子弟加以教导，因此，五经各有分工，内容上有所区别。各经内容不同，整体风格也不尽相同。如《礼记·经解》中概括六经风格，曰："温柔敦厚，《诗》教也；疏通知远，《书》教也；广博易良，《乐》教也；洁静精微，《易》教也；恭俭庄敬，《礼》教也；属辞比事，《春秋》教也。故《诗》之失，愚；《书》之失，诬；《乐》之失，奢；《易》之失，贼；《礼》之失，烦；《春秋》之失，乱。"④ 五经各有分工，内容各有不同，形成各经具有代表性的整体风格，这使刘勰、颜之推能依此将各文体与五经一一对应。

① 李曰刚：《文心雕龙斠诠》，台北："国立"编译馆中华丛书编审委员会1982年版，第73页。
② 〔清〕孙希旦撰，沈啸寰、王星贤点校：《礼记集解》，北京：中华书局1989年版，第364页。
③ 〔三国〕韦昭注，王树民、沈长云点校：《国语集解》，北京：中华书局2019年版，第513—514页。
④ 〔清〕孙希旦撰，沈啸寰、王星贤点校：《礼记集解》，第1254页。

刘勰认为《礼》"据事制范""体制弘深",而以铭、箴文体发端于《礼》。《文心雕龙》中对《礼》的风格、内容特征有所论述,可以体现刘勰对《礼》的认识。具体如《文心雕龙·宗经》篇曰:"《礼》以立体,据事制范,章条纤曲,执而后显,采掇片言,莫非宝也。"① 刘勰以"据事制范"形容《礼》。这是因为《礼》记载仪式规范和不同身份的行为规范,能使人"知上下之则",从而规范各种行为。而被刘勰认为"《礼》总其端"的几种文体也被他要求符合一定的规范。例如:铭文要符合"天子令德,诸侯计功,大夫称伐"②,须依照创作者的地位而在内容上有严格的等级秩序;诔文须遵从"贱不诔贵,幼不诔长"③,其创作者和创作对象之间的上下等级关系不能颠倒;箴文要"指事配位"④,内容应当与箴戒者地位、职责相符合;祝文则是"寅虔于神祇,严恭于宗庙"⑤,须在祭祀神灵和祖先的场合宣读,在内容上需要显示出对神灵的虔诚和对祖先的恭敬。刘勰以这几种文体发端于《礼》,正是因为《礼》注重规范行为,能为这几种文体遵循一定的规范提供依据。此外,刘勰概括《礼》的整体风格为"体制于弘深"。《文心雕龙·定势》篇曰:"箴铭碑诔,则体制于弘深。"⑥可知"体制于弘深"是刘勰对箴、铭、碑、诔共同风格的总结。而箴、铭、碑、诔也是刘勰认为"《礼》总其端"的文体。其中,箴、铭、诔是刘勰直接提出"《礼》总其端"的文体,而"碑"源于"铭",是"铭"的次生文体,亦属于"《礼》总其端"的范围。这一观点刘勰在《诔碑》篇已提及,他认为"碑"源于"庸器之制",只是因为"庸器渐缺,故后代用碑","碑"的内容也与"铭"存在交叉"其序则传,其文则铭",实际上"碑实铭器,铭实碑文","铭"与"碑"本是一体。⑦ 因此,刘勰对这几种文体"体制于弘深"的论断即是他对《礼》整体风格的认识。"弘深"形容文章体制,詹锳先生在《文心雕龙义证》中将"弘深"解释为"弘润精

---

① ［梁］刘勰:《文心雕龙·宗经》,周振甫:《文心雕龙注释》,第28页。
② ［梁］刘勰:《文心雕龙·铭箴》,周振甫:《文心雕龙注释》,第116页。
③ ［梁］刘勰:《文心雕龙·诔碑》,周振甫:《文心雕龙注释》,第127页。
④ ［梁］刘勰:《文心雕龙·铭箴》,周振甫:《文心雕龙注释》,第117页。
⑤ ［梁］刘勰:《文心雕龙·祝盟》,周振甫:《文心雕龙注释》,第105页。
⑥ 周振甫:《文心雕龙注释》,第339页。"弘深",原文作"宏深",误。
⑦ ［梁］刘勰:《文心雕龙·诔碑》,周振甫:《文心雕龙注释》,第128页。

深"，周勋初先生则在《文心雕龙解析》中，将之解释为博大精深①。詹锳认为"铭兼褒赞，故体贵弘润"，所以"箴铭碑诔"之体制"弘润精深"②，而将"弘深"解释为"博大精深"。实际上，应当结合《礼》的整体风格认识"体制于弘深"。《礼》记载祖先留下的仪式、行为规范，这些仪式的神圣性，行为规范的庄严感，使作为记录载体的《礼》也具有神圣性和庄严感。人们对行为和仪式规范的恭敬心态由此与《礼》联系起来。因此，模仿《礼》的文体形式可以唤起阅读者的恭敬心和敬畏心，使文章呈现出庄严肃穆的风格。"体制于弘深"正是刘勰对这种文体风格的概括。因此"弘深"并非简单的"弘润精深"或"广大精深"，而是一种使阅读者心怀恭敬的文体风格。刘勰认为箴、铭、碑、诔也需要具备这种文体风格。例如，《铭箴》篇指出铭、箴应使人"秉兹贞厉，警乎立履"③，为符合这一功能要求，铭、箴显然要具备使人心怀恭敬的文体风格。此外，《诔碑》篇曰："诔者，累也，累其德行，旌之不朽也。"④ 又曰："碑者，埤也，上古帝王，纪号封禅，树石埤岳，故曰碑也。"⑤ 两种文体都旨在纪念前人功德，自然文体风格需要端严肃穆，使人心怀恭敬。这几种文体都应"体制于弘深"，因此，刘勰以《礼》总其端。综上可知，刘勰以铭、箴"《礼》总其端"的根本原因是他认为铭、箴文体应当具备《礼》之"据事制范""体制于弘深"，而以《礼》为铭、箴文体立体。

颜之推认为《春秋》有"不忘前古"的价值，因此以铭、箴"生于《春秋》"。《春秋》记载前人故事，学习《春秋》，可以使人"从善而抑恶"，"以戒劝其心"。在颜之推看来，《春秋》具有"不忘前古"的价值。他虽未对《春秋》作直接评价，但可通过他对人才的认识作此判断。颜之推在《涉务》篇指出："士君子处世，贵能有益于物耳，不徒高谈虚论，左琴右书，以费人君禄位也。"⑥ 他将对国家有用的人才大致分为六类：

① 周勋初曰："弘深：博大精深。"（周勋初：《文心雕龙解析》，南京：凤凰出版社2015年版，第515页。）
② 詹锳曰："'弘深'：弘润精深。《铭箴》篇：'箴全御过，故文资确切；铭兼褒赞，故体贵弘润；其取事也必核以辨，其摛文也必简而深。'《诔碑》篇：'碑实铭器，铭实碑文。'碑也要求'弘润'，至于诔也大体相同，所以说箴铭碑诔，以弘深为体制。"（［梁］刘勰著，詹锳义证：《文心雕龙义证》，上海：上海古籍出版社1989年版，第1127页。）
③ ［梁］刘勰：《文心雕龙·铭箴》，周振甫：《文心雕龙注释》，第117页。
④ ［梁］刘勰：《文心雕龙·诔碑》，周振甫：《文心雕龙注释》，第127页。
⑤ ［梁］刘勰：《文心雕龙·诔碑》，周振甫：《文心雕龙注释》，第127页。
⑥ ［北齐］颜之推：《颜氏家训·涉务》，王利器：《颜氏家训集解》，第315页。

"一则朝廷之臣，取其鉴达治体，经纶博雅；二则文史之臣，取其著述宪章，不忘前古；三则军旅之臣，取其断决有谋，强干习事；四则藩屏之臣，取其明练风俗，清白爱民；五则使命之臣，取其识变从宜，不辱君命；六则兴造之臣，取其程功节费，开略有术，此则皆勤学守行者所能辨也。"① 颜之推将文史之臣视作与朝廷之臣、军旅之臣等一样重要的人才。而对于文史之臣的价值，颜之推"取其著述宪章，不忘前古"，其中，"不忘前古"即颜之推对史官著史价值的认识。《汉书·艺文志》曰："左史记言，右史记事。事为《春秋》，言为《尚书》。"② 《春秋》之作历来被认为是史官记事的成果，因此，颜之推对史官著史"不忘前古"的评价也可兼及《春秋》。他以书、奏、铭、箴"生于《春秋》"，正是认为这几种文体也具备"不忘前古"的价值。书、奏、铭、箴中大部分作品"属辞比事"，为后人提供经验教训，确实具有"不忘前古"的价值。如《子产与范宣子书》劝诫范宣子重德轻币，《馋鼎之铭》以"昧旦丕显，后世犹怠"③ 劝人勤政，正考父鼎铭则曰："一命而偻，再命而伛，三命而俯。循墙而走，亦莫余敢侮。饘于是，粥于是，以糊余口。"④ 以自身为例教后人恭谦节俭。而《虞人之箴》以夷羿之失劝君主戒田猎。此外，"奏以按劾"⑤，奏亦有教人明是非，劝人向善的作用。此类教人从善抑恶的书、奏、箴、铭有许多为《春秋左传》所录，对《春秋》"别嫌疑，明是非，定犹豫，善善恶恶，贤贤贱不肖"⑥ 的评价同样适用于这些书、奏、铭、箴之作。在颜之推看来，书、奏、铭、箴之作以前人得失为例，为后人提供经验教训，和《春秋》一样具备"不忘前古"的价值。因此，颜之推以书、奏、箴、铭"生于《春秋》"。由此可知，颜之推以铭、箴"生于《春秋》"，实际上是以《春秋》为铭、箴立体，强调铭、箴发挥"不忘前古"的价值。

---

① ［北齐］颜之推：《颜氏家训·涉务》，王利器：《颜氏家训集解》，第315页。

② ［汉］班固：《汉书》，第1715页。

③ ［春秋］左丘明：《左传·昭公三年》，杨伯峻编著：《春秋左传注》，北京：中华书局1981年版，第1237页。

④ ［春秋］左丘明：《左传·昭公七年》，杨伯峻编著：《春秋左传注》，第1295页。

⑤ 《文心雕龙·章表》篇曰："秦初定制，改书曰奏。汉定礼仪，则有四品：一曰章，二曰奏，三曰表，四曰议。章以谢恩，奏以按劾，表以陈请，议以执异。"（［梁］刘勰：《文心雕龙·章表》，周振甫：《文心雕龙注释》，第243页。）又《文心雕龙·奏启》篇曰："昔唐虞之臣，敷奏以言；秦汉之辅，上书称奏。陈政事，献典仪，上急变，劾愆谬，总谓之奏。"（［梁］刘勰：《文心雕龙·奏启》，周振甫：《文心雕龙注释》，第252页。）"按劾"只是《左传》中奏的功能之一。

⑥ ［汉］司马迁：《史记》，北京：中华书局1959年版，第3297页。

综上，五经各有其"体"，这使得刘勰、颜之推可以依各经之"体"为各文体定体。然而刘勰认为铭、箴应当具备《礼》之"据事制范""体制宏深"，因此以《礼》总其端。而颜之推认为铭、箴与《春秋》一致，可以"不忘前古"，固以铭、箴"生于春秋"。两人的分歧显示了他们在铭、箴文体观念上的差异。

三、刘勰与颜之推铭、箴文体观之差异

刘勰与颜之推的铭、箴文体观存在差异。这一差异不仅体现在对这两种文体形式的认识上，而且体现在对这两种文体的价值认识上。这些差异使得他们分别以《礼》和《春秋》作为铭、箴文体的起源，反映了南朝与北朝不同的文学观念。

就对铭、箴文体形式的认识而言，刘勰重视铭、箴文体的体制规范，而颜之推对铭、箴文体内容、形式的要求更自由。刘勰严格规范铭、箴的体制，认为铭、箴的内容必须符合一定的规范，如铭应当"天子令德，诸侯计功，大夫称伐"，而箴要"指事配位"。对于内容不合乎规范的铭、箴他提出批评，如："若乃飞廉有石棺之锡，灵公有夺里之谥，铭发幽石，吁可怪矣！赵灵勒迹于番吾，秦昭刻博于华山，夸诞示后，吁可笑也！"① 这些铭充满夸诞神异色彩，不属于"天子令德，诸侯计功，大夫称伐"的范畴，于是被刘勰讥讽为"可怪""可笑"。同时，对于王朗《杂箴》"水火井灶，繁辞不已"，刘勰也批评其"志有偏也"。② 此外，刘勰还对铭文体的内容做了严格界定，将其与碑文体区分开来，指出"是以勒石赞勋者，入铭之域；树碑述己者，同诔之区焉。"③ 正因此，他批评蔡邕记述朱穆生平功绩的朱穆之鼎"全成碑文，溺所长也"。④ 而颜之推未对铭、箴的内容作严格规定和区分，如《颜氏家训》中颜之推提及蔡邕"为胡颢作其父铭曰：'葬我考议郎君'"，将为先人所作碑文亦视作铭。⑤ 可见颜之推未对铭与碑的内容作严格区分。此外，颜之推还以铭、箴"生于《春秋》"，《春秋》记录史料，在内容上包罗广泛，没有特定限制和要求，正可见他对铭、

① ［梁］刘勰：《文心雕龙·铭箴》，周振甫：《文心雕龙注释》，第116页。
② ［梁］刘勰：《文心雕龙·铭箴》，周振甫：《文心雕龙注释》，第117页。
③ ［梁］刘勰：《文心雕龙·诔碑》，周振甫：《文心雕龙注释》，第128页。
④ ［梁］刘勰：《文心雕龙·铭箴》，周振甫：《文心雕龙注释》，第116页。
⑤ ［北齐］颜之推：《颜氏家训·文章》，王利器：《颜氏家训集解》，第280页。

箴内容的开放态度。刘勰重视铭、箴文体的体制规范还体现在他对铭、箴文体形式的要求上。他认为铭、箴都是有韵之文,应与无韵之笔严格区分开来。刘勰不仅以有韵无韵而在《文心雕龙》以"论文""叙笔"区分两类文体,还在追溯各文体起源时,以是否有韵而将其渊源分别归入各经。黄侃即发现刘勰在将各文体起源追溯至五经时,以有韵无韵作了区分。他在《文心雕龙札记》中指出刘勰以"铭诔箴祝,则《礼》总其端"的原因在于:"此亦韵文,但以行礼所用,故属《礼》。"① 黄侃同时指出刘勰归于《春秋》的几种文体皆为纪事、论事之文,这几种文体不追求有韵,可见刘勰对各文体起源的追溯基于各文体的体制形式。这正是刘勰重视铭、箴文体形式的表现。而颜之推则对文体的形式并不重视。他以铭、箴"生于春秋",且将其与书、奏归为一类,可见并未以文笔之区归类各文体。而对于各体文章的做法,颜之推只是笼统地提出文章应当"以理致为心肾,气调为筋骨,事义为皮肤,华丽为冠冕"②,他对于沈约所说"文章当从三易"深为信服,赞成好文章要"易见事""易识字""易读诵",做到"用事不使人觉,若胸臆语"。③ 这也表明他重视文章传达义理的工具作用,将文章的文学特质视作义、理之点缀的态度,自然也不重视文体的体制形式。因此,他对各类文体有韵无韵,需要合乎的规范等,不如刘勰重视,对铭、箴体制的要求也更为自由。综上可知,刘勰与颜之推在铭、箴文体的内容、形式上存在分歧,刘勰严格规范铭、箴文体的内容,重视其形式。而颜之推对铭、箴文体内容、形式的要求更为自由,着重关注铭、箴文体传达的义、理,发挥的作用,两人对于铭、箴文体体制规范的态度区别,使得他们分别以《礼》《春秋》为铭、箴文体的起源。

刘勰与颜之推在铭、箴文体观念上的差异还表现为他们对于铭、箴文体价值的不同认识。刘勰以铭、箴传承礼乐文化,而颜之推强调二体之作用在"不忘前古"。刘勰将铭、箴视作礼乐文化的载体。在对铭、箴文体"释名以章义""原始以表末"的过程中,刘勰将这两种文体与礼乐制度联

---

① 黄侃:《文心雕龙札记》,上海:上海古籍出版社 2000 年版,第 17 页。
② [北齐]颜之推:《颜氏家训·文章》,王利器:《颜氏家训集解》,第 267 页。
③ 《颜氏家训·文章》:"沈隐侯曰'文章当从三易:易见事,一也;易识字,二也;易读诵,三也。'邢子才常曰:'沈侯文章,用事不使人觉,若胸臆语也。'深以此服之。"([北齐]颜之推:《颜氏家训·文章》,王利器:《颜氏家训集解》,第 272 页。)

系起来。在释铭之义时，刘勰指出"铭者，名也"①。这一观点来自《礼记·统祭》中"鼎有铭，名者自名也"②句。《周礼·夏官》中对铭的使用场景有所描述："凡有功者，铭书于王之太常，祭于大丞，司勋诏之。"③铭是奖赏有功之人的仪式中的部分，《释名·释言语》曰："铭，名也，记名其功也。"④通过铭的方式，前人功德得以不朽，为后人铭记。作为仪式的环节，作铭的条件也受到限制，若对标准有所逾越，则会受到指责。春秋时期，季武子借晋国兵力获得胜利，把从齐国得到的兵器用于铭刻鲁国功绩，臧武仲即指出这一行为是"非礼也"⑤。理由正在于此事是征伐之事，鲁国作为诸侯国，以征伐之事铭记功德不合于《礼》。因此，刘勰强调铭内容的规范，批评那些以神异预兆的形式出现的铭"可怪""可笑"。箴在刘勰看来也是礼乐文化的产物，是随着礼崩乐坏而衰亡的。他对箴"原始以表末"，指出战国礼崩乐坏，"弃德务功"带来"箴文委绝"。⑥箴作为箴谏制度的组成部分，与礼制确有密切关系，《国语》中常将各种箴诫文体与特定职位、身份相联系，一一对举，如《国语·周语》中有："故天子听政，使公卿至于列士献诗，瞽献曲，史献书，师箴，瞍赋，蒙诵，百工谏，庶人传语，近臣尽规，亲戚补察，瞽、史教诲，耆、艾修之，而后王斟酌焉，是以事行而不悖。"⑦再如《国语·楚语》曰："在舆有旅贲之规，位宁有官师之典，倚几有诵训之谏，居寝有亵御之箴，临事有瞽史之道，宴居有师工之诵。"⑧《左传》中也对此有所描述，曰："史为书，瞽为诗，工诵箴谏，大夫规诲，士传言。"⑨由这些记载可知，先秦时期存在各种形

---

① ［梁］刘勰：《文心雕龙·铭箴》，周振甫：《文心雕龙注释》，第116页。

② ［清］孙希旦撰，沈啸寰、王星贤点校：《礼记集解》，第1250页。

③ ［清］孙诒让撰，王文锦、陈玉霞点校：《周礼正义》，北京：中华书局1987年版，第2367页。

④ ［汉］刘熙撰，［清］毕沅疏证，王先谦补，祝敏彻、孙玉文点校：《释名疏证补》，北京：中华书局2008年版，第114页。

⑤ 《左传·襄公十九年》："季武子以所得于齐之兵，作林钟而铭鲁功焉。臧武仲谓季孙曰：'非礼也。夫铭，天子令德，诸侯言时计功，大夫称伐。今称伐，则下等也；计功，则借人也；言时，则妨民多矣，何以为铭？且夫大伐小，取其所得，以作彝器，铭其功烈，以示子孙，昭明德而惩无礼也。今将借人之力以救其死，若之何铭之？小国幸于大国，而昭所获焉以怒之，亡之道也。'"（［春秋］左丘明：《左传·襄公十九年》，杨伯峻编著：《春秋左传注》，第1047页。）

⑥ 《文心雕龙·铭箴》："战代以来，弃德务功，铭辞代兴，箴文委绝。"（［梁］刘勰：《文心雕龙·铭箴》，周振甫：《文心雕龙注释》，第117页。）

⑦ ［三国］韦昭注，王树民、沈长云点校：《国语集解》，第12—13页。

⑧ ［三国］韦昭注，王树民、沈长云点校：《国语集解》，第531页。

⑨ ［春秋］左丘明：《左传·襄公十九年》，杨伯峻编著：《春秋左传注》，第1017页。

式的箴谏，这些箴谏依据上谏人的不同，场合的不同而具备不同的形式、内容，构成一整套箴谏制度。这一箴谏制度依托礼乐文化施行，箴正是箴谏制度的组成部分。而随着礼乐文化解体，箴谏制度失去依托，箴也随之失落。因此，刘勰认为战国时期"箴文委绝"。直到汉代尊儒，礼乐文化复兴，扬雄仿《虞箴》作箴，箴文才再次得以兴盛。可见，刘勰是从弘扬礼乐文化的角度看待箴文体价值的。刘勰对铭、箴文体的论述处处与礼乐文化相关联，以礼仪制度为文体作法的依据，可见他从传承礼乐文化的角度认识看待铭、箴文体价值，这一观点与颜之推相区别。相比较刘勰，颜之推更重视铭、箴的现实功用。颜之推以《春秋》为铭、箴之发端。《春秋》以记事为主，为后人提供经验教训，在颜之推看来，铭、箴的价值正在于此。《春秋》记录前人得失，具有莫大价值，如《史记》称"《春秋》辨是非，故长于治人。"又曰："拨乱世反之正，莫近于《春秋》。"① 可见《春秋》在社会治理层面的作用。而《汉书·艺文志》论《春秋》曰："《春秋》以断事，信之符也。"② 认为《春秋》还能教人如何正确决策。这些论述都从现实功用层面肯定《春秋》的价值，颜之推对《春秋》价值的认识正继承自此，因此肯定其"不忘前古"的意义。他对文章价值的认识也主要从现实功用层面出发。他推崇朝廷宪章、军旅誓诰，赞扬此类文章"施用多途"，但对陶冶性灵的一类文章则认为"入其滋味，亦乐事也，行有余力，则可习之"③，将之置于次要地位。他从"施用"的角度来认识铭、箴的价值，肯定铭、箴记录前人经验教训的价值，因此以铭、箴"生于《春秋》"。他从社会功用的角度认识铭、箴，肯定其实用价值，显示出与刘勰不同的铭、箴文体观。综上可知，刘勰重视铭、箴对礼乐文化的传承，颜之推重视铭、箴的现实功用，两人从不同角度看待铭、箴文体，因此，分别以《礼》和《春秋》为铭、箴文体起源。他们对于铭、箴文体的不同认识反映了南朝与北朝不同的文学观念。

颜之推、刘勰受南朝、北朝思想文化影响的程度不同，两人在铭、箴文体观念上的差异显示出南朝、北朝不同的文学观念。颜之推主张铭、箴发挥实用功能，而不重视其体制形式，体现北朝的实用主义文学观。颜之

① ［汉］司马迁：《史记》，第3297页。
② ［汉］班固：《汉书》，第1723页。
③ ［北齐］颜之推：《颜氏家训·文章》，王利器：《颜氏家训集解》，第267页。

推辗转于南北战乱之中，因家乡沦陷而被掳，曾在北齐做官，因此受北朝思想文化影响大。北方由鲜卑拓跋族统一后实施汉化政策，重视传统儒家政教之用的观点，因此北朝思想环境的实用主义色彩浓厚。颜之推显然受此影响，其《颜氏家训·勉学》篇曰："多见士大夫耻涉农商，差务工伎，射则不能穿札，笔则才记姓名，饱食醉酒，忽忽无事，以此销日，以此终年。"① 对一些士大夫不事生产却以务农经商为耻的行为加以批评，并指出"夫明《六经》之指，涉百家之书，纵不能增益德行，敦厉风俗，犹为一艺，得以自资"②，肯定学习六经在实际效用方面的价值。可见实用主义对思想观念的影响。实用主义思想也影响了文学观念，使得颜之推从功利的角度探讨文体。颜之推因为朝廷宪章、军旅誓诰可以"牧民建国，施用多途"具有较大的实际用途，因而对此类文章倍加推重，而对于陶冶性情一类的文章则将之置于次要地位。以铭、箴"生于《春秋》"正是他从功用角度归纳文体，以实用价值对各文体加以归类的表现，体现北朝的文学观念。刘勰则着重讨论铭、箴的体制结构，重视其文学形式，体现南朝的文学观念。刘勰由宋入梁，生活范围主要在南朝，主要受南朝文化环境影响，与游牧民族统治下的北朝不同，南朝生活着大量南渡的士大夫，他们继承魏晋玄风，承接重个性、任自然的思想传统，在文学思想上继续沿着自建安以来形成的重文学特质、重抒情、重文学形式的方向发展。文士在创作中着力发掘语言的潜在表现功能，如齐梁时期"四声八病"说的提出，就可见南朝文人对文学形式的重视。刘勰在探讨铭、箴文体时也表现出对文学形式的重视，他着重其行文结构、语言形式等特质，以其是否有韵而加以分类，又以是否符合规范形式为标准评判文章。刘勰特别注重铭、箴文体形式的探讨，并将规范铭、箴文体的意义上升到传承礼乐文化，体现南朝的文学观念。由此可知，刘勰与颜之推铭、箴文体观念上的差异也是南朝与北朝不同文学观念的表现。北朝重政教之用，从社会功用的角度看待文学，而南朝发展建安以来的文学观念而重视文学形式的探讨，这使得刘勰、颜之推从不同的角度探讨铭、箴文体，而将其渊源分别归于《礼》和《春秋》。

综上所述，刘勰与颜之推对铭、箴文体体制形式的认识和价值取向上

① ［北齐］颜之推：《颜氏家训·勉学》，王利器：《颜氏家训集解》，第143页。
② ［北齐］颜之推：《颜氏家训·勉学》，王利器：《颜氏家训集解》，第157页。

存在差异。刘勰严格规范铭、箴文体的内容和形式，而颜之推对铭、箴文体的要求较为开放和自由。刘勰将铭、箴视作礼乐文化的载体。而颜之推从实用主义出发，重视铭、箴的实际功用。两人在铭、箴文体观念上的差异使得他们分别以《礼》和《春秋》作为铭、箴文体起源，反映了南朝与北朝不同的文学观念。

（作者单位：温州大学文学院）

论魏文帝诏书之"辞义多伟"
与"作威作福"

任晓依

摘　要：刘勰《文心雕龙·诏策》篇评论魏文帝诏书为"辞义多伟"与"作威作福"。"辞义多伟"说明魏文帝诏书的意义宏大和文辞卓越，"作威作福"则体现出刘勰要求诏书必须具有神圣性和权威性，并"垂范后代"的诏书文体观，同时也总结出诏书这一文体能够流露帝王性情的特征。从"辞义多伟"到"作威作福"，魏文帝诏书特征的形成是众多因素交织的结果，包括汉代诏书、曹操令文以及魏文帝自身性格的影响。

关键词：辞义多伟；作威作福；魏文帝；诏书；《文心雕龙·诏策》

魏文帝曹丕在建安二十五年（220）二月嗣位丞相、魏王，十月称帝，特殊的政治地位使他一生留下了大量的公文。他的公文形式主要包括令、诏、策、敕、教等多种文体。刘勰在《文心雕龙·诏策》篇中评论魏文帝的诏书，曰："魏文帝下诏，辞义多伟，至于作威作福，其万虑之一弊乎？"① 以"辞义多伟"与"作威作福"评论了魏文帝诏书，这一评语说明了魏文帝诏书的特征，也体现了刘勰的诏书文体观。目前学界并无专门针对魏文帝诏书的研究，也没有针对刘勰评论魏文帝诏书的论文，只有部分对魏文帝或者其文章的研究中提及他的诏书创作。因此，本文将分析"辞义多伟"与"作威作福"两个评语的含义，阐述刘勰的诏书文体观，并探讨魏文帝诏书的特征和成因。

---

① ［梁］刘勰：《文心雕龙·诏策》，周振甫：《文心雕龙今译》，北京：中华书局2013年版，第181页。

一、"辞义多伟"

魏文帝诏书是魏晋时期诏书的代表作。他的诏书在继承前代诏书的基础上，又表现出独特之处。而刘勰则是中国古代文学批评史上最早对魏文帝诏书作出评论的批评家，他用"辞义多伟"四个字准确地指出了魏文帝诏书的特征，这对于研究魏文帝诏书具有开创性意义。

刘勰认为"魏文帝下诏，辞义多伟"。对于"辞义"一词，不同注家有不同的解释。周振甫释为"文辞意义"①，王运熙解释为"文辞内容"②，而戚良德也释为"文辞内容"③，都解释为两个字各自的含义。关于"辞"字，《文心雕龙》中曾多次出现，基本上有"辞藻""文辞""话""言辞"这几个意思④。关于"义"字，有"意义"和"内容"的解释。可见，"辞义"应当为两个词，即文辞和意义。

"辞义多伟"中的"伟"字，本义是"奇也"⑤，在《文心雕龙》中曾多次出现，比较这几处"伟"的含义，可理解"辞义多伟"之"伟"。如《文心雕龙·辨骚》篇中提到"虽取熔经意，亦自铸伟辞"⑥，用"伟"字来说明《离骚》的辞采卓越，因此，这里的"伟"意为"卓越"⑦；《文心雕龙·书记》篇曰："嵇康绝交，实志高而文伟矣。"⑧"伟"字用来修饰嵇康的文辞，意为"宏大"⑨。又《文心雕龙·杂文》篇中提到"观枚氏首唱，信独拔而伟丽矣"⑩，强调枚乘的《七发》是杰出的宏篇丽藻，"伟"与"丽"连用修饰枚乘的文辞，这里的"伟"是"宏伟"⑪ 之义。此外，

---

① ［梁］刘勰：《文心雕龙·诏策》，周振甫：《文心雕龙今译》，第182页。
② ［梁］刘勰：《文心雕龙·诏策》，王运熙、周锋：《文心雕龙译注》，上海：上海古籍出版社2017年版，第130页。
③ ［梁］刘勰：《文心雕龙·诏策》，戚良德：《文心雕龙校注通译》，上海：上海古籍出版社2008年版，第238页。
④ 周振甫：《文心雕龙今译》，第37、60、167、209页。
⑤ ［汉］许慎撰，［清］段玉裁注：《说文解字注》，郑州：中州古籍出版社2006年版，第368页。
⑥ ［梁］刘勰：《文心雕龙·辨骚》，周振甫：《文心雕龙今译》，第45页。
⑦ ［梁］刘勰：《文心雕龙·辨骚》，周振甫：《文心雕龙今译》，第45页。
⑧ ［梁］刘勰：《文心雕龙·书记》，周振甫：《文心雕龙今译》，第231页。
⑨ ［梁］刘勰：《文心雕龙·书记》，周振甫：《文心雕龙今译》，第232页。
⑩ ［梁］刘勰：《文心雕龙·杂文》，周振甫：《文心雕龙今译》，第127页。
⑪ ［梁］刘勰：《文心雕龙·杂文》，张长青：《文心雕龙新释》，长沙：湖南大学出版社2009年版，第171页。

《文心雕龙·诸子》篇中提到"列御寇之书，气伟而采奇"①，"伟"字体现《列子》一书的气势，是"壮盛"②之义；《文心雕龙·正纬》篇中有"事丰奇伟"③，"伟"与"奇"连用描述事件的特征，说明二者含义相近，故此处的"伟"意为"奇特"④。由上可知，《文心雕龙》中的"伟"字，大致有"卓越""宏大""壮盛""奇特"等含义，而"伟"字用来修饰文辞之时多为"宏大"和"卓越"之意。因此，"辞义多伟"之"伟"，可从两个方面理解，从内容上讲，是指意义宏大；从艺术上讲，是指文辞卓越。

魏文帝诏书的意义宏大，体现在其诏书本身的性质和内容。诏书作为一种公文，其内容必然与国家大事密不可分。魏文帝《典论·论文》曰："盖文章，经国之大业，不朽之盛事。"⑤突出了诏书等公文在国家政治生活中的重要地位与作用。而魏文帝的诏书则是广泛涉及诸多方面，包括社会民生、选贤用人、军事政策、奖励抚慰和刑罚禁令等。其中最重要的是，魏文帝诏书中有许多关于民生方面的内容，体现他登基之后重视百姓生计、维护社会安定的为政理念。朝代更替之际，首先要确保社会各阶层的稳定。从魏文帝即位之前的《薄税令》《复谯租税令》到称帝之后的《轻刑诏》《禁复仇诏》《制诏三公改元大赦》等，这些诏书分别提到"广议轻刑，以惠百姓""当相亲爱，养老长幼……宿有仇怨者，皆不得相仇""大赦天下"等⑥，可见魏文帝倡导减免赋税、减轻刑罚、爱护老幼，这是他关心百姓疾苦、顺应民意、施行仁政的表现，体现出他的儒家治国理念。除了民生，魏文帝也尤其看重政治制度的革新。因为，汉末之际，群雄割据，社会动荡，各项政治制度和礼乐制度都遭到严重破坏，以儒学为正统的思想价值体系被削弱。魏国代汉初建，百废待兴，需要尽快建立起与新政权相适应的制度和思想体系，以确保社会秩序的稳定。因此，魏文帝登基之初便下达《制诏三公改元大赦》《定服色诏》《为汉帝置守冢诏》《追崇孔子诏》等诏书，这四道诏书集中体

---

① ［梁］刘勰：《文心雕龙·诸子》，周振甫：《文心雕龙今译》，第161页。
② ［梁］刘勰：《文心雕龙·诸子》，周振甫：《文心雕龙今译》，第161页。
③ ［梁］刘勰：《文心雕龙·正纬》，周振甫：《文心雕龙今译》，第37页。
④ ［梁］刘勰：《文心雕龙·正纬》，周振甫：《文心雕龙今译》，第37页。
⑤ ［魏］曹丕：《典论·论文》，易健贤：《魏文帝集全译》（修订版），贵阳：贵州人民出版社2009年版，第254页。
⑥ ［魏］曹丕原著，易健贤译注：《魏文帝集全译》（修订版），第69、72、117页。

现了魏文帝政治革新的内容，诏文涉及服饰色彩、礼仪器械、用周礼、尊孔复兴儒学等，体现出魏文帝温和的施政纲领和政策。如在《追崇孔子诏》中，魏文帝下令尊崇孔子二十一世孙孔羡"为宗圣侯，邑百户，奉孔子祀"①，并命令孔子故里官员修复孔子庙以奉孔子祀，"置百户吏卒以守卫之，又于其外广为屋室，以居学者"②，文中赞誉孔子为"亿载之师表者也"③，多以美誉之词颂扬其儒性儒德并表示敬仰和尊崇，以此来表明自己推行儒家治国思想和儒政举措的决心。这些诏书的颁布符合当时社会现实的需要，这对统一思想、稳定社会局势具有积极的作用。从社会民生到政治革新，诏书反映出魏文帝作为开国之君的一系列治国之策，而在他的治国之策中则明显含有儒家仁政理念，即以安抚百姓为要，尊孔复儒，符合封建社会对于明君的要求。这也是刘勰评价其诏书"多伟"的原因之一。

魏文帝诏书的"多伟"之处，体现在其诏书的宏大意义，也表现为卓越的文辞。魏文帝诏书文辞的卓越之处主要体现为宏大的气势和修辞手法的运用，从而突出魏文帝一统天下的雄心壮志和非凡的才华。魏文帝在位期间所颁布的诏书，如"天以此郡，翼成大魏""而况万乘乎""岂况光光大魏，富有四海"等④，多以一种天下之主的口吻，其中蕴含着魏文帝睥睨天下的气势，这种气势在"天下"一词中得到准确地体现，如《制诏三公》中的"大赦天下"一词⑤，《答孟达诏》中的"天下之事"⑥，《答蒋济诏》中的"天下未宁，要须良臣镇边境"等⑦。"天下"一词表明魏文帝不甘只做魏国之主，而是有志做天下之主，他在《蒋济为东中郎将》中盛赞蒋济"常有超越江湖吞吴会之志"⑧，诏书中便蕴含了魏文帝扫平东吴、统一天下的志向。魏文帝在位六年曾三次伐吴，在他第一次伐吴前，曾下《伐吴诏》，开头连用四组典故来说明战争的必要性，得出"非威不服，非

---

① ［魏］曹丕：《追崇孔子诏》，易健贤：《魏文帝集全译》（修订版），第57页。
② ［魏］曹丕：《追崇孔子诏》，易健贤：《魏文帝集全译》（修订版），第57页。
③ ［魏］曹丕：《追崇孔子诏》，易健贤：《魏文帝集全译》（修订版），第56页。
④ ［魏］曹丕原著，易健贤译注：《魏文帝集全译》（修订版），第85、105、123页。
⑤ ［魏］曹丕：《制诏三公》，易健贤：《魏文帝集全译》（修订版），第117页。
⑥ ［魏］曹丕：《答孟达诏》，易健贤：《魏文帝集全译》（修订版），第110页。
⑦ ［魏］曹丕：《答蒋济诏》，易健贤：《魏文帝集全译》（修订版），第101页。
⑧ ［魏］曹丕：《蒋济为东中郎将》，易健贤：《魏文帝集全译》（修订版），第122页。

兵不定"的结论①，为此次伐吴造势；后又历数孙权的罪恶来证明战争的正义性，即"故奋武锐，顺天行诛"②；接着从征战路线到将领安排再到对战争结局的预测，运用想象、对偶和夸张的修辞手法，铺陈魏军的声势军威。《伐吴诏》曰：

> 骁骑龙骧，猛将武步。接舡以水打阵，六军以陆横击，征南进运，以围江陵。多获舟船，斩首执俘。降者盈路，牛酒日至。大司马及征东诸将，卷甲长驱，其舟队今已向济。今车驾自东，为之胆镇。云行天步，乘衅而运。贼进退道迫，首尾有难。不为楚灵乾溪之溃，将有彭宠萧墙之变。必自鱼烂，不复血刃。③

这段文字与魏文帝所作的《述征赋》中的磅礴气势颇为相似，符合刘勰评论誓师征伐类诏书"治戎燮伐，则声有洊雷之威"的风格要求④，诏书中也充满了天子亲征的必胜信念和统一南北的强烈愿望，起到了鼓舞士气的作用。由此可见，诏书的文辞卓越在于魏文帝拥有统一天下的气魄，以及不达目的誓不罢休的决心，因此在诏书之中形成一种宏大的气势，这正是"辞义多伟"的形象展示。

魏文帝诏书的文辞卓越又突出地表现在对典故和修辞手法的运用。魏文帝自幼熟读诸子百家之书，他在诏书之中经常引用各种典故，并且运用反问、对偶、排比等修辞，使得诏书言必有据、令人信服而又语气委婉。在《于禁复官诏》中，"昔荀林父败绩于邲，孟明丧师于崤。秦、晋不替，使其复位"⑤，用荀林父、孟明的典故来委婉引出自己对于战败之将的态度，"区区小国，犹尚如斯，而况万乘乎"⑥，这句则是运用了反问的修辞手法。这种修辞在公文中并不常见，而魏文帝却打破常规、独树一帜，以反问明确表明自己的态度，以此打消臣子的顾虑，文辞恳切。同时在反问之中还暗含着对比，将小国与大国比较，来体现自己作为大国君主的宽宏

---

① ［魏］曹丕：《伐吴诏》，易健贤：《魏文帝集全译》（修订版），第388页。
② ［魏］曹丕：《伐吴诏》，易健贤：《魏文帝集全译》（修订版），第388页。
③ ［魏］曹丕：《伐吴诏》，易健贤：《魏文帝集全译》（修订版），第388页。
④ ［梁］刘勰：《文心雕龙·诏策》，周振甫：《文心雕龙今译》，第183页。
⑤ ［魏］曹丕：《于禁复官诏》，易健贤：《魏文帝集全译》（修订版），第105页。
⑥ ［魏］曹丕：《于禁复官诏》，易健贤：《魏文帝集全译》（修订版），第105页。

大量。魏文帝的诏书之中还包含对偶、排比等修辞。在《息兵诏》开头，"昔周武伐殷，旋师孟津；汉祖征隗嚣，还军高平"①，这一典故引用周武王伐殷回师孟津、光武征隗嚣还军高平的例子，以古代明君的军事政策为例，为息兵做铺垫。而在《让禅令》中提到"或退而耕颍之阳；或辞以幽忧之疾；或远入山林，莫知其处；或携子入海，终身不反；或以为辱。自投深渊"②，则是运用排比加强了文章的气势，从侧面突出魏文帝拒绝接受禅让的决心。可见，魏文帝通过运用典故和修辞，委婉巧妙地传达圣意，使得诏书内容令人信服，各项政令也能够顺利实施，这正是魏文帝诏书文采卓越的生动表现。

由上可见，刘勰评论魏文帝诏书为"辞义多伟"，而魏文帝诏书从内容和艺术两个方面都符合"伟"的含义，因此，刘勰对魏文帝诏书的这一评论是客观、准确的。

二、"作威作福"

刘勰在《文心雕龙·诏策》篇中肯定了魏文帝诏书的"辞义多伟"，同时也批评了其诏书中的"作威作福"。而这一评语又体现出了刘勰的诏书文体观。

"作威作福"一语，出自魏文帝《诏征南将军夏侯尚》，其曰：

> 卿腹心重将，特当任使。恩施足死，惠爱可怀；作威作福，杀人活人。③

夏侯尚与魏文帝本属同宗，且二人为布衣之交。魏文帝称帝，升其为征南将军。因此，在诏书中魏文帝将夏侯尚视为"腹心重将"，并赋予其"作威作福、杀人活人"的特权。此诏书发布之后，蒋济直言进谏"作威作福"乃"亡国之语耳"④。此语并非危言耸听，蒋济指出臣子"作威作福"是对天子权威的侵犯，也意味着对最高政治权力的觊觎，这会打破君臣之间的等级秩序，从而造成社稷的动荡不安。"作威作福"四个字最早出现在

---

① ［魏］曹丕：《息兵诏》，易健贤：《魏文帝集全译》（修订版），第60—61页。
② ［魏］曹丕：《让禅令》，易健贤：《魏文帝集全译》（修订版），第140页。
③ ［魏］曹丕：《诏征南将军夏侯尚》，易健贤：《魏文帝集全译》（修订版），第102页。
④ ［晋］陈寿：《三国志》，北京：中华书局2011年版，第376页。

《尚书·洪范》中，曰："惟辟作福，惟辟作威，惟辟玉食，臣无有作福作威玉食。臣之有作福作威玉食，其害于而家，凶于而国。"① 这说明作福、作威、玉食是天子的特权，臣子违规享有则是僭越，这是明令禁止的。假如臣子作威作福，必然会给他的家庭乃至整个家族带来灭顶之灾，而且也会给朝廷和整个国家造成极大的负面影响。正因为如此，蒋济才会向魏文帝直言进谏，而魏文帝也意识到诏书中出现"作威作福"有失妥当，因此，采纳了蒋济的谏言，并派人追回先前的诏书。

刘勰评魏文帝诏书中的"作威作福"为"万虑之一弊"，这正是其诏书文体观的体现。刘勰认为诏书具有神圣性和权威性、"理得而辞中"②，要求诏书意义"渊雅"并"垂范后代"③。刘勰的诏书文体观，具体表现在以下几个方面：

第一，诏书具有神圣性和权威性。刘勰在《诏策》篇中提到，"夫王言崇秘，大观在上，所以百辟其刑，万邦作孚"④，皇帝的话是神圣的，他的言行是诸侯臣民效仿的榜样，而诏书正是封建社会皇帝向臣民发布命令的一种文体形式，属于王言体文章之一，它是一种上对下的下行公文，发布之后具有法律效力，代表着帝王神圣不可侵犯的权威。因此，刘勰十分重视诏书的神圣性和权威性。在刘勰看来，皇帝的话是崇高神秘的，未来将会载入史册、流传后世，因此，作为王言体的诏书在发布之前需要对每一个字都再三斟酌，确认无一字失当后才能发布。这样的诏书才能够使诸侯效法、万民信服。然而，魏文帝诏书中出现"作威作福"一语，将皇帝的特权授予臣子，打破了君臣之间的界限，而臣子也可能由此质疑皇帝的权威，继而产生觊觎之心，严重甚至会造成江山倒覆、天下大乱。由此可见，"作威作福"不符合诏书的神圣性和权威性。

第二，诏书应"理得而辞中"。刘勰《文心雕龙·诏策》曰："若诸葛孔明之详约，庾稚恭之明断，并理得而辞中，教之善也。"⑤ 所谓"理"，是指事理、道理，《文心雕龙·宗经》篇所谓"《尚书》则览文如诡，而寻

---

① ［汉］孔安国传，［唐］孔颖达正义，黄怀信整理：《尚书正义》，上海：上海古籍出版社2007年版，第465页。

② ［梁］刘勰：《文心雕龙·诏策》，周振甫：《文心雕龙今译》，第185页。

③ ［梁］刘勰：《文心雕龙·诏策》，周振甫：《文心雕龙今译》，第181页。

④ ［梁］刘勰：《文心雕龙·诏策》，周振甫：《文心雕龙今译》，第183页。

⑤ ［梁］刘勰：《文心雕龙·诏策》，周振甫：《文心雕龙今译》，第185页。

理即畅"①，是指《尚书》看上去文辞古奥，深入理解后其中的道理则畅通无阻，因此"理得"是指诏书的内容应该"指事而语"②，符合道理和实际。"辞"就是文辞，至于"中"，诸家都解释为动词，如戚良德解释为"符合"③，周振甫释为"切合"④，"辞中"即指诏书的文辞恰切。因此，"理得而辞中"意为诏书的内容和文辞能够相得益彰。由此看魏文帝诏书中的"作威作福"，虽然文辞恳切而内容却不符合实际情况，由于诏书是封建帝王向臣民发布命令的一种文体形式，是皇权至高无上的体现，具有颁布政令、主导社会舆论和史料收藏等主要功能，其中颁布政令是诏书最重要的功能，因此，诏书的内容必须符合国家的各项制度和政策，皇帝不能够随心所欲地发布诏书。而魏文帝却公然在诏书中要臣子"作威作福"甚至"杀人活人"，虽是戏言，但是臣子却会由此心生疑虑，从而影响到政令的顺利颁布。在刘勰看来，诏书的内容应该符合社会的实际情况，而"作威作福"一语则过于随性，甚至扰乱了政治秩序，不符合诏书"理得而辞中"的要求。

第三，诏书应该意义"渊雅"，足以"垂范后代"。刘勰在《文心雕龙·诏策》中指出，汉武帝册封三子的策书"文同训典，劝戒渊雅，垂范后代"⑤。"训典"即《尚书》中的《伊训》《尧典》，《文心雕龙·宗经》中提到"诏策章奏，则《书》发其源"⑥，认为《尚书》是诏策等公文的源头，而汉武帝的策书继承了《尚书》传统，堪为后世典范。对于"渊雅"一词，可解释为"深远雅正"之义⑦，强调诏书的意义深刻和影响深远。由"垂范后代"可知刘勰更强调诏书对后世的意义，诏书颁布以后会对社会产生重大的影响，即刘勰所说的"渊嘿黼扆，而响盈四表"⑧"风动于上，而波震于下者也"⑨。封建时代的统治者具有绝对的话语权，甚至是"一言而兴邦""一言而丧邦"⑩，皇帝的言行对社会影响深远，皇帝诏书

---

① ［梁］刘勰：《文心雕龙·宗经》，周振甫：《文心雕龙今译》，第 28 页。
② ［梁］刘勰：《文心雕龙·诏策》，周振甫：《文心雕龙今译》，第 183 页。
③ ［梁］刘勰：《文心雕龙·诏策》，戚良德：《文心雕龙校注通译》，第 235 页。
④ ［梁］刘勰：《文心雕龙·诏策》，周振甫：《文心雕龙今译》，第 185 页。
⑤ ［梁］刘勰：《文心雕龙·诏策》，周振甫：《文心雕龙今译》，第 181 页。
⑥ ［梁］刘勰：《文心雕龙·宗经》，周振甫：《文心雕龙今译》，第 30 页。
⑦ ［梁］刘勰：《文心雕龙·诏策》，戚良德：《文心雕龙校注通译》，第 229 页。
⑧ ［梁］刘勰：《文心雕龙·诏策》，周振甫：《文心雕龙今译》，第 178 页。
⑨ ［梁］刘勰：《文心雕龙·时序》，周振甫：《文心雕龙今译》，第 396 页。
⑩ 杨伯峻：《论语译注》，北京：中华书局 2018 年版，第 196 页。

中的命令也决定了臣子和天下百姓的命运。因此，诏书的内容应当指事而语，一经发布则不可更改。而魏文帝却因为与夏侯尚的故旧之情轻率地发布这篇诏书，忽视了诏书发布后会产生的政治影响和社会影响，因此，这篇诏书并未做到意义"渊雅"，不足以垂范后世、成为天下臣民效仿的榜样。

综上所述，魏文帝诏书中出现"作威作福"不具备诏书应有的神圣性和权威性，同时诏书的内容和文辞也未能做到"理得而辞中"。而作为王言体，"作威作福"更不足以成为后世的典范。因此，刘勰评其为"万虑之一弊"，这正是刘勰诏书文体观的具体体现。

三、魏文帝诏书特征的成因

从"辞义多伟"到"作威作福"，刘勰的评论既总结了魏文帝诏书的不同特征，又展示出刘勰的诏书文体观。从刘勰在《文心雕龙·诏策》中对魏文帝诏书的评论可以看出，魏文帝诏书在魏晋诏书史乃至中国古代诏书史上具有重要的地位。而在汉魏嬗代的特殊时期，魏文帝诏书特征的形成是众多因素交织的结果，具体有以下几个方面：

首先，魏文帝诏书之"辞义多伟"受到汉代诏书的影响。魏文帝诏书卓越的文辞中蕴含着他统一天下的雄心壮志，如《伐吴诏》中提道："骁骑龙骧，猛将武步。接舼以水打阵，六军以陆横击，征南进运，以围江陵"[1]，六军分路夹击，向江陵形成包围，魏文帝对于作战的详细安排显示出他攻克东吴的决心和天子的气魄。又有《于禁复官诏》中"区区小国，犹尚若斯，而况万乘乎？"[2] 道出了大国君主的宽广胸襟，此外还有"朕于天下无所不容""常有超越江湖吞吴越之志""岂光光大魏，富有四海""朕承天序，享有四海""君临万国，秉统天机"等[3]，无不体现出魏文帝以天下之主自居，而这种睥睨天下的气势正是受到汉代诏书的影响。汉代辽阔的疆域和强盛的国力赋予汉天子恢宏的视野、博大的胸襟，相应的汉代诏书亦蕴含着宏大的气象。如汉高祖《布告天下诏》中出现"与天下之豪士贤大夫共定天下""吾于天下贤士功臣，可谓亡负矣。其有不义背天子

① ［魏］曹丕：《伐吴诏》，易健贤：《魏文帝集全译》（修订版），第388页。
② ［魏］曹丕：《于禁复官诏》，易健贤：《魏文帝集全译》（修订版），第105页。
③ ［魏］曹丕原著，易健贤译注：《魏文帝集全译》（修订版），第120、122、123、159、163页。

擅起兵者，与天下共伐诛之。布告天下，使明知朕意"①，诏书中提到汉高祖统一天下后对有功之臣进行封赏，并号召天下人共同讨伐违背盟约的背叛者，简单质朴的语言中却蕴含着天子的威严和气势。汉末大乱，群雄割据，但是汉代大一统的观念却深入人心，魏文帝代汉称帝，欲显示出自己的正统地位，因此在诏书中频频展现大国君主的气势和胸襟，这也是他诏书意义宏大的原因之一。魏文帝在注重诏书内容宏大意义的同时，又十分重视在细微之处体贴人情，使得诏书内容情理相融。《收敛战亡士卒令》曰："诸将征伐，士卒死亡者，或未收敛，吾甚哀之，其告郡国，给槥椟殡敛，送致其家，官为设祭。"② 魏文帝对阵亡士卒的身后之事十分关切，一句"吾甚哀之"道出了皇帝对士卒的体恤关爱之情。汉代诏书中有众多类似的表述，如文帝十三年五月发布的《除肉刑诏》中有"朕甚怜之"一语③；武帝元朔五年六月《劝学诏》："今礼坏（一作废）乐崩，朕甚闵（一作愍）焉。"④ 元帝永光四年二月《敕诏》，"夫上失其道，而绳下以深刑，朕甚痛之"⑤，又有《诏免诸葛丰》："朕怜丰之耆老，不忍加刑，其免为庶人。"⑥ 魏文帝正是将汉代诏书的温厚之情融入自己的诏书创作中，才使自己的诏书显得更加诚挚而温润，从而令百姓归附，天下归心。

其次，魏文帝诏书之"作威作福"受到其父曹操令文的影响。魏文帝诏书中出现"作威作福"一语，展现出一种短小精悍、大胆直率、不拘一格的独特文风。"作威作福"四个字是魏文帝对夏侯尚表达信任的肺腑之言，虽然不符合《尚书》中的君臣之义，却突出魏文帝诏书的情感价值，使诏书在完成公文使命的同时也具有了部分抒发情感的功能，反映出魏文帝文人的感性战胜了帝王的理性，从而展示了诏书背后帝王的真实形象。显然，魏文帝的诏书并非都是气象宏阔、文辞卓越，有些诏书则敢于突破文体本身的规范，在传达政令的同时，表现出自己真实的喜怒哀乐，随性率意，纯真洒脱，这一点正是受到曹操令文的影响。如

① ［汉］高帝：《布告天下诏》，严可均辑：《全上古三代秦汉三国六朝文》，上海：上海古籍出版社2009年版，第128页。
② ［魏］曹丕：《收敛战亡士卒令》，易健贤：《魏文帝集全译》（修订版），第158页。
③ ［汉］文帝：《除肉刑诏》，严可均辑：《全上古三代秦汉三国六朝文》，第133页。
④ ［汉］武帝：《劝学诏》，严可均辑：《全上古三代秦汉三国六朝文》，第141页。
⑤ ［汉］元帝：《敕诏》，严可均辑：《全上古三代秦汉三国六朝文》，第161页。
⑥ ［汉］元帝：《诏免诸葛丰》，严可均辑：《全上古三代秦汉三国六朝文》，第159页。

曹操的《让自县明本志令》自述自己平定天下、维护汉室的功勋，"设使国家无有孤，不知当几人称帝，几人称王"①，同时又表明自己并无称帝之心，而是"江湖未静，不可让位"②，为国家计而不得已"慕虚名而处实祸"③，言辞恳切却气势慷慨，豪言壮语洋洋洒洒，显示出曹操自信、自负、直率、坦露的强势性格。魏文帝不但继承了曹操令文大胆直率的文风，而且同样重视诏书的简短、明了。如曹操在建安二十四年（219）在阳平关下达的还师令，只有"鸡肋"二字④，以其食之无味、弃之可惜，暗含回师之意，以简短的两字传达出丰富的内容。同样，《械系令狐浚诏》作为魏文帝最短的一篇诏书，仅仅用"浚何愚"三个字⑤，表达了魏文帝对于令狐浚的不满。这篇名为诏书，其实更像是普通人愤怒时的话语，质朴坦率，表现出一个有血有肉的帝王形象。魏文帝常常无意之中在诏书的字里行间显露出个性色彩，从而为典雅庄重的诏书注入灵动率真的情感。正因为魏文帝能够大胆放笔、倾吐真心，才使严肃庄重的诏书闪烁着人性的光辉。

最后，魏文帝的诏书还受到其性格特征和执政方式的影响。魏文帝诏书呈现出"辞义多伟"和"作威作福"截然不同的风格，这与他的性格特征与执政方式密切相关。关于他的性格特征，陈寿的《三国志·魏书·文帝纪》载：

> 文帝天资文藻，下笔成章，博闻强识，才艺兼该；若加以旷大之度，励以公平之诚，迈志存道，克广德心，则古之贤主，何远之有哉。⑥

陈寿委婉地指出魏文帝性格上不够"旷大""德心"不广。这一点在《三国志·魏书·曹洪传》中有具体的表现，曰："始，洪家富而性吝啬，文帝少时假求不称，常恨之，遂以舍客犯法，下狱当死。"⑦魏文帝因为年少时

---

① ［魏］曹操：《让自县明本志令》，夏传才：《曹操集校注》，石家庄：河北教育出版社2013年版，第131页。
② ［魏］曹操：《让自县明本志令》，夏传才：《曹操集校注》，第135页。
③ ［魏］曹操：《让自县明本志令》，夏传才：《曹操集校注》，第135页。
④ ［魏］曹操：《在阳平将还师令》，夏传才：《曹操集校注》，第174页。
⑤ ［魏］曹丕：《械系令狐浚诏》，易健贤：《魏文帝集全译》（修订版），第394页。
⑥ ［晋］陈寿：《三国志》，第74页。
⑦ ［晋］陈寿：《三国志》，第231页。

向曹洪借钱财不得，便怀恨在心，登基之后想要找借口置曹洪于死地。虽然经卞太后求情曹洪得以赦免死罪，但是却被免职削爵，由此可以看出魏文帝睚眦必报、心胸狭隘以及心狠手辣的性格特征。在这种性格的驱使下，魏文帝对于令自己不满的人和事常常处以严酷的刑罚，这一点在诏书中得到充分的体现。如在《诛鲍勋诏》中，"勋指鹿为马，收付廷尉"①，寥寥数字，魏文帝便借故将曾经得罪自己的鲍勋处死。显然，此诏书并不符合刘勰"辞义多伟"的评论，却展现出魏文帝"德心"不广即缺少仁德之心的性格特征。可见，魏文帝的性格特征对他的诏书创作产生了很大的影响。

此外，魏文帝为政任人唯亲也影响着他的诏书创作。魏文帝曾经身处与其弟曹植的夺储之争中，在太子之位未定时，他竭力与朝中诸多重臣保持良好的关系，而一旦称王称帝，便只对自己的亲信委以重任。诏书中有对夏侯尚"作威作福、杀人活人"的纵容，对华歆"特赐御衣"的宠信②，以及对司马懿"使吾无西顾之忧"的倚重③。这些诏书内容或率直、或恳切，皆充满"风雨之润"④。与之相反，对于曾经得罪或者悖逆自己意愿的臣子，魏文帝则是怀恨在心、伺机报复，动辄重罚或大开杀戒。如魏文帝即位之初，便"诛丁仪、丁廙并其男口"⑤，又如贬黜沐并的诏书"肇为牧司爪牙，而并欲收缚，无所忌惮，自恃清廉名邪"⑥，斥责令狐浚的诏书"浚何愚"⑦，以及诛杀鲍勋的诏书等。显然，魏文帝诏书的风格特征，与魏文帝任人唯亲的方式息息相关。对于自己宠信的臣子，魏文帝在诏书中毫不吝惜溢美之词，而对于自己不喜的臣子，魏文帝常常疾言厉色，诏书文辞皆如"秋霜之烈"⑧。因此，这种心胸狭隘、意气用事的性格以及任人唯亲的执政方式，就造成了魏文帝诏书既有"辞义多伟"等符合帝王光辉形象的一面，又存在"作威作福"等表现帝王率性甚至任性的

---

① ［魏］曹丕《诛鲍勋诏》，易健贤：《魏文帝集全译》（修订版），第121页。
② ［魏］曹丕《赐华歆诏》，易健贤：《魏文帝集全译》（修订版），第92页。
③ ［魏］曹丕《征吴临行诏司马懿》，易健贤：《魏文帝集全译》（修订版），第395页。
④ ［梁］刘勰：《文心雕龙·诏策》，周振甫：《文心雕龙今译》，第183页。
⑤ ［晋］陈寿：《三国志》，第466页。
⑥ ［魏］曹丕《成皋令沐并收校事刘肇以状闻有诏》，易健贤：《魏文帝集全译》（修订版），第392页。
⑦ ［魏］曹丕《械系令狐浚诏》，易健贤：《魏文帝集全译》（修订版），第394页。
⑧ ［梁］刘勰：《文心雕龙·诏策》，周振甫：《文心雕龙今译》，第183页。

言辞。

综上所述，刘勰用"辞义多伟"与"作威作福"准确总结出魏文帝诏书的特征，"作威作福"虽因不符合刘勰的诏书文体观而被评为"万虑之一弊"，却突出魏文帝诏书不拘一格的文风，一种情感色彩的真实流露，这也是诏书在魏晋时期新变的表现。

（作者单位：温州大学文学院）

庄子绝妙哲思引领文学创造的历史印记

——从诗词回归园田的叙写到小说戏曲梦幻神游之成文

涂光社

摘　要：魏晋南北朝时期，三教合一之势渐成，老庄思想对文学艺术创造的引领日益显现，一些诗人作家笔触所至意境以及语汇、典故常出自《庄子》。嵇康"声无哀乐"的宏论，即本于玄学"自然"论。《文心雕龙》中若干理论问题的论证都能见到老庄的印记，在其学术史论的述评中还可见到三教合一的印记。唐宋诗文大家常围绕"道法自然"理念写作，多"神游""法天贵真"之语，且有向尚清纯、素朴淡泊拓展的势态，尤其北宋文坛巨子苏轼尚自然，由平易走上自由奔放，与回归田园悠然自得的陶渊明多有心灵共鸣，在文学艺术表现上要求文学语言浅易畅达，皆为顺乎自然之旨，其绘画书法评论中亦不乏庄子美学的印记。古代文学的题材和艺术样式方面也不乏庄子寓言的启迪和引领，如诗人的"梦游""神游""心游"的妙笔，《南柯一梦》的传奇和《牡丹亭》的"游园惊梦"，《红楼梦》这样的戏曲、小说佳作巨制。

关键词：庄子；道法自然；文学创作；历史印记

一

汉初有崇尚黄老的文景之治，随即弘扬道家理念的著述《淮南子》问世，汉武帝"独尊儒术"确立经学的垄断地位。西汉末宗尚老庄的"玄"风渐起，东汉有古文经学对今文经学的矫偏。魏晋玄学兴盛，南北朝时期显现三教合一的大势。

　　儒、道两家构成古代中国学术发展的主脉。孔孟仁学讲求社会道德以"和为贵"，居传统学术之核要，合乎民族心理特征。老庄"道法自然"，探究万物生存演化的客观规律，更能促进思想理论的进步。如齐梁问世综论学术发展脉流的《刘子·九流》所说："道者玄化为本，儒者以德化为宗。九流之中，二化为最。夫道以无为化世，儒以六艺济俗；无为以清虚为本，六艺以礼教为训。"①

　　汉初的《淮南子》对各家学说皆有所吸纳，但道家无疑居其核心地位。高诱《〈淮南子〉序》称："其旨近老子，淡泊无为，蹈虚守静，出入经道。"②《淮南子·原道训》中说："无为为之而合于道，无为言之而通乎德。""天下之事，不可为也，因其自然而推之。"③

　　从西汉后期到东汉前期统治者提倡支持今文经学派的谶纬之术盛行。西汉末扬雄所著《太玄赋》末尾称："张仁义以为纲兮，怀忠贞以矫俗。指尊选以诱世兮，疾身殁而名灭。岂若师由、聃兮，执玄静于中谷。"④ 东汉张衡《思玄赋》终句是："松、乔高跱孰能离？结精远游使心携。回志揭来从玄谋，获我所求夫何思！"⑤ 可见尚玄之意。王充《论衡》痛批汉儒鼓吹谶纬祥瑞之虚妄，赞许黄老的自然之道，推崇真美，其《自然第五十四》说："天地合气，万物自生。……不合自然，故其义又疑，未可从也。试依道家论之。""如天瑞为故，自然焉在？无为何居？""天动不欲以生物，而物自生，此则自然也。施气不欲为物，而物自为，此则无为也。……夫不治之治，无为之道也。""自然之化，固疑难知，外若有为，内实自然。……自然之道，非或为之也。" "谴告于天道尤诡，故重论之。……说合于人事，不入于道意，从道不随事，虽违儒家之说，合黄老之义也。"⑥《谴告第四十二》："夫天道，自然也，无为。如谴告人，是有为，非自然也。黄老之家，论说天道，得其实矣。且天审能谴告人君，宜

---

　　① ［梁］刘勰：《刘子·九流》，林其锬：《刘子集校合编》，上海：华东师范大学出版社 2012 年版，第 1122 页。
　　② 刘文典撰，冯逸、乔华点校：《淮南鸿烈集解》，北京：中华书局 2013 年版，第 2 页。
　　③ 刘文典撰，冯逸、乔华点校：《淮南鸿烈集解》，第 3、12 页。
　　④ ［汉］扬雄著，张震泽校注：《扬雄集校注》，上海：上海古籍出版社 1993 年版，第 140—141 页。
　　⑤ ［清］严可均辑，陈延嘉等校点：《全上古三代秦汉三国六朝文》第二册，石家庄：河北教育出版社 1997 年版，第 509 页。
　　⑥ 黄晖：《论衡校释》（附刘盼遂集解），北京：中华书局 1990 年版，第 775、776—778、779、785 页。

变易其气以觉悟之。"①《对作第八十四》："是故《论衡》之造也，起众书并失实，虚妄之言胜真美也。故虚妄之语不黜，则华文不见息；华文不放流，则实事不见用。"② 再就是东汉时期毕竟见到古文经学矫今文经学尤其是谶纬之术的偏谬。

就文学成就而言，铺张辞藻的大赋乏善可陈，难与龙兴四百余年大一统的汉王朝相称。而后，分裂争战的魏晋南北朝却进入了"文学自觉时代"。

魏晋时期玄学盛行。"圣人贵名教，老庄明自然"③，"名教"与"自然"之辨是玄学的中心议题。王弼作《老子注》，又作《周易注》和《论语释疑》，以儒释道，以道释儒，意在会通孔老，调和名教与自然。王弼《老子注》中对自然的解释是："自然，其端兆不可得而见也，其意趣不可得而睹也。"④ 又说："法自然者，在方而法方，在圆而法圆，于自然无所违也。自然者，无称之言，穷极之辞也。用智不及无知，而形魄不及精象，有仪不及无仪，故转相法也。"⑤ 把"自然"的实质归诸"无"，从一个角度发挥了道家以"无"为本的精义。他的《论语释疑》中却多处用"自然"来说明儒家的观点，如释"孝悌者，其为仁之本与"说："自然亲爱为孝，推爱及物为仁也。"⑥ 释"唯天为大，唯尧则之"说："若夫大爱无私，惠将安在？至美无偏，名将何生？故则天成化，道同自然，不私其子而君其臣。"⑦ 似乎恰恰在"自然"这一点上，儒、道可以相通。在王弼看来，名教、自然是毫无矛盾的，实行老庄主张的"无为而治"正是为了维护封建名教秩序的稳定与和谐。

郭象《庄子·逍遥游注》以"无为"释"自然"："天地者，万物之总名也。天地以万物为体，而万物必以自然为正；自然者，不为而自然者也。"⑧

———————————

① 黄晖：《论衡校释》(附刘盼遂集解)，第636页。
② 黄晖：《论衡校释》，第1179页。
③ ［唐］房玄龄等：《晋书·阮瞻传》，北京：中华书局1974年版，第1363页。
④ 《老子·十七章注》，［魏］王弼注，楼宇烈校释：《王弼集校释》，北京：中华书局1980年版，第9页。
⑤ 《老子·二十五章注》，［魏］王弼注，楼宇烈校释：《王弼集校释》，第65页。
⑥ ［魏］王弼注，楼宇烈校释：《王弼集校释》，第621页。
⑦ ［魏］王弼注，楼宇烈校释：《王弼集校释》，第626页。
⑧ ［晋］郭象注，［唐］成玄英疏：《南华真经注疏》，北京：中华书局1998年版，第9页。

魏晋南北朝时期，三教合一之势渐成。魏晋时老庄思想对文学艺术创造的引领日益显现。一些诗人作家笔触所至意境以及语汇、典故常出自《庄子》。

二

正始时代"竹林七贤"中的魏宗亲嵇康，是玄学名家，也是诗人和音乐演奏家，著《养生论》《明胆论》《释私论》《难自然好学论》，也作过《琴赋》；其《声无哀乐论》更是中国音乐理论史上的重要论著，其论批驳了经史典籍中传统乐论的偏颇失实和悖谬，在揭示音乐艺术审美特征方面有非同凡响的建树。

《晋书》本传称嵇康"长好老庄，常修养性服食之事，弹琴咏诗，自足于怀"[①]。生活中几乎与琴不可分离，《与山巨源绝交书》自述志趣称："但顾守陋巷，教养子孙，浊酒一杯，弹琴一曲，志愿毕矣。"[②] 嵇康因倡言"非汤武而薄周孔"而被将篡权的司马氏杀害，他生前的诗作中多老庄语汇，亦每每言及抚琴自乐。如《代秋胡歌诗》有"绝智弃学，游心于玄默"，《幽愤诗》云："托好老庄，贱物贵身。志在守朴，养素全真"，《答二郭诗》称"庄周悼灵龟，越搜畏王舆。至人存诸己，隐璞乐玄虚"；《赠兄秀才入军书》云："托好松乔，携手俱游，朝发太华，夕宿神州，弹琴咏诗，聊以忘怀"；"琴诗自乐，远游可珍，含道独往，弃智遗身，寂乎无累，何求于人，长寄灵岳，怡志养神"；"目送归鸿，手挥五弦。俯仰自得，游心太玄"。四言诗中亦有"齐物养生，与道逍遥"之句。[③] 其乐论上见解卓异，实与其音乐实践经验丰厚积累相关。

古代经典和圣贤言说强调礼乐教化功用。《礼记·乐记》有云："乐者，心之所由生也。其本在人心之感于物也。是故其哀心感者，其声噍以杀；其乐心感者，其声啴以缓，其喜心感者，其心发以散；其怒心感者，其心粗以厉；其敬心感者，其声直以廉；其爱心感者，其声和以柔"，"治世之音安以乐，其政和。乱世之音怨以怒，其政乖。亡国之音哀以思，其民困"。[④]

① ［唐］房玄龄等：《晋书·阮籍传》，第1369页。
② ［魏］嵇康著，殷翔、郭全芝注：《嵇康集注》，合肥：黄山书社1986年版，第128页。
③ ［魏］嵇康著，殷翔、郭全芝注：《嵇康集注》，第46、22、65、14、15、12、86页。
④ 钱兴奇等注译：《礼记》，长沙：岳麓书社2001年版，第494、495页。

嵇康的乐论却颠覆了儒学的论断。《声无哀乐论》以虚拟的主客论辩方式展开，文中"东野主人"即嵇康，在回应代表儒学发声的"秦客"的质疑中申说一己见解，批驳经典乐论的陈腐说教。

"秦客"先问："治世之音安以乐，亡国之音哀以思。……仲尼闻《韶》识虞舜之德，季札听弦知众国之风，斯已然之事。先贤所不疑也。今子独以为声无哀乐，其理何居？"①

"东野主人"的答复中先作玄学擅长的有无、名实之辨，说明以"哀""乐"评论音乐论断政治成败是长期存在的误导："斯义久滞，莫肯拯救，故念历世滥于名实"②。矛头直指"先贤所不疑"的偏颇。随即指出万物生成演化是五行运作所成，五色五声显现。声音的发生像天地间有各种气味一样，其所本原不会因人的爱憎和哀乐而改变。唯宫商连结、声音和谐合乎人心的审美期待。但情与欲不能放纵，应根据生命需求而有所节制，哀而不伤，乐而不淫。欢乐未必是钟鼓之类器乐演奏的情感，悲哀未必由哭泣表达。各地风俗不同，歌哭表达的情感也不尽一致。相同的情感也常用不同声音表现。但音声谐和感人至深。劳作者歌咏其工作，奏乐者表演其技巧。内心悲痛则有激切的哀辞，语言组合成诗，排比有韵味的音响，咏唱给人聆听。有确切指向的哀心凭借模糊的和声表达，听者感悟的惟哀情而已。"和声无象，而哀声有主"③ 透露出"无"与"有"的体用、本末的关系。

嵇康引用《庄子·齐物论》的"夫天籁者，吹万不同，而使其自已也，咸其自取，怒者其谁邪"④！"自取"与"自已"说的是"吹万不同"的"天籁"从始到终都是自然而然的，"自然之和"并不由人的喜怒激发。

儒学以为乐歌可"明政教之得失，审国风之盛衰，吟咏情性，以讽其上"，于是有"亡国之音哀以思"⑤ 之说。嵇康说官方典籍有作如此记载的缘由，并不等于认定为有普遍意义的结论。随后指出，"生民""接

---

① ［魏］嵇康著，殷翔、郭全芝注：《嵇康集注》，第197页。
② ［魏］嵇康著，殷翔、郭全芝注：《嵇康集注》，第197页。
③ ［魏］嵇康著，殷翔、郭全芝注：《嵇康集注》，第197页。
④ 陈鼓应注译：《庄子今注今译》（修订本），北京：商务印书馆2007年版，第44页。
⑤ ［魏］嵇康著，殷翔、郭全芝注：《嵇康集注》，第198页。

物传情"，"喜怒哀乐爱憎惭惧"① 不尽一致；指向内外有别，彼此称名不同；不宜泛指一般。声音只能以好听和不好听区分。哀、乐之情由人自己生发，于声音并无必然联系。直言声哀乐的有无则名实相悖。季札观"众国之风"，不会仅凭此就作褒贬；孔子也非仅闻《韶》便知虞舜之德。

　　针对"秦客"不可"诬前贤之识微，负夫子之妙察"的指斥，"主人"（嵇康）在回答中强调："奏操"（操琴演奏）和"声""音"（音乐）传达接受效果的"有常"与"无常"都不是绝对的。批评"风俗之盛衰，皆可象之于声音；声之轻重，可移于后世；襄、涓之巧，又能得之于将来"是"操有常度，音有定数"的偏执。钟子期听琴伯牙，知其意在高山，而后又意在流水，表明伯牙"无常"之"操"虽有自由发挥，钟子期仍能作"有常的""触类"以推，体悟其情怀意指。如若只说"音声无常"，则又可见"仲尼之识微，季札之善听，固亦诬矣"。"钟子触类"针对伯牙"无常"之"操"，指自由发挥而言，操琴者能不依成曲即兴演奏，也是其他艺术罕有的创作和表现方式。有个性的演奏者是这类音乐审美创造的主体，令乐曲（虽原曲有一定规定性）及其声响成为特定情灵的传媒与载体②。

　　嵇康一针见血地指出，典籍中"有常""无常"自相矛盾的记载"皆俗儒妄记，欲神其事，而追为耳"，强调"推类辨物，当先求自然之理"，"五色有好丑，五声有善恶，此物之自然也"。③ 所谓"好丑""善恶"不针对情感，无哀乐之别。

　　嵇康指出器乐各有音色音响，节奏效果也有别；齐楚之曲人情不同，各有特点，"会宾盈堂，酒酣奏琴"，参与者感受各异，但乐曲在追求"和"上是一致的；他强调就审美效果而言，这些不同并促生哀乐之类情感，而会造成"躁""静""专""散"有别的心境和情绪④。情感和心绪可能发生某种联系，但不是一回事。

　　《论语·阳货》云："子曰：恶紫之夺朱也，恶郑声之乱雅乐也。"⑤

---

① ［魏］嵇康著，殷翔、郭全芝注：《嵇康集注》，第198页。
② ［魏］嵇康著，殷翔、郭全芝注：《嵇康集注》，第203页。
③ ［魏］嵇康著，殷翔、郭全芝注：《嵇康集注》，第203、204页。
④ ［魏］嵇康著，殷翔、郭全芝注：《嵇康集注》，第218页。
⑤ ［宋］朱熹：《四书章句集注》，北京：中华书局2012年版，第181页。

《声无哀乐论》旗帜鲜明地驳斥儒学对"郑卫之音"的贬抑，公然与孔子唱反调，说出"郑声是音声之至妙""淫之与正同乎心，雅郑之体，亦足以观矣"①的惊世之言。标举"郑声，是音声之至妙"，表明男女情爱是基于人类天性的一种情致。从古到今的歌曲，尤其在民歌中，爱情从来是重要的主题。

嵇康指出"推类辨物，当先求自然之理"，强调音乐本有"自然之和"，认为"天籁"之声与天成的"自然之和"为音乐美之所本，批判儒家的礼乐教化和天人感应说。从心与物对应上考察音乐与感情的关系，指出人的主观感情并非客观事物的属性，把声音之美与主观的"哀""乐"之情区分开来，否认艺术的美与道德的善之间的必然联系。人对天地万物种种因素的"自然之和"，都会有亲合相适的感受，包括"天籁"之音和其他一切有"自然之和"的音响（甚至不排除乐曲中人为的"和"声），客观世界的"自然之和"有益人的生命精神。以为审美主体对于音乐的感受和反应主要在"躁""静""专""散"的心理方面，而非"哀""乐"之类的感情方面。"和声无象，哀声有主"透露出"无"与"有"间的"体"与"用"、"本"与"末"的关系。值得注意的是，"声无哀乐"之论并未走向极端。嵇康否定的只是音响与情感的直接联系，以及生成、激发或哀或乐某种特定之"情"的必然性。

由于音乐活动参与者素养以及即时心境、情绪等方面的差别，嵇康在说到孔子在齐闻《韶》、季札观乐，或者师旷"知南风不竞"的时候，也强调他们观乐中能得出理性判断，并非仅凭音乐中的情感因素而定。

嵇康未绝然否定音乐与政教的关联，毕竟人为乐曲也是"吹万"之一，既由道本体生成，也可达于"自然之和"的境界。这合乎玄学"体用如一""本末不二"的理念。故云在"歌以序志，儛以宣情。然后文之以采章，昭之以《风》《雅》"②的过程中，音乐元素参与"序志""宣情"，是能够在移风易俗方面发挥积极作用的。

文学内容用语言进行表述，书法、绘画、雕塑等艺术有明确的造型，而音乐在审美创造与艺术传达上模糊抽象得多。尽管声响高亢激越或舒

---

① ［魏］嵇康著，殷翔、郭全芝注：《嵇康集注》，第226、227页。
② ［魏］嵇康著，殷翔、郭全芝注：《嵇康集注》，第225页。

缓安详不同，节奏取韵不一，表达情感有别，却很难作严格的界定。加上作曲者、演奏者以及接受者、鉴赏者有种种个性因素，以及音乐多为即兴表演活动，时空有别等因素的影响，若无文字说明（包括标题、歌词之类），审美创造和接受中的情感判断很难一致。"声无哀乐"针对音乐艺术而言。无论是与其关系疏离但更具形象性的绘画、书法，还是与其关系较密切且有所借助文字的诗词、歌赋，都难言有无哀乐。嵇康所论凸显的正是为音乐艺术审美创造独具的生成和接受上的特点。"声无哀乐"的宏论，其思考既有本于玄学"自然"论，也仰赖其丰厚的音乐实践经验奠定的基础。

三

晋宋之交，任彭泽令八十余日的陶渊明辞归躬耕，自此不再出仕。其《饮酒》其五云："结庐在人境，而无车马喧。问君何能尔，心远地自偏。采菊东篱下，悠然见南山。山气日夕佳，飞鸟相与还。此中有真意，欲辩已忘言。"[1]《归园田居》其一曰："少无适俗韵，性本爱丘山。误落尘网中，一去三十年。开荒南野际，守拙归田园。……户庭无尘杂，虚室有余闲。羁鸟恋旧林，池鱼思故渊。久在樊笼里，复得返自然。"其三曰："种豆南山下，草盛豆苗稀。晨兴理荒秽，戴月荷锄归。道狭草木长，夕露沾我衣。衣沾不足惜，但使愿无违。"[2]《拟古》其八云："不见相知人，唯见古时丘。路边两高坟，伯牙与庄周。此士难再得，吾行欲何求？"[3]

钟嵘《诗品序》批评沈约等人拘守"四声八病"的偏执，标举用韵的"自然英旨"。以为"'思君如流水'，既是即目；'高台多悲风'，亦惟所见；'清晨登陇首'，羌无故实；'明月照积雪'，讵出经史？观古今胜语，多非假补，皆由直寻。"[4]

在齐梁问世的《文心雕龙》是古代文论经典，其中若干理论问题的论证都能见到老庄（特别是《庄子》）的印记：首篇《原道》说天地万象之美都是"道之文"，指出"心生而言立，言立而文明，自然之道也"[5]。统

---

① 袁行霈：《陶渊明集笺注》，北京：中华书局 2011 年版，第 173 页。
② 袁行霈：《陶渊明集笺注》，第 53、59 页。
③ 袁行霈：《陶渊明集笺注》，第 232 页。
④ 曹旭笺注：《诗品笺注》，北京：人民文学出版社 2009 年版，第 98 页。
⑤ ［梁］刘勰撰，范文澜注：《文心雕龙注》，北京：人民文学出版社 1958 年版，第 1 页。

领"下篇"探究文学思维创造的《神思》篇中，无论"形在江海上，心存魏阙之下""神与物游""陶钧文思，贵在虚静"，还是"意授于思，言授于意""意翻空而易奇，言徵实而难巧"，以及"轮扁不能语斤"① 的况喻皆出自《庄子》。论文学风格的《体性》篇，其"各师成心，其异如面"②是《庄子·齐物论》"随其成心而师之，谁独且无师乎"③ 的转意运用；刘勰所言"八体虽殊，会通合数，得其环中，则辐辏相成"④ 则出自《齐物论》的"彼是莫得其偶，谓之道枢，枢始得其环中，以应无穷"(《庄子·则阳》亦称"冉相氏得其环中以随成")⑤；刘勰此前说过"触类以推，表里必符，岂非自然之恒姿，才气之大略也"，在"赞"中有"习亦凝真，功沿渐靡"⑥ 的概括。《庄子·渔父》即言"真者，精诚之至也"，还有"法天贵真"⑦ 之论。《文心·物色》论景物描绘说"写气图貌，既随物以宛转；属采附声，亦与心而徘徊"⑧，而"与物宛转"⑨ 是《庄子·天下》中首见。刘勰在《物色》篇所谓"若乃山林皋壤，实文思之奥府"⑩，亦暗用《庄子·知北游》中的"山林与！皋壤与！使我欣欣然而乐与！"⑪ ……《文心·养气》篇的"率志委和，则理融而情畅"⑫ 语出《庄子·知北游》——"身非汝有，是天地之委形也。生非汝有，是天地之委和也。性命非汝有，是天地之委顺也"⑬；所用"惭凫企鹤""尾闾之波"⑭ 也出自《庄子·骈拇》的"是故凫胫虽短，续之则忧；鹤胫虽长，断之则悲"⑮ 和《秋水》中的"天下之水，莫大于海。万川归之，不知何时止而不盈；尾

---

① ［梁］刘勰撰，范文澜注：《文心雕龙注》，第493—495页。
② ［梁］刘勰撰，范文澜注：《文心雕龙注》，第505页。
③ ［清］郭庆藩著，王孝鱼点校：《庄子集释》，北京：中华书局2013年版，第56页。
④ ［梁］刘勰撰，范文澜注：《文心雕龙注》，第506页。
⑤ ［清］郭庆藩著，王孝鱼点校：《庄子集释》，第65、777页。
⑥ ［梁］刘勰撰，范文澜注：《文心雕龙注》，第506页。
⑦ ［清］郭庆藩著，王孝鱼点校：《庄子集释》，第906页。
⑧ ［梁］刘勰撰，范文澜注：《文心雕龙注》，第693页。
⑨ ［清］郭庆藩著，王孝鱼点校：《庄子集释》，第954页。
⑩ ［梁］刘勰撰，范文澜注：《文心雕龙注》，第694—695页。
⑪ ［清］郭庆藩著，王孝鱼点校：《庄子集释》，第674页。
⑫ ［梁］刘勰撰，范文澜注：《文心雕龙注》，第646页。
⑬ ［清］郭庆藩著，王孝鱼点校：《庄子集释》，第652页。
⑭ ［梁］刘勰撰，范文澜注：《文心雕龙注》，第646、647页。
⑮ ［清］郭庆藩著，王孝鱼点校：《庄子集释》，第288页。

间泄之，不知何时止而不虚。"① ……

《文心雕龙》称许道、儒，特别是老庄，《诸子》篇说："至鬻熊知道，而文王谘询，馀文遗事，录为《鬻子》。子目肇始，莫先于兹。及伯阳识礼，而仲尼访问，爰序道德，以冠百氏。然则惟文友，李实孔师，圣贤并世，而经子异流矣。逮及七国力政，俊乂蜂起。孟轲膺儒以磬折，庄周述道以翱翔……"② 更为可贵的是在其学术史论的述评中还可见到三教合一的印记。《论说》篇有云：

> 论也者，弥纶群言，而研精一理者也。是以庄周《齐物》，以论为名；不韦春秋，六论昭列；至石渠论艺，白虎讲聚，述圣通经，论家之正体也。……魏之初霸，术兼名法，傅嘏王粲，校练名理。迄自正始，务欲守文，何晏之徒，始盛玄论；于是聃周当路，与尼父争途矣。详观兰石之才性，仲宣之去伐，叔夜之辨声，太初之本无，辅嗣之两例，平叔之二论，并师心独见，锋颖精密，盖论之英也。至如李康运命，同论衡而过之；陆机辨亡，效过秦而不及；然亦其美矣。次及宋岱郭象，锐思于几神之区；夷甫裴頠，交辨于有无之域；并独步当时，流声后代。然滞有者全系于形用，贵无者专守于寂寞，徒锐偏解，莫诣正理；动极神源，其般若之绝境乎？逮江左群谈，惟玄是务；虽有日新，而多抽前绪矣。③

玄学令"聃周当路，与尼父争途"，所著"并师心独见，锋颖精密"，称玄学名家"盖论之英也"。尤其是说到"动极神源，其般若之绝境乎"！刘勰传略已表明终其一生与佛教密不可分的关系，但当时佛学对文学理论的浸润尚在起步阶段，此处极赞佛学"般若"概念的思想精神境界至高无上，十分难得。

四

王之涣《登鹳雀楼》云："欲穷千里目，更上一层楼。"李白《独坐敬

① ［清］郭庆藩著，王孝鱼点校：《庄子集释》，第500页。
② ［梁］刘勰撰，范文澜注：《文心雕龙注》，第308页。
③ ［梁］刘勰撰，范文澜注：《文心雕龙注》，第327页。

亭山》有："众鸟高习尽，孤云独去闲。相看两不厌，只有敬亭山。"杜甫《望岳》有："会当凌绝顶，一览众山小。"① 苏轼更有"横看成岭侧成峰，远近高低各不同。不识庐山真面目，只缘身在此山中"② 的名言，皆可谓"尚大不惑"的表述。

唐宋诗文大家常围绕"道法自然"理念写作，多"神游""法天贵真"之语，且有向尚清纯、素朴淡泊拓展的势态，明清"童心"说和性灵派出现也不足奇。

唐代即有不少颂扬自然反对雕饰的诗句。李白《古风二首》云："一曲斐然子，雕虫丧天真。"《经乱历后天恩流夜郎忆旧游抒怀赠韦太守良宰》赞其诗曰："清水出芙蓉，天然云雕饰。"③ 僧皎然《诗式》列举中"诗有六至"就有"至丽而自然"④ 一类。司空图《二十四诗品》中有"自然"一品：

> 俯拾即是，不取诸邻。俱道适往，著手成春。如逢花开，如瞻岁新。真不与夺，强得易贫。幽人空山，过雨采蘋。薄言情主，悠悠天均。⑤

必须指出司空图所谓"自然"是一种体道的境界，与大道同体，与造化同功，不须刻意追求，不假一丝人力，如同自然界的随时转换，一切皆自然，又都美好。"幽人空山"两句更渲染出恬淡悠远的情调。除《自然》外，其他诸品也往往涉及自然，如《精神》的"妙造自然，伊谁与裁？"《实境》的"遇之自天，泠然希音"……⑥可见，"自然"的理念渗透于其美学追求之中。

唐宋文学作品中常能见到类同《庄子》的笔触及其思想学说印记。

李白作《大鹏赋》，其辞曰："南华仙老发天机于漆园，吐峥嵘之高论，开浩荡之奇言。微至怪于齐谐，谈北溟之有鱼。吾不知其几千里，其名为鲲，

---

① [清]彭定求等编：《全唐诗》，郑州：中州古籍出版社1996年版，第1155、1018、1224页。
② [宋]苏轼著，吴鹭山等编注：《苏轼诗选注》，天津：百花文艺出版社1982年版，第134页。
③ [清]彭定求等编：《全唐诗》，第910、957页。
④ [清]何文焕辑：《历代诗话》，北京：中华书局2004年版，第28页。
⑤ [唐]司空图，[清]袁枚撰，郭绍虞集解、辑注：《诗品集解·续诗品注》，北京：人民文学出版社2006年版，第19—20页。
⑥ [唐]司空图，[清]袁枚撰，郭绍虞集解、辑注：《诗品集解·续诗品注》，第24、34页。

化成大鹏，质凝胚浑。……五岳为之震荡，百川为之崩奔。……"① 其《上李邕》诗亦有："大鹏一日同风起，扶摇直上九万里。"②

白居易《池上闲吟》其二中称："梦游信意宁殊蝶，心乐身闲便是鱼。"③ 李商隐诗中也有"庄周晓梦迷蝴蝶"和"猜意鹓雏"④ 的感慨和怨愤。……

李清照《渔家傲》词云："九万里风鹏正举。风休住，蓬舟吹去三山里。"⑤ 陆游《自讼》诗称："年少宁知道废兴，抟风变化羡鲲鹏。"⑥ 辛弃疾《满江红·建康史致致道留守席上赋》词有"鹏翼垂空，笑人世，苍然无物。"其《鹧鸪天》词评陶诗："千载后，百篇有，更无一字不清真。"⑦

严羽《沧浪诗话·诗评》中说："汉魏古诗，气象混沌，难以句摘。晋以还方有佳句。如渊明'采菊东篱下，悠然见南山'，谢灵运'塘生春草'之类。谢所以不及陶者，康乐之诗精工，渊明之诗质而自然耳。"⑧

宋人从多角度阐发"自然"的美学蕴涵。

梅尧臣首倡"平淡"的审美境界，将其作为自己诗歌创作中的追求，其《读邵不疑学士诗》中说："作诗无古今，唯造平淡难。"在《依韵和晏相公》中说："因吟适情性，稍欲到平淡。"⑨ 欧阳修《六一诗话》指出："圣俞（尧臣字）平生苦于吟咏，以闲远古淡为意，故其构思极难。"⑩ 周紫芝《竹坡诗话》亦引苏轼所曰："大凡为文当使气象峥嵘，五色绚烂，渐老渐熟，乃造平淡。"⑪

五

笔者以为，言及庄子在中国文学艺术创造中的影响，尤应以北宋文坛

① 詹锳主编：《李白全集校注汇释集评》，天津：百花文艺出版社1996年版，第3882—3883页。
② 詹锳主编：《李白全集校注汇释集评》，第1366页。
③ ［清］彭定求等编：《全唐诗》，第2817页。
④ 刘学锴、余恕诚选注：《李商隐诗选》，北京：人民文学出版社1986年版，第219—220、45页。
⑤ ［宋］李清照著，王学初校注：《李清照集校注》，北京：人民文学出版社1979年版，第6页。
⑥ 张春林编：《陆游全集》上，北京：中国文史出版社1999年版，第694页。
⑦ ［宋］辛弃疾：《辛弃疾词集》，上海：上海古籍出版社2014年版，第6、240页。
⑧ ［宋］严羽著，郭少虞校释：《沧浪诗话校释》，北京：人民文学出版社1983年版，第151页。
⑨ ［宋］梅尧臣著，朱东润编年校注：《梅尧臣集编年校注 下》，上海：上海古籍出版社1980年版，第846、368页。
⑩ ［宋］欧阳修：《六一诗话》，何文焕辑：《历代诗话》，北京：中华书局1981年版，第264页。
⑪ ［宋］周紫芝：《竹坡诗话》，北京：中华书局1981年版，第22页。

巨子苏轼的作品和相关评论为例，一窥庄子思想学说和艺术成就的价值和历史地位。

宋初诗文革新，有人追求淡泊平易的自然，有人则以"求深""务奇"求变。

苏轼尚自然，由平易走上自由奔放。他形容自己的文章"如万斛泉源，不择地而出"①，赞赏他人的文章"如行云流水，初无定质"②，生动地道出他所倾心的自然表达。主张"外枯而中膏，似澹而实美，渊明、子厚之流是也"③，"独韦应物、柳守元发纤秾于简古，寄至味于淡泊"④。

北宋时三教合一大势已成。苏轼兼综儒道佛，早期以儒学为主导，强调其政治上的务实功能，如在《议学校贡举状》中曾批评说：

> 今士大夫至以佛老为圣人，鬻书于市者，非老庄之书不售也。……盖中人之性，能如庄周齐生死，一毁誉，轻富贵，安贫贱，则人主之名器爵禄，所以砺世磨钝者废矣！⑤

强调不能因沉潜佛老，让功名利禄丧失激励士人报效国家治理的作用。

苏辙《亡兄子瞻端明墓志铭》则谓其兄："初好贾谊、陆贽书，论古今治乱，不为空言。既而读《庄子》，喟然叹息曰：'吾昔者有见，于口中未能言。今见《庄子》，得吾心矣。'"⑥

苏轼青睐《庄子》，但也有所辨识，其《庄子祠堂记》中云：

> 谨按《史记》，庄子与梁惠王、齐宣王同时，其学无所不窥，然其要本归于老子之言。故其著书十余万言，大抵率寓言也。作《渔父》《盗跖》《胠箧》，以诋訾孔子之徒，以明。此知庄子之粗者。余以为庄子盖助孔子者，要不可以为法耳。
> ……故庄子之言，皆实予而文不予；阳挤而阴助之，其正言盖无

① ［宋］苏轼：《自评文》，朱怀春：《苏轼全集》第3卷，上海：上海古籍出版社2000年版，第2100页。
② ［宋］苏轼：《与谢民师推官书》，朱怀春：《苏轼全集》第3卷，第1652页。
③ ［宋］苏轼：《评韩柳诗》，朱怀春：《苏轼全集》第3卷，第2124页。
④ ［宋］苏轼：《书黄子思诗集后》，朱怀春：《苏轼全集》第3卷，第2133页。
⑤ 朱怀春：《苏轼全集》第2卷，第1131页。
⑥ ［宋］苏辙：《栾城后集》（卷二十二），《苏辙集》，北京：中华书局1990年版，第1118页。

几。至于诋訾孔子，未尝不微见其意，其论天下道术，自墨翟、禽滑厘、鼓蒙、慎到、田骈、关尹、老聃之徒，以至于其身，皆以为一家，而孔子不与，其尊之也至矣。①

并指出《庄子》外、杂篇中的《让王》《说剑》《渔父》《盗跖》非庄子本人所作，表明《庄子》的撰著有其门人和后学参与。

多年宦海浮沉、世情冷暖令苏轼与回归田园悠然自得的陶渊明多有心灵共鸣。在《书渊明羲农去我久诗》中说："每体中不佳，辄取读，不过一面，唯恐读尽后，无以自遣也。"② 晚年贬谪惠州、海南岛时，苏轼作了追和陶渊明的诗歌百多首，辑成请弟子门人作序，《追和陶渊明诗引》录苏辙所记苏轼有云："古之诗人，有拟古之作矣，未有追和古人者也，追和古人则始于东坡。吾于诗人无所甚好，独好渊明之诗。渊明作诗不多，然其诗质而实绮，癯而实腴，自曹、刘、鲍、谢、李、杜诸人，皆莫及也。吾前后和其诗，凡一百有九篇，至其得意，自谓不甚愧渊明。……然吾于渊明，岂独好其诗哉？如其为人，实有感焉。"③ 表明既推尊陶诗的"质而实绮，癯而实腴"，更被其鄙弃仕途断然回归田园的抉择打动。

在文学艺术表现上苏轼要求文学语言浅易畅达。其《自评文》称："吾文如万斛泉源，不择地皆可出……及其与山石曲折，随物赋形……常行于所当行，常止于不可不止。"④ 在《答谢民师推官书》中要求作文赋诗"……大略如行云流水，初无定质，常行于所当行，常止于不可不止，文理自然，姿态横生。……能使了然于口与手者"，"是知为辞达。辞至于能达，则文不可胜用矣。"批评"扬雄好为艰深之辞，以文浅易之说，此正所谓雕虫篆刻者"⑤。皆为顺乎自然之旨。

苏轼的绘画书法评论中亦不乏庄子美学的印记。《庄子·渔父》中言"法天贵真"，苏轼也有对自然和天真审美追求的推崇。《书鄢陵王主簿所画折枝》云："诗画本一律，天工于清新。"⑥《书晁补之所藏与可画竹》诗

---

① 朱怀春：《苏轼全集》第 2 卷，第 873 页。
② 朱怀春：《苏轼全集》第 3 卷，第 2113 页。
③ ［清］王文诰辑注，孔凡礼点校：《苏轼诗集》，北京：中华书局 1996 年版，第 1882 页。
④ 朱怀春：《苏轼全集》第 3 卷，第 2100 页。
⑤ 朱怀春：《苏轼全集》第 3 卷，第 1652 页。
⑥ 朱怀春：《苏轼全集》第 1 卷，第 351 页。

云："与可画竹时见人不见竹，岂独不见人。嗒然遗其身。其身与竹化，无穷出清新。庄周世无有，谁知此凝神。"① 其《传神记》中说："顾虎头云：'传神写照都在阿睹中。其次在颧颊。'" 其后的 "萧然有意于笔墨之外者也"② 一语似 "意在言外" 相近。《书吴道子画后》中说："道子画人物，如以灯取影，逆来顺往，旁见侧出，横斜平直，各相乘除，得自然之数，不差毫末，出新意于法度之中，寄妙理于豪放之外，所谓游刃余地，运斤成风，盖古今一人而已。"③ "游刃有余" 和 "匠石运斤" 的典故见于《庄子》的《养生主》《徐无鬼》篇。东坡《题鲁公书草》的书法评论中云："昨日长安安师文，出所藏颜鲁公与定襄郡王书草数纸，比公他书尤为奇特，信手自然，动有姿态。乃知瓦注贤于黄金，虽公犹未免也。"④ "瓦注贤于黄金" 的赌徒心理的寓言故事也出自《庄子·达生》。

苏轼诗词中常以梦与觉表述对一己情怀和对生命意义的思考。《和晁美叔》诗云："风叶落残惊梦蝶，戍边回雁寄情郎。"⑤ 词作亦然，如《念奴娇·赤壁怀古》的 "人生如梦，一樽还酹江月"；《永遇乐·明月如霜》的 "古今如梦。何曾梦觉，但有旧欢新怨"；《醉蓬莱》的 "笑劳生一梦"；《南乡子·重久涵辉楼呈徐君默》的 "万事到头都是梦"；《西江月》的 "世事一场大梦"，以及《临江仙·夜饮东坡醒复醉》的 "长恨此身非我有"。⑥

苏轼不时流露出庄子的思想理念，其《醉白堂记》中说："齐得丧，忘祸福，混贵贱，等贤愚，同乎万物而与造物者游。"⑦《送文与可出守陵州》诗中直云："《逍遥》《齐物》追庄周。"⑧《寿州李定少卿出钱城东龙潭上》亦说道："观鱼并记老庄周。"⑨

袁行霈主编的《中国文学史》中屡次言及苏子之 "梦"："与苏诗一样，苏词也常常表现对人生的思考。苏轼在徐州就感悟到 '古今如梦，何

① 朱怀春：《苏轼全集》第 1 卷，第 350 页。
② 朱怀春：《苏轼全集》第 3 卷，第 2193、2194 页。
③ 朱怀春：《苏轼全集》第 3 卷，第 2190 页。
④ 朱怀春：《苏轼全集》第 3 卷，第 2168 页。
⑤ [清]王文诰辑注，孔凡礼点校：《苏轼诗集》，第 2530 页。
⑥ 朱怀春：《苏轼全集》第 1 卷，第 598、589、602、599、592、599 页。
⑦ 朱怀春：《苏轼全集》第 2 卷，第 871 页。
⑧ 朱怀春：《苏轼全集》第 1 卷，第 58 页。
⑨ 朱怀春：《苏轼全集》第 1 卷，第 64 页。

曾梦觉，但有新欢旧怨'（《永遇乐》）……'乌台诗案'以后，人生命运的倏然变化使他更为真切而深刻地体会到人生的艰难和命运的变幻。他不止一次地浩叹'人生如梦'（《念奴娇·赤壁怀古》）、'笑劳生一梦'（《醉蓬莱》）、'万事到头都是梦'（《南乡子·重九涵辉楼呈徐君猷》）、'世事一场大梦'（《西江月》）。所谓'人生如梦'，既指人生的有限短暂和命运的虚幻易变，也指命运如梦般难以把握，即《临江仙》（夜饮东坡醒复醉）词所说的'长恨此身非我有'。这种对人生命运的理性思考，增强了词境的哲理意蕴。"①

六

古代文学的题材和艺术样式方面也不乏见庄子寓言的启迪和引领，如有"逍遥游"的叙写，就有诗人的"梦游""神游""心游"的妙笔；有庄周的入梦变身和"大梦大觉"，就有人写出梁祝"化蝶"的美好结局，更有《南柯一梦》的传奇和《牡丹亭》的"游园惊梦"、《红楼梦》这样的戏曲、小说佳作巨制。

《庄子》首篇所谓"逍遥"指精神游履，《齐物论》言及蝶梦以及大梦大觉，此后历代作品就有"游"和"心游""神游""梦游""化蝶"……的表述。

庄子寓言"谬悠""荒诞"卓异表达的成功，引领随后散文中虚幻故事的描述。六朝的志怪小说、唐传奇中昭然可见：南朝志怪小说有《齐谐记》（宋东阳无疑著，已佚）和《续齐谐记》（梁吴均著），而"志怪"和"齐谐"之称皆出自《庄子·逍遥游》："《齐谐》（谓出于齐国，内容多诙谐怪异，故有此名）者，志怪者也。"②

从六朝起，文学作品中说梦的故事逐渐多了起来。

东晋的志怪小说《搜神记》中多处说梦。卷八有"孔子说梦""戴洋梦神人"；卷十更频，有云："邓金姑梦登天""孕而梦月日入怀""梦取梁上穗"。"梦入蚁穴"中云："夏阳卢汾，字济，梦入蚁穴，见堂宇三间，势甚危黤，题其额曰：'审雨堂。'"……③

---

① 袁行霈主编：《中国文学史》第 3 册，北京：高等教育出版社 2005 年版，第 65 页。
② ［清］郭庆藩著，王孝鱼点校：《庄子集释》，第 5 页。
③ ［晋］干宝撰，陶娥等注译：《搜神记》，郑州：中州古籍出版社 2010 年版，第 179—185 页。

唐传奇故事中的《倩女幽魂》与《幽明录》中的《阿庞》，《柳毅传》与《搜神记》中的《胡班》；《枕中记》与《幽明录》中的《焦湖庙祝》都有继承关系。

唐传奇沈既济的《枕中记》写自叹贫困又热衷功名的卢生在邯郸道上遇道士吕翁，并在吕翁授予的青瓷枕上入梦。梦中娶高门女又中进士，出将入相，享尽荣华富贵，醒来才知是大梦一场。而店主所蒸黄粱犹自未熟。李公佐《南柯太守传》命意与《枕中记》相类，写游侠淳于棼梦游"槐安国"，做了驸马，又任南柯太守，因政绩而位居台辅。公主死后，遂失宠遭谗，被遣返故里。一梦醒来，才发现适才所游处原为屋旁槐树下一个蚁穴。

梁祝化蝶的典故最早见诸东晋地方志记。《宁波府志》称，梁山伯东晋会稽人，字处仁，为鄞令。少与上虞祝氏发英台同学。后山伯死，葬鄞城。英台适马氏，过山伯墓，大号恸，地自裂，遂同葬。① 《桃溪客语》引《毗陵志》记："昔有诗云：'蝴蝶满园飞不见，碧空鲜有读书坛。'俗传英台本女子，幼与梁山伯共学，后化为蝶。"② 明清和近现代戏曲中更有广受欢迎的有关梁祝化蝶的名剧。

元代董解元的杂剧取材有对唐传奇《会真记》和尚仲贤《柳毅传书》承袭与超越；词曲作品中则有《［商调］蝶恋花》。

卢挚云《［双调］殿前欢》云："无谓有谓，有谓无谓。梦景皆虚谬，庄周化蝶，蝶化庄周。"③ 马致远《［双调］夜行船·秋思》云："百岁光阴如梦蝶，重加往事堪嗟。"④

元杂剧中马致远有《黄粱梦》；汤显祖有"临川四梦"《牡丹亭》《紫钗记》《南柯记》（取材唐传奇《南柯太守》）、《邯郸记》（也取材唐传奇的《枕中记》）。

《庄子》多次写到庄周入梦的游履与觉醒，既有化蝶变身，也有与社树和髑髅的交往、梦遇……蚕有破茧化蝶的升华，翩翩翻飞的蝶翅也很美，对古代审美创造方面产生巨大影响不足为奇。庄子无疑是在寓言中以浪漫笔触描写蝶梦，写到大觉大梦第一人。

---

① 参见周望森主编：《浙江古今人物大辞典 续编》，北京：方志出版社2001年版，第90页。
② 钱南扬：《汉上宦文存 梁祝戏剧辑存》，北京：中华书局2009年版，第259—260页。
③ 孙基林选注：《金元诗词曲》，北京：西苑出版社2001年版，第34页。
④ 羊春秋选注：《元明清散曲三百首》，长沙：岳麓书社1992年版，第71页。

　　最负盛名的清代小说《红楼梦》原名"石头记"。作者曹雪芹当年将其第一回"于悼红轩中披阅十载，增删五次，纂成目录，分出章回"，之后，曾感慨万端地题写一绝："满纸荒唐言，一把辛酸泪。都云作者痴，谁解其中味。"① 称"红楼梦"之言"荒唐"，实与庄子首写梦游，明示"谬悠""荒唐"有所呼应。二十多年不离我左右的一个陶瓷雕塑顽石形摆饰上，镌刻了题名"石头记"的这首诗，落款正是篆体的"曹霑""雪芹"，乃是我的一位恩师李赓钧先生赐赠。

（作者单位：辽宁大学文学院）

---

　　① ［清]曹雪芹著,俞平伯校订:《红楼梦八十回校本》(上册),北京:人民文学出版社1958年版,第1—2页。

刘勰《文心雕龙》中的"风骨"论

钟灿辉

摘 要：在《文心雕龙》中，"风"与"骨"各自拥有两个不同的"本体"。从写作主体层面来看，"风"即"浪漫"，"骨"即"素养"。从文章作品层面来看，"风"指代"情思"的鲜明呈现，"骨"代指笔力扎实的显露。"气"为"风骨"的内部影响因素，有"清""浊"之分。"采"为"风骨"的外部审美追求，以"隐""秀"为优，以"奥""美"为劣。"风骨"属于"内质美"的部分，"采"属于"形式美"的范畴。在刘勰看来，写作主体唯有将"风骨"与"采"相结合，方能成就真正的佳作。

关键词：文心雕龙；风骨；刘勰；气；采

刘勰的《文心雕龙》成书于齐末梁初，在中国古代文论史上有着举足轻重的地位。《文心雕龙·风骨》是其中的第二十八篇，归属于"内部规律论"的部分。纵观整个《文心雕龙》研究史，该篇疑点重重，学界对其中"风骨"的阐释各执己见，看法不一。日本当代汉学家目加田诚说："风骨一词，实属难以把握之语，故历来有许多人论之。"① 张少康说："风骨的含义历来没有一致的意见。"② 寇效信说："'风骨'的含义比较复杂，很难用现代术语把它确切地表达出来。"③ 可见，在现代转换的过程中，刘勰笔下的"风骨"愈发扑朔迷离，令人捉摸不透。本文在理清"风骨"群说的基础上，取其精华，去其糟粕，试图从新的视角入手，探究《文心雕龙·风骨》的实质，力求契合刘勰的原意。

---

① 中国《文心雕龙》学会编：《文心雕龙研究》（第5辑），保定：河北大学出版社2002年版，第41页。

② 张少康：《文心雕龙新探》，济南：齐鲁书社1987年版，第122页。

③ 寇效信：《文心雕龙美学范畴研究》，西安：陕西人民出版社1997年版，第84页。

一、"风骨"争鸣

《文心雕龙》中"风骨"的内涵之所以千人千面，主要的原因是学者们对其研究思路不一，且各有依据。陈耀南先生曾做过统计，历年来关于"风骨"内涵的解读共有六十五种不同的说法。基于此，他不禁感叹："对《文心雕龙·风骨篇》题目两字的解释，仍然不免群言淆乱，而不知折衷谁圣。"①从整体上来考查，学界关于"风骨"内涵的研究可大致划分为主证与旁证两派。"主证派"立足于《文心雕龙·风骨》来对"风骨"进行阐释，而"旁证派"则主张借助《文心雕龙·风骨》之外的其他文字材料来探求更多的例证。由于各路学说庞杂，且多有重复，故本文只列举其中较为典型的六组进行讨论。

（一）主证派

第一类，"风意骨辞"说。如今，若要开展关于《文心雕龙》的研究，黄侃可以说是一个难以绕开的存在。作为现代"龙学"研究的领军人物，其在《文心雕龙札记》中提出的"风即文意，骨即文辞"②的论断曾在学界流行多年，吸引了国内大批拥护者，范文澜、高凤和张立斋等学者皆在不同程度上认可了该类说法。但与此同时，黄侃的这一观点也在学界引发了广泛的争议。不少持反对意见的学者认为该观点过于简单粗暴，经不起推敲——所有文章作品都兼具"文意"与"文辞"，但显然不是所有文章作品都拥有"风骨"。

第二类，"风骨美学"说。随着对《文心雕龙·风骨》研究的不断深入，部分学者跳出了以往观点的藩篱，将"风骨"拔高到了美学的高度。在此期间，周振甫便曾多次撰文，从美学的角度出发，论述"风"与"骨"的实质内涵，并在《文心雕龙注释》中发表了自己独到的观点，认为"风"指的是"作品内容上的美学要求"③，而"骨"则指的是"对文辞的美学要求"④。该类说法得到了王运熙、陈祥耀、曹昇和冯春田等众多学者的支持与认可，为后世《文心雕龙》中的"风骨"美学研究奠定了基础。

---

① 陈耀南：《〈文心〉"风骨"群说辨疑》，《求索》1988 年第 3 期。
② 黄侃：《文心雕龙札记》，上海：华东师范大学出版社 1996 年版，第 127 页。
③ 周振甫：《文心雕龙注释》，北京：人民文学出版社 2020 年版，第 322 页。
④ 周振甫：《文心雕龙注释》，第 322 页。

　　第三类,"风柔骨刚"说。值得一提的是,"风骨"与"气"确实存在着某种密切的联系。徐复观曾在《中国文学论集》中别开生面地提出了"风柔骨刚"说,认为"所谓风骨,依然指的是作者的两种不同的生理的生命力——气,贯注于作品之上,所形成的两种不同的形相"①。若从"风骨"为"气"的角度出发,该类解读不免有老调重弹之嫌,只是单纯在学术观念上沿袭并略微发展了清代学者黄叔琳的"气是风骨之本"②。但若进一步考查,便可发现,在后文中,徐复观有更为深入的阐发:"风"是气之柔者,"给人以感动、感染的效果"③,"骨"是气之刚者,"以事、义为主"④。综上所述,在徐复观看来,"作者"为"风骨"的起点,"作品"为"风骨"的终点,而"气"则为二者的中介,有刚柔之分。该类说法打破了以往单向性的"作品论"研究常规,开辟了双向性的"创作论"研究范式,对《文心雕龙》中"风骨"问题的解读具有不可磨灭的学术贡献。

　　(二)旁证派

　　第一类,"情志事义"说。刘永济曾在《文心雕龙校释》中借用《文心雕龙·附会》的"夫才童学文,宜正体制,必以情志为神明,事义为骨髓,辞采为肌肤,宫商为声气"作为旁证,认为"风"即情志,"骨"即事义,廖仲安、刘国盈和潘辰等学者皆为该类说法的支持者。然而,刘永济为首的"情志事义"说也存在着与"风意骨辞"说同样的理论漏洞——所有文章作品兼具"情志"与"事义",但显然不是所有文章作品拥有"风骨"。

　　第二类,"独特风格"说。其中,最具代表性的人物为罗根泽,其曾在《中国文学批评史》中将《文心雕龙·隐秀》作为旁证,提出了富有新意的"风格"说,认为"风骨是文字以内的风格,至文字而外或者说是溢于文字的风格,刘勰特别提倡'隐秀'"⑤。随后,经马茂元、李树尔、刘禹昌、詹锳、曹顺庆等学者的接力阐发,该说法愈发成熟,影响深远。不得不说,这种将"风骨"问题划归于"风格"范畴的说法具有一定的可取之

---

① 徐复观:《中国文学论集》,台中:民主评论社1966年版,第310页。
② 黄霖:《文心雕龙汇评》,上海:上海古籍出版社2005年版,第100页。
③ 徐复观:《中国文学论集》,第312页。
④ 徐复观:《中国文学论集》,第317页。
⑤ 罗根泽:《中国文学批评史》,上海:上海书店出版社2003年版,第240页。

处，但从整体上来把握，刘勰已在《文心雕龙·体性》中将文章的风格分为四组八类，若"风骨"为某种"风格"，那《文心雕龙·风骨》便不应独立成篇。

第三类，"风骨力量"说。改革开放前后，以罗宗强、宗白华、王达津和涂光社等学者为代表的"风骨力量"说异军突起，强调"风骨"的力量作用，认为"风"与"骨"分别指代两个不同的力量类型，从"儒家诗教""人物品藻""文论""画论"和"建安文学"等不同角度进行切入，多方位地挖掘了《文心雕龙·风骨》之外的与"风骨"相关的文字材料。该类说法虽较以往略有突破，但由于其内部各家对"风骨"之力的解读纷繁芜杂，并无统一观点，故只能为后世提供些许研究思路上的帮助。

二、"风骨"内涵

"风骨"并非刘勰首创，最初用于汉魏时期的人物品藻，后经多方借用，遂被引入画论和文论等艺术批评领域。在以"风骨"评点人物的早期，"风"与"骨"尚未连用。刘劭在《人物志·九征》中便提到："骨植而柔者，谓之弘毅"①，将道德喻为"骨"，认为品格正直且柔韧的人志气高远、坚毅不拔，而"无恒、依似，皆风人末流"②，将节操喻为"风"，认为"无恒"与"依似"的人都是作风低下的末流之辈。"风"与"骨"的首次连用始见于《世说新语·轻诋》："旧目韩康伯：将肘无风骨"③，前人点评韩伯，戏谑其身材肥硕，有肉无骨。此处的"风骨"为偏义复词，只取"骨"之意。南齐谢赫将"风骨"引入画论，以"观其风骨，名岂虚成"④来褒赞曹不兴的画工卓绝。与之同一时期的刘勰则借用"风骨"来充实自己的文论体系，为后世树立了一个重要的文学批评标准。通过对前文六组说法的梳理，可以发现，学界大多将《文心雕龙·风骨》划归于"作品论"的范畴，从文章作品层面出发来探讨"风骨"的实质内涵。但笔者认为，《文心雕龙·风骨》归属于"创作论"的范畴，应从文章创作层面入手来对"风骨"进行解读。

---

① ［三国·魏］刘劭：《人物志》，合肥：黄山书社2010年版，第10页。
② ［三国·魏］刘劭：《人物志》，第11页。
③ 郭孝儒：《世说新语注译评》，北京：经济日报出版社2002年版，第456页。
④ ［南朝·齐］谢赫：古画品录，北京：人民美术出版社1959年版，第7页。

（一）释"风"

风，看不见，摸不着，若有若无，缥缈至极。现代气象学研究表明，风是"空气在水平方向的流动"①，属于一种常见的自然现象。然而，对于上古时期的人来说，"风"极具神秘色彩，犹如神明降世。作为华夏先祖的伏羲与女娲便为风姓，《帝王世纪》云："太昊帝疱牺氏，风姓，有景龙之瑞"②，而后"女娲氏代立，亦风姓也"③。黄帝时期，风后在《握奇经·风阵赞》中云："风无正形，附之于天。"④ 可见，在风后看来，"风"是依附于"天"而存在的奇妙事物，无形无常，没有固定的容貌。先秦时期，庄子则借助子綦之口在《齐物论》中表达了自己对"风"的独到见解："夫大块噫气，其名为风。"⑤ 在此，庄子将"风"的产生归因于大地吐气，并在文中详加论述，可谓视之甚重。也正因"风"本身具有难以捉摸的特性，故历代文人在创作过程中常将其视为"喻体"来广泛使用。可以说，《文心雕龙·风骨》之"风"便是刘勰对"本体"的形象修饰。笔者认为，在《文心雕龙》中，"风骨"之"风"应有两个"本体"，从写作主体的角度出发，"风"是指"浪漫"的创作原则；从文章作品的视角来看，"风"则是指"情思"的鲜明呈现。

1. 写作主体："风"即浪漫

对"风骨"之"风"探讨不应局限在"作品论"当中。《文心雕龙·风骨》云："是以怊怅述情，必始乎风"，写作主体若想宣泄郁结于心的情感，"风"是重要的起点。此处的"风"若从"文章作品"的视角来进行解读，有明显的矛盾之处。"必始乎风"的主语应与"是以怊怅述情"的主语保持一致，故"必始乎风"的主语应为写作主体，即此处的"风"归属于"写作主体"的范畴。同理，在后文"相如赋仙，气号凌云，蔚为辞宗，乃其风力遒也"中的"风"亦是如此。若将此处的"风"与"文章作品"相捆绑，那"乃其风力遒也"中"其"所指代的对象便不应是"相如"，而是"仙"。但显然，"相如赋仙"的主语为"相如"，其后"气号凌云，蔚为辞宗，乃其风力遒也"的主语也应与前文"相如赋仙"的主语

① 江仁：《气象学》，北京：农业出版社1980年版，第43页。
② ［西晋］皇甫谧：《帝王世纪》，北京：中华书局1985年版，第2页。
③ ［西晋］皇甫谧：《帝王世纪》，第2页。
④ ［上古］风后：《握奇经》，北京：中华书局1991年版，第15页。
⑤ ［战国］庄周：《庄子》，太原：山西古籍出版社2003年版，第12页。

保持一致，故此处"风"的内涵亦与"写作主体"相关。

对于写作主体而言，"风"即浪漫，是指一种富有诗意幻想的情绪体验。《文心雕龙·风骨》开篇便对"风"的特点做了初步阐释："诗总六义，风冠其首，斯乃化感之本源，志气之符契也"，这既明确了"风"的特殊感化作用，又强调了其与"志气"之间的密切关系。在此，写作主体的"志气"能被"风"所反映，而"风"作为"化感本源"又能间接影响正在进行或已然完成阅读任务的接受主体。可见，"志气""风"和"接受主体"这三者的排列顺序应为"志气——风——接受主体"。对比文章创作的过程："创作动机——创作冲动——创作构思——语言表达"，可以发现，"志气"所对应的环节是"创作动机"，"风"所对应的环节则是"创作冲动"和"创作构思"。

"风"（创作冲动）和"风"（创作构思）之间的界限并不明晰。如在《文心雕龙·神思》中，刘勰便借助"风"来描述"神思"的状态：

> 夫神思方运，万涂竞萌，规矩虚位，刻镂无形。登山则情满于山，观海则意溢于海，我才之多少，将与风云而并驱矣。

在此，写作主体通过"登山"和"观海"产生了某种强烈而复杂的创作冲动，随后在该感性情绪的驱使下，展开了一系列丰富而朦胧的创作构思。可见，此处的"风"既指代突发性的创作冲动，又暗喻非突发性的创作构思。"风骨"之"风"亦是如此，刘勰常将"风"（创作冲动）和"风"（创作构思）视作同一个环节。

"风"之"浪漫"具有限度。两汉时期，谶纬之书盛行，其内容大多奇异诡秘，并在一定程度上促成了汉代文学虚幻夸饰的艺术风格。齐梁两代，谶纬之书依旧流行，致使文风浮靡。于是，刘勰在《文心雕龙》中抱着"正纬"的态度，劝告世人理性看待纬书中的光怪陆离："事丰奇伟，辞富膏腴，无益经典，而有助文章"，从正面肯定了其对文章创作的帮助。换言之，在刘勰眼里，汉代纬书及其文学的浪漫特性具有一定的可取之处。写作主体只有遵循"芟夷谲诡，采其雕蔚"的原则，清除虚假荒诞的内容，采用精密华美的表述，才能实现"风清而不杂"的目标。

2. 文章作品：述情必显

对"风骨"之"风"解读亦可从"文章作品"层面入手。虽然在前文

"是以怊怅述情,必始乎风"中,"风"的内涵归属于"写作主体"的范畴,但在后文"若风骨乏采,则鸷集翰林"中,"风"的"本体"发生了些许变化。此处的"风"若仍旧代指"浪漫"的创作原则,那便与其后的"乏采"相冲突。显然,缺乏文采的对象不可能是"写作主体",而应是"文章作品",故此处"风"的内涵与"文章作品"相关。

"风"与"情"之间具有相当密切的关系。正如刘勰所云:"深乎风者,述情必显",写作主体若深谙"风"的规律,那便必然能够创作出情感鲜明的文章作品。而"情之含风,犹形之包气",优秀的文章作品所表现出来的"情思"以"风"为内蕴,犹如"气"潜藏于写作主体的"形体"之中。"情"中含"风","风"则支撑起了"情"。接受主体在阅读的同时,不仅能感受到"情思"的存在,还能体察出"浪漫"的魅力。

"情"是评判文章作品好坏的重要标准,而"风"则是辨别"情思"真伪的关键因素。刘勰推崇自然之情,反对无病呻吟,其在《文心雕龙·情采》中云:

> 昔诗人什篇,为情而造文;辞人赋颂,为文而造情。何以明其然?盖风雅之兴,志思蓄愤,而吟咏情性,以讽其上,此为情而造文也;诸子之徒,心非郁陶,苟驰夸饰,鬻声钓世,此为文而造情也。

可见,"为情造文"的基础是心有郁结,"为文造情"的表现则是矫揉造作。"风"为真"情"之内核,是写作主体遵循"浪漫"原则的表现。虚"情"无"风",空洞乏味,是写作主体"思不环周,牵课乏气"的产物。总而言之,"风"是接受主体感知真"情"的关键,故在文章作品层面,"风"作为"喻体",指代"情思"的鲜明呈现。写作主体只有领悟这其中的真理,才能创作出极具感染力的优秀作品。

(二)释"骨"

骨,看得见,摸得着,坚实刚硬,端直挺拔。现代骨科临床解剖学研究表明,"骨"作为一种器官,"坚硬而富有弹性"[①],能不断地成长发育。对此,古人早有相关的粗浅认识。战国时期,宋玉便借助"骨"来褒赞神

---

① 汪华桥:《骨科临床解剖学》,济南:山东科学技术出版社2010年版,第9页。

女的美貌："骨法多奇，应君之相"①，认为其骨骼长势符合了某种特殊的法度规范。两汉时期，相人之术盛行，"骨"的功用也随即得到了拓展。西汉时期，司马迁便曾撰文提到过"贵贱在于骨法"②的说法。东汉时期，王充也曾在《论衡》中发表了"富贵之骨，不遇贫贱之苦"③的观点。可以说，在古人看来，"骨"与人的命运紧密相连，骨相的好坏往往决定着命运的成败。除此之外，"骨"还具有其他的引申义。春秋时期，老子便曾云："是以圣人之治，虚其心，实其腹；弱其志，强其骨。"④此处的"骨"与人的生命力有着密切的关系，可后天加以锻炼。东晋时期，葛洪将"骨"引入文论："其浅者，则患乎妍而无据，证援不给，皮肤鲜泽而骨鲠迥弱也"⑤，认为若文胜于质，则外强中干，徒有其表。到了齐梁时期，刘勰则在继承前人观点的同时，融入了自己对"骨"的理解。笔者认为，在《文心雕龙》中，"风骨"之"骨"作为"喻体"，应有两个不同方向的"本体"，其一是指对写作主体的素养层面的创作要求，其二是指表现在文章作品层面的扎实笔力。

1. 写作主体："骨"即素养

对"风骨"之"骨"的研究可从"写作主体"层面入手。《文心雕龙·风骨》云："沉吟铺辞，莫先于骨"，写作主体若想酝酿文章、推敲文辞，"骨"是起步的关键。与前文"怊怅述情，必始乎风"中的"风"同理，此处的"骨"若从"文章作品"的视角来进行解读，似有不妥之处。"莫先于骨"的主语应与"沉吟铺辞"的主语保持一致，故"莫先于骨"的主语应为写作主体，即此处"骨"所指代的应是一种创作原则。随后，为了更好地阐释"骨"的实质内涵，刘勰举例道："潘勖锡魏，思摹经典，群才韬笔，乃其骨髓峻也。"潘勖通过临摹经典的方式来撰写《册魏公九锡文》，遵循了"骨"的创作原则，致使"群才韬笔"，此处"骨髓峻也"指代的应是"写作主体"，并非"文章作品"。

"风骨"之"骨"具有"内核"之意。正如《说文解字》所云："骨，

① 袁梅：《宋玉辞赋今读》，济南：齐鲁书社 1986 年版，第 112 页。
② ［西汉］司马迁：《史记》，北京：线装书局 2006 年版，第 395 页。
③ ［东汉］王充：《论衡》，上海：上海人民出版社 1974 年版，第 39 页。
④ ［春秋］李耳：《老子》，太原：山西古籍出版社 2003 年版，第 5 页。
⑤ ［东晋］葛洪：《抱朴子》，上海：上海书店出版社 1986 年版，第 182 页。

肉之核也"①，"骨"在充当躯干核心的同时，亦为"肉"提供了一定的支架作用。"肉"依附于"骨"，而"骨"的架构则决定着"肉"的长势。符合规范的骨骼架构能够保证躯体外形的合规正式，反之则不然。除此之外，在"风骨"之"骨"的内部也潜藏某种难以捉摸的特殊元素。《素问》中便曾出现过相关的言论："骨者，髓之府。"② 可见，在古人看来，在"骨"之内，并非空无一物，而是有"髓"内蕴其中。"髓"量的多少决定着"骨"的强度，"髓"量充足则"骨"坚实，"髓"量不足则"骨"易折。"风骨"之"骨"继承并发展了前人对"骨"的认知。虽然在《文心雕龙·风骨》中，刘勰并没有明确指出"髓"的存在，但是作为"骨"的内蕴之物，"髓"已然成为"风骨"之"骨"的重要组成部分。换言之，"风骨"之"骨"不仅具有通常意义上的"坚实刚硬"的特点，还包含了其中"髓"的内涵。

"骨"即素养，强调的是写作主体对经典作品的不断学习与领悟。正如《文心雕龙·风骨》所云："镕铸经典之范，翔集子史之术"，可见，在刘勰看来，写作主体若想创作出优秀的作品，那便需将经典之作视为重要的参考对象，积极地学习其中的创作技巧，如此才能为日后的文章创作打上良好的基础，从而更好地实现"孚甲新意，雕画奇辞"的目标。对于写作主体而言，"骨"的具体表现为"原道""征圣"和"宗经"。刘勰认为，"道沿圣以垂文，圣因文以明道"，圣人通过文章作品来阐明"道"的奥秘，"道"也因圣人的存在而拥有了文字的化身。其中，"宗经"地位最高。正如《文心雕龙·征圣》所云："论文必征于圣，窥圣必宗于经"，论及文章创作必定要师从圣人，探究圣人的创作技巧则必然要效法经典。写作主体只有理清"道""圣"和"文"这三者之间的关系，才能明白"宗经"的必要性，只有坚持向经典之作学习，才能逐步提升自身的创作素养。

2. 文章作品：析辞必精

"风骨"之"骨"的内涵亦与"文章作品"相关。虽然在前文"沉吟铺辞，莫先于骨"中，"骨"所指代的是对写作主体的素养层面的创作要求，但在后文"鹰隼乏采，而翰飞戾天，骨劲而气猛也"中，"骨"的

① ［东汉］许慎：《说文解字》，北京：研究出版社 2018 年版，第 107 页。
② ［春秋战国］佚名：《黄帝内经·素问篇》，武汉：华中科技大学出版社 2017 年版，第 80 页。

"本体"发生了些许转变。"鹰隼"所喻指的事物显然与"写作主体"无关，"乏采"所代指的对象也只能归属于"文章作品"的范畴，故对此处"骨"的解读应从"文章作品"层面入手。

"骨"与"辞"之间具有密切的联系。正如刘勰所云："练于骨者，析辞必精"，写作主体遵循"骨"的创作原则，那便必然能够创作出言辞精当的文章作品。"辞之待骨，如体之树骸"，优秀的文章作品所表现出来的"言辞"以"骨"为根基，犹如内部的骨骼支撑着外部的形体。"辞"中含"骨"，而"骨"则成就了"辞"。接受主体在阅读的同时，不仅能感受到"言辞"的存在，还能体察出"骨"的魄力。

"辞"是评价文章作品好坏的关键所在，而"骨"则是辨别写作主体文笔高低的重要因素。正如《文心雕龙·风骨》所云："若瘠义肥辞，繁杂失统，则无骨之征也"，有"骨"之"辞"以"精当"与"合规"著称，而无"骨"之"辞"则具有"文胜于质"和"杂乱无章"的特点，故在文章作品层面，"骨"作为"喻体"，代指笔力扎实的显露。写作主体只有认清"骨"的重要地位，才能创作出文笔正统的优秀作品。

三、气："风骨"的内部影响因素

对于华夏民族而言，"气"是既熟悉又陌生的存在。《说文解字》云："气，云气也。"① 可见，在许慎看来，"气"与"云"具有相当密切的联系。殷商时期，先民们以农耕为业，降雨量的多少直接决定了谷物长势的好坏，进而间接影响了百姓的生存。而"云"能降雨，故"殷人把云也视为一种神"②。换言之，在先民眼里，"气"无固定形状，虽看似虚渺，但实则内蕴某种特殊的生命之力。在中国古代哲学思想中，"天人合一"学说影响深远。"气"本为自然之物，但基于"天"与"人"之间的关系，先民们将"天"中之"气"类比至"人"上，使"气"成了"人"体内微妙能量的代称。春秋战国时期，《论语》中便曾出现过："少之时，血气未定，戒之在色"③ 的言论，《孟子》中亦曾记载了"浩然之气"④ 的说法。

---

① ［东汉］许慎：《说文解字》，第11页。
② ［日］小野泽精一、福永光司、山井涌编，李庆译：《气的思想——中国自然观与人的观念的发展》，上海：上海人民出版社2014年版，第18页。
③ ［春秋战国］孔丘：《论语》，长沙：岳麓书社2000年版，第160页。
④ ［战国］孟轲：《孟子》，长沙：岳麓书社2000年版，第47页。

东汉时期，王充则在《论衡》中继承了前人的观点："养气自守，适时则酒。"① 可以说，在先民看来，"气"不仅是"天"中之物，还是"人"体内重要的组成部分。时至今日，尽管"人"中之"气"仍旧无法得到确切的证实，但"气"的概念却已然融入华夏民族的语言及思维当中。

（一）文以气为主

魏晋南北朝时期，"气"的概念开始广泛应用于文学批评领域。曹丕的《典论·论文》开启了以"气"论文的新风尚，提出了"文以气为主"的著名论断。其中，"文气"之"气"具有双向性和专属性的特征，不仅是指写作主体的潜在能量，还是指其在文章作品层面的内部反映，不同的写作主体拥有不同的"气"，且"虽在父兄，不能以移子弟"②，难以通过世代相传的方式来进行授予，不具备亲属血缘上的继承性。

曹丕所谓的"气"分"清""浊"两类，以"清"为优，以"浊"为劣。对于写作主体而言，固有之"气"难以由"浊"转"清"，只可通过自我感悟的途径来进行修炼，"不可力强而致"。文章创作是典型的脑力劳动，需要耗费大量的体能。"人"中之"气"是"文气"的一部分，"人"若精力旺盛则"气"盈，"气"盈则能更有效地实现"清"的目标。除此之外，"文气"之"气"还与"人"的才性和情感相关。在实际的创作过程中，"人"的写作天赋越高，内心情感越强烈，那便越能避免最终的"文气"之"浊"。

"文气"说的提出是对"人气"观的发展。曹丕将"人"中之"气"类比至"文"上，使"文"亦具备了"人"的某种生命特性。又或者说，"文"即"人"的另一种存在方式。"人"的寿命有限，但"文"却拥有流传千古的机会。若"人"在世之时，贪图享乐，只顾眼前的利益，而忽视对"文"的创作，那无疑是虚度光阴、浪费生命，故曹丕把"文"拔高至"经国之大业，不朽之盛事"③ 的高度，将其视为"人"的延续。

（二）气为风骨之本

齐梁之际，刘勰继承并完善了"文气"说。在其看来，"人"中之"气"是"文"中之"气"的前提，"文"中之"气"则是"人"中之

---

① ［东汉］王充：《论衡》，上海：上海人民出版社1974年版，第455页。
② 魏宏灿：《曹丕集校注》，合肥：安徽大学出版社2009年版，第313页。
③ 魏宏灿：《曹丕集校注》，第313页。

"气"的反映，二"气"同源，"人"中之"气"直接影响着最终"文"的质量，"气"清则"文"优，"气"浊则"文"劣。为此，刘勰专设一章来单独探讨"养气"的问题，可谓视之甚重。

"养气"是写作主体保持文思畅通的绝佳手段。刘勰崇尚自然之辞，反对刻意为之，认为"意翻空而易奇，言征实而难巧"，把意象视作为凭空而来且容易出奇的想象，将言辞看成是具体实在却又难以弄巧的表达。对于写作主体而言，"思——意——言"的转化过程具有不确定性。三者紧密，则文思泉涌。三者疏远，则撰稿受阻。若写作主体能做到"清和其心，调畅其气，烦而即舍，勿使壅滞"，那便可有效地减少过度用脑所导致的损害，反之则不然。其中，"气"需遵循"水停以鉴，火静而朗"的规律，如"水"与"火"般，只有回归平和安然的状态，才能扬"清"避"浊"，进而发挥更大的功用。

"风骨"与"气"相关。刘勰便曾在《文心雕龙·风骨》中引用了曹丕对孔融、徐幹和刘桢等人的点评，以此来强调"气"在写作活动中的重要地位。然而，"风骨"与"气"并不能完全等同。"气"应为"风骨"内核，而"风骨"则由"气"所驱动。"气"的状态决定了"风骨"的有无，"气"清则有"风骨"，"气"浊则无"风骨"。因此，"风骨"同样具有双向性的特征，其实质内涵不仅指向"写作主体"，还指向"文章作品"。综上所述，"气"为"风骨"之本，"风骨"为"气"的外化表现。

四、采："风骨"的外部审美追求

"采"兼具两种词性，既是动词，又是名词。从字形上来看，"采"是由两个独立汉字组成的会意字，上"爪"下"木"，如同"手"正在摘取树木上的"果实或叶子"，故"采，挦取也"①。春秋时期，《诗经》中存在"参差荇菜，左右采之"②的记载。东汉时期，《汉书》中便有"古有采诗之官"③的言论。东晋时期，陶渊明也曾撰写过"采菊东篱下，悠然见南山"④的诗句。可见，"采"作为动词，具有"采摘""采集"和"挑选"

---

① ［东汉］许慎:《说文解字》，第36页。
② ［春秋］佚名:《诗经》，太原:山西古籍出版社2003年版，第1页。
③ ［东汉］班固:《汉书》，杭州:浙江古籍出版社2000年版，第586页。
④ 邵宁宁:《陶渊明》，长沙:岳麓书社2005年版，第96页。

之意。除此之外，"采"还拥有其他内涵。《墨子》云："暴夺民衣食之财，以为锦绣文采靡曼之衣"①，《礼记》云："命妇官染采，黼黻文章，青黄白黑，莫不质良"②，《史记》云："吾令人望其气，皆为龙虎，成五采"③，以上三处"采"皆是指具有装饰功能的鲜丽色彩。在《文心雕龙·风骨》中，"采"的内涵进一步拓展，引申为"文采"，指代富有技巧性的华美文辞。总而言之，"采"的内涵较为丰富，且大多为本义基础上的延伸，"人可以采取它来装饰美化事物"④，属于"形式美"的范畴。

在《文心雕龙·风骨》中，"采"作为与"风骨"相对的存在，其重要性不言而喻。在文章作品层面，"风骨"与"采"缺一不可。有"风骨"的文章作品固然优秀，但若缺乏"采"的点缀，仍旧无法称得上是真正的佳作，犹如"鸷集翰林"，毫无美感可言。有"采"的文章作品具备华丽之感，但若无"风骨"的支持，也只是"雉窜文囿"，矫揉造作。唯有将二者巧妙地结合，才能使文章作品成为"文笔之鸣凤"。

落实到文章作品层面，"采"的形态并不单一。《文心雕龙·情采》云："圣贤书辞，总称文章，非采而何。"《文心雕龙·隐秀》云："是以文之英蕤，有秀有隐。"可见，精妙之"采"具有两种特殊形态，其一为"隐"，其二为"秀"。所谓"隐"，是指在文章作品中含有言外之意的语句，"以复意为工"。所谓"秀"，是指在文章作品中特别优秀的语句，"以卓绝为巧"。除此之外，"奥"与"美"亦属于"采"的范畴。《文心雕龙·隐秀》云："晦塞为深，虽奥非隐。雕削取巧，虽美非秀矣。"可以说，"奥"与"美"乃"采"中反例，属于文章作品中矫揉造作的典范。与之相反，"秀"与"隐"则皆由"灵感"所生，且"凡文集胜篇，不盈十一"，故在实际的文章创作过程中，写作主体需放下执念，崇尚自然。

综上所述，刘勰的"风骨"论包含了"风""骨""气"和"采"四大要素，属于"创作论"的部分，而非"作品论"的范畴。其中，"风"与"骨"作为"喻体"，各自拥有两个不同方向的"本体"，即在刘勰的"风骨"问题中，存在一个"喻体"对应两个"本体"的情况。学者们既

---

①　[战国]墨翟:《墨子》,上海:书海出版社2001年版,第28页。
②　[东汉]高诱:《淮南子注》,上海:上海书店出版社1986年版,第76页。
③　[西汉]司马迁:《史记》,北京:线装书局2006年版,第44页。
④　冯署平:《〈文心雕龙〉"文采"论探义》,天津师范大学硕士论文2011年,第9页。

可从写作主体层面入手进行探讨，亦可从文章作品层面出发进行解读。刘勰所谓的"气"发展自曹丕的"文以气为主"，具有双向性和专属性的特征，以"写作主体"为起点，以"文章作品"为终点，不可通过血缘关系来继承，只能通过自我感悟来修炼。"气"为"风骨"之本，"风骨"的有无取决于"气"的好坏，"气"清则有"风骨"，"气"浊则无"风骨"。在刘勰看来，单纯有"风骨"的文章作品并不能称得上是真正的佳作，"采"的滥用往往也会掩盖"情"的彰显，唯有将"风骨"与"采"相组合，才能实现最终文章作品层面的"内质美"与"形式美"的统一。

（作者单位：广东省作协《少男少女》杂志社）

鉴赏论

——中国古典诗歌创作论之五

鲍思陶遗著　倪志云整理

对于文艺作品的"鉴赏"，自然含鉴别与欣赏二义。书、画、文物的鉴赏，因为历来作伪牟利的赝品总是大量产生，所以鉴别真伪是"鉴赏"的第一关。而古典诗歌的鉴赏，由于流传的作品是经过反复淘汰筛选的，虽然也有传写翻刻过程中文字讹误或浅妄擅改造成的版本异文，但不至于造出许多传世作品的真伪问题。因此，诗歌的鉴赏，辨别真伪的问题并不很多，异文校勘也只是一项基础整理工作，其"鉴别"的主要方面在于品评诗篇思想感情境界的高下，以及趣尚兴味的雅俗。而无论书、画、文物，还是诗歌、文学，其"欣赏"，则都是欣赏者对于他感觉美好的作品的品味和耽玩，从而获得审美的享受和情趣的陶冶。所以，诗歌鉴赏首先是文学批评，进而是文学欣赏。

两千多年前，《论语》里记录孔子几次议论《诗经》，以及几次说到"学诗"（记诵《诗经》）的话，都已涉及诗的鉴赏。孔子说："《诗》三百，一言以蔽之，曰'思无邪'。"（《论语·为政》）这是对《诗经》整体的评价。孔子说："《关雎》，乐而不淫，哀而不伤。"（《论语·八佾》）这是对具体诗篇的鉴赏。孔子说："兴于《诗》，立于礼，成于乐。"（《论语·泰伯》）孔子对弟子们说："小子何莫学夫诗？诗，可以兴，可以观，可以群，可以怨。"（《论语·阳货》）孔子问儿子孔鲤"学诗乎？"，曾对孔鲤说"不学诗，无以言。"（《论语·季氏》）又曾对孔鲤说："女为《周南》《召南》矣乎？人而不为《周南》《召南》，其犹正墙面而立也与？"（《论语·阳货》）孔子重视"学诗"的这些言论，构成儒家"诗教"思想的基础，对于后世文学批评和文学鉴赏都深有影响。

东晋大诗人陶渊明《五柳先生传》说自己"好读书，不求甚解；每有会意，便欣然忘食。"①《与子俨等疏》也自述"少学琴书，偶爱闲静，开卷有得，便欣然忘食。"② 又有《移居二首》诗其一说："敝庐何必广，取足蔽床席。邻曲时时来，抗言谈在昔。奇文共欣赏，疑义相与析。"③ 都表现出他于文学鉴赏的兴趣态度。

南朝刘勰《文心雕龙》一书中，有《知音》一篇，是我国古代第一篇比较系统的文学批评论，涉及文学批评与创作和文学欣赏等问题。刘勰说："夫缀文者情动而辞发，观文者披文以入情；沿波讨源，虽幽必显。世远莫见其面，觇文辄见其心。岂成篇之足深？患识照之自浅耳。"又说："夫唯深识鉴奥，必欢然内怿；譬春台之熙众人，乐饵之止过客。盖闻兰为国香，服媚弥芬；书亦国华，玩绎方美。知音君子，其垂意焉。"④ 虽然"缀文者"（作家）写出了好的作品，但还需"观文者"（读者）能披文入情，深识鉴奥，细细体会玩味，文学之"美"才得以实现。刘勰的这个论说在古代文论史上极具新意，它指出了读者的"深识鉴奥"与"玩绎"，也就是读者的鉴赏，在文学审美的最终实现过程中的作用。这正是西方近几十年兴起、在我国近些年才关注和译介的所谓"接受美学"所着意强调的观点。⑤

唐代诗人如陈子昂、李白、杜甫、白居易等，都有涉及诗歌鉴赏的议论。陈子昂论诗推赏"汉魏风骨"，批评齐梁间诗"彩丽竞繁，而兴寄都绝"（《与东方左史虬修竹篇叙》）。李白慨叹"大雅久不作，吾衰竟谁陈？""我志在删述，垂辉映千春。"（《古风五十九首》其一）杜甫则说："未及前贤更勿疑，递相祖述复先谁。别裁伪体亲风雅，转益多师是汝师。"（《戏为六绝句》其六）白居易在《与元九书》中，则由对于全部诗史的回顾审视，重揭《诗经》补察时政、泄道人情的现实主义大旗，得出自己的主张谓："文章合为时而著，歌诗合为事而作。"大抵唐代大诗人之所

---

① 逯钦立校注：《陶渊明集》，北京：中华书局 1979 年版，第 175 页。

② 逯钦立校注：《陶渊明集》，第 188 页。

③ 逯钦立校注：《陶渊明集》，第 56 页。

④ 陆侃如、牟世金：《文心雕龙译注》下册，济南：齐鲁书社 1982 年版，第 390—391 页。按："玩绎方美"句，正文原作"玩泽方美"，注："泽'当作'绎'。玩绎：细细体会玩味。"引文依注改"泽"为"绎"。

⑤ 参阅［德］H. R. 姚斯、［美］R. C. 霍拉勃著，周宁、金元浦译：《接受美学与接受理论》，沈阳：辽宁人民出版社 1987 年版。

以有杰出的创作，各自也都有其熟精诗史、鉴赏有得的感知和认识的深厚基础。

当然不仅是唐代诗人，宋代如苏轼、黄庭坚、陆游、杨万里等，也都是熟精诗史，各自鉴赏有得，而又各有自成一家的创新追求，才成其为大诗人。从宋代起产生诗话，至明清时代，诗话类撰著甚多。诗话多数是以片段记录诗人轶事言论、品评诗篇或佳句等，也有较具整体构思、议论篇幅较大的。诗话的作者有的是有创作成就的诗人，也有不闻其有诗名的批评家，这也表现出批评与鉴赏的相对独立性。无论是诗人所撰，还是批评家的著述，诗话中有很多精彩的鉴赏议论，是很值得学诗、读诗者参看和玩味的。

20世纪新文化运动以来近百年间，古代名家诗集的笺释、注评，以及综合性的唐诗选注或宋诗选注类的书，可谓层出不穷，其中多有高手的用功之作，是现代人对于古典诗歌所作鉴赏的一种通行方式。著名的选注本和鉴赏著作如喻守真编注《唐诗三百首详析》，钱锺书选注《宋诗选注》，刘永济著《唐人绝句精华》，沈祖棻著《唐人七绝诗浅释》，萧涤非选注《杜甫诗选注》，周汝昌选注《杨万里选集》等。撰著者都是术业有专攻而又都仍能作诗的学者诗家，他们的解析评说都很有见地。现代学者撰著的文学史和文学批评史，如长期作为高校教材的游国恩等主编《中国文学史》，郭绍虞著《中国文学批评史》等，也是提高文学鉴赏能力有必要读的书。

80年代以来还兴起"鉴赏辞典"和"赏析丛书"出版热。"鉴赏辞典"热，最初是上海辞书出版社编辑出版了一部《唐诗鉴赏辞典》，其中的鉴赏文，有些是收录的老辈专家学者原有的佳作，也有当代学者认真撰写的文字，同时也有并非当行的撰稿人所作的不得要领的赏析论说，使人看几行就不想再看下去的。大概是因有极为可观的销售量，不仅吸引上海辞书出版社继续编辑出版《宋诗鉴赏辞典》等，其他很多出版社也都纷纷出版各种"鉴赏辞典"。其实起初应是上海辞书出版社限于本身出版物的业务范围，把鉴赏文章视为"辞条"，杜撰出"鉴赏辞典"这样一个名目，竟然也就成为很"热"的一类出版物，无疑是追逐利润的商业化运作造成了这一时代现象。非辞书出版社当然不必用"鉴赏辞典"这个受争议的名目，于是又有很多种"鉴赏丛书"面世，其中也是既有佳作，也有市场跟风急功近利的组稿、撰稿凑合成书的。

《文心雕龙·知音》篇开篇曰："知音其难哉！"虽然如此，历来诗歌鉴赏的实践及理论的探讨，也积累了丰富而有益的经验和启示。《文心雕龙·知音》篇有六观说①，宋以后诗话多从"文意"与"词句"两端品评诗作，近代以来于诗文鉴赏也是多分内容与形式二元论之。古典诗歌的鉴赏，大致也不外是从"文意"（内容）和"词句"（形式）两方面给予品评和赏析。本章综合前人的启示和个人心得，分三节来试论如何鉴赏古典诗歌。

一、情志境界的高下

《尚书·尧典》曰："诗言志，歌永言。"《毛诗序》说："诗者，志之所之也。在心为志，发言为诗。"陆机《文赋》说："诗缘情而绮靡。"白居易《与元九书》说："诗者，根情，苗言，华声，实义。"严羽《沧浪诗话·诗辨》说："诗者，吟咏性情也。"

古语所谓"诗言志"，其实正等于后代所谓"吟咏性情"。《左传》昭公二十五年"是故审则宜类，以制六志"，唐孔颖达《正义》即说："此六志，《礼记》谓之'六情'。在己为情，情动为志，情、志一也，所从言之异耳。"② 当然，后世以"言志"为抒写抱负志向，而志向抱负实际也还是性情的一个方面。

诗歌是抒情言志的文学，一般说来，诗都是情动于中而发于言的产物。仅具有诗的形式而并非抒情的篇什，如某些技艺的歌诀等，不能算作诗。或者不说歌诀，就如"彩丽竞繁，而兴寄都绝"的齐梁间诗，因为缺失关怀现实和表现理想的有意义的思想感情，不仅在唐朝已遭陈子昂、李白的批评；而且在后世更严格的批评家，如清冯班《古今乐府论》更是认为"文无比兴，非诗之体也"③，没有比兴，没有托物言志的思想感情，也不成其为诗了。而同是包含情志的诗，其情其志，则呈现出诗人情感襟怀的境界的广狭、高下，这是为历来读诗评诗所关注的，包含高尚的感情和志

---

① 《文心雕龙·知音》："是以将阅文情，先标六观：一观位体，二观置辞，三观通变，四观奇正，五观事义，六观宫商，斯术既形，则优劣见矣。"陆侃如、牟世金译注：《文心雕龙译注》下册，第389页。

② 《十三经注疏》下册，北京：中华书局1980年影印本，第2108页。参阅朱自清：《诗言志辨》，载《朱自清古典文学论文集》上册，上海：上海古籍出版社1981年版。

③ ［清］冯班：《钝吟文稿》，《四库全书存目丛书》集部第216册，济南：齐鲁书社1997年版，第553页。

向的诗，才是好诗，才可能感人至深，广为传诵。

诗所包含的高尚的感情和志向，应该是诗人的真襟抱、真性情。而伪情伪意、伪崇高，总是会被当时或后世察言观行、知人论世的鉴别所揭穿的。所以，诗的鉴赏，也是对于诗人的鉴评。清薛雪《一瓢诗话》说："诗文与书法一理，具得胸襟，人品必高。人品既高，其一謦一咳，一挥一洒，必有过人处。"① 刘熙载《艺概·诗概》说："诗品出于人品。"② 虽然这种论断也有人会持异议，但从根本上说，以察言观行、知人论世的鉴评法来看，这是无可置疑的。

凡为后世千古景仰的大诗人，无疑个个都是具有高贵品德和高尚思想感情之人。他们出于人品的高尚思想感情倾诉或流露在诗篇中，后世读者"觇文辄见其心"，不能不为之感动。正是由此，他们才名垂诗史，与日月争光。

古代诗人的思想意识，大抵源自先秦孔孟儒家、庄子道家，或者汉魏以后传入中土的佛教思想。汉代虽曾独尊儒术，南北朝以后，儒、道、佛三教在现实中往往并尊共存，社会意识形态的多元化，为诗人的思想意识提供了广阔的自由伸展空间，也使得诗歌作品包含着或儒、或道、或佛的思想意识；而无论是儒、是道或是佛家的思想资源，都有可能引导诗人养成超凡脱俗的品德和思想感情。当然，诗歌中的思想意识不同于说理文的要求理性直白，它应是包含在即事兴感的抒情中。诗歌如果缺少了抒情内涵而只是谈玄说教，也就失去了诗的本性，必不能成为好诗。因此，诗歌鉴赏对于诗篇所含诗人的思想意识的评析，也总是要品味其感情的浓淡厚薄。就是说诗篇的主旨既是思想意识，同时也应有感情心态，是思想引发的感情，是感情中的思想，也就是说诗篇的主旨是思想感情。

古代诗论诗话，以及现代文学史著述，对于历代诗人诗作的思想意识总是不断在分析论说，史有定评的大诗人的思想感情，为我们所熟知。有些诗人是在其当时就大有声望、为人敬仰的，他们的思想感情、处事性情广为同时代人所喜爱，他们的诗文在写成的当时就为人们所争传，他们是一个时期的文坛巨星，现世享受四海扬名的荣耀，例如李白、白居易、苏

---

① ［清］王夫之等撰，丁福保辑：《清诗话》下册，上海：上海古籍出版社1978年版，第700页。
② ［清］刘熙载：《艺概》，上海：上海古籍出版社1978年版，第82页。

轼等，就都是如此。有些诗人则在其当时并未广为人知和极受崇敬，而是在其身后数十年、数百年，其人其诗才越来越受到景仰和激赏，名列第一流大诗人行列，如陶渊明，如杜甫，就是这样。这种情况的存在有多方面原因，主要的应是诗人思想感情的脱俗高蹈，或诗人艺术探索的拓展创造，不为同时代人当下即理解，而逐渐被后世知音者所认识、所推崇，这种情况的存在，特别能印证刘勰"知音其难哉"的感慨。

"夫缀文者情动而辞发，观文者披文以入情"。就古代诗人而言，诗篇中寄寓什么样的思想感情，是易引起"观文者"的共鸣、并引生崇敬之情的呢？

古代诗人的多数，思想意识的根基总是植立于儒家思想土壤中。儒家思想的核心是对于现实人伦的关怀，是对于理想政治的追求，也有对于个人品格尊严的设定，对于心灵自由的向往。所有这些思想意识，都是儒家思想中有益于世道人心的方面。诗人由这些思想意识引发感时抚事的吟咏写作，往往产生具有崇高感的佳作名篇。

例如，关于陶渊明诗所寄托的思想感情，李华主编《陶渊明诗文赏析集》的《前言》中一段概括说：

渊明年轻时就有"不慕荣利""忘怀得失"的淡泊胸怀和"猛志逸四海，骞翮思远翥"的宏大抱负。然而他所处的时代却是无比的黑暗，因而诗文里感叹不遇的话很不少。他曾经出仕，那虽然也许是对政治还抱着或一的希望和聊且一试之想，但更多的却是出于不得已，一是由于政治形势的裹挟，二是由于生活的逼迫。他与世俗那样格格不入，却不得不混迹官场，所以精神十分痛苦，充满了悔恨负疚的心情。几度悔恨之后，他毅然下定决心，与官场永诀，以躬耕终老，《饮酒》第十二首说："长公曾一仕，壮节忽失时，杜门不复出，终身与世辞"，似乎也是渊明本人一生出处大节的写照。他处在那样污浊的社会，进不能"道济天下"，退而"安贫乐道"求其次，这是他当时唯一的出路。隐居中生活困苦，他可能闪过再出仕的念头，但最终还是用儒家"固穷""守节"的思想坚定了自己的态度，所谓"贫富常交战，道胜无戚颜"，他再也没有出仕。不过他对政治的关心、对国计民生的热忱是至老不衰的，也常以"有志不获骋"为恨。《饮酒》第十一首说："颜生称为仁，荣公言有道；屡空不获年，长饥至于老。虽留身后名，一生亦枯槁!"话是说的荣启期、颜回，但也是在说自己。生时高直，却遭际不偶，直到死后名字才逐渐为人所知，这在历史上并非偶然现象。渊明怀抱高趣，与世俗不合，最后不得不老死田园，赍志以没，无声无息。他大概不甘心，所以写作诗文，既以自慰，也是希望在千百年后，能"垂空文以自见"，让后人了解他的境遇和他的人格。因此，他的作品拥有众多的读者，而且引起后人的赞叹，产生感情的共鸣。[1]

不仅陶渊明牢记"先师有遗训，忧道不忧贫"，因而成为伟大诗人；后来如杜甫，如白居易，也都是如此。

《论语·阳货》篇记孔子说："君子学道则爱人。"[2]《孟子·离娄下》记孟子说："仁者爱人。"[3]"爱人"者才是君子，是仁者。"爱人"正可谓是儒家之道的根本精神。

杜甫1400多首诗作，最充分地蕴含着儒家的仁爱精神，所以古来诗评家称他是"诗圣"，近代梁启超则称他是"情圣"[4]。就是因为如梁启超所说，除了为前人所恭维的他的"忠君爱国"之情外，他对于普通人民最富于同情心，他对家人、对朋友，都怀有关心和爱的至性真情。梁启超并说"工部的写实诗，什有九属于讽刺类"，正由于他爱国爱民，爱朋友，爱家人，因而他讽刺社会黑暗的诗也最深刻、最痛切。梁启超演讲尾声说：

> 像情感那么热烈的杜工部，他的作品，自然是刺激性极强，近于哭叫人生目的那一路；主张人生艺术观的人，固然要读他。但还要知道，他的哭声，是三板一眼的哭出来，节节含着真美；主张唯美艺术观的人，也非读他不可。我很惭愧：我的艺术素养浅薄，这篇演讲不能充分发挥"情圣"作品的价值；但我希望这位情圣的精神，和我们的语言文字同其寿命；尤盼望这种精神有一部分注入现代青年文学家

---

[1] 李华主编：《陶渊明诗文赏析集》，成都：巴蜀书社1988年版，"前言"，第3—4页。
[2] 杨伯峻译注：《论语译注》，北京：中华书局1980年版，第181页。
[3] 杨伯峻译注：《孟子译注》上册，北京：中华书局1980年版，第197页。
[4] 梁启超：《情圣杜甫(5月21日为诗学研究会讲演)》，《杜甫研究论文集》一辑，北京：中华书局1962年版，第1—13页。

的脑里头。①

梁启超先生对于杜甫诗的极为概括的评析，不仅十分有助于我们对于古典诗歌的鉴赏；他对于继承"诗圣"精神以致"和我们的语言同其寿命"的期望，也应该很能激励并坚定我们学习写作古典诗歌的兴趣和信念。

当然不只是儒家思想能培养诗人坚持道义的精神和博爱于人的感情，深受庄子道家思想影响、同时又景仰游侠还向往神仙的诗人李白，深受佛教禅宗思想影响的诗人如王维，以及出入儒道、濡染佛禅的诗人如苏轼，他们的诗歌也都展现着或自由浪漫、或宁静冲淡、或宏博通达的超凡越俗的思想感情。这些伟大诗人的思想襟怀，是历来诗评家所乐道，也是现代文学史论著所着重论述的方面，应该也为我们大家所熟知，在此就不赘言了。

当然，对于诗人诗作的思想情怀，并不能一概检视它是不是崇高伟大或超凡脱俗。即使是李白、杜甫、苏东坡，也不能要求他们在每篇诗歌中都寄寓忧国忧民的思想感情，其实他们的很多诗篇所表达的也是无关忧国忧民的普通的生活情趣和审美情感。例如李白《赠汪伦》绝句：

> 李白乘舟将欲行，忽闻岸上踏歌声。
> 桃花潭水深千尺，不及汪伦送我情。

刘永济选释《唐人绝句精华》说："按读此诗既以见汪伦之脱俗可喜，亦以见太白之对人民亲切有情，汪伦藉太白一诗而留名后世，亦如黄四娘因杜甫一诗而传，诗人之笔可贵如此。"②

再如杜甫组诗《江畔独步寻花七绝句》其六：

> 黄四娘家花满蹊，千朵万朵压枝低。
> 留连戏蝶时时舞，自在娇莺恰恰啼。

苏轼曾书写这首绝句，并跋曰："此诗虽不甚佳，可以见子美清狂野逸

---

① 《杜甫研究论文集》一辑，第13页。
② 刘永济选释：《唐人绝句精华》，北京：人民文学出版社1990年版，第55页。

之态，故仆喜书之。昔齐鲁有大臣，史失其名。黄四娘独何人哉？而托此诗以不朽，可以使览者一笑。"①

苏轼在惠州时写过一首题为《正月二十六日，偶与数客野步嘉祐僧舍东南，野人家杂花盛开，扣门求观，主人林氏媪出应，白发青裙，少寡，独居三十年矣。感叹之余，作诗记之》的七律，末尾两句说："主人白发青裙袂，子美诗中黄四娘。"②

普通人汪伦、黄四娘、林氏媪，因李白、杜甫、苏东坡的诗而留名不朽。而李、杜、苏这三首诗，在他们的诗篇中其实都属于"虽不甚佳"之作，但又都因为表现出诗人的"清狂野逸之态"，和对普通人民的亲切有情，故也都不失为好诗。

白居易在提倡讽喻现实的"新乐府"诗时，以《诗》"六义"为标准，不仅不满于"陵夷至于梁陈间，率不过嘲风雪、弄花草而已"，就连李白、杜甫诗，也不免遭批评说：

> 又诗之豪者，世称"李杜"。李之作，才矣，奇矣，人不逮矣；索其风雅比兴，十无一焉。杜诗最多，可传者千余首，至于贯串古今，覼缕格律，尽工尽善，又过于李；然撮其《新安吏》《石壕吏》《潼关吏》《塞芦子》《留花门》之章，"朱门酒肉臭，路有冻死骨"之句，亦不过十三四。杜尚如此，况不逮杜者乎？③

"风雅比兴"批判现实，固然是文学应有的内容和意义；但仅以是否有"风雅比兴"的讽喻内容为取舍标准，因而李白诗可取者不足十分之一，杜甫诗可取者也不及半数，这当然是在白居易极力主张讽喻诗时的一时偏激之论。若真如此"鉴赏"诗歌，文学的主题就被要求得太狭窄了。即使是以《诗经》为楷式，孔子早就说过："诗，可以兴、可以观、可以群、可以怨。"④ 白居易此论所取仅只是"可以怨"一种，自是偏狭

---

① ［宋］苏轼著，［明］茅坤编，孔凡礼点校：《苏轼文集》第5册，北京：中华书局1986年版，第2103页。

② ［宋］苏轼著，［清］冯应榴辑注，黄任轲、朱怀春校点：《苏轼诗集合注》第5册，上海：上海古籍出版社2001年版，第1984页。

③ 白居易：《与元九书》，王汝弼选注：《白居易选集》，上海：上海古籍出版社1980年版，第347页。

④ 杨伯峻译注：《论语译注》，第185页。

之言。其实就是白居易本身，在讽喻怨刺现实的盛年锐气受挫之后，更多的也是写作闲适诗、感伤诗等。也就是说关于白居易的诗文鉴赏趣味和取舍理念，也不能以他一时偏激之言为准，还是要看他的全部作品和理论话语。

诗歌的内容固然不必都是风雅比兴、忧国忧民的思想感情，日常生活中的友情、爱情、兄弟手足之情等人伦情感，以及春游秋兴、寻幽览胜、独处雅集、读书品茶、听乐观舞、作字赏画等，一切有益于人生的文化生活，也都可以成为诗歌的题材。作品的优劣高下，则要看它所表现的是不是真与善的性情，看它是文雅还是鄙俗的趣味。

唐诗人整体处在古典诗歌发展的最成熟时期，诗歌创作成绩辉煌，各种体裁，各种题材，各种风格，异彩纷呈。唐诗人共有的优点是真情，贫富穷达，喜怒哀乐，不加掩饰地表达出来。这样写诗的状态，思想感情境界高尚的如杜甫，自然无愧于梁启超敬献他的"情圣"称号。诗人们的思想品德不可能都高如杜甫，唐诗中有些思想意识的表露和感情的抒发，也不免为后人指摘批评。而后世的批评有些固然可能是由于批评者本身思想迂腐，也有很多批评意见是入情入理的。

即如李白，当然是与杜甫齐名的代表唐诗艺术最高成就的两大诗人之一。然而中唐白居易、元稹，先有抑李扬杜的议论。虽然同时的韩愈已不赞成议论李杜优劣，其诗中有"李杜文章在，光焰万丈长。不知群儿愚，那用故谤伤"的明论；但自宋至近现代，比较评论李白与杜甫高下的议论还是不断出现，事实是不能把这些议论一概视为"群儿愚"吧？其实议论者也都是有承认李杜诗篇艺术成就至高并优的前提的。具体批评李白的意见，则多是议论他诗中所展露的"自己膨胀得无边无际的自信"①，或是他所偏爱的"天然去雕饰"的风格中，不免有诗语不加修饰、有时粗糙浅近，以及诗意和词句都有许多重复等确实存在的问题。其实包括历代诗话中对于杜甫诗中也存在的有些作品不免敷衍粗率、有些诗句也有语法问题等等的批评，也都是值得参考的鉴赏意见。也就是说，即使是对于李白和杜甫这样的顶级大诗人，在并不否认他们的伟大成就的同时，具体的鉴赏仍不妨指出其不足，才是理性的，也才是有益

---

① 葛兆光选注：《中国古典诗歌基础文库·唐诗卷》，杭州：浙江文艺出版社1994年版，第140页。

于后来学诗者的。

对于诗歌的欣赏，没必要将大诗人神化。诗，是属于人的文学——属于古人，也属于我们。即使是李白和杜甫，在欣赏和崇仰的同时，也是可以批评的；其余历代诗人，当然也就无不在可以批评之列了。

大概只有陶渊明例外。不是说唯独陶渊明可以神化、不可以批评，而是说他的人和他的诗，如朱熹所谓："晋宋间人物，虽曰尚清高，然个个要官职，这边一面清谈，那边一面招权纳货。陶渊明真个是能不要，此其所以高于晋宋人也。"① 又说："若但以诗言之，则渊明所以为高，正在超然自得，不费安排处。"② 苏轼则在朱熹之前已先说过"陶、谢之超然，盖亦至矣"③；又说："吾于诗人无所甚好，独好渊明之诗。渊明作诗不多，然其诗质而实绮，癯而实腴，自曹、刘、鲍、谢、李、杜诸人，皆莫及也。"④ 大家都应该全读陶渊明诗，然后再掂量掂量苏轼和朱熹所说是否过誉？再琢磨琢磨你批评他什么呢？

还是要说些该批评的例子。

中唐大文豪大诗人韩愈，其诗歌"以文为诗"，在李、杜之后别开新面，自树一帜。刘熙载《艺概·诗概》说："昌黎诗往往以丑为美。"⑤ "以丑为美"是韩愈诗的特点之一，更是现当代美学所乐道的一个命题。"以丑为美"在自然审美上固然有其独特价值，但具体到文学艺术和日常生活中，"以丑为美"往往还是"丑"；生活和艺术中的美与丑，应该还是有客观界限，并不因主观的"以丑为美"，丑就能变"美"了。关于韩愈诗"以丑为美"，北京大学葛晓音教授说：

> 盛唐诗人开朗豁达，进退裕如，热爱生活，因而具有健康的美学趣味。韩愈"进则不能容于朝，退又不肯独善于野"，这就使他在生活中

① ［宋］黎德清编，王星贤点校：《朱子语类》卷三十四，北京：中华书局1986年版，第三册，第874页。

② ［宋］朱熹：《晦庵集》卷五十八，影印《文渊阁四库全书》第1145册，上海：上海古籍出版社2003年版，第4页。

③ ［宋］苏轼：《书黄子思诗集后》，［宋］苏轼著，［明］茅坤编，孔凡礼点校：《苏轼文集》第5册。第2124页。

④ ［宋］苏辙：《子瞻和陶渊明诗集引》述苏轼书信中语，《栾城后集》卷二十一，影印《文渊阁四库全书》第1112册，第754页。

⑤ ［清］刘熙载：《艺概》，第63页。

多看丑恶而少见美好。在朝中只见谗夫小人，于是大量臭腐丑怪的比喻充斥了他的诗篇；贬谪到远荒满目生狞痒疠，他笔下的岭南简直比十八层地狱还阴森恐怖。我总以为韩愈"以丑为美"并非因为分不清美丑。像《谴疟鬼》这首诗，前半首写得乌烟瘴气，臭秽不堪，后半首却是清波明月，绮丽芬芳，丑与美形成这样鲜明的对照，可见韩愈并不缺乏辨别美丑的能力。他之所以喜写丑怪，一方面是由于前人很少以此为诗料，因而特别有利于他出奇创新，另一方面，半世穷经的生活也确实容易造成审美的变态心理。儒者名利心太重，便不免迂腐庸俗，对待事物的功利观点往往会破坏其健康的美学趣味。如"照壁喜见蝎"是因为出于"昨来得京官"的升迁之乐，又如写《叉鱼》，杜甫的两首观打鱼诗写得壮美飞动，蔚为奇观，而韩愈则闹得腥风血味："血浪犹凝沸，腥风远更飘。"还能津津有味地说什么"脍成思我友，观乐忆吾僚"，不但俗不可耐，而且近于残忍。像《古意》："太华峰头玉井莲，开花十丈藕如船，冷比雪霜甘比蜜，一片入口沉疴瘥。"这种古怪的联想也完全是出于功利的目的。同样咏莲花山，李白诗歌的境界是多么美丽："西上莲花山，迢迢见明星。素手把芙蓉，虚步蹑太清。"而终日沉潜于经书的韩愈少有登山临水的历练，偶然登一次华山绝顶，竟致"度不可返，发狂恸哭，县令百计取之乃下"，如此迂腐可笑，哪里还有什么美感，自然只好想象莲花变成灵药治他的老病沉疴了。①

葛晓音教授的这段评说，中肯痛快，我很赞同。极受韩愈推崇的孟郊，其诗歌与韩愈共同的新特点是偏好险怪奇崛，韩愈称赞他"横空盘硬语，妥帖力排奡"②。诗史并称"韩孟"，为中唐一大流派。孟郊的生平更是困顿于科举仕途，四十六岁才中进士，五十岁才获得溧阳县尉的小小官职，六十四岁在赴山南西道任职途中得暴疾而死。他的诗偏好写自己的贫寒生活和憔悴枯槁的形象，例如《秋怀》其二：

> 秋月颜色冰，老客志气单。
> 冷露滴梦破，峭风梳骨寒。

①　葛晓音：《汉唐文学的嬗变》，北京：北京大学出版社 1990 年版，第 149—150 页。
②　[唐]韩愈：《荐士》，《全唐诗》卷三百三十七，北京：中华书局 1960 年版，第 10 册，第 3781 页。

席上印病文，肠中转愁盘。

疑怀无所凭，虚听多无端。

梧桐枯峥嵘，声响如哀弹。①

他的诗的题目中多用愁、怨、苦、伤、忧、病、饥、贫、叹、恨、恼等字，即可想见他贫寒愁苦、攒眉不展的模样。

推崇韩愈的欧阳修，对于韩愈所极力称道的孟郊也有称道的话。但苏轼却毫不含糊地讥议孟郊诗，在《读孟郊诗二首》中说孟郊"诗从肺腑出"、是真心话，但"出则愁肺腑"、又是自我煎熬的话。说读孟诗像吃小鱼，得不偿劳；评孟郊诗"要当斗僧清，未足当韩豪"，即只能与贾岛的清瘦相比况，而不足与韩愈诗的豪健相提并论；并说"人生如朝露，日夜火消膏。何苦将两耳，听此寒虫号？不如且置之，饮我玉色醪"②。苏辙说孟郊"陋于闻道"，不能自安其贫。③ 严羽《沧浪诗话·诗评》说："孟郊之诗，憔悴枯槁，其气局促不伸。退之许之如此，何耶？诗道本正大，孟郊自为之艰阻耳。"④ 都是说的孟郊诗令人不爱读的内在原因。

当然，孟郊也有朴素温柔的诗作，如《游子吟》："慈母手中线，游子身上衣。临行密密缝，意恐迟迟归。谁言寸草心，报得三春晖。"⑤ 这首不算是孟郊独特风格的小诗，因为用寸草春晖比喻对于母爱的感恩不尽，非常感人，却成为孟郊最广为传诵的作品。

孟子说："穷则独善其身，达则兼善天下。"⑥ 这可以说是对于孔子所主张的"士志于道"的立身处世原则的极好的概括。白居易说：

> 古人云："穷则独善其身，达则兼济天下。"仆虽不肖，常师此语。大丈夫所守者道，所待者时。时之来也为云龙，为风鹏，勃然突然陈力以出。时之不来也，为雾豹，为冥鸿，寂兮寥兮，奉身而退。进退出处，何往而不自得哉！故仆志在兼济，行在独善，奉而始终之则为

① 《全唐诗》卷三百七十五，第 11 册，第 4206 页。
② ［宋］苏轼著，［清］冯应榴辑注，黄任轲、朱怀春校点：《苏轼诗集合注》第 2 册，第 767—768 页。
③ ［宋］苏辙：《诗病五事》其四，《栾城三集》卷八，影印《文渊阁四库全书》第 1112 册，第 834 页。
④ ［清］何文焕辑：《历代诗话》下册，北京：中华书局 1981 年版，第 699 页。
⑤ 《全唐诗》卷三百七十五，第 11 册，第 4197 页。
⑥ 《孟子·尽心上》，杨伯峻译注：《孟子译注》下册，第 304 页。

道，言而发明之则为诗。①

白居易这里表达的为人与为诗的原则，对于古代诗人来说具有普遍准则的性质。心存此理，既体现在其人生的进退出处，也表现为其诗歌的思想感情，则为"闻道""守道"的诗人。嘲风月、弄花草，耽玩声色而都无兴寄的诗；悲喜只因一己得失、不能自安其贫、哭穷寒乞的诗，都不为鉴赏者所欣赏。

古代诗人的思想情怀大多源自儒家思想的根基，如陶渊明所标举"先师有遗训，忧道不忧贫"，杜甫所自陈"法自儒家有"，白居易所奉行"穷则独善其身，达则兼济天下"，就都具有代表性。但是，除了汉代曾采取"罢黜百家，独尊儒术"的政策，汉代以后意识形态一般是呈多元状态，儒家思想一直主导当政者和士大夫阶层外，道家与道教思想以及佛教思想，常与儒家思想并称"三教"，很多士大夫入仕则奉儒，隐逸则奉道或奉佛，或者无论出处，并尊儒、道，乃至并尊三教者，也往往而有。影响到诗歌，则道家超尘出世的想象，及佛教的禅悟，也使诗人创作出许多好诗。但无论是儒、是道、还是佛，诗歌中所含蕴的都应是由思想引发的感时抚事或澄怀观道的感情和感悟。如果是缺少诗兴而直白说教，理过其辞，如钟嵘说孙绰、许询等人的玄言诗"皆平典似道德论"②，只是谈玄说教的韵语而已。

严羽《沧浪诗话·诗评》一条说："诗有词理意兴。南朝人尚词而病于理，本朝人尚理而病于意兴，唐人尚意兴而理在其中。汉魏之诗，词理意兴，无迹可求。"③

宋诗人受理学影响，作诗"尚理"，如果融合得好时，不失为好诗，如苏轼《题西林壁》："横看成岭侧成峰，远近高低各不同。不识庐山真面目，只缘身在此山中。"④ 是人们所最乐于称道的含蕴哲理的山水诗，甚至这诗的后两句就成为这一种哲理的最佳表达，因而古今引用率甚高。但即使是如苏轼这样的大诗人，有时作诗如传教，也是要遭鉴赏家批评的。如清赵翼《瓯北诗话》说：

---

① ［唐］白居易：《与元九书》，王汝弼选注：《白居易选集》，第359—360页。
② ［清］何文焕辑：《历代诗话》上册，第2页。
③ ［清］何文焕辑：《历代诗话》下册，第696页。
④ ［宋］苏轼著，［清］冯应榴辑注，黄任轲、朱怀春校点：《苏轼诗集合注》第3册，第1155页。

东坡旁通佛老。诗中有仿《黄庭经》者，如《辨道歌》《真一酒歌》等作，自成一则。至于摹仿佛经，掉弄禅语，以之入诗，殊觉可厌。不得以其出自东坡，遂曲为之说也。如钱道人有"认取主人翁"之句，坡演之云："主人若苦令侬认，认主人人竟是谁？"又云："有主还须更有宾，不知无镜自无尘，只从半夜安心后，失却当年觉痛人。"《过温泉》诗："石龙有口口无根，自在流泉谁吐吞？若信众生本无垢，此泉何处见寒温？"……此等本非诗体，而以之说禅理，亦如撮空，不过仿禅家语录机锋，以见其旁涉耳。①

总之，古代诗歌理论与鉴赏实例，都明确强调诗歌是抒情文体，诗歌的思想主题应该是包含在触物兴怀的感情倾向中，诗歌中的思想感情无论是源自儒、或道、或佛等思想基因，都应该具有超越凡庸的高境界。而耽玩物色、都无兴寄，或局限于一己穷达悲欢而陋于闻道，或只是某种思想的教条韵语等类的"诗"，其实或不能算是诗，或总不能算是好诗。

但是，19世纪末20世纪初，我国社会发生了古所未有的历史大变局，1911年辛亥革命推翻帝制建立民国，新文化运动反封建、提倡科学和民主。对于古典诗文的批评鉴赏来说，朱自清在《日常生活的诗——萧望卿〈陶渊明批评〉序》开头一段中说，历代关于陶渊明诗的批评，各家议论最纷纭、够歧异、够有趣的，而"在这纷纷的议论之下，要自出心裁独创一见是很难的。但这是一个重新估定价值的时代，对于一切传统，我们要重新加以分析和综合，用这时代的语言表现出来。"②其中"这是一个重新估定价值的时代"这句话，可以视为现当代古典诗文鉴赏应共同具有的认识基础。我们鉴赏古典诗歌，也就是要重新估定其价值。

对于近百年现当代诗人创作的旧体诗词来说，在新旧争存、中西异同的思想意识背景上，什么样的思想情怀是值得我们尊重崇敬的呢？就诗人而言，例如具有激烈反旧礼教倡新文化意识的鲁迅的诗，革命家、中国共产党和新中国领袖如毛泽东的诗词，社会活动家、宗教界领袖赵朴初的词

---

① [清]赵翼著,霍松林、胡主佑校点:《瓯北诗话》,北京:人民文学出版社1998年版,第63—64页。

② 朱自清:《朱自清古典文献论文集》上册,上海:上海古籍出版社1981年版,第89页。

曲，对于故有文化之衰落满怀悲伤忧愤之情的陈寅恪的诗等，都广为传诵。自 20 世纪 20 年代起，虽然旧体诗词受新文学潮流的排斥确实被边缘化，但以包含时代的忧思和对新时代的憧憬之情的旧体诗词扬名于世的诗人、学者，仍然众多。

80 年代改革开放以来，旧体诗以"中华诗词"之名大有复兴之势。学诗、作诗，应该具有和表达什么样的思想襟怀？评诗、赏诗，应该褒贬取舍什么样的思想情趣？则是进入 21 世纪当下的我们每个人所应深思慎择的。

二、体调句字的雅俗

诗篇的鉴赏首先要理解其情志内容和思想境界，已如前节所述。其次则要品味其字句和体调的雅俗，这是诗歌的艺术形式方面。我们这里说的首先，其次，虽然有先以情志境界分高下定取舍的意思，却也不等于说艺术形式总处于次要地位。倒是在确认一篇作品的思想内容可取、因而值得赏读之后，其字句体调的雅俗，反而成为品评优劣的主要方面。思想内容虽可谓"无邪"、而艺术形式却"言之无文"的诗歌固然不能算是文学作品，或艺术形式虽有可观、而思想空虚情趣低俗的诗歌也不可取。只有思想情趣高尚可取、同时其艺术形式雅而不俗的诗篇，才是值得讽诵欣赏的。历来传诵的名篇佳作，都可以验证这是一种经久不变的鉴赏准则。

如何从字句体调的艺术形式方面鉴赏诗歌呢？刘勰《文心雕龙·知音》篇有"六观"之说曰：

> 是以将阅文情，先标六观：一观位体，二观置辞，三观通变，四观奇正，五观事义，六观宫商。斯术既形，则优劣见矣。①

刘勰说要阅览鉴赏诗文，先明确六个观察角度：一看采用什么体裁风格，二看遣词造句，三看相对于前人作品有何继承与创新，四看表现方法的守正与出奇，五看用典的意义，六看声调音节。按照这"六观"方法来实行，则作品的优劣就看出来了。

---

① 陆侃如、牟世金译注：《文心雕龙译注》下册，第 389 页。

严羽《沧浪诗话·诗法》开篇也说：

> 学诗先除五俗：一曰俗体，二曰俗意，三曰俗句，四曰俗字，五曰俗韵。①

虽然是论学诗，即学习作诗时所应注意的问题，但"五俗"的判定还是先由鉴赏所得的结果，故也可以反映严羽诗歌鉴赏的观点。其中"俗意"指低俗的思想情趣，其余可与刘勰"六观"参看，除"俗体"与"观位体"相应，除"俗句、俗字"与"观置辞"相应，除"俗韵"与"观宫商"相应，显示古代批评家在诗文鉴赏方面相承或相似的观察视角。

刘勰所列"六观"，就诗歌形式来说已考虑到可鉴赏的各主要方面。其中"观事义"即用典一项，我们前一章已专论，其余"五观"则大致是本章所要讲论的内容。我们将刘勰的"五观"合并为三节：一观位体；二观置辞，附论通变、奇正；三观宫商。以下即依此节目来论诗歌形式方面的鉴赏要领。

（一）观位体

阅读欣赏诗歌，先要识其所采用的体裁和风格。刘勰撰《文心雕龙》的齐梁时期，五、七言诗还处在古体状态，齐永明间诗人已探寻利用四声选字造句，讲求避免各种"声病"，是诗歌声律化的初始阶段。当然除了五、七言古体和"永明体"这样大端的体裁分别外，那时也已有诸多杂体诗。刘勰所论"观位体"，不是专论诗歌，《文心雕龙》涉及当时已有的几乎所有文体，其《体性》篇所论之"体""体式"，不是诗文体裁，而是诗文的风格问题。他把诗文风格归纳为八种，即：典雅、远奥、精约、显附、繁缛、壮丽、新奇、轻靡。要注意其中"繁缛"一词，在现代语义是"多而琐碎"，只是贬义词；"新奇"在现代语境中是褒义词。但在刘勰这里是不同于现今语义的，他说"繁缛者，博喻酿采，炜烨枝派者也"，"新奇者，摈古竞今，危侧趣诡者也"，可知"繁缛"是他欣赏的，而"新奇"是有问题的。刘勰对于各种风格总的判别是"雅郑"，也就是雅俗之分。他归纳的八种风格，前六种是属于"雅"的，"新奇"和"轻靡"二种，则

---

① ［清］何文焕辑：《历代诗话》下册，第693页。

是"趣诡""附俗"的，即求新而趋向诡怪、浮华则趋向庸俗。总之，关于诗文的风格，刘勰是尚"雅"贬"俗"的。① 刘勰在《文心雕龙》的《风骨》《定势》等篇也都论到体式和风格的雅俗之别及其成因，虽是为诗文写作作指导，而原本是鉴赏有得的论析，其具体举例的鉴赏议论，都仍值得参考品味。

唐殷璠编《河岳英灵集》，是盛唐人选编盛唐诗，其序文中说："夫文有神来、气来、情来，有雅体、野体、鄙体、俗体。编纪者能审鉴诸体，委详所来，方可定其优劣，论其取舍。"② 选编诗歌先要能审鉴诸体，这是选家必做的功课。而他所谓"有雅体、野体、鄙体、俗体"，也是包含体裁和风格两义来说的，而更侧重在风格。殷璠对于诗人的评论也就多论其体裁、体调，如评李白《蜀道难》等篇"可谓奇之又奇。然自骚人以还，鲜有此体调也"③；评李颀诗"发调既新，修辞亦秀，杂歌咸善，玄理最长"④；评岑参诗"语奇体峻，意亦奇造"⑤；评孟浩然诗"半遵雅调，全削凡体"⑥ 等等。这些特加推重的诗人诗作，无疑都属于他所说的"雅体"。而所谓"野体、鄙体、俗体"，自不在《河岳英灵集》选录之列，故无举例。

南宋严羽《沧浪诗话》专列《诗体》一章，既有以时而论的建安体、黄初体、正始体等，其中分唐诗为唐初体、盛唐体、大历体、元和体、晚唐体，一直为后世沿用；又有以人而论的个人（或二人、或多人合称）的风格标目，如陶体、谢体、沈宋体、王杨卢骆体、少陵体、太白体、王右丞体、东坡体、山谷体、杨诚斋体等等；还列举了古诗、近体、绝句、杂言等种种名目。其意在备举所知已有各种诗体，以供学诗者全面了解历史积累的诗歌体式和风格名目，但在"论杂体"一段中，如论"建除"体说："鲍明远有《建除诗》，每句首冠以建、除、平、定等字。其诗虽佳，盖鲍本工诗，非因建除之体而佳也。"接下来列举"字谜、人名、卦名、数名、州名"诸体，总评说："如此诗只成戏谑，不足为法也。"⑦ 诗史上产

① 陆侃如、牟世金译注：《文心雕龙译注》下册，第96—106页。
② 影印《文渊阁四库全书》第1332册，第21页。
③ 影印《文渊阁四库全书》第1332册，第23页。
④ 影印《文渊阁四库全书》第1112册，第35页。
⑤ 影印《文渊阁四库全书》第1112册，第41页。
⑥ 影印《文渊阁四库全书》第1112册，第47页。
⑦ ［清］何文焕辑：《历代诗话》下册，第693页。

生各种花样的杂体诗，其实大多是不足为法的文字游戏。《沧浪诗话》又有《诗评》一章，就多是对于各时代和各诗人诗歌风格的鉴评，其中很多评论都很中肯，例如他评李白和杜甫的诗说：

> 李、杜二公，正不当优劣。太白有一二妙处，子美不能道；子美有一二妙处，太白不能作。
> 子美不能为太白之飘逸，太白不能为子美之沉郁。
> 太白《梦游天姥吟》《远别离》等，子美不能道；子美《北征》《兵车行》《垂老别》等，太白不能作。论诗以李、杜为准，挟天子以令诸侯也。①

例如他评高适、岑参等人的诗说：

> 高、岑之诗悲壮，读之使人感慨；孟郊之诗刻苦，读之使人不欢。
> 韩退之《琴操》极高古，正是本色，非唐贤所及。②
> 孟浩然之诗，讽咏之久，有金石宫商之声。③

严羽《沧浪诗话》中这些对于唐人诗歌风格的精彩评论，常为后世所引用。

无论古人今人，学诗都起步于模拟。钟嵘《诗品》对于所评多数诗人，都指出"其源出于某某"，例如曹植"其源出于《国风》"④，刘桢"其源出于《古诗》"⑤，阮籍"其源出于《小雅》"⑥，陆机"其源出于陈思"⑦，嵇康"颇似魏文"⑧，陶潜"其源出于应璩，又协左思风力"⑨，等等。他的溯源论断，有些不一定切实，但他确实揭示了历代诗人都是在学习前人诗

---

① [清]何文焕辑:《历代诗话》下册,第697页。
② [清]何文焕辑:《历代诗话》下册,第698页。
③ [清]何文焕辑:《历代诗话》下册,第699页。
④ [清]何文焕辑:《历代诗话》上册,第7页。
⑤ [清]何文焕辑:《历代诗话》上册,第7页。
⑥ [清]何文焕辑:《历代诗话》上册,第8页。
⑦ [清]何文焕辑:《历代诗话》上册,第8页。
⑧ [清]何文焕辑:《历代诗话》上册,第10页。
⑨ [清]何文焕辑:《历代诗话》上册,第13页。

歌基础上形成自己成就高下不同的诗歌风格的。

诗歌鉴赏的"观位体"，就如看人书法，看他的字临摹过何家何体，是学的欧体、褚体，还是颜体、柳体？是学二王行草、还是宋四家书风？在模仿前人的基础上有没有写出自己新的风格？诗歌也是这样，看他是学魏晋六朝、还是学唐、学宋？学唐诗是学李白、学杜甫？还是学高、岑，学王、孟，学韩、白？等等。在有所模拟学习的基础上，写没写出自己的风格？

历代诗词大家、名家，无不是在模拟学习基础上写出自家新风格的诗歌。大家、名家博采前贤的渊源和自成一家的风格特色，总是批评家、鉴赏家所关注论析的话题，也正是刘勰所谓"观位体"的鉴评。例如元稹在《唐故工部员外郎杜君墓系铭并序》中评赞杜甫诗"盖所谓上薄风骚，下该沈宋，言夺苏李，气吞曹刘，掩颜谢之孤高，杂徐庾之流丽，尽得古今之体势，而兼人人之所独专……诗人以来，未有如子美者也"①，这是对于杜诗最早的最高评价。当然，杜甫诗的渊源和自家成就，宋代以后不断被探讨和评赞，杜甫因而获得最广泛认同的"诗圣"誉称。再如关于李商隐诗，宋人蔡宽夫说："王荆公晚年亦喜称义山诗，以为唐人知学老杜而得其藩篱，唯义山一人而已。……义山诗合处信有过人，若其用事深僻，语工而意不及，自是其短。世人反以为奇而效之，故昆体之弊，适重其失。"②有些诗人留下很具体的关于自己模仿学习和自开新境的陈述，如杨万里《诚斋荆溪集序》说："予之诗，始学江西诸君子，既又学后山五字律，既又学半山老人七字绝句，晚乃学绝句于唐人。……戊戌三朝，时节赐告，少公事，是日即作诗。忽若有寤，于是辞谢唐人及王、陈、江西诸君子，皆不敢学，而后欣如也！"③这为后人读其诗、"观位体"，先预备了"自供状"。当然，对于这类"自供状"，所言是否切实可信，后世鉴赏家、批评家还是要检核和辨析的。

仿效前人没学到其长处、而偏效其短，如宋初昆体只学到李商隐"用事深僻，语工而意不及"的一面，历来为鉴赏家所讥议、为批评家所不取。明所谓"前七子"的李（梦阳）、何（景明），及"后七子"的李

---

① ［唐］元稹撰，冀勤点校：《元稹集》下册，北京：中华书局1982年版，第601页。
② 《蔡宽夫诗话》，郭绍虞辑：《宋诗话辑佚》下册，北京：中华书局1980年版，第399—400页。
③ 周汝昌选注：《杨万里选集》，北京：中华书局1962年版，第285—286页。

（攀龙）、王（世贞）等，相继提倡摹古，理论上宣称"文必秦汉，诗必盛唐"，虽然动机是"取法乎上"，但他们作诗倾力于模仿盛唐诗的声调、词语、句式等形式样貌，往往与其所写内容多不相称。这种流于形式主义的拟古，在他们自己实践着的当时，互相已有讥评，有的甚至还有自我悔悟检讨；入清以后，更成为批评家所常举作食古不化、如优孟衣冠的例证。

现当代人学诗、作诗，自然也还是要遵循模拟学习与探索创新自立面目的规律，读现代人诗，也是须要"观位体"、看他是否有所仿拟继承、又是否能运古为新，抒写直面现实的思想感情，具有自己的形貌风格。例如经历安史之乱、避难漂泊、忧国伤时的杜甫诗，在三四十年代抗日战争时期，更加触动震撼处于逃亡避难流离他乡的学者、文士的心灵，人们更加爱研读杜诗；而能诗者所作感时抚事的诗篇，则一般都有着类似杜诗的沉郁悲慨的风格。其实抗战时期这类旧体诗在报刊上发表的也不少，有的诗作当时虽未公开发表，但也在同好友朋间传抄，这其实也是从前没有报刊时代的"发表"手段。这里且举近十余年来声名广为学界所崇敬的陈寅恪先生的两首诗为例，其一是写于1938年的《残春》七律二首其二：

> 家亡国破此身留，客馆春寒却似秋。
> 雨里苦愁花事尽，窗前犹噪雀声啾。
> 群心已惯经离乱，孤注方看博死休。
> 袖手沉吟待天意，可堪空白五分头。①

其二，1945年8月日本战败投降，陈先生得知消息，有《乙酉八月十一日晨起闻日本乞降喜赋》七律一首：

> 降书夕到醒方知，何幸今生见此时。
> 闻讯杜陵欢至泣，还家贺监病弥衰。
> 国仇已雪南迁耻，家祭难忘北定时。

---

① 蒋天枢:《陈寅恪先生编年事辑》,上海:上海古籍出版社1997年版,第117页。

念往忧来无限感，喜心题句又成悲。①

汪荣祖著《史家陈寅恪》书中引录此诗，评议说："这首诗写得平易自然而寄意深远，所引杜甫、陆游之典又极妥帖、确切。将复杂的感情，婉转道出。抗战胜利了，大有老杜'剑外忽传收蓟北，初闻涕泪满衣裳'之情，但想到个人的遭遇，国家的前途，念往忧来，不觉又转喜成悲。直可作四十年代是史诗读。"②

（二）观置辞

《文心雕龙·知音》篇所谓"观置辞"，即看作品的选词造句。诗文是由字句组成的，好的作品用字造句在不违离语文基本规则基础上，还应注意讲究一些艺术性的技巧。《文心雕龙·章句》篇说："夫人之立言，因字而生句，积句而成章，积章而成篇。篇之彪炳，章无疵也；章之明靡，句无玷也；句之清英，字不妄也。"③ 《文心雕龙》除《章句》篇外，还有《声律》《丽辞》《比兴》《夸饰》《事类》《练字》等篇，都是论用字和造句，虽是为指导写作而立论，又正是《知音》篇"观置辞"所要求观察的具体事项。其中《声律》《丽辞》和《事类》篇所论声律、对偶和用典诸项，本书在前边的章节已有论述。刘勰在这些篇章中的诸多具体意见，对于写作仍具有指导意义，对于鉴赏也仍具有参考价值，此不具述。

诗歌更是十分讲究练字造句的艺术性，诗歌鉴赏也就很注意字句的精彩。钟嵘《诗品》不仅在《序》中多引佳句为论辩之资，在诗人评论中也时有摘句赏论。如论陶渊明，在记述"世叹其质直"后，说："至如'欢言醉（酌）春酒'、'日暮天无云'，风华清靡，岂直为田家语邪？"④ 陶诗语言看似质朴，当时诗评者尚未认识其风格和价值，钟嵘举风华清靡的佳句为例，为陶渊明有所争辩，但也还未充分领略陶诗的高境界。陶渊明诗"质而实绮，癯而实腴"的语言风格与超越时代的思想境界，要到唐宋时代才受到极高的评价。

《南史》卷三十四《颜延之传》记载：

① 陈美延、陈流求编：《陈寅恪诗集》，北京：清华大学出版社1993年版，第46页。
② 汪荣祖：《史家陈寅恪》，北京：北京大学出版社2005年版，第79页。
③ 陆侃如、牟世金译注：《文心雕龙译注》下册，第177页。
④ ［清］何文焕辑：《历代诗话》上册，第13页。

> 延之与陈郡谢灵运俱以辞采齐名……延之尝问鲍照己与灵运优劣，照曰："谢五言如初发芙蓉，自然可爱。君诗若铺锦列绣，亦雕缋满眼。"①

鲍照对于颜延之和谢灵运诗的比喻评论，所谓"初发芙蓉，自然可爱"和"铺锦列绣，雕缋满眼"，都是就诗的辞采而论的。诗歌的语言风格正可以用这两种比喻来描述，"初发芙蓉"是自然的美，不假雕饰的风格；"铺锦列绣"是人工雕绘的美，富丽精工的风格。两种风格各有其美，但鲍照言语之间表示出更欣赏自然的美。

傅庚生著《中国文学欣赏举隅》论"自然与藻饰"说："诗文之期能达其真者，重在自然浑成；鹜于美者，出之雕琢藻饰；能臻极诣者各有所善，其流弊所渐自亦各有所不足；赏鉴之者，不宜先存此彼之见于胸，而有所迎拒也。"②斯言允当。而在作家不免各有偏长，在鉴赏者也不免各有偏好。

唐代李白诗歌很受鲍照的影响，在鉴赏趣味上也与鲍照一样倾心于"如初发芙蓉，自然可爱"的辞采。李白在赠人的诗中称赞人家的诗也说"清水出芙蓉，天然去雕饰"③，后世则多用这两句诗来比喻李白本人诗歌语言的明爽自然的风格。

杜甫自谓"为人性僻耽佳句，语不惊人死不休"④，他是极其用心于诗歌语言的斟酌锤炼的。杜甫在称赞他人的诗歌时，也往往着眼于佳句、丽句、句法，例如：

> 李侯有佳句，往往似阴铿。（《与李十二白同寻范十隐居》）⑤
> 清谈慰老夫，开卷得佳句。（《送高司直寻封阆州》）⑥
> 美名人不及，佳句法如何？（《寄高三十五书记》）⑦

---

① 《南史》第 3 册，北京：中华书局 1975 年版，第 881 页。
② 傅庚生：《中国文学欣赏举隅》，北京：北京出版社 2003 年版，第 147 页。
③ ［唐］李白：《经乱离后天恩流夜郎忆旧游书怀赠江夏韦太守良宰》，《全唐诗》卷一百七十，第 5 册，第 1752 页。
④ ［唐］杜甫：《江上值水如海势聊短述》，《全唐诗》卷二百二十六，第 7 册，第 2443 页。
⑤ 《全唐诗》卷二百二十四，第 7 册，第 2394 页。
⑥ 《全唐诗》卷二百二十二，第 7 册，第 2368 页。
⑦ 《全唐诗》卷二百二十四，第 7 册，第 2396 页。

不薄今人爱古人，清词丽句必为邻。(《戏为六绝句》其五)①
复忆襄阳孟浩然，清诗句句尽堪传。(《解闷十二首》其六)②
最传秀句寰区满……(《解闷十二首》其八)③
新诗句句好，应任老夫传。(《奉赠严八阁老》)④

好诗固然要有真和善的思想感情，同时也必须有美的体调字句。杜甫特别留意于诗的句法，后人在他的诗中不断领悟句法的最多样的营造，欣赏他的沉郁顿挫的句法韵调。

白居易在《与元九书》中列举诗题称扬杜甫的诗歌时，还特别引录了杜甫令人惊心动魄的"朱门酒肉臭，路有冻死骨"两句诗，白居易无疑是最早充分认识和赞扬杜甫诗歌敢于揭露社会现实黑暗面的批判精神的。

宋代产生诗话类著述以后，历代诗话中都有很多"观置辞"的赏鉴议论，即举例议论字句的佳妙或存在的问题。欧阳修《六一诗话》是第一部"诗话"书，内容不多，共28条，短者不足百字，长者也不过二三百字，多为对于一些唐宋诗人作品的议论褒贬，具体议论诗篇字句实为多数。例如其第八条：

陈舍人从易，当时文方盛之际，独以醇儒古学见称，其诗多类白乐天。盖自杨、刘唱和，《西昆集》行，后进学者争效之，风雅一变，谓"西昆体"。由是唐贤诸诗集几废而不行。陈公时偶得杜集旧本，文多脱误，至《送蔡都尉》诗云"身轻一鸟"，其下脱一字。陈公因与数客各用一字补之。或云"疾"，或云"落"，或云"起"，或云"下"，莫能定。其后得一善本，乃是"身轻一鸟过"。陈公叹服，以为虽一字，诸君亦不能到也。⑤

这一条关于杜甫诗用字之精彩他人难以企及的故事，确实显示了鉴赏杜甫诗所可能获得的惊叹。杜甫以"语不惊人死不休"为自己诗歌艺术追

---

① 《全唐诗》卷二百二十七，第7册，第2453页。
② 《全唐诗》卷二百三十，第7册，第2517页。
③ 《全唐诗》卷二百三十，第7册，第2518页。
④ 《全唐诗》卷二百二十五，第7册，第2405页。
⑤ [清]何文焕辑：《历代诗话》上册，第266页。

求的宣言，他做到了诗语惊人的境地。从中唐元稹、白居易、韩愈等开始，再到宋朝众多诗人，就都不断惊叹杜甫诗的伟大成就，杜甫成为对宋以后古典诗歌启发最多、影响最大的"诗圣"，真正是"光焰万丈长"了。

从《六一诗话》看，有关诗句的评论，记录赞赏佳句者为多，也记浅俗可笑的诗句，意在鉴戒。先看讥笑鄙俗的一例：

> 仁宗朝，有数达官，以诗知名。常慕"白乐天体"，故其语多得于容易。尝有一联云："有禄肥妻子，无恩及吏民。"有戏之者云："昨日通衢遇一辎𬴂车，载极重，而羸牛甚苦，岂非足下'肥妻子'乎？"闻者传以为笑。①

诗句中"肥"字是用动词（使动）义，而难免看作形容词，则"肥妻子"的形象不免鄙俗，因此被人讥笑。

又一条说：

> 圣俞尝云："诗句义理虽通，语涉浅俗而可笑者，亦其病也。如有《赠渔父》一联云：'眼前不见市朝事，耳畔慰问风水声。'说者云：'患肝肾风。'又有咏'诗'者云：'尽日觅不得，有时还自来。'本谓诗之好句难得耳，而说者云：'此是人家失却猫儿诗。'人皆以为笑也。"②

记录这些造句浅俗可笑的例子，目的主要是提醒作诗者要考虑所造之句是否容易误读出不雅的意思、或被故意读出别的可笑的意思来，即梅尧臣所论诗句之病，这是在创作时要注意避免的。

梅尧臣（字圣俞）比欧阳修年长五岁，在诗风创新上也有领先的探索，欧阳修十分欣赏推重梅尧臣诗，借褒扬梅诗以引领诗坛改变"白居易体"的浅俗和"西昆体"的艰深的两种风气。欧阳修在与梅尧臣唱和的诗中，以及所撰《书梅圣俞诗稿后》（1032 年）、《梅圣俞诗集序》（1046 年，1061 年补写）和《梅圣俞墓志铭》等文中，都极推重梅诗；又在《六一诗

---

① ［清］何文焕辑：《历代诗话》上册，第 265 页。
② ［清］何文焕辑：《历代诗话》上册，第 268 页。

话》中多有对于梅尧臣诗篇、诗句和诗论的记述和称赞。例如引句赞赏梅尧臣咏河豚鱼诗说：

> 梅圣俞尝于范希文席上赋《河豚鱼诗》云："春洲生荻芽，春岸飞杨花。河豚当是时，贵不数鱼虾。"河豚常出于春暮，群游水上，食絮而肥。南人多与荻芽为羹，云最美。故知诗者谓只破题两句，已道尽河豚好处。圣俞平生苦于吟咏，以闲远古淡为意，故其构思极艰。此诗作于樽俎之间，笔力雄赡，顷刻而成，遂为绝唱。①

这段对于梅尧臣河豚诗开头几句的议论评赞，是诗歌鉴赏"观置辞"的很好的一例。

《六一诗话》所记梅尧臣关于诗家"造语"的对话说：

> 圣俞尝语余曰："诗家虽率意，而造语亦难。若意新语工，得前人所未道者，斯为善也。必能状难写之景如在目前，含不尽之意见于言外，然后为至矣。贾岛云：'竹笼拾山果，瓦瓶担石泉。'姚合云：'马随山鹿放，鸡逐野禽栖。'等是山邑荒僻，官况萧条，不如'县古槐根出，官清马骨高'为工也。"余曰："语之工者固如是。状难写之景，含不尽之意，何诗为然？"圣俞曰："作者得于心，览者会以意，殆难指陈以言也。虽然，亦可略道其仿佛，若严维'柳塘春水漫，花坞夕阳迟'，则天容时态，融和骀荡，岂不如在目前乎？又若温庭筠'鸡声茅店月，人迹板桥霜'，贾岛'怪禽啼旷野，落日恐行人'，则道路辛苦，羁愁旅思，岂不见于言外乎？"②

梅尧臣所谓"必能状难写之景如在目前，含不尽之意见于言外，然后为至矣"，更是引用率极高的论作诗、也是论鉴赏的名论。

赏析诗篇字句，是此后历代"诗话"类著作中占比很高的内容，也可以说历代很多"诗话"类著作是偏重于诗篇尤其是警句和佳句的鉴赏的。就如《六一诗话》记"肥妻子""失却猫"的传笑，后来的"诗话"书中

---

① ［清］何文焕辑：《历代诗话》上册，第265页。
② ［清］何文焕辑：《历代诗话》上册，第267页。

也时有对于浅俗或拙劣诗句的讥评、笑谈。

在历代诗话中,"观置辞"一类的赏析议论,崇尚遣词之"雅"与造句之"意新语工",讥评浅俗的词句,虽然就具体诗篇或语句的品评,意见不尽一致,甚至持论相左,但"尚雅忌俗"的趣味倾向却可说是诗歌鉴赏的一条基本原则。

古典诗歌语言尚雅忌俗,即使采用俗语,也是要善于化俗为雅。萧涤非先生在《杜甫诗选注》一书的前言中说:

> 采用俗语,是杜诗语言的一大特色,也是我国诗歌语言发展上的一大革新。自一般士大夫文人观之,这种俗语是不足以登大雅之堂的。但杜甫在抒情诗中用俗语很多,在叙事诗中则更丰富。因为这些叙事诗许多都是写的人民生活,采用一些俗语,自能增加诗的真实性和亲切感,并有助于人物语言的个性化。如《兵车行》的"爷娘妻子走相送""牵衣顿足拦道哭",《新婚别》的"生女有所归,鸡狗亦得将"。至如《前出塞》的"挽弓当挽强,用箭当用长。射人先射马,擒贼先擒王",更是有同谣谚。
>
> 他提高了俗语的地位,丰富了诗的语言,使诗更接近生活,接近人民群众;另一方面又通过千锤百炼创造出珠玉般的、字字敲得响、"字字不闲"的十句。卢世㴶评"万姓疮痍合,群凶嗜欲肥"说:"合字肥字,惨不可读。诗有一字而峻夺人魄者,此也。"这种例子是很多的。在这方面,还很值得我们研究、学习。①

杜甫诗采用俗语、又加以锤炼的遣词造句法,在古代虽遭少数士大夫文人讥议,如刘攽《中山诗话》说:"杨大年不喜杜工部诗,谓为村夫子。"② 杨大年即宋初"西昆体"诗人杨亿,其诗歌趣味限制了他对于杜甫诗采用俗语这方面的成就的认知。而他对于杜甫的讥贬,即在当时也并不为人接受,如《中山诗话》接前引两句说:"乡人有强大年者,续杜句曰'江汉思归客',杨亦属对,乡人徐举'乾坤一腐儒',杨默然若少屈。"③

① 萧涤非选注:《杜甫诗选注》,北京:人民文学出版社 1979 年版,"前言"第 11—12 页。
② [清]何文焕辑:《历代诗话》上册,第 288 页。
③ [清]何文焕辑:《历代诗话》上册,第 288 页。

因存偏见不喜杜诗，杨亿于杜诗不熟，致遭同乡的戏窘。

其实杜甫诗采用俗语炼句成篇的新题乐府，在中唐已极受元稹、白居易的推重。此外，如杜甫在夔州作的《夔州歌十绝句》，清浦起龙《读杜心解》评曰："十绝内间有俚句，而体格特高；放低便是竹枝词。"① 杜甫这类绝句的"间有俚句"，应是有意吸收了民歌的语言和句调，只是他还没有仿改民歌，而仍是自选题材、自抒情怀的诗，因此"体格特高"。而中唐刘禹锡《竹枝词九首》序言说：

> 四方之歌，异音而同乐。岁正月，余来建平，里中儿联歌《竹枝》，吹短笛击鼓以赴节。歌者扬袂睢舞，以曲多为贤。聆其音，中黄钟之羽。卒章激讦如吴声，虽伧伫不可分，而含思宛转，有淇濮之艳。昔屈原居沅湘间，其民迎神，词多鄙陋，乃为作《九歌》，到于今，荆楚鼓舞之。故余亦作《竹枝词》九首，俾善歌者飏之附于末。后之聆巴歈，知变风之自焉。②

刘禹锡明确陈述他作《竹枝词》是与屈原作《九歌》一样，将"词多鄙陋"的民间歌谣加以改写或仿作。不满于原生态民歌的词多鄙陋，改写或仿作，即是化俗为雅。

杜甫、刘禹锡先后在夔州所作这类借鉴民歌和仿改民歌的绝句，宋代以后一直很吸引诗人们的兴趣，历代"竹枝词"创作甚多，一般都是用它来写风土人情，多有通俗而不鄙陋的佳作。

其实，有意学习民歌，写作通俗易晓的竹枝词，只是古典诗歌保持与活生生的民间语言的生命联系的显例；而历代为人传诵、至今仍是诗史的经典的无论古体或近体的诗篇，"尚雅忌俗"虽是一种共遵的准则，而遣词造句又并非都是搬弄拼装书面古语，善于将时语俗言入诗、"化俗为雅"也是一种共同的倾向。

元稹称赞杜甫说："杜甫天材颇绝伦，每寻诗卷似情亲。怜渠直道当时语，不著心源傍古人。"③ 元稹与白居易最先推尊杜甫诗，不只是由于对杜

① ［清］浦起龙：《读杜心解》第 3 册，北京：中华书局 1961 年版，第 852 页。
② ［唐］刘禹锡：《刘禹锡集》，北京：中华书局 1990 年版，第 359 页。
③ ［唐］元稹：《酬孝甫见赠十首》其二，《全唐诗》卷四百三十，第 12 册，第 4575 页。

诗写实主义内容的赞同，也由于对杜诗不傍古人而"直道当时语"的亲切通俗的语言风格的认同。元、白因此不仅继承杜甫写作新乐府讽喻诗，而且他们的闲适、感伤类的诗歌，无论古体今体，语言风格也都倾向于通俗。

晚唐诗人杜牧《读韩杜集》绝句前两句云："杜诗韩集愁来读，似倩麻姑痒处搔。"① 杜诗韩集读来解愁，当然先是其思想内容正说中读者关心处，但杜诗的"直道当时语"和韩诗的散文化（杜牧此绝句主要是论诗，故所谓"韩集"也应主要是指韩诗而言）遣词造句的风格，无疑也是使读者感觉搔到痒处的不可或缺的方面。

兴起于唐朝、兴盛于两宋的词，是新一轮源起于民间的曲子词，经由士大夫仿作、创作，从而化俗为雅的诗歌发展的轨迹；后来的元曲等也都是如此。

古典诗歌的鉴赏，在"观置辞"方面，过分模拟、捃扯古人，而不知用"当时语"写眼前景和当前事，如宋初捃扯李商隐诗的"西昆体"、明代模拟盛唐的前、后"七子"等，历来是为鉴赏家所批评否定的。

清朝诗人厌弃明"七子"模拟盛唐不免为徒具假、大、空的面目腔调，转而提倡学诗不可仅限于学盛唐，唐诗之初盛、中晚，宋诗之苏黄、陆杨，皆可取法。这样放宽学习的眼界，使清诗的成就高过明诗。当然，具体到清诗各派各家，其诗歌语言的继承与出新的得失也各有可议，而历来为鉴赏家、诗史研究者所共称道的诗人诗篇，则都有善用切实平易的时言口语乃至方言俗谚，以构成自具个性的诗歌语言，从而能写出自己的真性情。

清代诗论家关于遣词造句的雅与俗多有论说。词句何以辨"雅"与"俗"？潘德舆《养一斋诗话》卷一有言曰："夫所谓雅者，非第词之雅驯而已。其作此诗之由，必脱弃势利，而后谓之雅。今种种斗靡骋妍之诗，皆趋势弋利之心所流露也。词纵雅而心不雅矣，心不雅则词亦不能掩矣。"② 这是说到"心源"上了。

20世纪新文化运动之后，在极力提倡白话新文学的时代背景上，仍然写作旧体诗的诗人、学者们，也都更明了旧体诗不可替代的优点，是它的发展到至美的律、绝、长短句的确定的形式，而摹古太过、语言晦涩、作

---

① 《全唐诗》卷五百二十一，第16册，第5955页。
② 郭绍虞选编，富寿荪校点：《清诗话续编》第4册，上海：上海古籍出版社1984年版，第190—191页。

意难晓的诗作，难免遭到提倡白话新诗者的挑剔攻击。因此，坚持用旧体，但遣词造句不故作古奥，一方面固然要继承诗词语言"尚雅"的原则，同时又要善于采用平易近人的时语白话入诗，化俗为雅，就仍然能够作出属于现当代的传统诗词。

当然，由于文化的普及，当代写作旧体诗词的作者人数无疑超越古往任一时代，正式出版发行的与各地诗社等自编自印的专门发表诗词的报刊多不胜数，现在更有网络自媒体随时可以自由发表作品，要说中华诗词的创作"盛况空前"，似不为过。但这仅是以数量看貌似繁荣而已，实际情况是高水平的作者显然不多。大量发表的是堆砌概念和口号的所谓"老干体"，或语言与格调鄙俗的"打油诗"等。这类诗的作者，很多是真爱诗词也有心想学，只是学养不足、尚需努力，其中应该会有些人脱颖而出、迈入高水平作者之列，我也诚望真心爱诗词者努力向前。但也有些人虽然水平不高、或已误入歧途却不自知，也不愿听取他人的意见，反而自以为是勇于创新，这就属于不可理喻了。读当代诗词报刊，很多时候会遇到这类"诗人"的令人厌看的大作，虽然这不免败人兴致，但披沙拣金，立意遣词和声调神韵俱佳的诗作也是有的。我们对于古典诗歌的存在和发展，还是应该充满信心。

刘勰《知音》篇"六观"论的"观通变"与"观奇正"，我们附在这节里稍作引述。

"贯通变"，即看作品对于前人有何继承，作者又有何创新。《文心雕龙》有《通变》篇专论，虽为诗文写作之引导，亦可为鉴赏之参考。其开篇说：

> 夫设文之体有常，变文之数无方，何以明其然也？凡诗赋书记，名理相因，此有常之体也；文辞气力，通变则久，此无方之数也。名理有常，体必资于故实；通变无方，数必酌于新声：故能骋无穷之路，饮不竭之源。然绠短者衔渴，足疲者辍涂，非文理之数尽，乃通变之术疏耳。①

诗文的体裁是有定式的，但写作时的变化却是没有框定的。体裁必然凭借过去的作品，变化则应善于参取新鲜的形式因素。刘勰在第二段概述

---

① 陆侃如、牟世金：《文心雕龙译注》下册，第119页。

古来诗文通变的最后，归结说："斯斟酌乎质文之间，而橥括乎雅俗之际，可与言通变矣。"在质朴与文采之间、雅正与鄙俗之间，总须要斟酌去取恰当，就可以理解文章的继承与革新了。

黄侃《文心雕龙札记》于《通变》篇有阐论说："文有可变革者，有不可变革者。可变革者，遣辞捶字，宅句安章，随手之变，人各不同。不可变革者，规矩法律是也，虽历千载，而粲然如新，由之则成文，不由之而师心自用，苟作聪明，虽或要誉一时，徒党猥盛，曾不转瞬而为人唾弃矣。"①

刘勰之论文章"通变"，移以专论诗歌、专论后世才定型的近体诗词，尤为具有指导意义。五、七言律诗的格律和长短句的词谱已成定式，是典型的"设文之体有常"。而自唐自宋以至今日，凡诗词大家名手各有自具风格的佳作，其自具之风格即由"变"而出新，即黄侃所谓"遣辞捶字，宅句安章，随手之变，人各不同"。

对于历代诗作在"通变"方面的得失，历来诗话中也不乏举例品评，当代则当以钱锺书先生的《宋诗选注》最为引人注目。钱先生博闻强记，又自善创作，于学术尤精于古典诗歌的比较批评，而其比较的目光则特别看重善于变化出新的诗作。《宋诗选注》因此而诚为学习古典诗歌鉴赏的值得参阅详读的选本。但此书也并非一无可议，例如对于黄庭坚的"点铁成金""夺胎换骨"等诗法论的过苛讥评，就未为公允之论。其实黄庭坚所论多是古典诗歌写作在命意与遣词方面如何"通变"的一些具体方法，也可以作为诗歌鉴赏"观置辞、观通变"的参考事例。

刘勰所谓"观奇正"，是看作品的表现形式，《文心雕龙》中《定势》篇所论"体势"问题，即文章的体势由不同文体的性质所决定。文章体势有正有奇，"正"是符合体势的遣词造句，刘勰所谓"奇"不是通常所说的"新奇"，而是"诡巧"，是"穿凿取新"，是"反正"，即故意违反正常的写法。这是刘勰所不赞成的。刘勰在论说体势"奇正"的问题中，也一再分辨"雅俗""雅郑"，崇尚典雅、清丽，反对"适俗""逐奇"。《定势》篇的第四段所论，尤其可移用作鉴赏的指导，其文曰：

　　自近代辞人，率好诡巧，原其为体，讹势所变。厌黩旧式，故穿

---

①　黄侃：《文心雕龙札记》，北京：中国人民大学出版社 2004 年版，第 101 页。

凿取新；察其讹意，似难而实无他术也，反正而已。故文反"正"为
"乏"，辞反正为奇。效奇之法，必颠倒文句；上字而下抑，中辞而出
外；回互不常，则新色耳。夫通衢夷坦，而多行捷径者，趋近故也；
正文明白，而常务反言者，适俗故也。然密会者以意新得巧，苟异者
以失体成怪。旧练之才，则执正以驭奇；新学之锐，则逐奇而失正；
势流不反，则文体遂弊。秉兹情术，可无思耶？①

　　在刘勰的批评观念中，"奇"是"反正"、是"诡巧"、是"穿凿取
新"，因此，也许是他最先使用的"新奇"一词，在他的理论语境中也多
半是属于贬义的。在《文心雕龙·体性》篇中，归纳诗文风格为"八体"
曰：典雅、远奥、精约、显附、繁缛、壮丽、新奇、轻靡。前六体是他所
赞赏的，而于后二者，他说："新奇者，摈古竞今，危侧趣诡者也。轻靡
者，浮文弱植，缥缈附俗者也。故雅与奇反，奥与显殊，繁与约舛，壮与
轻乖。"② 奇，新奇，是"摈古竞今，危侧趣诡"的，是与"雅"相违背
的。《知音》篇中也说"爱奇者闻诡而惊听"③。

　　刘勰的贬义的"奇""新奇"概念，后世诗文评中也有沿用，例如陈
师道《后山诗话》说："诗欲其好，则不能好矣。王介甫以工，苏子瞻以
新，黄鲁直以奇。而子美之诗，奇常、工易、新陈，莫不好也。"④ 但
"奇""新奇"，在唐宋以还的诗歌鉴赏中更多是称赞的褒义词。本来陶渊
明就有"奇文共欣赏"的名句，所称"奇文"无疑是褒义的。殷璠《河岳
英灵集》李白的评介说："白性嗜酒，志不拘检，常林居十数载，故其为文
章，率皆纵逸。至如《蜀道难》等篇，可谓奇之又奇，自骚人以还，鲜有
此体调也。"⑤ 又评岑参诗"语奇体峻，意亦奇造"等。⑥ 宋初王禹偁称赞
人诗有句曰"所得新奇尽雅言"⑦，南宋杨万里称赞人诗有句曰"四诗赠我

① 陆侃如、牟世金：《文心雕龙译注》下册，第138页。
② 陆侃如、牟世金：《文心雕龙译注》下册，第97页。
③ 陆侃如、牟世金：《文心雕龙译注》下册，第387页。
④ ［清］何文焕辑：《历代诗话》上册，第306页。
⑤ 影印《文渊阁四库全书》第1332册，第23页。
⑥ 影印《文渊阁四库全书》第1112册，第41页。
⑦ 北京大学古文献研究所编：《全宋诗》卷六十五，北京：北京大学出版社1991年版，第2册，第
730页。

尽新奇"①，都是褒赞之辞。黄庭坚称赞李龙眠画的诗句"领略古法生新奇"②，亦可以移用论诗歌。而"新奇"生于"领略古法"之后，与刘勰讲"通变"、讲"执正以驭奇"的道理，还是所见略同的。

（三）观宫商

"观宫商"，是研揣作品的声律。刘勰《文心雕龙》撰写于南朝齐代，其时字有"四声"之论已明，诗歌则有依据"四声"讲究字句声调的抑扬抗坠和"声病"的避忌，已有"永明体"的新探索。同时期的批评家如钟嵘，在《诗品》中对于"宫商之辨，四声之论"颇不以为然，认为诗歌本是要诵读的，只要自然上口即足矣，而四声宫商之讲求，"襞积细微，专相陵架。故使文多拘忌，伤其真美"③。与钟嵘不同，刘勰则敏锐认识到字句声调的调谐将成为诗文要特别讲究的形式美的规则，因此也特撰《声律》一篇，来论说诗文鉴赏必将关注的"音以律文"问题。刘勰固然还无从论到近体诗的四声平仄的细节，但他说：

> 夫吃文为患，生于好诡，逐新趣异，故喉唇纠纷；将欲解结，务在刚断。左碍而寻右，末滞而讨前，则声转于吻，玲玲如振玉；辞靡于耳，累累如贯珠矣。是以声画妍蚩，寄在吟咏。④

诗文字句安排声韵，从而使吟咏读听皆辞如贯珠、声如振玉。这种对于声律形式美的追求，其完美的果实即是近体诗的最终成型。

古人就学读书，是要求出声诵读的，学习诗歌更是吟咏、唱诵的。诗人作诗，很多时候不是伏案吮笔默不作声写出来，而是坐吟、行吟，沉吟、高吟，独吟、联吟，拥鼻吟、抱膝吟，捻须苦吟、改罢长吟……，是开口出声吟咏而成的。诗歌的音乐性为人们所熟知，诗人们创作过程中的沉吟含咏是对字句声调的音乐性的斟酌推敲，阅读诗歌时的讴吟玩咏则是对作品的深入领会和欣赏。正如清沈德潜《说诗晬语》所说："诗以声为用者也，其微妙在抑扬抗坠之间。读者静心按节、密咏恬吟，觉前人声中难写、

---

① 北京大学古文献研究所编：《全宋诗》卷二二九八，第 42 册，第 26389 页。
② ［宋］黄庭坚：《次韵子瞻和子由观韩幹马因论伯时画天马》，［宋］黄庭坚撰，［宋］任渊、史容、史季温注，刘尚荣校点：《黄庭坚诗集注》第 1 册，北京：中华书局 2003 年版，第 255 页。
③ ［清］何文焕辑：《历代诗话》上册，第 5 页。
④ 陆侃如、牟世金：《文心雕龙译注》下册，第 168 页。

响外别传之妙，一齐俱出。朱子云：'讽咏以昌之，涵濡以体之。'真得读诗趣味。"①

也许有人会生疑问，五、七言古诗的字句声调本是依据本能的语感，但求"口吻调利"即可的；近体诗按声律也只有几种格式，如本书第二章"声律论"所列述；每种词调也是有固定谱式的。那么，诗词鉴赏的"观宫商"，岂不是会感觉都只是几种老调的不断重弹？岂不是很容易令人厌倦吗？又近体诗定型一千多年了，就那么几种声调格式，何以至今还是有很多人爱读、爱写呢？

如果仅看字句平仄声的固定谱式，律诗和词确实都是调式有限的。但诗词的声调宫商并不是单靠四声平仄构成，同一格式的律诗或同一词调的词，会因具体作品所采用字词的语义和感情色彩的不同，以及句法和篇章结构的不同，而呈现很不相同的声调感觉和语言风格。所以，律诗和词，并未因为声律谱式的固定化而流于单调。唐宋迄今，每个自名一家的诗人，就都用这些谱式写出了各自的风格；历来每一首名篇佳作，也都各具独特的声调风格。

例如王维、李白和杜甫各一首同是首句仄起的五律，王维《汉江临泛》：

> 楚塞三湘接，荆门九派通。
> 江流天地外，山色有无中。
> 郡邑浮前浦，波澜动远空。
> 襄阳好风日，留醉与山翁。②

李白《渡荆门送别》：

> 渡远荆门外，来从楚国游。
> 山随平野尽，江入大荒流。
> 月下飞天镜，云生结海楼。

---

① ［清］王夫之等撰，丁福保辑：《清诗话》下册，第538页。
② 《全唐诗》卷一百二十六，第4册，第1279页。

仍怜故乡水，万里送行舟。①

杜甫《旅夜书怀》：

细草微风岸，危樯独夜舟。
星垂平野阔，月涌大江流。
名岂文章著，官应老病休。
飘飘何所似，天地一沙鸥。②

这三首五律平仄格律相同，三首的次联是写景相似的对句，但虽写景相似、声调一律，却又各自显出鲜明的气质情韵：王维语调平静舒缓，李白爽逸高亮，杜甫沉郁苍凉。当然这三首诗不只是次联各显风格，而是每首诗通篇声调情韵都自具气韵特点。诗歌的声韵宫商各有特色，正如每个人的嗓音声调，无论他开口出声是喜是悲，熟悉者即使未见其人但闻其声，也听得出是谁。如王维、李白、杜甫等大诗人的诗篇，我们多读、多出声诵读，就会有如记住了至亲好友的熟悉的声音一样的感觉。

这里以王维、李白和杜甫为例，是因为他们最能显示诗歌声调情韵的个性差别，而不是说只有达到他们的程度才具有这样的差别。如严羽《沧浪诗话·诗体》"以人而论"所列唐宋数十名家之"体"，在声调韵致上也都是各有特色的。

当然，鉴赏的"观宫商"，又不是只求对每个诗家的声调个性获得一种概括单一的印象，而是要能够辨别玩咏每首诗的声韵宫商。每个诗人虽然自有一种独具的声调个性，但每个诗人的不同诗篇也必然会有忧喜悲欢、平和激昂等不同的声情格调。例如杜甫《春夜喜雨》，与上举三首也是同样的平仄格式，却写出与他自己的《旅夜书怀》也迥然不同的欢欣喜悦的声情，其诗云：

好雨知时节，当春乃发生。
随风潜入夜，润物细无声。

---

① 《全唐诗》卷一百七十四，第 5 册，第 1786 页。
② 《全唐诗》卷二百二十九，第 7 册，第 2489 页。

野径云俱黑，江船火独明。

晓看红湿处，花重锦官城。①

读每一首诗，都应能随其悲欣而兴咏赏会，才是善于读诗、赏诗，才真可以陶冶性灵。

历来诗词鉴赏"观宫商"也有雅俗之辨，而语调宫商，何谓"雅、俗"？

清郎廷槐问、王士祯等答之《师友诗传录》，郎氏开篇说："作诗，学力与性情，必兼具而后愉快。愚意以为学力深，始能见性情。若不多读书，多贯穿，而遽言性情，则开后学油腔滑调、信口成章之恶习矣。"② 这里所说不多读书而遽言性情的、信口成章的"油腔滑调"，正可以当作鉴赏诗歌声调雅、俗之"俗"的恰当释义，"油腔滑调"自显鄙俗，自与风雅清浊判然。

作诗要不落入"油腔滑调"的俗恶地步，不只是要多读书的学力问题，更重要的还应该是读书明志、明道的修养问题。历代也不乏学力虽深而心志不脱趋势逐利的气息庸俗之人，其诗其词虽非油腔滑调的浅薄之作，而其俗意俗调必不自知而表露。前节曾引清潘德舆《养一斋诗话》说的"今种种斗靡骋妍之诗，皆趋势弋利之心所流露也。词纵雅而心不雅矣，心不雅则词亦不能掩矣"，也正是扬雄早已说过的"言，心声也；书，心画也。声画形，而君子小人见矣"③。君子小人，心气之雅俗，是必然流露于其言其字、其诗文，雅人深致无须掩饰，而小人或欲掩其不雅又是掩饰不住的。

傅庚生《中国文学欣赏举隅》说："诗又有打油一体。唐人张打油（打油当是诨号，盖以时人谓其成诗率易，过于油滑，因以名之也）《雪诗》云：'江上一笼统，井上黑窟窿。黄狗身上白，白狗身上肿。'后世因谓诗之俚俗者为打油。……学诗者自宜以俚俗为戒也。"④

对于打油诗，也有持宽容意见者，如《汉语大词典》：

【打油诗】旧体诗的一种。内容和词句通俗诙谐、不拘平仄韵律。相传为唐代张打油所创。清钱泳《履园丛话·笑柄·打油诗》："按打油

---

① 《全唐诗》卷二百二十六，第 7 册，第 2439 页。

② ［清］王夫之等撰，丁福保辑：《清诗话》上册，第 127 页。

③ ［汉］扬雄：《法言》，《诸子集成》第 7 册，上海：上海书店 1986 年影印本，第 14 页。

④ 傅庚生：《中国文学鉴赏举隅》，第 237—238 页。

诗始见于《南部新书》，其无关于人之名节者，原未尝不可以为游戏。"①

当代旧体诗写作中，真可谓打油诗盛行。我们读到的当代不断产生的打油诗，其中确有通俗诙谐、作意不俗者，诗林中存此一种开心一乐的格调，"原未尝不可以为游戏"。但更多的"打油诗"作品，信口成章，油腔滑调，或字句俚俗，或剪贴成语、拼装口号。写这种打油诗的人，往往又并不自认为不过是游戏文字，而自以为是贴近民俗、属于时代的真诗，并且自以为诗艺炉火纯青，眼前无论何事何物，都可以被"打油"成咏，一日之内或能随手写出十首、二十首，而这些思如泉涌、口不择言的"打油诗"，往往很像古代话本《快嘴李翠莲记》里李翠莲"出口成章"的顺口溜，俚言俗调，令人失笑，也令人厌闻。② 已成这种状态的打油诗人，你若提醒他不可如此作诗，他已经听不进去的。即使是朋友，若不可与言，也就不必与之言了。而如果你是初学诗者，入门须正，则确宜以俚俗为戒。

当然，诗调之俗并不限于打油诗，声律合格的律诗和词，也会有声情庸俗之作。虽然掌握了四声和诗句平仄格律，以及起承转合的章法和散行、对偶的句法等基本的形式规则，能够写出形式上合格的作品，但心气庸俗，作意鄙俗，遣词不雅，声调或温吞疲弱、或粗犷叫嚷，这种或未入雅境、或已走火入魔的"诗词"，在当代貌似复兴繁荣的旧体诗写作中，实在也是随时可见。我这里只能这样点到为止，不便举例。若举名家劣作为例，恐怕会遭"名誉侵权"的指控；若举尚非名家的例子，也恐怕打击了人家继续学诗还可能提高的积极性。所以就不举例了。只希望提醒初学诗者先要学会辨别雅俗，避俗向雅，不断精进，而不至于误入歧途，落入魔道。

三、诗歌鉴赏的意义

诗歌本是文学中的文学，在中国传统文化最核心的几部经典中就有《诗经》，孔子教人学习成长的步骤是"兴于诗，立于礼，成于乐"③。因此，两千多年间奉行孔子诗教思想的我们华夏民族，一代代人识字读书都是从学读韵文和诗歌开始的。孔子指引弟子们说："小子何莫学夫诗？诗，

---

① 《汉语大词典》第 6 册，上海：汉语大词典出版社，第 317 页。
② 古话本《快嘴李翠莲记》，以其所谓反封建的思想性在现代重估俗文学的文化价值的背景上很受推重，但李翠莲的顺口溜实在是俗不可耐的韵语，倒可以做学诗应忌俗的所谓"俗"的样本。
③ 《论语·泰伯》，杨伯峻译注：《论语译注》，第 81 页。

可以兴，可以观，可以群，可以怨。"① ——你们年轻人为什么还不学习《诗》呢？学诗，可以启发联想力，可以提高观察力，可以培养合群性，可以学到讽刺的手段。孔子说的是学习、熟读《诗经》的有益处，也可以说是一般诗歌鉴赏的意义所在。孔子的这一指引，历来也是深入人心的。

本书是拟为动心立志要学习旧体诗写作的人们说法的，因此最后这节讲诗歌鉴赏的意义，也只讲讲诗歌鉴赏对于学习旧体诗写作而言有何意义。

陆游用一首诗向儿子陆通传授学诗的经验感想说：

> 我初学诗日，但欲工藻绘。
> 中年始少悟，渐若窥宏大。
> 怪奇亦间出，如石漱湍濑。
> 数仞李杜墙，常恨欠领会。
> 元白才倚门，温李真自郐。
> 正令笔扛鼎，亦未造三昧。
> 诗为六艺一，岂用资狡狯？
> 汝果欲学诗，工夫在诗外。②

诗歌的思想内容需要与现实息息相关，因此要留意诗外的现实生活，不是光从古人的诗卷里模拟藻绘就能够学得好的。这个道理很重要，也为我们所熟知。而这不是本节的话题，这里也就从略了。

对于学习旧体诗写作来说，学作诗必然起步于模拟，正如学习书法必须从临摹古代名家碑帖一样。模拟学诗，从开始眼界就要宽阔，要多读诗，还要能鉴赏，能择其善者雅者而学之。这也如学书写要多读帖，要能选择好的、又是最适合自己的碑帖来学一样。

杜甫很希望儿子能继承其家诗学的血脉，教儿子要"熟精《文选》理"③。南朝梁昭明太子编辑的《文选》，是唐代能够读到的汇集古代各体诗文佳作最多的一部总集。要熟精其"理"，就不仅是多读，还要能赏会。

---

① 《论语·阳货》，杨伯峻译注：《论语译注》，第 185 页。

② ［宋］陆游：《示子遹》，钱仲联校注：《剑南诗稿校注》第 8 册，上海：上海古籍出版社 1985 年版，第 4263 页。

③ ［唐］杜甫：《宗武生日》，《全唐诗》卷二百三十一，第 7 册，第 2535 页。

欧阳修说："为文有三多：看多，做多，商量多也。"① 学作文首先要"看多"，即多读古文。学诗的道理，是一样的。

严羽《沧浪诗话·诗辨》说："夫诗有别材，非关书也；诗有别趣，非关理也。"这两句话最常被引用，但这不是一个完整的意思的表达，严羽接着说的是："然非多读书、多穷理，则不能极其至。所谓不涉理路、不落言筌者，上也。"② 这些话连起来才是严羽对于"诗"的完整的辩证的阐释。作诗须要有才情天趣，也须要多读书穷理，只是写成的诗篇要不涉理路、不落言筌，才是上品。这里说的"多读书"不限于读诗，应该是经、史、子书都要多读的。多读书才能多明理，才能对于自然、社会和人生有高出常人的理性认识。这种高出常人的理性认识，在诗中不可以像说理文那样表述，要包含、融化在诗的意境和情趣中，使诗中有理趣，这样才是"极其至"的诗。例如刘熙载《艺概·诗概》说："陶渊明则大要出于《论语》。陶诗有'贤哉回也''吾与点也'之意，直可嗣洙泗遗音。其贵尚节义如咏荆卿、美田子泰等作，则亦孔子贤夷齐之志也。"③ 就是说陶诗所显示的思想志趣是来自孔子的，但陶诗却不是和《论语》一样的直接说理言志的语录，而是最典型、最优秀的诗，是"极其至"的诗。

回到学诗者的鉴赏要多读诗的话题，多读诗也不能漫无归向。譬如学书法要多读帖，但还是要择帖临摹，不能三天两头换帖乱写。择帖要选看上去亲切、模拟也容易上手的名家碑帖，由临仿一家字体入门，再兼取旁收，变化出新，自成一家。学诗也是如此，多读诗，择其性之所近的大家名家之诗，选其佳作，反复玩咏，有意学之。只要是有才情、有悟性的，就能够入门学好。

这样说来，初学者就要能鉴赏、会选择。但初学者或许要问，既是初学，鉴赏能力自然也是初步的，又如何能保证所选择的都是值得学习的？

这也如书法的初学者，择帖须要有已具有鉴赏眼力的人的指导帮助，初学诗者也要有人指导，或自己向相关的书中寻求指导。《红楼梦》第四十八回林黛玉教香菱学诗的故事，就是这个过程的生动的例子：

---

① ［宋］陈师道：《后山诗话》，［清］何文焕辑：《历代诗话》上册，第305页。
② ［清］何文焕辑：《历代诗话》下册，第688页。
③ ［清］刘熙载：《艺概》，第54页。

香菱笑道："我只爱陆放翁'重帘不卷留香久，古砚微凹聚墨多'，说的真有趣！"黛玉道："断不可学这样的诗。你们因不知诗，所以见了这浅近的就爱，一入了这个格局，再学不出来的。你只听我说，你若真心要学，我这里有王摩诘全集，你且把他的五言律读一百首，细心揣摩透熟了，然后再读一二百首老杜的七言律，次再李青莲的七言绝句读一二百首。肚子里先有了这三个人作了底子，然后再把陶渊明、应场、谢、阮、虞、鲍等人的一看。你又是一个极聪明伶俐的人，不用一年的工夫，不愁不是诗翁了。"①

当然这是小说里的故事，黛玉所言也只是一种选择，而不是唯一正确的路径。五律、七律，不可能都是从王维、杜甫学起。引录这个片段，只是用来说明初学诗者也需要有鉴赏力的培养，向有学识的人请教、请指导，是必要的。

历来公认的大诗人的诗作，对于初学者来说，一般不可能一超直入就领会到其好处妙处。即使有他人的指引，也还是要自己有耐心去读，多读，反复读，细心感受，才可能达到真心领会。

多读诗，学会鉴赏，领会前人诗作的好处，对于初学者有意义、有必要，已如上述。那么如果学诗已久，已能写出合格、甚至很出色的诗作，也还需要多读诗、多鉴赏诗歌吗？

其实果真已经是学诗有成、能自由创作的诗人，是不会提出这个问题的。这个问题仍然是代初学诗者假设的进一层的追问，也可借此问题将诗歌鉴赏的意义再说深一层。

如果你是已经能够自由写诗的人，读诗赏诗，也就已经成为你的日常阅读必有的事情了，你不仅已经用不着别人指导，而且还可以指导他人了。能写诗者的继续读诗赏诗，是自觉地扩展鉴赏的范围，加深鉴赏的辨识与赏会。这既是为继续的创作"加油""充电"，也是文学欣赏的精神享受。

为了继续的创作而保持读诗赏诗，是因为对于历代诗人诗作的鉴赏，不是初学诗时就可以一劳永逸地解决的。随着学诗深度的进展，随着年岁阅历的增加，读诗的感受和欣赏领会也会发生变化，这种变化表现着思想感情的改变和审美能力的提高。古代大诗人一般各自都有若干特别欣赏的

---

① 〔清〕曹雪芹、高鹗：《红楼梦》中册，北京：人民文学出版社1985年版，第664—665页。

前代诗人名单，有些仍然能大致知晓前代诗人受其爱赏的先后情况，有些则对于自己这种变化的经过留下清晰的自述。

例如苏轼于诗所接受的影响，近乎杜甫的"不薄今人爱古人"的广博。当然，他特别称道的也是曹、刘、鲍、谢、陶、李、杜、韦、柳等大家，他对于中唐刘禹锡、白居易、韩愈，晚唐司空图，同时代欧阳修、王安石、黄庭坚等，也都有赞评。陈师道《后山诗话》说："苏诗始学刘禹锡，故多怨刺，学不可不慎也。晚学太白，至其得意，则似之矣；然失于粗，以其得之易也。"[①] "诗可以怨"，本是孔子所包容的诗的功能之一。苏轼早年诗多怨刺，引发"乌台诗案"之文祸，在苏轼自己得一刻骨铭心的教训，在《后山诗话》这里也见出留下了阴影。苏轼盛年于前代诗人，无疑是以唐朝李、杜、韦、柳、韩、白等为参照系，晚岁则有"吾于诗人无所甚好，独好渊明之诗"的一段追悔未早学渊明的告白[②]，并遍和陶诗一百多首，以见其倾心于陶渊明。

自述学诗从模拟到自由作诗的变化过程者，如杨万里《诚斋荆溪集序》说：

> 予之诗，始学江西诸君子，既又学后山五字律，既又学半山老人七字绝句，晚乃学绝句于唐人。学之愈力，作之愈寡。尝与林谦之屡叹之，谦之云："择之之精，得之之艰，又欲作之之不寡乎？"予嘿曰："诗人盖异病而同源也，独予乎哉？"故自淳熙丁酉之春，上暨壬午，止有诗五百八十二首，其寡盖如此。其夏之官荆溪，既抵官下，阅讼牒，理邦赋，惟朱墨之为亲。诗意时来往于予怀，欲作未暇也。戊戌三朝，时节赐告，少公事。是日即作诗，忽若有寤。于是辞谢唐人及王、陈、江西诸君子，皆不敢学，而后欣如也。试令儿辈操笔，予口占数首，则浏浏焉、无复前日之轧轧矣。自此每过午，吏散庭空，即携一便面，步后园，登古城，采撷杞菊，攀翻花竹。万象毕来，献予诗材，盖麾之不去，前者未雠而后者已迫，涣然未觉作诗之难也。盖诗人之病去体将有日矣。……[③]

---

① ［宋］陈师道：《后山诗话》，［清］何文焕辑：《历代诗话》上册，第307页。

② 见［宋］苏辙：《子瞻和陶渊明诗集引》述苏轼书信中语，《栾城后集》卷二十一，影印《文渊阁四库全书》第1112册，第754—755页。

③ 周汝昌选注：《杨万里选集》，北京：中华书局1962年版，第285—286页。

初学江西派诸家，又学陈师道五律，又学王安石七绝，又学唐人绝句——这是杨万里由读诗赏诗、改换其欣赏和模拟的诗家诗作的学诗经过；最后是忽入悟境，不再依傍模仿他人，而能以万象为诗材自由作诗了。其实在这个过程中，他曾爱赏和模拟过的每个诗人，都为他的最后悟入作诗的自由境地助过力。在成为自名一家的大诗人之前的不断读诗赏诗、学他人的诗，对于杨万里的意义，他自己说得清清楚楚。

后来严羽在《沧浪诗话·诗法》中说："学诗有三节：其初不识好恶，连篇累牍，肆笔而成；既识羞愧，始生畏缩，成之极难；及其透彻，则七纵八横，信手拈来，头头是道矣。"① 看上去实在像是即以杨万里的自述为依据的。

至于作为精神享受的读诗赏诗，可以说是诗歌写作和欣赏的终极意义。《文心雕龙·明诗》篇说：

> 大舜云："诗言志，歌永言。"圣谟所析，义已明矣。是以"在心为志，发言为诗"；舒文载实，其在兹乎？诗者，持也，持人情性。三百之蔽，义归"无邪"；持之为训，有符焉尔。②

这是论诗何以产生，诗之于人究竟有何意义。诗人"发言为诗"，是为了扶持人的（首先是自己的）性情，使不偏邪。

《文心雕龙·知音》篇说：

> 夫缀文者情动而辞发，观文者披文以入情；沿波讨源，虽幽必显。世远莫见其面，觇文辄见其心。岂成篇之足深？患识照之自浅耳。夫志在山水，琴表其情，况形之笔端，理将焉匿？故心之照理，譬目之照形：目瞭则形无不分，心敏则理无不达。然而俗监之迷者，深废浅售。此庄周所以笑《折杨》，宋玉所以伤《白雪》也。昔屈平有言："文质疏内，众不知余之异采。"见异，唯知音耳。扬雄自称："心好沈博绝丽之文"，不事浮浅，亦可知矣。夫唯深识鉴奥，必欢然内怿。譬春台之熙众人，乐饵之止过客。盖闻兰为国香，服媚弥芬；书亦国

---

① ［清］何文焕辑：《历代诗话》下册，第694页。
② 陆侃如、牟世金《文心雕龙译注》上册，济南：齐鲁书社1981年版，第58页。

华，玩绎方美。知音君子，其垂意焉。①

　　这是说作者动情用心写作的诗文，即使看上去有些深奥，只要读者也有敏锐的鉴赏眼力，还是能从作品文字间领会作者的心情的。然而世俗的一般读者确实是多乐意欣赏浅薄的作品，而《阳春》《白雪》曲高和寡。从前屈原就感慨说"人们都不知道我内在的出众才华"。能认识内在的出众才华，只有善于鉴赏者啊。而且只要是善于鉴赏、能看懂作品深意的人，就必能在欣赏佳作时获得内心的享受。文字作品须要细细赏会才能看到其中的妙处。凡是具有鉴赏能力的人，要特别注意这些。

　　刘永济《文心雕龙校释》说："文学之事，作者之外，有读者焉。假使作者之性情学术，才能识略，高矣美矣，其辞令华采，已尽工矣，而读者识见之精粗，赏会之深浅，其间差异，有同天壤。此舍人所以'惆怅于知音'也。"②

　　诗之为物，在作者自己固本有"持情性"之功能；而诗人之作诗，又并非仅为满足于"陶冶性灵"，而总是期待"知音"相赏的。陶渊明《饮酒》其十一中说："颜生称为仁，荣公言有道。屡空不获年，长饥至于老。虽留身后名，一生亦枯槁。"③ 写的是颜回、荣启期，也是在说自己。李华主编《陶渊明诗文赏析集》"前言"中说："渊明怀抱高趣，与世俗不合，最后不得不老死田园，赍志以没，无声无息。他大概不甘心，所以写作诗文，既以自慰，也是希望在千百年后，能'垂空文以自见'，让后人了解他的境遇和他的人格。"④ 杜甫有"百年歌自苦，未见有知音"⑤ 的慨叹。陶渊明、杜甫，他们的诗歌艺术造诣都领先、超越于时代，他们在世时都不免有未见知音的孤独寂寞，但他们在后世都赢得最高的评价和无数知音。读赏陶诗、杜诗，都是我们国人最高的精神享受。

　　① 陆侃如、牟世金：《文心雕龙译注》下册，第390—391页。
　　② ［梁］刘勰著，刘永济校释：《文心雕龙校释》，北京：中华书局1962年版，第186页。
　　③ 逯钦立校注：《陶渊明集》，北京：中华书局1979年版，第93页。
　　④ 李华主编：《陶渊明诗文赏析集》，第3—4页。
　　⑤ ［唐］杜甫：《南征》，《全唐诗》卷二百二十八，第7册，第2473页。

"文心雕龙学" 发微

朱文民

《文心雕龙》一书，广大悉备，为中国传统文化之大系统，且研究队伍庞大，中国《文心雕龙》学会也是国家注册的一级学会，"文心雕龙学"已经成为一门显学。什么是"文心雕龙学"呢？这个概念提出多年了，多年来还没有人做过阐释。2010 年我曾经写信给台湾的"龙学"名家王更生先生，请求由他来撰写这个题目，认为他是最有资格的人选，但是，不久，王先生突然去世了，至今也没有见其他人发文阐述，笔者不揣浅陋，试想提出自己的意见，以就教于对此感兴趣的同仁。

一、《文心雕龙》一书的性质

要想阐述"文心雕龙学"，必须先考察《文心雕龙》一书的性质。

对于该书的性质，历来存在分歧。刘勰自己在《文心雕龙·序志》篇说："文心者，言为文之用心也。"最早给予评论定性的是姚察父子，《梁书·刘勰传》中认为："勰撰《文心雕龙》五十篇，论古今文体。"后来的研究者，对于《文心雕龙》一书的性质，认识不一。大体有：文章作法、文学理论专著、子书、文章学、写作理论、修辞学，还有人说《文心雕龙》既是文论的经典，也是哲学的要籍，或者说是艺术哲学著作，等等。这些说法，各有各的道理，但是都有自己的偏颇之处。例如，如果相信姚察是"论古今文体"的理解，按照现代人对《文心雕龙》的解读是由：文原论、文体论、文术论、鉴赏批评论组成，则姚察的看法就是以偏概全。当然，现代人也有与姚察父子相同看法的，例如，徐复观说："《文心雕龙》，广义地说，全书都可以称之为我国古典的文体论。"① 刘勰自己说："文心者，言为文之用心也。" 表面上看，也是只强调了文术——"言为文之用心"——忽略了上篇的文体论。但是，知"文心"者，莫过于刘勰。后来詹锳先生说：《文心雕龙》"这部书的特点是从文艺学的角度来讲文章作法和修辞学，而作者的文艺理论又是从各体文章的写作和各体文章代表作家作品的评论当中总结出来的。"② 詹锳的这个解读法容易被大家所接受。为什么呢？因为他照顾到了"各体文章写作和各种文体文章代表作家作品"的解读，这就涵盖了刘勰"上篇以上"的各种文体。因为刘勰的文术论，不仅是在"下篇以下"的二十五篇，而上篇的二十篇也是在论述各种文体的产生、沿革或者说流变中总结出来的，即"敷理以举统"。"敷理以举统"就是说明文体的特点和写作方法及其禁忌，也体现了刘勰"言为文之用心"的定性。文章作法之谓与刘勰的"言为文之用心"是一致的。

从目录学看，《隋书·经籍志》将其编入了集部。其后，日本学者藤原佐世于日本宽平年间（889—897）奉敕编纂的《日本国见在书目》既在总集类著录，也在子杂类著录，用了双重著录法。唐代之后，公私书目，或入集部、或入子部、或入史文评类，历代各有分歧，直至清《四库提要》及其之后，才归于集部的诗文评类，这都是由于《文心雕龙》本身性质导致的分歧，事由出在学者的不同定性。只是强调哪一个方面的问题。说它是文学理论专著，其中有大量的文体种类，并不属于文学，这种定位必然有相当多的内容没法涵盖，因而，招致了纪昀、刘大杰等人认为刘勰文学概念不清之批评。说它是哲学要籍，这是因为中国文化的特殊性决定的。这种特殊性决定了文学史与哲学史的重叠性，很多名家的著作，既是文学的经典，也是哲学的要籍，其作者既是文学家，也是哲学家，刘勰《文心雕龙》就是一例。武汉大学刘纲纪教授就以《文心雕龙》为资料，对刘勰的哲学思想进行了解读，认为"刘勰不仅是既有成就的文学理论家，也是齐梁时不可多得的哲学家"，而且是一位"自然主义哲学家"③。说《文心雕龙》是子书，也颇有理由。从刘勰撰写《文心雕龙》的动机来看，他觉

---

① 徐复观：《〈文心雕龙〉的文体论》，载徐复观：《中国文学论集》，北京：九州出版社 2014 年版，第 4 页。

② 詹锳：《文心雕龙义证·序例》，上海：上海古籍出版社 1989 年版，第 1 页。

③ 朱文民：《关于刘勰定位问题的思考》，《语文学刊》2018 年第 3 期。

得文章是经典的枝条，要想自成一家，唯有论"文心"可以对齐梁时期的文坛颓势，起到挽倾扶危、匡世救弊的作用，方可体现自己入道见志之心。在刘勰看来，论文也是"敷赞圣旨"，甚至高于普通的注释经书之务。谭献在《复堂日记》中称颂《文心雕龙》是"独照之匠，自成一家"，也应该说是看到了《文心雕龙》之真谛，所以台湾学者王更生说《文心雕龙》是一部"既有思想，又有方法，思想为体，方法为用，体用兼备的巨著，不仅在六朝时代，是文成空前；就是六朝以后，也乏人继武。我说《文心雕龙》是'文评中的子书，子书中的文评'，最能看出刘勰的全部人格，和《文心雕龙》的内容归趣。"① 从唐代的刘知幾，到明清的杨升庵、程宽、叶联芳、伍让、都穆、曹学佺等人，对彦和皆以子称之。正是《文心雕龙》一书的这种复杂性，给研究"文心雕龙学"的人感到"龙学深似海"。它的"深"，就在于立体多棱。刘勰固然是在论文，但是这个"文"不只是文学的文，而是反映社会生活方方面面的文。既涵有有韵之文，也涵有无韵之笔。它是《序志》篇说的："实经典枝条，五礼资之以成文，六典因之致用，君臣所以炳焕，军国所以昭明"的"文"，是"写天地之辉光，晓生民之耳目"的文，正是"文之为德"的体现。这种"文"正是"经"的枝条或者流裔。"如此之'文'，显然不是作为艺术之文学所可范围的了。因此，刘勰固然是在'论文'，《文心雕龙》当然是一部'文论'，却不等于今天的'文学理论'，而是一部中国文化的教科书。"②

经子之分野，肇自汉代。春秋战国时期，圣贤并世，鬻老周孔，互为师友；汉武帝独尊儒术，周孔为圣，鬻老为子，开始了经子异流。根据刘勰自己在《序志》篇的交代，他论的"文"是"经典枝条"，是为政治服务的，这样出自经书的"流"还不是子书吗？也许正如游志诚教授说的《文心》是"子集合流"的产物③。正可谓在经书面前，它是子书，在文论之中，它是经典。

陈寅恪先生说：

对于古人之学说，应具了解之同情，方可下笔。盖古人著书立说，

① 王更生：《重修增订〈文心雕龙〉导读》，台北：华正书局2004年版，第13页。
② 戚良德：《〈文心雕龙〉是一部什么书？》，《光明日报》2021年12月6日，第13版。
③ 游志诚：《〈文心雕龙〉与〈刘子〉跨界研究》，台北：华正书局2013年版，第9页。

皆有所为而发。故其所处之环境，所受之背景，非完全明了，则其学说不易评论，而古代哲学家去今数千年，其时代之真相，极难推知。……必须备艺术家欣赏古代绘画雕刻之眼光及精神，然后古人立说之用意与对象，始可以真了解。所谓真了解，必神游冥想，与立说之古人，处于同一境界，而对于其持论所以不得不如是之苦心孤诣，表一种之同情，始能批评其学说之是非得失，而无隔阂肤廓之论。①

　　上面这段话，虽然是陈寅恪先生对冯友兰《中国哲学史》上册审查报告时发的议论，我们完全可以理解为陈先生研究中国文史的体会。他说的"对于古人之学说，应具了解之同情，方可下笔"，要求评论者必须"与立说之人，处于同一境界，而对于其持论所以不得不如是之苦心孤诣，表一种之同情"的话，我们就会看到上面有关于《文心》性质的诸种说法，主要是把古人现代化了，用了现代学术分科的理论去硬套了《文心雕龙》的性质。刘勰那个时代没有"文学理论""写作理论""艺术哲学""修辞学""美学""文学""子书"之谓，也没有什么哲学、文学之分野，只有"文笔"之分，而且他那个时代已经在文章学意义上使用"文章"一词。《文心雕龙》一书对"文章"一词使用24次之多，除了几处表示"典章制度""德行"以外，主要是从"文章学"意义上来使用的。所以现在有人就说"《文心雕龙》是中国文章学成立的标志"②。

　　我曾经在拙著《刘勰传》里说："《文心雕龙》的立体多棱和博大精深，成为中华民族的一座文化宝库。文论家开门一望，看到的是文学理论；写作理论家开门一望，看到的是写作理论；文章学家开门一望，看到的是文章学理论；兵学家开门一望，看到的是兵学理论；哲学家开门一望，看到的是哲学理论，等等，等等。我想无论是文学理论、写作理论、还是子书或是美学理论，都应当包含在文章学之中。综合各家学说，从目前来看，定《文心雕龙》为文章学专著，歧义相对小一些，或许更符合刘勰之本意。"③ 如此给《文心雕龙》定性，是否算是陈寅恪先生说的"神游冥想，与立说之古人，处于同一境界"，"表一种之同情"，"始可以真了解"，也

　　① 陈寅恪：《金明馆丛稿二编·冯友兰中国哲学史上册审查报告》，北京：三联书店2001年版，第279页。
　　② 吴中胜：《〈文心雕龙〉是文章学成立的标志》，《光明日报》2021年5月17日，第13版。
　　③ 朱文民：《刘勰传》，西安：三秦出版社2006年版，第268页。

不敢奢望，因为我不敢说自己已经与刘勰处于了"同一境界"。

随着"文心雕龙学"研究的深入和发展，这个争论可能还会继续下去。

二、"文心雕龙学"的内涵

《白虎通·辟雍》篇说："学之为言，觉也，悟所不知也。""学"字本义为觉悟，以觉悟所未知也。学又训为效，后觉者必效先之所为。《说文》：学，"觉悟也"。清代段玉裁注引《学记》曰："学然后知不足，教然后知困。知不足，然后能自反也；知困，然后能自强也，故曰教学相长也。《兑命》：学学半。"根据这个对"学"的解释，我们可以说，对《文心雕龙》的研究和领悟，从不知到知，以悟其理的学问，即研究《文心雕龙》的学问，简单地说，就叫"文心雕龙学"。

在学术界，判断一种学术是否构成一种"学"，大都需要三个条件：第一，是否已经有一批学者在研究这种学术；第二，是否已经产生该门学术的代表性著作；第三，该门学术是否已经引起学术界的关注。① 从《文心雕龙》研究史上看，《文心雕龙》之有注释，在唐写本上已经有了，宋代有辛处信注释本，但是已经失传，在王应麟的《玉海》和《困学纪闻》中有遗迹。明代有杨升庵的批点本、王惟俭的训故本和梅庆生的音注本，到清代则有集大成者黄叔琳的辑注本。至此，我把黄叔琳及其以前的"龙学"称之为古典"龙学"，黄叔琳为其代表性学者，其《文心雕龙辑注》本为代表性著作。② 黄叔琳之后，对《文心雕龙》的研究则可用雨后春笋来形容。这一段时间的"龙学"，不仅继承了古典"龙学"的训故、注释，还注重了理论阐释，注重了《文心雕龙》作者及其家族的研究，其代表性著作有黄侃《文心雕龙札记》、范文澜《文心雕龙注》等及其一大批论文，代表性学者有黄侃、范文澜、刘咸炘、杨明照等一大批学者，我把这及其之后的成果，称之为现代"龙学"③。它的内涵包括对《文心雕龙》的版本校勘、语译和理论阐释等。

（一）《文心雕龙》版本研究

《文心雕龙》版本繁多。从敦煌写本，到宋《太平御览》引录本，再

---

① 杨权：《论章句与章句之学》，《中山大学学报》2002年第4期。

② 朱文民：《黄叔琳与古典"龙学"的终结》，《语文学刊》2019年第2期。

③ 朱文民：《黄侃先生与中国现代"龙学"的创建》，戚良德主编：《中国文论》第6辑，济南：山东人民出版社2019年版。

到元刻本，可以说，这是三个最为古老的版本了，也是孤本。可惜三个版本，没有一个是全本，皆为残本。尽管敦煌写本是目前找到的最古老的本子，但毕竟不是刘勰最初的定本，既然是抄写本，总免不了"书三写，鱼成鲁，帝成虎"（《抱朴子》语）。敦煌写本除了大部分残缺之外，还因为抄写者用的是行书，且有不少的六朝古字和同音假借字、简体字或者说是俗字，这就给读者带来不便，需要校勘者借用他本校勘。宋《太平御览》引录本，保留了宋人见过的宋代版本二十三篇的部分内容，共计四十三则，九千八百六十八字，占《文心雕龙》全书的百分之二十六多一点，比唐写本还多一千多字。元刊本《文心雕龙》也是残本，其中不仅有漫漶处，还有缺叶现象。明代版本繁多，但是善本难求，至有梅庆生音注本，王惟俭训故本，虽为时流所称，但是世间难寻，即使像王士禛这样的大学者为此"访求二十年始得之"，可见印数之少。这众多版本之间的源流至今也没有理出头绪。清代盛行黄叔琳辑注本。据现代学者研究，黄叔琳辑注本的底本，就是元至正刊印本。在古典"龙学"时期，龙学家主要是做了校勘工作。即使在现代"龙学"队伍中，也出现了一些校勘大家，如王利器、杨明照、詹锳、林其锬等校勘名家，其成果为学林所认可。

（二）《文心雕龙》五十篇的篇次研究

早些年，刘永济、杨明照、范文澜、郭晋稀、李曰刚等人都认为现行版本的篇序有问题。但是在要不要重新编次的问题上，意见也不一致。郭晋稀、李曰刚等人的专著，都根据自己的理解改变了通行本的篇序。其他人虽然认为有问题，但是没有重新改编篇次。牟世金先生认为现行本的篇次基本上保留了原貌，如果觉得有问题，应该写文章说出自己的理解和主张，但不易直接改编篇序。如果各人都按照自己的理解改编，"从改编的结果来看，难免形成各是其所是的局面"①，只能使现行版本更加混乱。近几年出版的译注本子，仍然有学者按照自己的理解改变了篇序，按理说，这是不妥的，容易被人看成是替古人改书。近些年有学者用易学观点考察《文心雕龙》篇次，认为现在通行本的篇次是按照《周易》六十四卦"两两相偶""非覆极变"的方法编排的，保持了刘勰的原貌，这个研究成果，其意义不可小觑。②

---

① 牟世金：《文心雕龙研究》，北京：人民文学出版社1995年版，第93页。
② 朱清：《〈文心雕龙〉易学撰著体例探析》，《中国哲学史》2008年第4期。

（三）小学理论

这里说的小学之谓，是从汉代至清代的提法。如果用"文字学"这个提法，也是不妥，因为民国时期的文字学家，已经把具有紧密联系的所谓"小学"的形、音、义三个质素，分列阐说，称之为文字学（讲字形）、音韵学（讲音律）、训诂学（讲字义）。

小学之类，在四部中，列入经学附庸。这本是刘勰撰写《文心雕龙》一书之前，早已经具备的学识，同时也是《文心雕龙》一书的重要内容之一，并设有专篇。

凡是从事文化工作的人，必须首先闯过"小学"关，所以有关汉字形、音、义的知识，汉代称为小学，这是学童开蒙的第一关。读书先要识字，作文必须练字造句，然后连句成篇。刘勰《文心雕龙》专列《练字》《声律》《章句》等篇，正是出于这一目的。

1. 文字形制

刘勰认为"鸟迹明而书契作"（《练字》），这是文字发生的文献系统说。而后来的文字学家则结合考古证明，认为文字开始于图像，这也就是为什么六书把"象形"列为第一的缘故。所以，刘勰认为"《易》象惟先"，是很有见识的。

刘勰认为："秦灭旧章……汉初草律，明著厥法。太史学童，教试六体。又吏民上书，字谬辄劾。""六体"之谓，是指六种字体①。在汉代初期，因为六国遗老不少，在当时的大学者哪里，无不通晓汉字的形、音、义。这就是刘勰说的"是以前汉小学，率多玮字，非独制异，乃共晓难也"。（《练字》）

后汉时期，文字学转趋疏略，"自晋来用字，率从简易，时并习易，人谁取难？"（《练字》）后来文家作文用字不讲究，随手捡来用上，别字、俗字、自造字满篇多有，以至于成了刘勰说的"字妖"。② 可见刘勰《练字》篇的设置是有针对性的，是为了纠正"字妖"现象，意义不同寻常。

---

① 六种字体是指：古文、奇字、篆书、隶书、缪篆、虫书。《说文解字序》说是八种字体：大篆、小篆、刻符、虫书、摹印、署书、殳书、隶书。

② 中国文字发展史上大的混乱期有两个，一是春秋战国时期，二是魏晋南北朝时期。这两个时期是国家混乱，政出多门，导致的文字形体和读音不能统一。春秋战国时期造成的文字混乱，经过汉代，基本统一了；魏晋南北朝时期造成的混乱，直到宋代才基本克服，但是在民间文学作品中至今也没有绝迹。

刘勰在《练字》篇说，"夫爻象列而结绳移"，认为八卦的产生，结束了上古结绳记事的时代，人类进入了文明时期。刘勰所谓"先王声教，书必同文，辎轩之使，纪言殊俗，所以一字体，总异音。"这是任何一个大一统的社会必须采取的措施。

从《练字》篇可以看到，刘勰认为，汉语言文字的产生和发展，经历了"爻象""鸟迹""书契"、籀文、秦篆、秦隶、汉隶、正书等字体。①

刘勰说："书契作，斯乃言语之体貌，而文章之宅宇也。"这就是说"心既托声于言，言亦寄形于字"（《练字》），言语是人类交际的声音，声音通过文字符号记录下来，就由声像变成了物象，物象就有了"体貌"。积字成句，积句成章，积章成篇，因此文章就寓居在文字之中，成了文章之宅宇，可谓刘勰之自铸伟辞。

《文心雕龙·章句》篇说："夫设情有宅，置言有位；宅情曰章，位言曰句。故章者，明也；句者，局也。局言者，联字以分疆；明情者，总义以包体。区畛相异，而衢路交通矣。夫人之立言，因字而生句，积句而为章，积章而成篇。篇之彪炳，章无疵也；章之明靡，句无玷也；句之清英，字不妄也。"可见文字对于文章的重要性。因而刘勰主张作文贵在"练字"，"练字"的"练"，李善注《文选·月赋篇》时说："练，与拣音义同。"拣通柬，《尔雅》："柬，择也。"刘勰本意是作文要选择恰当的文字组成"端直"的语句，使得文含风骨感召读者，以达到传达作者本意的目的。正是出于这一要求，刘勰才在《风骨》篇主张"捶字坚而难移，结响凝而不滞，此风骨之力也。""捶字"就是练字，"捶"就是锤炼。至此，《练字》篇的意义明矣！

刘勰还提出了练字的四条方法："是以缀字属篇，必须拣择：一避诡异，二省联边，三权重出，四调单复。""诡异者，字体瑰怪者也。"（《练字》）"联边"和"单复"是一个文章表面观感的美学问题。"联边者，半字同文者也"，"省联边"就是要求尽量减少用偏旁相同的文字组成句子，否则，就会给人以《字林》之感。刘勰是齐梁时期颇有声望的书法家，对于书品肥瘠文字的搭配和排列，颇有讲究，这不仅是内容上的要求，更多的是美学意义上提出的这个"磊落如珠"的要求。"权重出"的"权"是

---

① 刘勰那个时代,尚未有考古学,刘勰自然没有见到商周时期的甲骨文和金文。"古文"之谓,不同时期有不同的古文。刘勰说的"古文"当指包括"程邈造隶"之前使用的文字。

斟酌之意，就是指要斟酌用字，避免重复，给人以语言贫乏之感。

这说明刘勰不仅是一位伟大的文学理论家和杰出思想家，还是一位颇有建树的汉字学家。

2. 音韵学

所谓音韵学，就是讲究呼吸清浊高下之谓。《文心雕龙》之音韵学，最集中的是在《声律》篇。声律就是音韵协和的规律。魏晋至齐梁的声律学就是后世音韵学。刘勰在《声律》篇首先提出音律的起源问题。他认为："音律所始，本于人声者也。"这就是说乐器是对美好人声的模仿，所以乐器是写歌声的，不是歌声去学习乐器的，这一点是必须弄清楚的。"言语者，文章关键，神明枢机，吐纳律吕，唇吻而已。"言语形成文章，文章需要读者阅读，阅读必经"唇吻"，这就需要有乐感，这乐感就是抑扬顿挫，需要声、调、韵的和谐，才能朗朗上口，这就形成语音和谐的规律。这和谐的规律需要"和"和"韵"的配搭得体。什么是"和"，什么是"韵"呢？刘勰说："异音相从谓之和，同声相应谓之韵。"这就是后世说的平仄律和"韵律"。齐梁时期虽然发明了四声说，但还不叫平仄律，只可以叫"四声律"。齐梁的"四声"与现代普通话的"四声"不同。齐梁的"四声"是平声、上声、去声、入声；现代普通话的"四声"是阴平、阳平、上声、去声。平仄之谓，是后世对齐梁时期四声律的简化。"和"是声调相反的和谐，"韵"是同韵的和谐。刘勰的体会是"选韵"容易，"选和"难。这种"选和"无论是有韵之文，还是无韵之笔，都是需要的。

在谈论声、韵、调的时候，刘勰有几句精彩的议论，这就是：

> 凡声有飞沉，响有双叠。双声隔字而每舛，迭韵离句而必睽；沉则响发而断，飞则声飏不还，并辘轳交往，逆鳞相比，迕其际会，则往蹇来连，其为疾病，亦文家之吃也。夫吃文为患，生于好诡，逐新趣异，故喉唇纠纷；将欲解结，务在刚断。左碍而寻右，末滞而讨前，则声转于吻，玲玲如振玉；辞靡于耳，累累如贯珠矣。（《声律》）

这几句话的精辟之处，在于体现了刘勰音韵学上的双声叠韵原则。所谓"声有飞沉"，就是指声调的轻重、高低、清浊、抑扬等，一句话，即后世的平仄问题。"响有双叠"的"响"是对前面"声"的回应，这是声响律。"'声响律'是声律学的核心。首先倡此说的是沈约，其次是刘勰。"①不过，沈约只是说了"浮声"，即"若前有浮声，则后须切响"。沈约这句话的前面是："宫羽相变，低昂互节"（沈约：《宋书·谢灵运传论》）。本来前面的两句话说的还算圆融，不知何故，下一句只是说了"浮声"，没有说"沉声"。浮声就是飞声，沉声就是低声，沈约没有谈沉声。刘勰的"飞沉"说，等于补上了沈约的不足。这也就是许沈约感到刘勰《文心》"深得文理"的缘由之一吧！"双叠"是双声叠韵。"双声"，就是两字同声母，例如《章句》篇的"譬舞容回环，而有缀兆之位；歌声靡曼，而有抗坠之节也。""回环""靡曼"皆为双声；"叠韵"，就是两字同韵母，例如《比兴》篇的"螟蛉以类教诲，蜩螗以写号呼。""螟蛉"为叠韵，"蜩螗"为双声。"双声隔字而每舛，迭韵离句而必睽"，即"双声"不可隔字，如果隔字，读起来就别扭，如"回环""靡曼"各在中间不得插字使用。这里必须指出是"隔字"，而不是"隔词"②；"叠韵"不可离句，如果离句，读起来就不顺畅，如"螟蛉""蜩螗"各在中间不得插字使用。这都是为了声调之美，是双叠律的戒律，违背了这一戒律，必然导致吃文之病。解决吃文之病的办法是去掉好奇之怪异癖好，文句的左面发生障碍，就从右面想办法，下面出现不畅，就从上面去调整，这就是解决"喉唇纠纷"的最好办法。

刘勰的《声律》篇还明确地提出了汉字发音的部位和所用术语，即"抗喉矫舌之差，攒唇激齿之异，廉肉相准，皎然可分"，即喉音、舌音、齿音、唇音等术语。这些用词，为后世的音韵学所袭用。刘勰说的"夫商徵响高，宫羽声下"，就是传统声韵学上讲的宫、商、角、徵、羽，可用乐谱上的1、2、3、5、6比拟音阶。后世的龙学家对刘勰的《声律》篇的解读，显出功力不足，多有错误，甚至埋怨文本有误，以至于为刘勰改书，受到语言学家的斥责。③

刘勰的《文心雕龙》是骈体文，由于声韵的需要，刘勰不得不打破一些常识性的规矩，以迁就音韵，以至于后世的解读者认为《文心雕龙》用词有常识性的错误。例如：《明诗》篇"庄老告退，山水方滋"之"庄、

---

① 何九盈：《中国古代语言学史》，北京：北京大学出版社 2006 年版，第 96 页。

② 戚悦、孙明君：《〈文心雕龙〉的"双叠"论》，《暨南学报》2019 年第 11 期。

③ 朱文民：《语言学家对"龙学"家的批评》，戚良德主编《中国文论》第八辑，济南：山东人民出版社 2020 年版。

老"用法。从时间上说，应该老子在前，庄子在后；《史传》篇之"班、史立纪，违经失实"的"班"是指班固《汉书》，"史"是指司马迁之《史记》，也是颠倒了时序。其实，不是刘勰错了，正是刘勰深谙音韵学，才采用了"庄、老"和"班、史"之颠倒时序的用法。"庄"是第一声，"老"是第三声；"班"是第一声，"史"是第三声。《史传》篇的"自《史》《汉》以下，莫有准的"句的"汉"是第四声，刘勰就按照时序称呼的。《世说新语》记载了一则王导与诸葛炫共争姓族先后的故事："王导说：'何不言葛、王，而云王、葛？'诸葛炫说：'譬言驴、马，不言马、驴，驴能胜马邪？'"① 诸葛炫就巧妙地利用了汉语音韵学上的平仄问题，把丞相王导置于尴尬的境地。因为"王"是第一声，属于平声，"葛"是第三声，属于仄声，所以讲究音韵的人，习惯称"王、葛"，不称"葛、王"。而诸葛炫用"驴、马"之比喻习惯称呼以反驳王导，就是因为"驴"是第二声，属于平声，"马"是第三声，属于仄声，不是因为驴比马强，这种变被动为主动的技巧，就是利用了音韵学上的"四声律"，这也说明沈约发现四声律之前一百五十余年的时候，人们已经很注意利用声律学。刘师培先生就说："音韵之学，不自齐、梁始。封演《闻见记》谓：'魏时有李登者，撰《声类》十卷，以五声命字。'《魏书·江式传》亦谓：'晋吕静仿吕登之法作《韵集》五卷，宫、商、角、徵、羽各为一篇。'是宫羽之辨，严于魏、晋之间，特文拘声韵，始于永明耳。考其原因，盖江左人士，喜言双声，衣冠之族，多解音律。故永明之际，周、沈之伦，文章皆用宫商，又以此秘为古人所未睹也。"②

3. 训诂学

训诂学就是训释古今称谓雅俗之不同。训诂学在清代以前属于小学，研究汉字的义理，这又正是解读经书所需要的，所以成了经学的附庸。训诂学笼统地说，就是以语言解释语言，但是具体说，其内容却非常的广泛，它是人们从事古典学术研究不可或缺的基本功。刘勰在《文心雕龙》中，大都涉及训诂学的原理和方法，并且较之前人有发展和创新。刘勰在《序志》篇说：

---

① 李天华：《世说新语新校》，长沙：岳麓书社2004年版，第444页。
② 刘师培：《刘师培中古文学论集》，北京：中国社会科学出版社1997年版，第93页。

> 敷赞圣旨，莫若注经，而马、郑诸儒，弘之已精，就有深解，未足立家。唯文章之用，实经典之条。……于是搁笔和墨，乃始论文。

这里透出的信息是刘勰曾经为注释经典储备了知识，作为经学附庸的文字、音韵、训诂，正是刘勰储备力量的重要内容。我们详观《文心雕龙》一书，内中有不少篇章反映了刘勰的训诂思想和具体实践的例证。他的训诂思想主要表现在以下几个方面：

第一，主张"要约明畅"，反对繁杂冗长。《论说》篇曰：

> 若夫注释为词，解散论体，杂文虽异，总会是同。若秦延君之注《尧典》，十余万字；朱普之解《尚书》，三十万言，所以通人恶烦，羞学章句。若毛公之训《诗》，安国之传《书》，郑君之释《礼》，王弼之解《易》，要约明畅，可为式矣。

第二，"明正事理"，释词确切。《指瑕》篇说：

> 若夫注解为书，所以明正事理，然谬于研求，或率意而断。《西京赋》称"中黄、育、获"之畴，而薛综谬注谓之"阉尹"，是不闻执雕虎之人也。

第三，明确字词的本义和引申义。《指瑕》篇批评注释者，阅读不周全，资料贫乏，甚至不注意训释需要灵活运用引申义，举例说：

> 又《周礼》井赋，旧有"匹马"；而应劭释匹，或量首数蹄，斯岂辩物之要哉？原夫古之正名，车两而马匹，匹两称目，以并耦为用。盖车贰佐乘，马俪骖服，服乘不只，故名号必双，名号一正，则虽单为匹矣。匹夫匹妇，亦配义矣。夫车马小义，而历代莫悟；辞赋近事，而千里致差；况钻灼经典，能不谬哉？夫辩匹而数首蹄，选勇而驱阉尹，失理太甚，故举以为戒。

第四，翻译。清代陈澧在《东塾读书记》卷十一说："地远则有翻译，时远则有训诂。有翻译则能使别国如乡临，有训诂则能使古今如旦暮。"翻译和训诂是分不开的，我这里说的翻译，仅是从汉语古典文字到汉语语体文字的翻译，还不是两种语言之间的翻译。《文心雕龙》的翻译问题，在龙学界，虽然是将骈体古文翻译成现代语体文，也不是一件易事。自从冯葭初的《文心雕龙》演述至今，近百年来出版的译注本，可以说琳琅满目，没有争议者几乎没有。冯葭初的语译本出版于1927年，在龙学界一直没有引起注意，直到近几年才被戚良德教授发现，并撰文评论：

> 1927年10月，浙江湖州五洲书局出版了一部"言文对照"本的《文心雕龙》，该书以黄叔琳注、纪昀评本为基础，对《文心雕龙》五十篇作了"白话演述"，亦即语体翻译，演述者为冯葭初。……冯氏的"白话演述"既尽力"绎成语体"，也就是力图将原文的意义"表白"出来，又不离刘勰的原文左右，客观上保证了其译文更接近《文心雕龙》的原意。冯氏译文的一个显著特点是，对叙述性或描述性的原文，其译文较为畅达而流利，而原文理论性强的段落，则译笔稍为晦涩而逊色，这导致冯氏之译在理论术语的翻译上有所欠缺，从而对原文的阐释性不够。①

此时的现代龙学尚处在初创时期，对于《文心雕龙》的一些重要理论阐释不够清晰，对于一些术语的理解也还没有弄清楚，翻译自然显得"晦涩"。既是在今天，近百年的时间里，出版了数百部《文心雕龙》研究专著，语体译注专著也不占少数，要找一部尽善尽美者，也是不可能的。戚良德教授说冯著"对叙述性或描述性的原文，其译文较为畅达而流利，而原文理论性强的段落，则译笔稍为晦涩而逊色"的评价，又何尝不适用于现代的众多译注本呢！台湾学者王更生先生说："近代言翻译，已成专门的学术，而《文心雕龙》的翻译，更是专门学术中的专门学术。"②

但是，署名僧祐撰著的《出三藏记集》第一卷有一篇《胡汉译经文字同异记》，我读之再三，深感从语言文字表述，遣词造句，到知识结构，再到文学主张，无不与刘勰《文心雕龙》的《练字》《声律》篇及《灭惑

---

① 戚良德、赵亦雅：《〈文心雕龙〉语体翻译的最早尝试——论冯葭初的〈文心雕龙〉"白话演述"》，《兰州大学学报（社会科学版）》2019年第5期。
② 王更生：《重修增订〈文心雕龙〉导读》，第90页。

论》相同。往昔前贤说《出三藏记集》虽署名僧祐，实刘勰捉刀，言不虚也！①

翻译这门学问被台湾龙学家王更生先生称之为"专门学术中的专门学术。""注释""义训"本身就是翻译，刘勰对此也有讲究。他在《灭惑论》中，批评了佛教典籍翻译中出现的问题时说：

> 汉明之世，佛经始过，故汉译言，音字未正。浮音以佛，桑音似沙，声之误也。以图为屠，字之谬也，罗什语通华戎，识兼音义，改正三豕固其宜矣。②

虽然刘勰讲的是佛经翻译成汉文，王更生讲的是汉文翻译成外文，我这里讲的是文言文翻译成语体文，都是翻译，基本原理是相通的。统观龙学译注版本，琳琅满目，将《文心雕龙》这种骈文翻译为语体文，本来不应该成为大问题，细读诸家译本，就会觉得大相径庭，无瑕者少之又少。

刘勰的训诂实践表现在如下几个方面：

第一，就我们所见，更多的是在《文心雕龙》上篇对文体名称的训释。这就是"释名以彰义"，我们看到刘勰大都采用了音训和义训的训诂方式。《文心雕龙》文体论中170余种文体，③大都采用音训或者义训，恕不一一。

第二，注重校勘。汉语文献，在印刷术普及之前，主要是传抄，在字形、字音方面用字混乱，要想正确理解字义文义者，必须注重文字校勘。刘勰在《练字》篇曾说："经典隐暧，方册纷纶，简蠹帛裂，三写易字，或以音讹，或以文变。"为求正确理解文义，不可不辨析字音字义和字形，这就需要具备校勘学常识。

第三，注释经书，阐述大旨。龚鹏程先生不愿意承认刘勰在训诂学方面的功力，但是又没法掩盖事实。他说：刘勰"比较倾向于古文家。""古

---

① 清严可均在《全梁文》僧祐小传中认为："僧祐诸记序，或杂有勰作，无从分别。"（严可均辑：《全上古三代秦汉三国六朝文》（四），北京：中华书局1995年版，第3373页）范文澜《序志》篇注曰："僧祐宣扬大教，未必能潜心著述，凡此造作，大抵皆出彦和手也。"（范文澜：《文心雕龙注》，北京：人民文学出版社1998年版，第730—731页）

② 杨明照：《文心雕龙校注拾遗》，上海：上海古籍出版社1982年版，第800页。

③ 王更生：《重修增订〈文心雕龙〉导读》，台北，华正书局2004年版，第61页。

文家通常不太强调训诂之学，刘勰也很少显示他对训诂有多大功力，多半是就其大旨说，并强调条例，较接近古文家之风格。"① 我们认为这种说法是有违事实的，不是"很少显示他训诂有多大功力"，上篇的二十五篇，处处显示了他在训诂学上的功力，就是龚先生在事实面前也不得不承认。②

第四，刘勰在《章句》篇，虽然是从写作学的角度，谈论从字、词、句到章节的构筑方法，但是细读起来，对于读者来说，分析句读是断章析句首先遇到的问题。读者不仅要解释文章中的词义，阐述内容，在解释篇题、点名章旨、理解大意的同时，也要分析文章的篇章结构。汉代的章句学虽然烦琐，但是对于读者理解文章的结构，却是不可或缺的。刘勰在《章句》篇末，对于虚词应用规律的总结，为后人训释语句，提供了经验，值得称道。刘勰说："寻'兮'字成句，乃语助余声。……至于'夫''惟''盖''故'者，发端之首唱；'之''而''于''以'者，乃札句之旧体；'乎''哉''矣''也'者，亦送末之常科。"这些经验性的总结，在当时是一种发明。纪昀评："论语助亦无高论"③，是拿了明清时期发展了的学术成就去评论古人。因为自从元明之后，特别是清代朴学大盛，已有专书讨论这些"之乎者也""若夫岂但"之类的用法，慢慢变成了一种专门的学问，例如《助字辨略》等专门讨论语助词。而刘勰那个时代尚未发展到这个地步。判断一个人的学术贡献，是看他比他的前人多提供了什么，而不是以今律古，不能用今天的科学技术去嘲笑中国古代的四大发明。

第五，在训诂学上的创新。刘勰《论说》篇说："传者转师，注者主解。"这是汉儒常用的训诂方式。但是把"论"这种文体与"传""注"相联系，认为"释经，则与传、注参体"，刘勰是发明，并进一步认为"若夫注释为词，解散论体，杂文虽异，总会是同"。这就是说，刘勰认为注释之词，是解散了的论体之词，如果把这些分散的注释之词，汇总起来加以条理，就是很好的论著了。例如《易传》《左传》等。这个发明为什么是刘勰而不是别人呢？我想这或许与刘勰的学识结构有关系了。刘勰"为文长于佛理"，又曾经计划注释儒家经书，必然对于训诂学有所深究。而佛学

---

① 龚鹏程：《文心雕龙讲记》，桂林：广西师范大学出版社 2021 年版，第 157 页。
② 龚鹏程：《文心雕龙讲记》，第 207—208 页。
③ 黄霖编：《文心雕龙汇评》，上海：上海古籍出版社 2005 年版，第 117 页。

的"经、律、论"中，"经"是佛说的话，"律"是佛家为管理僧侣及其信众制定的法律文书，"论"则是对佛经和戒律所作的解释。给佛经和戒律所作的解释可以称为"论"，给儒经做的注释不是也可以称为"论"吗?! 我想这个发明也可能是刘勰受了佛学的影响而使之然，但已经是说不清了，因为刘勰在此列举的"论家之正体"是《白虎通义》，而这之前的经书传播，都是用的问答式。例如《春秋公羊传》《春秋谷梁传》。至于《论说》篇的"般若"一词，学界一直有争论。其实，从上下文来看，"般若"应该是指《般若无知论》，何以见得呢? 因为前面均是举例论说的文章，而且文章名称均省用为两个字，例如《声无哀乐论》，称为《辨声》等，这是骈文的局限性使之然。后面的"般若"二字，如果是指"般若"学，则就不对称了。我说这是刘勰的一个创新，所谓创新就是有别于传统，正是有别于传统，才受到了传统派的批评。例如蒋祖怡先生就说："不符合我国古代称谓的通例，完全是把佛典中'佛言为经，菩萨解经之言为论'的说法硬搬过来的。按照我国古代的通例，解'经'之言，称'注''疏'或'传'，而没有叫'论'的。"① 蒋先生的这个批评是不妥的。这种不妥，就在于：一是他否认了学术发展过程中不同学科之间的融和、贯通。二是刘勰的借用是非常妥帖的，正因为它妥帖，又突破了蒋祖怡说的"通例"，因而是个创见，所以我说他是对训诂学的一个贡献。

（四）经学

刘勰是一位由宋跨齐入梁经历三朝的人物。其时的学术经历了汉代的儒学独尊，中经名教危机，魏晋玄学勃兴，以至于发展到清谈误国，使得有识之士重新认识到经学的功用不可废，于是从宋代开始，虽有玄、佛的冲击，儒学还是开始振兴。刘宋王朝立总明观，设儒、道、文、史、阴阳五部学。王俭为祭酒，是以儒学大振。《南齐书·刘瓛陆澄传论》就说："永明篡袭，克隆均校，王俭为辅，长于经礼，朝廷仰其风，胄子观其则，由是家寻孔教，人诵儒书，执卷欣欣，此焉弥盛。"在齐帝尚儒，王俭重儒的大背景下，刘勰正是世界观形成时期，经学根柢深厚，自有其时代的、家庭的熏染。其中，《易》学就是东莞刘氏的家学。《序志》篇说："齿在逾立，则尝夜梦执丹漆之礼器，随仲尼而南行。旦而寤，乃怡然而喜，大哉! 圣人之难见哉，乃小子之垂梦欤! 自生人以来，未有如夫子者也。敷

---

① 蒋祖怡:《文心雕龙论丛》,上海:上海古籍出版社1985年版,第8页。

赞圣旨，莫若注经；而马、郑诸儒，弘之已精；就有深解，未足立家。唯文章之用，实经典枝条，五礼资之以成文，六典因之致用，君臣所以炳焕，军国所以昭明；详其本源，莫非经典。"这后面的几句话，是对《文心》开言便是"文之为德也，大矣"的最好注脚。　"于是搦笔和墨，乃始论文。"

刘勰认为："圣哲彝训曰经，述经叙理曰论。"这"论文"的论体，源于《周易》，即"论、说、辞、序，则《易》统其首"。以论立名，首见于《论语》，其后庄周、吕不韦继之，"至石渠论艺，白虎通讲；述圣言通经，论家之正体也"。在刘勰看来，这论体是阐述经义的最好形式。他虽然放弃了传统的马、郑式的经书注释方式，把论体用以论文，也是注经、传经。这就告诉读者，他写的《文心雕龙》虽然是一篇一篇的论文集起来的，但却是按照"大衍之数五十"列出的提纲撰写的，中间结构严格采用《周易》六十四卦"二二相耦""非覆即变"的排列方式，编排了篇序。而撰著的方法是按照："原始以表末，释名以彰义，选文以定篇，敷理以举统。"从思想到文体，再到篇章结构，皆从"经"书中来。在刘勰看来，文章之功用，实是大于传统的注经，他把推阐《文心》作为"敷赞圣旨"的工作，看成是高出于马、郑注释经书的功用之上。方孝岳先生大概也是这样理解刘勰的，所以他在其大著《中国文学批评》中，专列一个标题："发挥'文德'之伟大，是刘勰的大功。"《文心雕龙》的"文之枢纽"，即文学基本原理部分，就是从儒家传统的经学思想衍生出来的（即徵圣、宗经），如果对经学茫然无知，则不可能问津"文心雕龙学"。《文心雕龙》全书引用《周易》228 处[1]，引用《诗经》221 处，引用《书经》178 处，引用《礼》223 处，引用《春秋左传》213 处（引用《公羊传》和《谷梁传》相对少一些），引用《论语》94 处，引用《孟子》45 处[2]。五经中弄懂一经都非易事，更何况弄懂五经。刘勰是一位由经学入史学、入文学的学术大家，他的基本思想就是经学。《文心雕龙》显示出刘勰的学问博大精深，就是因为他用从经学上得来的知识贯穿于他所有的评论之中。现在的学者中任何一个人，不管他多么自负，在刘勰面前都应该感到翘不起尾巴，

----

[1]　该数字是从王仁钧《〈文心雕龙〉用〈易〉考》一文中统计出来，原文见台湾淡江文理学院中文研究室编著：《文心雕龙研究论文集》，台北：惊声文物供应公司印行 1957 年版。

[2]　朱供罗：《"以经立义"与〈文心雕龙〉的理论建构》，昆明：云南人民出版社 2019 年版，第374 页。

这也就是《文心雕龙》为什么被后人称为奇书，写作这部奇书的作者被称为奇人，就是因为它前无古人，后无来者。台湾文心学大家王更生教授就看出了这一点，他看出刘勰在写作《文心雕龙》的时候，有两个相辅相成的方法，他说：

> 这两个方法就像我们身体上的血脉经络，是有条不紊的。这两大脉络，一是"经学思想"，一是"史学识见"。且经学思想是点，史学思想是线，连点成线，串连出基本架构。常人只知道有《宗经》《史传》二篇，殊不知在《文心雕龙》全书里，"宗经思想"和"史学识见"汇成两道纵横交错的主流。"宗经"是刘勰思想的主导，"史学"是刘勰运笔的金针①。

我曾在一篇文章里评论王更生的这个见解说：

> 这是迄今为止，其他龙学家未曾发现的珍珠。刘勰正是在《文心雕龙》中设置了《史传》篇，才显示了他的史学功力。钱穆在《中国史学名著》一书中，评论刘知几的时候，说："《文心雕龙》之价值，实还远在《史通》之上。……《史通》只是评论'史书'，不是评论历史。……我们从此再回头来看刘勰的《文心雕龙》，那就伟大得多了。他讲文学，便讲到文学的本原。学问中为什么要有文学？文学对整个学术应该有什么样的贡献？他能从大处会通处着眼。他是从经学到文学的，这就见他能见其本原、能见其大，大本大原他能把握住。……刘勰讲文学，他能对于学术之大全与其本原处、会通处，都照顾到。因此刘勰并不得仅算是一个文人，当然是一个文人，只不但专而又通了。"②

方孝岳先生在他的《中国文学批评》一书中，说唐代刘知己的《史通》自然也是了不得的书，作者也是以此自负有加，但是实在全没有通人

---

① 王更生：《重修增订文心雕龙导读》，第59页。
② 朱文民：《"龙学"家牟世金与王更生先生比较研究》，戚良德主编《儒学视野中的〈文心雕龙〉》，上海：上海古籍出版社2014年版，第118—119页。

的气象，我们只要一看《文心雕龙》就可以知道：

> 彦和的学问十分博大，他这书可以说是总括全体经史子集的一部
> 通论。他并且深通内典，手定定林寺的经藏，著有《众经目录》，《梁
> 书》里说他"博通经论，区别部类，而为之序。"那又可以说是他为
> 内典而作的《文心雕龙》了。①

从上文，我们可以看到王更生、钱穆和方孝岳等先生都把刘勰看成是
一位通人。做一位学者不易，被学术界评论为通人更不容易。王更生为什
么看出《文心雕龙》的"经学思想"和"史学识见"这两大脉络？我们还
得从刘勰撰写《文心雕龙》的动机和《文心雕龙》的性质去体察。刘勰撰
写《文心雕龙》的动机是鉴于南朝文学创作和文学批评的背景决定的。南
朝的文坛情形，《隋书·李谔传》说："江左齐、梁，其弊弥甚，贵贱贤
愚，唯务吟咏。遂复遗理存异，寻虚逐微，竞一韵之奇，争一字之巧。连
篇累牍，不出月露之形，积案盈箱，唯是风云之状。"时人萧子显《南齐
书·文学传论》中记载："今之文章……启心闲绎，托辞华旷，虽存巧绮，
终致迂回。"钟嵘《诗品·序》也记载："大明泰始中，文章殆同书抄。"
刘勰《文心雕龙·明诗》篇曰："庄老告退，而山水方滋；俪采百字之偶，
争价一句之奇，情必极貌以写物，辞必穷力而追新，此近世之所竞也。"
《物色》篇曰："自近代以来，文贵形似，窥情风景之上，钻貌草木之中。
吟咏所发，志惟深远，体物为妙，功在密附。"这是创作界的情况，显然令
刘勰不满。而文学批评界的批评则又是怎样的呢？《序志》篇说："各照隅
隙，鲜观衢路……未能振叶以寻根，观澜而索源。不述先哲之诰，无益后
生之虑。"面对这种氛围，刘勰要作《文心雕龙》以诊治这种弊病。《序
志》篇说：

> 唯文章之用，实经典枝条，五礼资之以成，六典因之致用，君臣
> 所以炳焕，军国所以昭明，详其本源，莫非经典。而去圣久远，文体
> 解散，辞人爱奇，言贵浮诡，饰羽尚画，文绣鞶帨，离本弥甚，将遂
> 讹滥。盖《周书》论辞，贵乎体要，尼父陈训，恶乎异端，辞训之奥，

---

① 方孝岳：《中国文学批评》，上海：世界书局1934年版，第49页。

宜体于要。于是搦笔和墨，乃始论文。

既然"详其本源，莫非经典"，那么刘勰就要从源头上找回雅正的文风和已经"解散"的文体，以达到"正末归本"之目的。刘勰认为各种文体无不源于五经。《宗经》篇：

> 论、说、辞、序，则《易》统其首；诏、策、章、奏，则《书》发其源；赋、颂、歌、赞，则《诗》立其本；铭、诔、箴、祝，则《礼》总其端；记、传、盟、檄，则《春秋》为根。并穷高以树表，极远以启疆，所以百家腾跃，终入环内者也。

刘勰把20种文体大类一一点出它们的"首""源""本""端""根"。这里必须指出，《宗经》篇尚未列出的其他一些文体，在《文心雕龙》其他篇中，也有明言或者暗示源于经书。如《离骚》"同于风雅"，"取镕经意"，可见《骚》源于《诗经》；《正纬》篇："夫六经彪炳，而纬候稠叠"，可见纬源于经书。《史传》篇，主张"以经树则"。《诸子》篇认为："述道言治，枝条五经"，"圣贤并世，而经子异流"，源头皆在《五经》，等等。在《宗经》篇同时指出：

> 若禀经以制式，酌雅以富言，是仰山而铸铜，煮海而为盐也。故文能宗经，体有六义：一则情深而不诡，二则风清而不杂，三则事信而不诞，四则义贞而不回，五则体约而不芜，六则文丽而不淫。扬子比雕玉以作器，谓五经之含文也。

王更生先生说："不知六经，即不能抉发中国文学的本根；不明谶纬，即不能认识中国文学与神话的关系。"[①] 这就要求"文心雕龙学"的研究者，必须具备相当的经学修养，本着刘勰由经学入文学的脉络，才能对"文心雕龙学"有真了解。

（五）史学

从《明诗》到《书记》的二十篇中，本着"原始以表末，释名以章

---

① 王更生：《重修增订〈文心雕龙〉导读》，第66—67页。

义，选文以定篇，敷理以举统"的原则，阐述各种文体的沿革和变迁。一个"原始以表末"，就是用的"史法"，即探究各种文体的"始"与"末"。《文心雕龙》上篇是最早的中国文体发展史，有人说《文心雕龙·时序》篇是最早的中国文学通史，《明诗》篇是一篇诗歌发展的专门史，《乐府》篇是乐府诗发展的专门史，其实《诸子》篇也是子学发展的专门史。

无论是"文体发展史"还是"文学通史"、诗歌史、乐府史，子学史，体制有大有小，都是中国历史的一部分，只不过它是中国历史的专门史罢了。撰写文体发展史和文学通史、诗歌史、乐府史、子学史，也与撰写一般历史书一样，需要史才、史学、史识和史德。更何况《文心雕龙》中有专门的《史传》篇。中国史学史专家杜维运先生在《中国史学史》一书中给了刘勰相当高的评价，他说：《史传》篇的前半部分，是一篇精简的史学史。概括了自黄帝至南齐三千年的悠长时间，不仅讲了史官、史职的设置，职责的划分，史体的异同，还评论了《春秋》《左传》《史记》《汉书》《三国》，也评论了《阳秋》《魏略》《江表》《吴录》《晋纪》等史书。其评论的水平，"尽是精当之论，迄今不可易。《史传》篇后半部分，讨论史体的得失，记述的失实，历史的任务，益见精彩"①。

杜维运在为汪荣祖《史传通说》写的"序言"里说：

刘彦和亦精于史学，其《史传》一篇，扬榷史籍，探究史理，若隐现刘子玄《史通》之缩影。……简约文字中，于史籍之内容，史笔之抑扬，史法之要删，史任之重大，一一出以精见，虽至中西史学大通之今日，其见仍不可废。然则彦和之史学为不可及矣。②

杜维运先生在《中国史学史》还说：

刘勰论文，亦通论史，其精见往往可适用于两者，以致他能写出最有史学见解的《史传》篇出来。刘知己的《史通》一书，未尝不是

---

① 杜维运：《中国史学史》，北京：商务印书馆2010年版，第340—341页。
② 汪荣祖：《史传通说——中西史学之比较·杜维运序》，北京：中华书局2003年版。

自《史传》篇扩大而来。①

对于《宗经》篇提出的"文能宗经,体有六义",杜维运先生评论说:

> 这是为文之道,也是写史之法。事信而不诞,义直而不回,体约
> 而不芜,写史须奉此为圭臬。情深而不诡,风清而不杂,文丽而不淫,
> 则是史文臻于真挚尔雅的途径。②

然而,纪昀则评《史传》篇说:

> 彦和妙解文理,而史事非其当行。此篇文句特烦,而约略依稀,
> 无甚高论,特敷衍以足数耳。③

自纪昀之后,在这个问题上,文论家大都受了纪昀的忽悠,即是自负
有加的学术大腕也添列其间④,可见"史事非其当行",门外谈史而已。当
年纪昀误扣在刘勰头上的帽子,今日拿来扣到纪昀及其同道者的头上正合
适。何谓"非其当行"?如"读兵书,而赏其文辞、夸其章法、比较它与
戏剧的关系,就叫作非其当行。"⑤

撰写历史,刘勰主张史书要有"表征盛衰,殷鉴兴废"的社会功能;
史官要有"按实而书"的史家良德,"立义选言,宜以经树则"的思想;
"史之为任,弥纶一代,负海内之责"的史家责任等。⑥ 杜维运评论刘勰指
出的史家职责和任务,"最见刘勰的真知灼见"⑦。至于具体编撰史书,更
有他自己的一套方法。例如"博练于稽古",不惜"绅裂帛,检残竹";还
要订体例,核实资料等一系列准备工作。在钱穆看来,刘勰做到了"经史
会通",刘知几虽然在史馆蹲了三十年,其水平还远在刘勰之下。⑧

---

① 杜维运:《中国史学史》,第 340 页。
② 杜维运:《中国史学史》,第 337 页。
③ 黄霖编:《文心雕龙汇评》,上海:上海古籍出版社 2005 年版,第 58 页。
④ 龚鹏程:《文心雕龙讲记》,第 443 页。
⑤ 龚鹏程:《文心雕龙讲记》,第 3 页。
⑥ 刘勰:《文心雕龙·史传》篇。
⑦ 杜维运:《中国史学史》,第 342 页。
⑧ 钱穆:《中国史学名著》,北京:生活·读书·新知三联书店 2000 年版,第 125—132 页。

香港学者黄维梁教授说："刘勰《时序》以千多字论述三千年的文学，自然不可能样样兼顾（他那个时代的文学现象也远远没有现在那样多元复杂），不过，他毕竟是体大虑周的理论家、批评家、史家。《时序》说'齐开庄衢之第，楚广兰台之宫'（帝王建华美宫殿以礼待文士），'征枚乘以蒲轮，申主父以鼎食，擢公孙之《对策》，叹倪宽之拟奏，买臣负薪而衣锦，相如涤器而被绣。'（因能文而受奖掖、获厚待、得富贵），这些岂非涉及'报酬体系'？引文这里连作家的生活际遇都素描了"①，这些都要求研究"文心雕龙学"的人，必须具备史学素养。纪晓岚之文名不可谓不显，龚鹏程之学名不可谓不彰，尚且没有读懂《史传》篇，刘勰只有在史学名家钱穆和杜维运那里才算是遇到了知音，可谓"知音难求"，其他人尚需努力才是！

关于刘勰的史学思想，学术界有不少单篇论文，台湾王更生在《文心雕龙研究》一书中有专章《文心雕龙之史学》；杜维运《中国史学史》中的专节《〈文心雕龙〉与史学》；杨明《刘勰评传》、朱文民《刘勰志》《刘勰传》中也有专章或专节论述刘勰的史学思想。专著有汪荣祖《史传通说》，约23万字，对刘勰《史传》篇逐段解析，并与西方史学做了比较研究。这说明在学术界，刘勰的史学思想和史学才华，是公认的一流大家。史学史也为刘勰留下了一席之地，不具备史学知识是难识《文心》真面目。君不见，龙学队伍中，即是大名鼎鼎的学者也容易出问题。例如杨明照先生对《宋书·刘秀之传》中那句："刘秀之，字道宝，东莞莒人，司徒刘穆之从兄子也"的"从兄子"理解有误，画列的刘勰家族世系表出现差错。②而张少康照搬抄录杨明照的错误成果，又在刘肥名字旁边括注"刘夫人生"③，本想标新立异，却成了画蛇添足。少康先生还把梁武帝的六弟萧宏，说成是梁武帝的儿子④。出现这种低级错误，都是由于史学常识的缺失使之然。又如龚鹏程先生的《文心雕龙讲记》第二讲，讲刘勰家世，说刘勰祖父"灵真是'员外散骑常侍'，官位还不错"⑤，不知资料来自何处。我撰写《刘勰志》，研究刘勰家族历史，始终未见刘灵真的官职，是我读书

① 黄维梁：《最早的中国文学史：〈文心雕龙·时序〉》，朱栋霖、范培松主编：《中国雅俗文学研究》第一辑，上海：三联出版社2007年版，第36页。

② 杨明照：《文心雕龙校注拾遗》，上海：上海古籍出版社1982年版，第390页。

③ 张少康：《刘勰及其〈文心雕龙〉研究》，北京：北京大学出版社2010年版，第3页。

④ 杨承运、林建初编：《智慧的感悟——北京大学〈名著名篇导读〉》，北京：华夏出版社1998年版，第213页。张少康：《夕秀集》，北京：华文出版社1999年版，第131页。

⑤ 龚鹏程：《文心雕龙讲记》，第43页。

不周，还是龚先生言之无据？再如第三讲，说："建武元年（494），定林寺的僧祐死了，刘勰替他作碑。"① 后来又说："天监十七年（518），刘勰迁步兵校尉。……同年，他作僧祐的碑文。"② 僧祐的卒年有明文记载，不是"建武元年（494）"。梁《高僧传·僧祐传》说：僧祐"以天监十七年（518）五月二十六日卒于建初寺，春秋七十有四。……弟子正度立碑颂德，东莞刘勰制文。"这些搞文学研究的专家，一旦涉及历史问题，往往就像吃醉了酒一样，说话没了准的。可见研究"文心雕龙学"，必须具备相当的史学功力，不然则会出现硬伤。

（六）子学

《文心雕龙》的性质问题学术界有分歧，前文已经言及。是子书，或是文论专著，还是哲学要籍？可以继续讨论，有一点是不容否认的，那就是刘勰以子自居，是不争的事实，《文心雕龙》中的子学思想也是放出耀眼的光芒。《文心雕龙》的思想主轴是将道家的自然论和气论纳入儒家学术中，形成具有时代特征的刘勰自己独特的思想体系，如果给他贴上学术标签的话，就是儒、道同尊。由于文中设置的《征圣》《宗经》篇和《梁书·刘勰传》中有"随仲尼而南行"，使得许多人陷入了迷雾中，即是一些资深学者至终也未能辨别清楚③。

为了"敷赞圣旨"，刘勰本想注经，后来感到难以超越前贤，于是遵循"尼父陈训"，"搦笔和墨，乃始论文"，这是刘勰本意。《文心》书成，弥纶群言，时人评为"深得文理"。曹学佺评《诸子》篇曰："彦和以子自居，末篇《序志》内见之。"④ 谭献《复堂日记》说："阅《文心雕龙》。童年习熟，四十后识其本末。可谓独照之匠，自成一家。"又说："彦和著书，自成一子，上篇二十五，昭晰群言；下篇二十五发挥众妙。并世则诗品让能，后来则《史通》失隽。文苑之学，寡二少双。立言宏旨，在于述圣宗经，所以群言就冶，众妙朝宗者也。"⑤ 视《文心》可谓子书矣。

何谓子书？《辞源》子部说："旧时六经之外，著书之说成一家言的，统称子书。"子者，男子之统称也。汪中《述学·释"夫子"》："古者，孤

① 龚鹏程：《文心雕龙讲记》，第74页。
② 龚鹏程：《文心雕龙讲记》，第82页。
③ 朱文民：《杨明照先生与"文心雕龙学"》，《语文学刊》2020年第6期。
④ 黄霖：《文心雕龙汇评》，第63页。
⑤ 杨明照：《文心雕龙校注拾遗》，第447页。

卿大夫皆称'子'……称'子'不成词，则曰'夫子'。……以'夫'配'子'取足成词尔。……为大夫者例称夫子，不以亲别也。……后人沿袭以为师长之通称，而莫有原其始者。"① 孔门弟子常见如此。当然也有同辈之间称子者，如孔子称遽伯玉为公孙叔子。刘勰之前，尚未有子学发展史，《文心雕龙》一书专设《诸子》篇，这是刘勰的一大创新。刘勰开言道出自己的见解："诸子者，入道见志之书。太上立德，其次立言。百姓之群居，苦纷杂而莫显；君子之处世，疾名德之不章。唯则炳曜垂文，腾其姓氏，悬诸日月焉。"且与士大夫有同感："身与时舛，志共道申，标心于万古之上，而送怀于千载之下，金石靡矣，声其销乎！"这就不仅给子书下了定义，还道出了子书产生的个人原因。"诸"者，非一之词。称诸子，相对于群经、诸史而言，而非其他所指。周秦之际，学者辈出，各自著书立说，向诸侯推销自己的主张，学者并非一人，学派也并非单一，其著述也并不是一部，后世恒以"诸子"名之。诸子之说，行于汉代初年大收篇籍之时，诸子之书，多定自刘向之叙录。司马迁《史记》称诸子之书为"百家语"，说明"诸子"之谓，产生于《史记》之后。对汉代及其汉代之后相当数量的子书，刘勰说：有的"虽标论名，归乎诸子。何者？博明万事为子，适辨一理为论，彼皆蔓延杂说，故入诸子之流。"这就指出了子和论的区别。在《诸子》篇，刘勰不仅指出了子书形成的社会原因和个人原因，还指出：子目肇始，莫先于《鬻子》，指出春秋时期是"圣贤并世，经子异流"，这可谓卓见。我们拿《文心·诸子》篇与《刘子·九流》篇作比较，《文心·诸子》把《鬻子》定为"子目肇始"，与《刘子·九流》述道家，首列鬻熊，次列老子是一致的，其他学人未有如此见解者。刘勰在《诸子》篇："逮汉成留思，子政雠校，于是《七略》芬菲，九流鳞萃。杀青所编，百有八十余家矣。"此说正取自《汉书》②。《诸子》篇"鬻惟文友，李实孔师，圣贤并世，而经子异流"，正是《文心雕龙》和《刘子》儒道同尊的源头。《九流》观点正可为《诸子》篇作注脚。又，《九流》篇：

观此九家之学，虽旨有深浅，辞有详略，偕俪形反，流分乖隔，

---

① ［清］汪中著，田汉云点校：《新编汪中集》，扬州：广陵书社2005年版，第353页。
② 《汉书》说："凡诸子百八十九家，四千三百二十四篇。"而我们实际统计是一百九十家。可证《诸子》篇"百有八十余家"的资料源于《汉书》，更可证与《九流》资料同源。

然皆同其妙理，俱会治道，迹虽有殊，归趣无异。犹五行相灭亦还相生，四气相反而共成岁。淄、渑殊源，同归于海；宫商异声，俱会于乐。夷、惠异操，齐踪为贤；三子殊行，等迹为仁。

这九家"俱会治道，归趣无异"，正是《灭惑论》"至道宗极，理归乎一"的注脚。

以上皆可为《刘子》刘勰著之内证。同时，又可以说这"俱会治道，归趣无异"和"至道宗极，理归乎一"是对百家争鸣的终极性总结。纵观南北朝思想史，也只有刘勰有此识见。

《文心·诸子》虽然是从文体学的角度，本着"原始以表末，释名以章义，选文以定篇，敷理以举统"的原则，解释诸子文体，评论诸子学派之成就及其文学风采，无疑《诸子》篇也是最早的子学发展史，显示了刘勰对子学研究的非凡成就。明代杨慎读到《诸子》篇的第一段时，遂作眉批曰："总论诸子，得其髓者，可见彦和洞达今古。"①

《刘子·九流》篇述及各家短长，正是发挥《汉志》："观此九家之言，舍短取长，则可以通万方之略矣。"又，"今异家者各推所长，穷知究虑，以明其指，虽有弊端，合其要归，亦《六经》之支与流裔。"这"弊端"与"所长"，经《九流》所指，可以"舍短取长"，以达到《易》曰"天下同归而殊途，一致而百虑"之目的，其《文心·诸子》《灭惑论》《刘子·九流》之要旨，也正在这里。

"洞达今古"的刘勰对子学的研究，有自己独到的见解：第一，他给子书定性是"入道见志之书"。认为春秋以前圣人的话语，只是口耳相传，后人看到的"篇述者，盖上古遗语，而战代所记者也。"这就指出了先秦诸子，多成书于战国。我们验证《汉书·艺文志》列出的诸子，确是大都结集于战国。第二，对子学发展阶段的划分，前无古人。刘勰所述诸子学术流派，以战国为界，并追溯其产生的渊源，是"王道衰微，诸侯力政，时君世主，好恶殊方。是以九家之说，蜂出并作"（《汉志·诸子略》）。春秋时期及其之前是"圣贤并世，而经子异流"时期，此时为子学萌芽期。战国是"俊乂蜂起"即"百家争鸣"期。其后，暴秦烈火，"烟燎之毒，不

---

① 黄霖：《文心雕龙汇评》，第63页。

及诸子"①。第三，子书的质量以汉为界。"两汉以后，体势浸弱，虽明乎坦途，而类多依采"。"作者间出，谰言兼存，璩语必录，类聚而求，亦充箱照轸矣。"刘勰的这些评论，在《颜氏家训·序致》篇也可证明其见解是符合实际的②。先秦诸子与汉魏子学为什么有这种差别？在于时代不同了，汉代是一个大一统的社会，没有"诸侯力政，时君世主，好恶殊方"的条件。这里必须指出，先秦诸子之书，虽然以某子冠以书名，却非一人之作，汉魏之后，除了《淮南子》外，大都是一人之作。历史上流传下来的子书，刘勰没有一味地标榜，而是把它分为"纯粹者"和"踳驳者"，划分的标准是是否以经立意。"其纯粹者入矩，"的"矩"就是"经"，"踳驳者出规"的"规"也是"经"。子书是枝条《五经》，《五经》是一切文体和言论、行动的"规矩"和源头。从全文看："出规"者有三类：一类是"虚诞"者；一类是"弃孝废仁"者；一类是"辞巧理拙"者。这种划分表现了刘勰的学术胆识。第四，既评论诸子思想，也评论诸子文学。评论诸子之思想者，在从"至如商韩，六虱五蠹，弃孝废仁，轹药之祸，非虚至也"至"亦学家之壮观也"一段文字，评论的标准是社会作用。评论诸子文章之文采者，是从"研夫孟荀所述"至"斯则得百氏之华采，而辞气之大略也"一段文字，评论的标准是以《情采》篇的"情"与"采"。这种既评论诸子思想，又评论诸子文采的品评方法，也是往昔言子学者不曾有过的。

再者，《文心雕龙·序志》篇："文果载心，余心有寄"的"心"，就是子家之心。

台湾已故学者张立斋先生说："彦和继《史传》之后有《诸子》，此必然耳。盖《汉志》云：'合其要归，亦六经之支与流裔也。'纪评'谰入'之说，非也。"③

王更生先生说："言诸子与文学之关系者，起于刘勰《文心雕龙》。《文心》之前，若王充《论衡》、魏文《典论》、陆机《文赋》、挚虞《流别》，论文均不及此。"④

一向主张《文心雕龙》为子书架构的台湾学者游志诚教授，在其大著

---

① 刘勰秦火"烟燎之毒，不及诸子"之说，当本于王充《论衡·书解》曰："秦虽无道，不燔诸子。"然而《史记·秦始皇本纪》云："天下有敢藏《诗》《书》百家语（即诸子书）者，悉诣守尉杂烧之。"
② 《颜氏家训·序致》说："魏晋已来，所著诸子，理重事复，递相模效，犹屋下架屋，床上施床尔。"
③ 张立斋：《文心雕龙注订》，台北：正中书局1967年版，第167页。
④ 王更生：《重修增订文心雕龙研究》，台北：文史哲出版社1984年版，第276页注释（二）。

《〈文心雕龙〉五十篇细读》中，每一篇均列出一节《××篇子学内涵》。例如在《论说篇细读》中列出的《〈论说篇〉子学内涵》中说："文心《诸子篇》与《论说篇》前后相次，有如子学姊妹之作，皆属子论，固无可疑！二篇只有'博'与'专'之大小差异，以及'子书'与'集论'之形式不同而已！"① 游志诚教授如果没有长期研究诸子文学的历练，没有子学和经学素养，也读不出如此之滋味。尤其是游志诚读出《刘子》谋篇布局与《文心雕龙》相同，皆效仿《周易》六十四卦"二二相耦""非覆即变"的排列篇序，其撰著方法同是"原始以表末，释名以彰义，选文以定篇，敷理以举统"。有学者说："'龙学'深似海"，读出《文心》《刘子》谋篇布局皆效仿《周易》的朱清、游志诚二位学者，真乃深海探得丽珠，可谓刘勰之知音。

可见问津文心雕龙学，如果没有子学素养，也是会碰壁的。这方面的研究单篇论文也有一些。例如黄孟驹《王充〈论衡〉与刘勰〈文心雕龙〉》、龚鹏程《从〈吕氏春秋〉到〈文心雕龙〉——自然气感与抒情自我》、马白《〈淮南子〉与〈文心雕龙〉》、陈良运《〈文心雕龙〉与〈淮南子〉》、张少康《荀学与〈文心雕龙〉》等。专书中的专门章节有王更生《文心雕龙研究》中的《文心雕龙之子学》，朱文民《刘勰传》中的《文心雕龙诸子观》等等。其专著首推游志诚《〈文心雕龙〉与〈刘子〉跨界论述》《〈文心雕龙〉五十篇细读》《刘勰〈刘子〉五十五篇细读》等。

（七）兵学思想

说到《文心雕龙》里有丰富的兵学思想，一般人是不信的。就我阅读所知，最早提到《文心雕龙》中有兵学思想的，是饶宗颐先生的《〈文心雕龙〉探原》一文。饶先生说："文武本异途，彦和则合一之，既主华实相胜，且力倡文武兼资。故讥'扬马之徒，有文无质，所以终乎下位。'而言'文武之术，左右为宜。'邵毅、孙武，可为楷式，是以'摛文必在纬军国'，实亦取乎诗'允文允武'之意。"② 其后，是美国学者林中明先生在《刘勰〈文心〉与兵略、智术》一文中，曾举出大量例证。林先生说："身居乱世，明审时势，进能立功，退能立言，乱能全身，这是兵法名家孙

① 游志诚：《〈文心雕龙〉五十篇细读》，台北：文津出版社2017年版，第198页。
② 饶宗颐：《文心雕龙探原》，饶宗颐主编：《文心雕龙研究专号》，台北：明伦出版社1971年版，第4页。

子、张良留下的智慧。刘勰自幼熟读兵书，老来果决运用兵略，全身保誉而退，可算是知行合一。论文采，他比屈原、马迁、灵运、陆机诸贤，或有未逮。然而他文武合一，知兵略而又能把兵法巧妙地运用到文论中和事业上，终于以《文心》成书传世抗衡前贤，而更以明哲托身不朽。"① 再后来，朱文民在《刘勰的兵学思想》一文中，把刘勰的兵学思想分为八个方面做了论述：（1）"修正道以服人"的战争观；（2）将帅"以智为先"的治军思想；（3）"习武不辍""精兵常备"的戎备思想；（4）"经正纬奇""就实通变"的战术思想；（5）"以仁为源""智仁并举"的带兵之道；（6）"临危制变""反经合道"的辩证思想；（7）刘勰兵学理论在其他领域的活用；（8）刘勰兵学思想的家学渊源。② 《刘子·九流》篇："今治世之贤，宜以礼教为先；嘉遁之士，应以无为是务，则操业俱遂，而身名两全也。"这里也含有兵家智慧。

（八）文学（即集部）

刘勰的《文心雕龙》，其主体部分从架构上说，是由文原论、文体论、文术论、文评论四个大块组成。在文原论部分，从文的产生，到形成文章的过程以及文的功用，都做了透彻的阐释。刘勰认为文又分为天文、地文、人文。三者之中，天文和地文属于自然之文，与天地并生；而"人文之元，肇自太极"。这"太极"二字，龙学界的先贤做了错误的解读，机械地照搬了《易经》的训诂，认为"太极"是指天地未开的混沌时期，由此而得出刘勰的文学起源论是唯心主义的③。其实这个"太极"在文中的用意是可以理解为上古之意。此处不宜用小学家之训诂意见，而应该考虑语境，采用经学家之训诂方式。因为刘勰紧接着说"幽赞神明，《易》象惟先。庖牺画其始，仲尼翼其终。"刘勰那个时代，没有考古学，他所见到的最早的人文就是《易》象之类的八卦了④。从文字学的角度说，刘勰的见解是相当高明的。人文效法天地之文，"心生而言立，言立而文明，自然之道也"，这就是"惟人参之"。从文的形成过程，讲到各种文体发展演变的历史。这文体论的"原始以表末"，讲了各种文体的"首""源""本""端""根"，

---

① 林中明：《刘勰〈文心〉与兵略、智术》，《史学理论研究》1996年第1期。

② 朱文民：《刘勰的兵学思想》，薛宁东主编：《海峡两岸学者论兵》，北京：军事科学出版社2011年版。

③ 王元化：《文心雕龙讲疏》，上海：上海古籍出版社1996年版，第62页。

④ 朱文民：《吴林伯先生与"文心雕龙"》，《语文学刊》2019年第6期。

并对各种文体名称进行训释，说明每一种文体的用途和意义，这就是"释名以彰义"。在此基础上"选文以定篇"，对选定的作家和代表作品进行"剖析"评论，从各种文体的演变历史，引出写作方法和特点，这是"敷理以举统"。在文术论部分，通过"剖情析采"讲到文学作品的构思、运笔、绳墨、镕裁、附会等，又派生出风骨论、体势论、风格论、通变论等一系列美学范畴。同时提出文学的标准是："质文并重""衔华而佩实"。一句话，要求做到"夸而有节，饰而不诬"，反映了刘勰信仰自然而不任凭自然的独特的自然观。为了增强文章的吸引力和感召力，讲情采，求丽辞；从形式到内容，从继承到发展，刘勰都提出了系统的理论要求，以提高文章之美。

文评论部分，刘勰提出"操千曲而后晓声，观千剑而后识器"这一实践出真知的观点。这是文学评论者客观的先决条件，即具备足够的学养；再是"无私于轻重，不偏于憎爱，然后能平理若衡，照辞如镜"的文德，即具备公心的主观条件。"是以将阅文情，先标六观：一观位体，二观置辞，三观通变，四观奇正，五观事义，六观宫商。斯术既行，则优劣见矣"，这是"观文者披文以入情"的具体方法。刘勰文评论中，从作家的修养谈起，要求学文者要善政，习武者要晓文，这是高要求。但是，刘勰又知道"人禀五材，修短殊用，自非上哲，难以求备。"这是文评论中引出的人才观。

《文心雕龙》涉及刘勰之前的作家二百五十余人，作品数百部（篇），对于作家的称谓大都称字不称名，有的还以地称。当年黄文弼先生就指出：

> 或举其号而略其姓，如长卿、子政、平子、仲宣之类；或称其姓，而略其名，如风姓、郑氏、公孙、主父之类；又陈思、东平，则尊称其官；漆园、兰陵，则直指其地。至有数姓并称，如应、傅、三张；单名连举，如琳、瑀、机、云。若不一一考著其乡里姓氏，明其事迹文章，则读者易至淆混莫辨。且人之文章，每与人之性情遭遇有关，是书既以评文为主旨，则文人之出处履历情况，亦不可不知。①

以上黄文指的是作家而言，而数百部（篇）作品的名字也有古今之别，略称和全称之异，如果没有相当的文学史知识，阅读《文心雕龙》是相当

---

① 黄文弼：《整理〈文心雕龙〉方法略说》，《北京大学日刊》1921 年第 899 期。收入周兴陆编：《民国〈文心雕龙〉研究论文汇编》，上海：东方出版中心 2021 年版，第 4 页。

吃力的。刘勰撰写《文心雕龙》首先考虑的是他那个时代读者的阅读习惯，用的也是他那个时代盛行的语文，我们今天阅读感到困难是可以理解的。现代龙学界论述刘勰文学思想和艺术的文章数千篇，虽然良莠不齐，但是不乏真知灼见。翻阅这些论文，启发良多。新入门者，如果不读《楚辞》，难以了解诗赋之变迁。如果对萧统之《文选》，徐陵之《玉台新咏》，钟嵘之《诗品》，萧绎之《金楼子》，颜真卿之《家训》及其建安七子的文集等少有涉猎，阅读《文心雕龙》，困难是不小的。其刘勰之文学理论，龙学界的前哲和时贤论之颇详，笔者不便于在此饶舌，有志于龙学者，自然会择优选读。

（九）政治思想

政治的核心问题是政权问题：没有政权想方设法夺取政权，有了政权就要想方设法巩固政权，这是政治的核心内容。刘勰对于政权问题没有专门的论述，但是，向以追求儒家三不朽思想的刘勰随仲尼而行，处处表现出他对政治的极大兴趣。在对一些文体的论述中表现出了强烈的爱憎，体现了刘勰的政治思想和治国理念。《时序》篇："昔在陶唐，德盛化钧，野老吐'何力'之谈，郊童含'不识'之歌。有虞继作，政阜民暇，'薰风'诗于元后，'烂云'歌于列臣。"这是刘勰在叙述文学与社会关系，"文变染乎世情，兴废系乎时序"的文学史观时，表现出来的爱憎思想。当然，这个时期，国家概念尚未正式形成，作为一种社会形态，唐尧虞舜时期，在历史上被誉为理想的社会治理模式。毛泽东有诗曰"六亿神州尽舜尧"，也是借用了人们对那个时代的一种向往。

在治理国家的具体方略上，刘勰与孔子是一致的，首先主张以德治国。过去对孔子的治国理念有一个误解，认为孔子是一个纯粹的德治主张者，其实不然。孔子曾经担任鲁司寇，本身就是一个法律的执掌者。只是强调"为政以德"，德是第一位的。《论语·为政》子曰："道之以政，齐之一刑，民免而无耻；道之以德，齐之以礼，有耻且格。"这里的"礼"就是法，《论语·尧曰》子曰："不教而杀谓之虐；不戒视成谓之暴。"显然也是主张刑罚，只是强调德教为先，屡教不改者，可以动用刑罚，是一位德治为主，法治为辅的主张者。可见孔子的法律思想是建立在"仁"的基础上。刘勰主张"德盛化钧"，称赞夏禹"勋德弥缛"（《原道》）。"夫正位北辰，向明南面，所以运天枢，毓黎献者，何尝不经道纬德，以勒皇迹者哉？"（《封禅》）这是强调德治，上行下效。又"如《书记》篇说：'律者，中也。黄钟调起，五音以正，法律驭民，八刑克平。以律为名，取中正也。'这里以黄钟定音为比喻，说明法律是处理社会问题的准绳。《序志》篇：'五礼资之以成，六典因之致用'中的'六典'，其中之一'典'就是刑典。这说明刘勰给法治以很高的评价，认为法律能'中正''克平''驭民'；法律能使'君臣炳焕''军国昭明'。"① 由此可见，刘勰是一位重德又重法的人，是一位优秀的政治人物。第二，主张"通变"。在《议对》篇，化用《史记·天官书》中"为国者必贵三五"一句，说："酌三五以熔世，而非迂缓之高谈；驭权变以拯俗，而非刻薄之伪论；风恢恢而能远，流洋洋而不溢，王庭之美对也。"这体现了刘勰是一个法后王者，反对教条，一个"酌"字便显示了刘勰的通变思想。《议对》篇，对"议"字的训释是"周爰咨谋"，这就是说，要"议政"，要民主，遇事集体商量，反对独裁。并举例："洪水之难，尧咨四岳，宅揆之举，舜畴五人；三代所兴，询及刍荛。"当然，这种议政和民主，与今天的民主议政不可同日而语。第三，对于民间的不同声音，要疏而非堵。《颂赞》篇，"夫民各有心，勿壅惟口。"这个思想，虽然原出自周召公②，今见于刘勰笔下，显然是得到了刘勰的认可，变成了刘勰的主张，这是一个了不起的识见。第四，刘勰的人才思想。刘勰年轻的时候抱着强烈的入世愿望，为国家积蓄才能，从政后，吏部考察"政有清绩"。可见他施政有方，治事有法。

在人才的培养和使用上，刘勰的人才思想也值得一提。他认为："人禀五材，修短殊用，自非上哲，难以求备。"（《程器》）这是刘勰的总体观点。认为人的能力有差别，因而在使用上，应该用其所长，避其所短。在人才的培养上，则希望人人是全才。他认为："安有丈夫学文，而不达于政事哉？彼扬马之徒，有文无质，所以终乎下位也。"（《程器》）从这里来看，刘勰的治世之能才是包括文才的。一位优秀的政治人才，同时应当具备相当的文才。一位优秀的政治家，还要具备军事才能，"岂以好文而不练武哉？孙武《兵经》，辞如珠玉，岂以习武而不晓文也？"一句责备"扬、马之徒，有文无质"的"质"显然是指行政素质而言，可见刘勰《文心》之文质论，不仅是言文之质，也在言人之素质。在人才培养上强调全才，在使用上不求全责备，这种人才观，即是在今天也是非常可贵的。

---

① 朱文民：《再论〈刘子〉的著作者为刘勰》，《鲁东大学学报》2009 年第 1 期。
② 《国语·周语上》，长沙：岳麓书社 1991 年版，第 2—3 页。

（十）美学思想

易中天先生说：《文心雕龙》"是中国古代唯一一部自成体系的艺术哲学著作。……刘勰集先秦以来文艺理论和美学思想之大成，并在'自然之道'的贯串下，构成了一个逻辑严密、结构完整的艺术哲学体系而'勒为成书之初祖'"①。陈望衡先生说："《文心雕龙》是中国古代体系最为完备的艺术哲学著作。这部著作的重大意义一是对先秦以来的文艺思想、美学思想做了综合概括，二是奠定了中国古代美学以儒家为主干，融道、佛诸家于一体的基本格局。"② 刘勰《文心》一书，对于美的形容，大都是用"文"或者"采"，几乎不用"美"字，但是全书的一切无不是为了使文章如何达到美感，为此，创造了一系列美学范畴。兹不一一。

三、"文心雕龙学"的外延

"文心雕龙学"的外延部分涉及的面极广。由于《文心雕龙》是一个复杂的文化系统，所以这个学问可大了。外延又可分为前延和后延。

（一）前延

所谓前延，就是对《文心雕龙》产生之前，刘勰学养在《文心雕龙》中所表现出来的经学、史学、子学、玄学、佛学、文字学、兵学、文学、书、画、乐等知识有所了解，以便于探究《文心雕龙》的思想渊源。刘勰的《文心雕龙》产生在定林寺里，文中有没有佛学思想，学界争论不休；刘勰还写了几篇有关佛教的文章，在寺院里整理佛教典籍耗费了他大量的心血，这就要求研究者必须懂得一点佛学；如果对于齐梁前后的佛学茫然无知，也就无法真正了解刘勰思想。早年研究《文心雕龙》的学者，只看到刘勰大半生与佛界打交道，就盲目地去《文心雕龙》中寻找与佛学有关的术语，认为《文心雕龙》之主导思想是佛家的，也有的学者认为《文心雕龙》理论与佛理无涉，至今争论不休。

仅史学而言，就包括《史记》《汉书》《后汉书》《三国志》《晋书》《宋书》《南齐书》以及《战国策》《国语》《春秋三传》等有所了解，以便于增强史学修养，进而了解刘勰的家世、生平等，并对其家学渊源进行探究，这就是《孟子·万章下》说的："颂其诗，读其书，不知其人可乎？

---

① 易中天：《〈文心雕龙〉美学思想论稿》，上海：上海文艺出版社1988年版，第19页。

② 陈望衡：《中国古典美学史》，南京：江苏人民出版社2019年版，第391页。

是以论其世也，是尚友也。"清代章学诚在《文史通义·文德》中也说："不知古人之世，不可妄论古人之辞也。知其世矣，不知古人之身处，亦不可以遽论其文也。"

（二）后延

所谓后延，就是由于《文心雕龙》从产生到现在已经一千五百余年的历史了。

1. 文心雕龙学研究史

对于《文心雕龙》的性质问题一直存在争议，这涉及它在目录学的归类问题。历代学人对《文心雕龙》的传播、研究成果以及《文心雕龙》对后世的影响等等，已经出版的研究专著数百部，发表论文万余篇，这又涉及《文心雕龙》研究史和《文心雕龙》文献学的问题。虽然不可能每部、每篇必读，重要论著不可不知。就目前已经出版的龙学史专著来说，重要的有：张少康等人编著的《文心雕龙研究史》，张文勋编著的《文心雕龙研究史》，台湾刘渼编著的《台湾近五十年来〈文心雕龙〉学研究》，李平《〈文心雕龙〉研究史论》。民国前的龙学论文已经结集出版，例如耿素丽、黄伶选编的《民国期刊资料分类汇编：文心雕龙学》、周兴陆选编的《民国〈文心雕龙〉研究论文汇编》，中国文心雕龙学会编选的《文心雕龙研究论文集》、甫之、涂光社选编的《文心雕龙研究论文选》以及历次龙学会议论文集，中国文心雕龙学会会刊《文心雕龙学刊》和《文心雕龙研究》等，也是有意从事龙学的人不可不翻阅的重要书籍。可供龙学研究的专门工具书如《文心雕龙辞典》、吴晓玲等编撰的《文心雕龙新书通检》、冈村繁的《文心雕龙索引》、刘殿爵等编撰的《〈文心雕龙〉逐字索引》、戚良德编的《文心雕龙学分类索引》等等，如果不了解这些，就会重复他人劳动而不知，也难以开拓新的领域。君不见现代研究《文心雕龙》的人，当谈到《文心雕龙》与佛教关系的时候，往往拿饶宗颐先生早年的观点作论据，动辄饶宗颐如何云云，岂不知饶先生晚年完全否定了早年的主张，认为《文心雕龙》的理论系统"皆与佛理无涉"①。

评论饶宗颐龙学研究的论文有好几篇，但是只有台湾游志诚教授看到了饶宗颐先生的这个中途变轨。游志诚教授认为以其四十五岁为界，有前期和后期之别。游教授说：

---

① 饶宗颐：《文辙——文学史论集》，台北：学生书局1990年版，第40页。

　　饶氏恒常援据佛教经典进行旁通疏释，向来不顾中土词汇，尤其是先秦古籍，特别是《周易》早已有"心"与"神"的概念，《周易》已建立乾道坤德的形上系统，作为文心《原道》篇《程器篇》首尾一统，始终一贯的"道器"体系，其理论根据其实完全奠基在《周易》，并无须硬接到佛教经典。但在早期饶氏的《文心雕龙》说解，几乎不从《周易》的架构论述。及至后期饶氏的《文心》研究，始一改前说，断言刘勰虽然精通佛理，但写作《文心雕龙》之文论系统，某些词汇如般若、圆览、心、性，盖仅"格义"之词耳，实质含义乃"无涉佛理"。饶氏前后文心与佛教关系说法的大转变，在文心学史的研究进路而言，诚然是一件甚有关键的论述。①

　　再者，重要龙学家的学术传承，也应该有所掌握，只有"知其人"，才能更好地理解其学术。

　　研究"文心雕龙学"不仅要对龙学史有了解，还必须有一定的历史知识，不然就会硬伤累累。前面我们已经举例示证。作为一位"文心雕龙学"的研究者，对于"文心雕龙学"外延部分的内容如此无知，不出笑话是不可能的。又如：刘勰身世士庶问题，这在历史学界根本不成问题，但是在古文论研究界却成了至今争论不休的大问题，原因就出在研究者的学识结构瘸腿造成的。

　　2. 刘勰的其他著述

　　刘勰的其他著作，由于文集已失，仅剩余《灭惑论》和《梁建安王造剡山石城寺石像碑》，其他碑铭有目无文，而《刘子》一书，虽然从正宗的文献和地下考古资料明确记载为刘勰作品，但至今有人还不相信，尚处于争论中。这些对刘勰其他著作的研究，也应当归于"文心雕龙学"的外延部分。这些著作从思想上看，都是一致的。从文风上看，有人认为不一致，而持否点意见。显然是忽视了早期著作和晚期之别，不同类型的著作，笔法也应该有别。正如傅亚庶先生说的，"即使是一个人，其早期与晚期所撰之言，也会存在一些差别。"②《文心雕龙》一书，研究的成就斐然，而

---

　　① 该文为 2014 年 10 月在香港浸会大学饶宗颐学院举行的"饶宗颐教授学术研究论坛"会议论文。

　　② 林琳：《刘子译注·序》，长春：吉林人民出版社 2008 年版，第 3 页。

《刘子》的思想研究却相对薄弱。《刘子》一书的理论高度，非一般学者所能达到。例如《刘子·审名》篇说：

> 言以绎理，理为言本；名以订实，实为名源。有理无言，则理不可明；有实无名，则实不可辨。理由言明，而言非理也；实由名辨，而名非实也。今信言以弃理，实非得理者也；信名而略实，非得实者也。故明者，课言以寻理，不遗理而著言；执名以责实，不弃实而存名。然则，言理兼通，而名实俱正。

这是对魏晋玄学"言意之辨"带有终结性的认识。南朝学术著作中，舍刘勰，无人可及。

《刘子》问题，又涉及经学、子学、玄学、文献学和思想史等等。正宗的国史资料均有记载，地下考古资料也有证明，不管你是否承认刘勰对《刘子》有著作权，凡是全面研究文心雕龙学的人，均不好回避，回避了只能说是龙学界的鸵鸟心态。

3. 目录学思想及其实践

所谓目录学，就是将群书部次甲乙，分别异同，疏通伦类，推阐大义，辨章学术，考镜源流，便于学者以类求书，因书推研学问的专门之学术。①所谓"目"就是条目，所谓"录"就是叙录。凡是搞学术研究的人，无不重视目录学和文献学。目录学是学海中的灯塔，书山上的向导，因为它可以帮助作者随意获得参考资料。刘勰虽然没有明确的目录学著作传世，但这不能说刘勰在目录学方面没有见解和实践。

一部《文心雕龙》，上篇自《明诗》至《书记》，凡几十种文体，本着"原始以表末，释名以彰义，选文以定篇，敷理以举统"的原则，凭着"观澜索源""振叶寻根"的方法，一路叙说下来，从"首""源""本""端""根"上找到各种文体皆肇始与"五经"，可谓源流清晰。这种考镜源流的思想和方法，无疑源于《史记》"六家要指"和《汉书》"七略"。这"考镜源流"的思想，在《文心·诸子》《刘子·九流》也有明显的例证。游志诚教授已如上面述及，我再做下列补充。例如《诸子》篇：

---

① 姚名达：《目录学》，台北：商务印书馆1988年版，第9页。

逮及七国力政，俊乂蜂起。孟轲膺儒以磬折，庄周述道以翱翔。墨翟执俭确之教，尹文课名实之符，野老治国于地利，驺子养政于天文，申商刀锯以制理，鬼谷唇吻以策勋，尸佼兼总于杂术，青史曲缀于街谈。

诸子的十家中，皆选一家为代表，唯有《鬼谷子》不在《汉书》纵横家行列中。《刘子·九流》篇对于诸子源流，与《文心·诸子》篇相同，恕不一一。

刘勰的目录学思想，我们还可以看到，他注重"类"的划分。《刘子·类感》篇"方以类聚，物以群分，声以同应，气以异乖。其类苟聚，虽还不离；其群苟分，虽近未合。"这就是要求以内容来划分事物（图书）。

《梁书·刘勰传》记载：刘勰曾"依沙门僧祐，与之居处，积十余年，遂博通经论，因区别部类，录而序之。今定林寺经藏，勰所定也。"今传世而又署名僧祐的《出三藏记集》学界多认为刘勰捉刀。这个问题虽然有争论，但是，刘勰入住定林寺的时候，此书尚未成书，刘勰肯定协助僧祐抄录或者撰写。这"区别部类，录而序之"，就是形容目录书籍的编纂过程。今传世的十五卷本《出三藏记集》，卷内不仅有梁天监年间的资料，还有梁普通年间的资料。僧祐去世于梁天监十七年（518），这补入天监年间的资料，僧祐或许知悉，而梁普通年间的资料则是刘勰和慧震所为无疑。这说明《出三藏记集》的最后定稿者是刘勰等人，该不会有分歧吧！《出三藏记集》是在道安《综理众经目录》基础上扩充而成的，这样的一部迄今最为权威性的佛学目录书，非短时间所成，被学术界称为所有目录书中最为完善的一部。他的最大看点是对每一部经书的来历、规模、翻译人、翻译地点、时间，甚至见证人、作者身份等都一一交代。可谓辨章学术，考镜源流，区别部类，录而序之。虽然这部书的体例是僧祐创立的，刘勰是否有更改，后人不好多言，但是就目前的样子论之，被称为目录学之最，该书所显现的目录学思想，刘勰之功不可没。李婧《〈文心雕龙〉文体论与目录学》认为："刘勰在《文心雕龙》中对目录学思想、方法及资料的娴熟运用，并非偶然，而是基其深厚的目录学根柢。"①

---

① 李婧：《〈文心雕龙〉文体论与目录学》，《中国文论的两轮——古代文学理论研究》第二十九辑，上海：华东师范大学出版社 2009 年版，第 82 页。

台湾游志诚教授说：

> 刘勰精通目录文献学。……说到刘勰一生之学，博通精约兼备，尤能辨诸子流派，百家渊源，此乃缘于刘勰颇识文献学，能知学术四部分类，特于经史子书之区别尤知详矣！今据《文心雕龙》全书涉及四部文献之语者，多能明示体要，即可证明这个说法成立。……今再旁参《文心》其他篇引述四部文献学以评述之语，复可见到刘勰应用四部文献学之娴熟。首先，《诸子》篇已辨古无"经"之观念，凡经皆出于"子"。例如鬻熊今曰《鬻子》，而实为文王之友。又李耳《老子》，实为孔子请问礼学之师。然而此四人乃同世之子家，及至"汉武崇儒"，文王、孔子尊为经师，而老子、鬻子则改类子家，于是刘勰《诸子篇》述经子同异遂有"圣贤并世，经子异流"之说……及至《论说篇》刘勰已全用"经史子集"四类分析"论"体遍施于四类文章，凡经史子集皆各有"论"之体。《文心·论说》篇云："详观论体，条流多品……论也者，弥论群言，而精研一理者也。"……至此可知刘勰于四部文献学不惟知之甚详，且用之甚精。……综合以上所述，则知刘勰经、史、子、集四部之学皆已完备于《文心》与《刘子》二书，四部之目皆见于此二书，从而可判刘勰真乃通才之学也。①

在研究刘勰目录学思想方面的论文，就笔者目力所及，除了游志诚《〈刘子〉五十五篇细读·导论》中的专列内容以及李婧的论文以外，尚有孔毅的《对刘勰的目录学实践与分类研究》。学位论文有吴庆的《论刘勰〈文心雕龙〉的目录学渊源》等，感兴趣的文友可以找来翻阅。

我既然认为"《文心雕龙》一书，广大悉备，为中国传统文化之大系统"，自然觉得它体现了中国传统文化各系科的内容。这个"统"是传统的统，在古代也有血统的意思，例如，汉唐王朝，就是刘家和李家的血统。我们阅读历代学案，就是讲的各家学派的学统。我这里说的"系统"就是一个集中国历史文化之大成。一句话，《文心雕龙》相对于"五经"，它是枝条，是子书；相对于文论，它就是经典，是文论中的经书。

（作者单位：山东莒县刘勰《文心雕龙》研究所）

---

① 游志诚：《刘勰〈刘子〉五十五篇细读·导论》，台北：文津出版社 2019 年版，第5—8 页。

当代"龙学"的不懈探索

——2020—2021 年"龙学"论文概览

陈沁云

在过去两年的时间里，据笔者不完全统计，关于《文心雕龙》的论文总数超过 300 篇。这些论文视野开放，方法新颖，充分展现了当代"龙学"探索的轨迹。本文将从四个方面来概述这两年以来的"龙学"论文，首先是关于《文心雕龙》的综论研究，其次是具体篇章的解读，然后是理论专题的研究，最后是学科综述，包括了学术史的探讨。

一、《文心雕龙》之综论

在这两年中，有不少论义从整体上对《文心雕龙》进行了考察，其中不乏妙论。本节将主要从三个角度对这些研究进行分类综述，第一，《文心雕龙》的概论研究，在这部分中，作者们基本上抓住了某个贯穿刘勰论文的问题，有针对性地进行了探讨；第二，《文心雕龙》与中国文论的讨论，这是历来"龙学"研究的重要方向之一；第三，《文心雕龙》的考证研究，关于刘勰的这部著作还有较多历史问题未探得真相，所以需要进一步还原历史。

为《文心雕龙》的研究提供新思路、新视角，这是当代"龙学"发展前进的方向之一。管正平《〈文心雕龙〉的时空观》(《文学研究》2020 年第 1 期) 一文即是如此，作者深入剖析了《文心雕龙》中的时空观念，认为《文心雕龙》有明晰的时空框架，各个相对独立的部分——本源论、文体论、创作论、批评论，也有相对完整的独立时空框架。时空关系在《文心雕龙》中有静有动、有同有异、有显有隐，互相渗透、补充和呼应，统一在一个有机整体之中。作者将《文心雕龙》前后联系，拉出一条独具特色的时空轴，以此贯穿刘勰的整体理论思想，建构出完整的时空体系，这是前人学者关注略少的。此文亦以《序志》篇为例作具体论述，"'但言不尽意，圣人所难，识在瓶管，何能矩矱。茫茫往代，既沈予闻，眇眇来世，倘尘彼观也'，明确将已经限定的空间作为冰山一角，在这个基础上设定了不确定的开放空间，开放空间的作用其实是反向界定文章空间。"文章虽论当下，但亦窥探未来，作者的研究视角，阐发思维独具一格。"时空观念"这种现代化思维模式，给予了《文心雕龙》突前的现代视域，拓宽了"龙学"研究的视野，体现了当代对《文心雕龙》研究的内外结合，并且呈现出了三维一体的效果。

《文心雕龙》与经学的关系十分密切，这也是"龙学"研究的重点之一。朱供罗的《从征引五经看〈文心雕龙〉的"依经立义"》（《昆明学院学报》2020 年第 2 期）和《论〈文心雕龙〉艺术和谐观的实现方式及其对儒经的依立》（《云南大学学报（社会科学版）》2021 年第 4 期）讨论了《文心雕龙》对儒经的依立。这两篇文章的创新之处在于作者通过对文本的细致考察，发现了刘勰论文依立儒经的重要证据。在前文中，作者通过统计得出《文心雕龙》共征引五经达 1000 多次，充分体现了刘勰对儒经思想的秉承；在后文中，文章指出《文心雕龙》艺术和谐观主要表现在两方面，一是《镕裁》《章句》《附会》等篇体现出的篇章整体和谐理论，二是《声律》篇论述的声律和谐理论。作者的结论是《文心》的艺术和谐观是对《周易》《左传》《礼记》等儒家经典"中""和""中和""中庸""时中"等思想观念的依立。事实上，在细读《序志》篇便可以发现刘勰对儒家经典的归附，从"枢纽论"中亦可以看出《文心雕龙》"依经立义"的特点。以往对此问题的研究较多通过对文本的解读来寻找蛛丝马迹，然而对于文本的阐释往往仁者见仁智者见智，所以朱供罗一改常态，利用最为直接的方式呈现出刘勰对经学的依立，比如征引上千次，这便是极具说服力的证据。在第二篇文章中，作者通过对《文心雕龙》中细节的考察，再一次发现了刘勰在论文中贯彻着儒家思想，以小见大，也是非常重要的发现。在以往的研究中，礼学在《文心雕龙》中的呈现被关注略少，程景牧《从〈文心雕龙〉"由内及外"的思维方式看其礼学蕴涵》（《云南大学学报（社会科学版）》2020 年第 3 期）则是一篇在这方面用力颇深的论文，作者指出刘勰的思想精神与立身行事体现出积极入世的儒家情怀，彰显出对礼学的热衷推崇，进行礼学批评是彦和撰写《文心雕龙》的一个动机。文章引了《序志》篇的一段话，"齿在逾立，则尝夜梦执丹漆之礼器，随仲尼而南行。且而寤，乃怡然而喜，大哉，圣人之难见也！乃小子之垂梦欤！"以此说明刘勰的这个梦境表明了自己追随孔子尊崇儒学，而他手执礼器，则又表明自己推崇礼学，因为礼器既象征儒家文化，又代指礼学精神。作者对于《文心雕龙》的理解是非常深刻的，见解也是十分独到的，其并未停留在刘勰与经学的关系观察中，而是更是进一步探索了其中的礼学元素，这就深入剖析了刘勰的创作动机。陈沁云《承接与嬗变：〈文心雕龙·隐秀〉与〈周易〉爻辞研究》（《西安石油大学学报（社会科学版）》2020 年第 1 期）、严诗喆《从〈周易·系辞〉看刘勰〈文心雕龙〉的"原道"与"通变"之精神》（《汉字文化》2020 年第 2 期）、廖泊宁《从〈周易·文言传〉看〈文心雕龙〉中"文"与"道"的关系》（《青年文学家》2020 年第 23 期）三篇文章皆从《周易》入手寻找其与《文心雕龙》的关系，前者是后者的思想来源，后者在前者的基础上有了相应的创新且运用于文章理论上。作者们都肯定了《周易》对《文心雕龙》的影响，前者对后者的形成具有重要的指导意义，这是历来受到认可的观点。其余如魏伯河《论刘勰的经学思维》（《社会科学动态》2020 年第 8 期）、羊列荣《〈文心雕龙〉雅俗理论溯源》（《中文论坛》第 9 辑，2020 年 5 月）、朱文民《〈文心雕龙〉之文字学》（《语文学刊》2020 年第 2 期）与郭梦晴《〈文心雕龙〉引〈书〉"事类"研究》（扬州大学 2020 年硕士论文）等也是从经学的角度切入研究了《文心雕龙》。

对《文心雕龙》的还原研究与现代阐释也是不可忽略的。如果不能对《文心雕龙》的"文"准确理解，那么想要把握刘勰的论文思想便是不太可能的。龚鹏程先生的《〈文心雕龙〉的文》（《关东学刊》2020 年第 3 期）为解决这个问题进行了深入探讨，其指出"当代学者一般认为刘勰的'文'是'泛文学''杂文学'……他们都采取进化论观点，认为古人受历史条件所限，还没法清晰认识到文学与非文学之分。刘勰虽是矮子里的高个，一样未能摆脱其时代限制。"到底是什么原因导致出现这样的问题呢？龚先生认为"中国人论文，从来就是对的。只是现代人搞错了，上了现代西方'纯文学'说的大当，还反过来嘲笑古人。"作者所论方式一反常态，其站在中国古代文化的场域中反观西方文学观念，这和一些学者是不同的，故而他们对刘勰的批评，即彦和的文学观念是杂文学，便不可成立。事实上，龚先生的观点既符合彦和原意，也合乎古代文章观念，通过摆脱西学掣肘，回归传统文化语境，便能真正理解《文心雕龙》所论之"文"到底为何。这样的思考方式在当代是极其需要的，也是对《文心雕龙》进行还原的最佳方式之一，可以说龚先生对《文心雕龙》之"文"的思考为接下来的还原研究提供了一个范例。这就提醒我们，无论对《文心雕龙》作何种研究，其本来的面貌以及刘勰原本的创作动机都是不可忽略的。那么还原《文心雕龙》以及对其作现代阐释，二者之间有着什么样的联系呢？戴登云《文心：传统文学的本源探求及现代阐释》（《中国文学批评》2020年第1期）便思考了这个问题。作者以对"文心"内蕴的考察为契机，反思了中国古代文论研究的当代意义，文章指出中国的古代文论研究所追求的价值不应局限于"还原其本来面目"，而需要在揭示其人与世界的关系形态中，建构出一种新的关系类型。当意识到这一点时，也就能够认识到：中国古代文论研究应是双向度的，既通过以今释古发现古代文论所具有的现代潜能，又通过以古释今反思现代文论的缺失，同时通过古今中西文论的对话以敞现一种新的文论言说的可能。这样，中国古代文论研究就能够取一种古今文论"互参互证"的研究策略。作者提出的观点是发人深思的，古代文论的现代转换是当代中国文论面对的重要任务，然而这个任务是极其艰巨的。戴登云的文章在现今学术界思考此问题的基础上更进了一步，提出了具体的策略，这些方法不一定完全有效，但最起码可以作为一种尝试。只有在不断的摸索中，才能找到前进的道路。唐萌《20世纪初西学东渐背景下的〈文心雕龙〉经典生成》（《云南大学学报（社会科学版）》2021年第4期）与戴教授之文主题类似，不过更多地集中在《文心雕龙》的教学问题上。范子烨《〈文心雕龙〉的陶渊明"缺席之谜"》（《名作欣赏》2021年第3期）指出在宗教信仰和宗教文化上，刘勰与陶渊明有很深的隔阂。这种隔阂使他非常自觉地把陶渊明排斥在其理论框架之外，不置一词。或许，这就是陶渊明在《文心雕龙》中"缺席"的真正原因。《文心雕龙》为何不谈陶渊明已被学者多次考察过，而以宗教文化为原因来解释这个问题的则略少，范教授此文是比较独特的视角。

其他文章如王欢欢《论〈文心雕龙〉中"唯务折衷"的研究方法》（《文化学刊》2021年第4期）和曲秀文《寻通求变：〈文心雕龙〉的研究方法》（《辽宁工业大学学报（社会科学版）》2021年第2期）探讨了《文心雕龙》的研究方法。逯文杰《刘勰"为文用心"之纲要》（《徐州工程学院学报（社会科学版）》2020年第6期）也考察了"文心"的内涵。黄天飞《略论〈文心雕龙〉之"繁"》（《宜春学院学报》2021年第4期）讨论

了刘勰论文中的"繁"。叶官谋《从〈文心雕龙〉看刘勰之论说文标准》
（《语文学刊》2020 年第 1 期）集中研究了刘勰论说文的准则。赵文晶
《〈文心雕龙〉中的"言意论"》（黑龙江大学 2021 年硕士论文）讨论了刘
勰的"言意"观，王子珺《〈文心雕龙〉"温柔敦厚"思想研究》（河北大
学 2021 年硕士论文）研究了刘勰的"温柔敦厚"思想，这是两个经常被讨
论的话题。

二、《文心雕龙》与中国文论

首先，窥探刘勰对历代文人的品评是诸多学者比较热衷的研究论题，
这就将《文心雕龙》与中国文论紧密地结合了起来。刘勰在《文心雕龙》
中贯穿着自己的理想抱负，在其对文人的品评中可以见出一部分，袁济喜
教授的《在"负重"与"摛文"之间——论〈文心雕龙〉对东晋名臣温
峤、庾亮的评论》（《中国人民大学学报》2021 年第 3 期）一文即是通过对
《文心雕龙》中关于温峤、庾亮的评述，指出刘勰的作家论蕴涵十分丰富，
远远超出传统的诗教范畴与以气论文的方式，而是涵盖着他全部的人生理
想与汉魏以来的文学思想。作家的真正价值就在于实现立德、立功、立言
的人生目标。事实上，在《程器》《序志》等篇中，我们可以看出刘勰强
烈的人生理想与抱负，但在这些篇目中是整体而论，而在刘勰对他人的品
评中则是看到了其理想内蕴的具体展开。袁教授的论文以小见大，通过对
刘勰所评他人之论来进一步窥探其思想内涵、创作动机。在这两年中，胡
辉发表了三篇关于刘勰评价陆机的文章，分别为《〈文心雕龙〉"创作论"
之批评陆机研究》（《语文学刊》2021 年第 2 期）、《〈文心雕龙〉"文学评
论"之批评陆机研究》（《昆明学院学报》2021 年第 5 期）、《〈文心雕龙〉
"文体论"之批评陆机研究》（《内蒙古师范大学学报（哲学社会科学版）》
2021 年第 5 期），据作者统计，《文心雕龙》全书 50 篇，其中有 21 篇共 26
次论及陆机，遍涉"文体论""创作论""文学评论"，文章认为刘勰对陆
机的批评观点公允，褒贬兼有，体现出一种严谨的文学批评态度，其中虽
有值得商榷之处，却仍不失为中古时期全面、细致批评陆机的宝贵资料。
除此之外，作者的《〈文心雕龙〉批评陆云研究》（《文艺评论》2020 年第
3 期）一文则研究的是刘勰对陆云的品评，文章结论是刘勰对陆云的评述，
虽散见于文体论、创作论、文学评论各篇，但总体而言，评价允当。胡辉
另有《〈文心雕龙〉批评老子及〈道德经〉研究》（《重庆第二师范学院学

报》2021 年第 2 期）指出《文心雕龙》全书 5 个篇目 6 次直接论及老子与《道德经》，分别见于《明诗》《诸子》《论说》《情采》《时序》。刘勰对老子的批评大体客观中肯，代表了魏晋南北朝时期批评老子的最高水准。因此，我们不能完全用当下的文学史观来审视刘勰对老子的接受和批评，更应该探索的是老子思想如何被刘勰融会贯通，并在《文心雕龙》中以何种面目出现在读者面前，如此才算没有曲解刘勰的本意。作者还有《〈文心雕龙〉批评庄子研究》（《昆明学院学报》2020 年第 5 期）一文，认为刘勰对待庄子的态度是客观而中肯、复杂而微妙的，对此当代学者应回归刘勰、回归《文心雕龙》，这样才不会曲解彦和本意。在《文心雕龙》中可以看到刘勰对历代文人、学者的品评，虽然正如胡辉所言，其中某些篇目对前人的评价尚有值得商榷之处，但是整体而言应该是较为公允的。值得注意的是，作者的论文不仅研究了刘勰对前人的品评，更是从这些评价中考察了刘勰对前人思想、理念的吸收，说明《文心雕龙》理论的完善离不开刘勰对于历代文人、学者观念的吸收与改造。其余如黎云阳《〈文心雕龙〉刘向评议释证》（《河北北方学院学报（社会科学版）》2020 年第 1 期）也是采用了类似的研究视角，认为刘勰对刘向的评议较为客观准确。

　　其次，《文心雕龙》与其他著作的关系、比较也是历来"龙学"讨论的一个话题。在这两年中，有五篇关于《文心雕龙》与《文选》的研究。关于此二者的研究，在现今学术界已有许多成果，但系统、全面地将两者进行比较的研究略少，赵亦雅的《〈文心雕龙〉与〈文选〉比较研究》（山东大学 2021 年博士论文）则弥补了这个遗憾。论文从二者的产生背景、文体学特点以及评价标准三个方面进行了对话，系统比较了《文心雕龙》与《文选》的特性。《文选》的文章选择标准是隐性的，而《文心雕龙》在这方面则是显性的，所以若要将二者进行对比，就需要将前者的选文准则彰显出来，这是难点所在。作者克服了这个困难，论文总结出了《文选》的诗歌思想、赋体观念、应用文的评选标准，然后将之与《文心雕龙》对话。故而此文完成了两个任务，第一是从《文选》的评选标准中总结出萧统的文学思想，第二将《文选》与《文心雕龙》的文学思想进行比较，前者是后者的基础，这些也是作者最大的创新之处。作为《文选》学中非常著名的李善注本为什么未引《文心雕龙》，这是一个值得深思的话题。徐言斌《〈文选〉李善注未引〈文心雕龙〉探赜》（《天水师范学院学报》2021 年第 5 期）就对此加以了探讨，作者首先指出，李注大量征引文献进行追根溯源式的阐释，强调阐释的客观性，更多以精英阶层为隐含读者；其次，李注所引的总集类书目年代较早且与《文心雕龙》体例不同；最后，李注倾向在典籍世界寻找作品的语言根基，而《文心雕龙》则探讨文学创作、鉴赏的观念，对各种文体源流及作家、作品的评价，精妙的文论观点使得它进入李善的知识体系，却不会成为李注的参引书目。作者所论从《文选》与《文心雕龙》的成书动机入手，考察了两者不同的定位，深入挖掘了李善注本的特点，但前者未引后者的历史原因可能还需要进一步关注。其余如孙颖《〈文心雕龙〉与〈文选〉"哀"体发微》（《辽宁工业大学学报（社会科学版）》2020 年第 6 期）主要比较了两者的"哀"体特征，张玉梅《〈文选〉与〈文心〉关系视角下字象与诗象的融合》（《经学文献研究集刊》第二十五辑）主要考察了二者中的诗歌特点，蒋聪慧《齐梁乐府下萧统和刘勰的乐府观》（《成都理工大学学报（社会科学版）》2021 年第 1 期）比较了《文选》与《文心雕龙》的乐府观念。除与《文选》相联系之外，学者们还将《文心雕龙》与其他著作进行了关联、分析。侯金山《〈文心雕龙〉与〈孙子〉》（《武陵学刊》2021 年第 1 期）通过比较发现，至少在"势""奇正"的各自内涵、"奇"与"正"的关系三个方面，《文心雕龙》与《孙子》的理论结构并不相同，甚至在关键的特征上有着明显的差异。据此，刘勰运用《孙子》语典的事实并不意味着对《孙子》思想的继承，文献上的相似性并不表明两者在思想上有着必然的关联，可能只是修辞上的借鉴。这是一个非常重要的发现，作者的这篇文章较好地阐明了刘勰与《孙子》之间的关系。事实上，刘勰对诸子百家的吸收应该是非常辩证的，亦是立足于为《文心雕龙》服务的基础之上。比如刘勰在《神思》中引用《庄子·让王》之语"形在江海之上，心存魏阙之下"，但其赋予了此句不一样的内涵。这是《文心雕龙》中的一大特点，即引用前人之文，但却赋予自身之理念，侯文考察到了刘勰的这一特点。徐振雪《〈文心雕龙〉与〈原诗〉的诗歌创作论比较研究》（辽宁大学 2021 年硕士论文）在诗歌层面，将《文心雕龙》与《原诗》进行了对话。王青枝《〈文心雕龙·明诗〉与〈杂体诗三十首〉并序的比较研究》（《河北北方学院学报（社会科学版）》2020 年第 2 期）对两者诗歌中的序进行了比较。朱敏洁、蒋振华《从〈文心雕龙〉〈二十四诗品〉看物色观理论的发展》（《邵阳学院学报（社会科学版）》2021 年第 3 期）和傅如意《释"淡"——以〈文心雕龙〉〈诗品〉为中心的考察》（《许昌学院学报》2021 年第 3 期）

也是将《文心雕龙》与其他著作中的诗歌理论作比较。

再次，还有几篇文章抓住了中国文学批评中的某一现象，利用《文心雕龙》加以研究，并且有着十分独到的见解。第一篇是闫月珍《兵器之喻与中国文学批评——以〈文心雕龙〉为中心》（《人文杂志》2020 年第 9 期），第二篇仍是闫老师的《车马之喻与中国文学批评》（《社会科学战线》2021 年第 2 期），第三篇是潘天波《匠作之喻与中国诗学批评》（《中国文艺评论》2020 年第 11 期）。这三篇文章比较类似，可以看出作者将中国文论与古代的兵器、匠作、车马放在了一起思考，挖掘角度非常独特。闫老师在第一篇文章中认为《文心雕龙》中存在着大量以兵器喻文论的现象，如《文心雕龙·体性》曰："仲宣躁锐。"以兵器之锐利说明王粲文思敏捷。这折射出战争经验对文学思想领域的影响渗透，丰富了中国文学批评的用语，极大拓展了文论的言说空间；她在第二篇文章中指出以车马为喻的文学批评方式与先秦以来人们以驾驭隐喻社会现象的传统息息相关，不同流派的思想家以此为喻的主张不同，但都大致体现了重德或重术的分别。这一论述方式对文学批评领域产生影响，由车马构建了一套自足的语言表述系统。作者挖掘了《文心雕龙》中的车马之喻元素，如《明诗》："暨建安之初，五言腾踊，文帝陈思，纵辔以骋节；王徐应刘，望路而争驱。"《章表》："陈思之表，独冠群才。观其体赡而律调，辞清而志显，应物制巧，随变生趣，执辔有余，故能缓急应节矣。"事实上，以车马驾驶喻文学写作，是试图恢复和运用器物的操作经验，将实物调遣的经验转换为词语调遣的写作技术，这就打通了技艺与文学的壁垒，实现了写作之术的表述。潘天波老师的文章则指出在《文心雕龙》中，刘勰在工匠范式介导下娴熟地运用器物之喻，实施他的诗学批评。诸如"观千剑而后识器""君子藏器""雕而不器""盖贵器用而兼文采""相如涤器而被绣"等工匠范式在其作品中频繁出现。《文心雕龙》的工匠范式隐喻已然超越工匠经验文化表层，而被纳入传统诗学批评理论。闫、潘两位老师的文章从十分独特的视角切入考察中国文论，创新性十足，即使放眼整个当代文论学术史以及"龙学"史，似乎以这一的角度研究中国文学批评也是不常见的。也正是对兵器、车马、匠作之研究彰显出了中国文论的特色，古代日常生活中的器物被意象化，成为主体表达理念的有效中介。与此同时，这些打造器物的技术被作者融入进了写作之中，这一点在《文心雕龙》中体现的格外明显。从这方面考察中国古代文论，似乎发现了其产生的一个模式，一个与日常生活息息相关的思想来源，这是非常重要的发现。

最后，《文心雕龙》与特定时代文学现象研究。徐猛《基于齐梁社会文风批评对〈文心雕龙〉的研究》（《文艺评论》2021 年第 2 期）认为《文心雕龙》在齐梁之际出现，与齐梁社会思潮中儒释与玄学的纷争，文风上在华美语言、骈偶句式、数事用典、讲究声律的美学自觉追求，以及个人意识觉醒突破密不可分。这些表现除历史因素外，还有佛教为主的宗教、辞赋为主的形式美学影响和传承，揭示出文风与时代、形式与内容同等重要的辩证关系。舒乙《复古与新变——从〈文心雕龙〉诗乐关系看南朝乐府学的两种路线》（《贵州社会科学》2021 年第 1 期）指出刘勰《文心雕龙》在乐府体裁上独立成篇，自开堂奥的同时，也隐现了强烈的乐府复古倾向。然而彦和也进行了诗乐之分，这种诗乐之分背后的雅俗之辨，对其在六朝文人拟乐府与民间乐府民歌的评判尺度上影响深巨，同时亦透露出六朝以来文人在诗乐关系、雅俗关系上截然两端的价值取向。汪春泓《〈文心雕龙〉之校刻与明末清初东南地域诗人间之互动》（《汉语言文学研究》2021 年第 2 期）重点研究了《文心雕龙》对后世文学的影响，如张丽华之文便指出了刘勰的变革创新理论对唐、宋、明文坛的影响甚大。将《文心雕龙》与其他文本相互比较，很有可能得出新的结论；而研究《文心雕龙》对后世文学的影响，则有利于寻找文学发展的脉络，发现古今文论之嬗替。吴中胜《〈文心雕龙〉与中国赋学话语的早期建构》（《文艺评论》2021 年第 4 期）指出《文心雕龙》对"赋"体进行了比较全面的总结，提出了一系列赋学话语，从赋体的文化源头、铺采与兴情到丽词与雅义等，是中国赋学话语的早期建构。汪洪章《由〈文心雕龙·论说〉谈魏晋玄学致思相关问题》（《浙江社会科学》2020 年第 7 期）讨论了刘勰对魏晋南北朝诗歌的批评，认为彦和对玄言诗多有批评。《文心雕龙》对中国文论的影响是非常大的。我们不仅可以从中看到刘勰时代的文学思潮，又可以在后世的著作中找到《文心雕龙》的影子，学者们将之与时代结合，挖掘刘勰论文中的时代特色，考察《文心雕龙》对后世的影响，足以见出此著"体大思精"的特点。

三、《文心雕龙》之疏证

关于《文心雕龙》相关问题的考证研究历来是还原的重中之重，在这两年中，学者们对于这方面的关注热度仍然没有减弱。首先，关于范文澜的《文心雕龙》注本问题。范氏的注本在"龙学"史上有着举足轻重的意义和价值,其《讲疏》和《注》之间又有着千丝万缕的关系。张海明和李平两位老师就关注了范注本。李平老师共有三篇论文研究了这个问题。第一篇是《论文化学社本"范注"的修订特色》(《古代文学理论研究》2019年第2期),作者认为"范文澜的《文心雕龙注》对其初版《文心雕龙讲疏》进行了全方位的、颠覆性的修订改造……就修订特色而言,一是文本校雠方面吸收了最新的研究成果,再是撰述体例方面消解了初版讲疏体的色彩,三是学术借鉴方面尽量摆脱对黄注的依傍。"第二篇是《范文澜〈文心雕龙讲疏〉指瑕》(《井冈山大学学报(社会科学版)》2021年第1期),此文指出《文心雕龙讲疏》中的一些问题。第三篇是《斯波六郎"范注补正"的性质与影响》(《文化与诗学》2019年第2期),作者通过考证、统计得出结论,从条目数量及分布情况来看,斯波之"范注补正"的性质主要属于词语典故的拾遗补阙。但它在"龙学"史,特别是范注订补史上,却历久弥新,影响甚大,后世注家常据其说来补正范注沿其论而引申发挥,采其补以出典释义,因而具有重要的学术地位。范文澜的《文心雕龙》注疏是"龙学"史上的一大经典之作,直至今日仍然有诸多学者加以引用,可见其价值深远,影响很大。与此同时,范注本也存在着一些问题。李平教授长期致力于范注本的研究,产出了一系列成果,早在其专著《〈文心雕龙〉研究史论》中,作者就设立专章探讨范氏注本,进行了系统研究。上述的论文更是在此基础上的进一步考察,关注了范注本存在的问题。将如此经典的注本进行全方面的关照,对"龙学"研究具有重要意义。另有张海明老师的两篇文章也涉及范注本问题,第一篇是《范文澜〈文心雕龙讲疏〉发覆》(《清华大学学报(哲学社会科学版)》2020年第4期),文章通过还原范文澜与黄侃的历史关系,挖掘了《文心雕龙讲疏》与《文心雕龙札记》之间的连理交织,认为《讲疏》抄录《札记》处固多有说明,然直接袭用或稍加变化以为己意者亦不在少数。第二篇是《范文澜〈文心雕龙讲疏〉与整理国故运动——从范文澜的一篇佚文说起》(《清华大学学报(哲学社会版)》2021年第3期),作者考证认为范文澜1923年撰写的《文心雕龙讲疏》确乎与整理国故运动存在某种关联,只不过论文的重点并不是《文心雕龙》,而是梁启超与范文澜的学术关系考辨。与李平教授不同,张海明教授则是重点考证了范注本的生成背景,对范文澜与黄侃、与梁启超的关系进行了研究,这对还原《文心雕龙讲疏》的写作背景具有重要价值。

除此之外，还有 3 篇考证文亦颇有见地。李敏《〈文心雕龙·物色〉"如印之印泥"疏证》（《文学遗产》2021 年第 1 期）指出刘勰《文心雕龙·物色》一篇中"如印之印泥"一语或来自《大般涅槃经》《大智度论》中"如印印泥""蜡印印泥"之喻，蜡印为失蜡法造像所用的印模。刘勰曾参与定林寺僧主持的佛经文献整理，亦曾依附僧祐，进而对佛教造像工艺有一定了解，故借用佛经用语也符合刘勰的知识背景。《物色》后文中"印字而知时也"或亦来自《大般涅槃经》。《文心雕龙》与佛学有着较深的渊源，在诸多篇章中可以看到刘勰运用佛学术语来论文章写作。《文心雕龙》的逻辑结构如此鲜明，内容条理如此清晰，这与刘勰有着极深的佛学造诣不无关系。此文抓住了《物色》篇中的"如印之印泥"一语，对之进行了考证溯源，在佛经中找到了此语可能之出处，这也许为《文心雕龙》与佛学之关系再添一例佐证。马朝阳《刘勰及东宫职事考论》（《长春师范大学学报》2020 年第 3 期）认为在志趣与时间上，萧统与刘勰有条件进行"文学"上的往来。结合《文选》的编撰时间，刘勰也能够参与《文选》的编撰工作。所以，对《文选》的思想、文体论、文评论的研究理应结合《文心雕龙》。文章考证了彦和的生卒年份，入仕官职年限以及《文心雕龙》成书时间等问题，但并未发现刘勰参与《文选》编撰的直接相关有利证据，只是在时间线上认为有可能，因此还需较为直接的证据进一步证明此观点。朱供罗的《〈文心雕龙·隐秀〉"依经立义"论略——兼论〈隐秀〉补文证伪的另一条线索》（《中国文论》第七辑，2020 年 7 月）一文，作者认为从"依经立义"的角度来看，《隐秀》原文"依经立义"很明显，而补文却恰恰相反。这一明显差异或许可以成为《隐秀》补文证伪的一条新线索。《隐秀》补文真伪问题在学术界仍然未有确凿之论，但现如今力证补文为假托之作的学者不在少数。朱供罗教授通过补文内容与刘勰宗经思想之背道而驰以证此为伪作，这是从刘勰写作思想入手而得出的结论。此可为证明《隐秀》补文为伪作之一论。

四、《文心雕龙》"枢纽论"研究

《文心雕龙》共有五十篇，在每一篇中都有众多问题可加以探讨，只有对各篇都有精确的理解，才能帮助在整体上进一步把握刘勰论文思想。下面几节笔者将按照"枢纽论""文体论""创作论""批评论"的分类模式对这两年的研究成果加以讨论。

　　"枢纽论"在《文心雕龙》中有着重要的价值意义,在这两年中,学者们依旧对这五篇文章作了细致解读。关于《原道》篇的研究共有三篇。罗成《"错画"的秩序——〈文心雕龙·原道〉的"自然—历史"阐释及文明论意义》(《文艺争鸣》2020 年第 6 期)从《原道》篇切入重新思考了刘勰所言的"文之枢纽"之"枢纽"含义,作者认为"枢纽"不等同于"总论",其所指并非全然属于文学问题,"文之枢纽"关系着根本性的文明问题,且不能简单等同为"文学之枢纽","道—圣—经—纬—骚"这一结构包含着"文学"而又超越了"文学"。文章指出"文"应该包含了"文明"之意,"因此,'心生而言立,言立而文明,自然之道也。'的'心—言—文'结构,首先并不是属于文章创作论或艺术心理学的文学过程,而是一个有关文明诞生经验的理论表述:天地万物的自然差异'惟人参之',从而使'人'获得'性灵',成为'五行之秀''天地之心'。"此文对刘勰"文之枢纽"的思考摆脱了现代文学的阐释,以回归《文心雕龙》文本和传统文化的方式来走近刘勰。作者对于彦和"文之枢纽"的解读是较为准确的,厘清了《原道》篇的写作思路。刘勰在《原道》中所谈的"文"来自天地自然,天、地、人、文四者密不可分,而仅以"总论"等概念来解释"文之枢纽"实乃不达舍人之意。罗氏关于《原道》和"文之枢纽"的阐释意在说明对于《文心雕龙》的理解必须回归传统文论话语,摆脱以现代文学理论强行阐释《文心雕龙》的僵化思维,还原古代文化语境,这与上文所言之还原有着异曲同工之妙。另有贺敬雯、张然《〈文心雕龙·原道〉篇"逮及商周,文胜其质"之"胜"字解》(《济南大学学报(社会科学版)》2020 年第 4 期)主要对"胜"字进行了释义,作者认为应将之解释为"相称";殷守艳的《〈文心雕龙·原道〉注释辨正三题》(《语文学刊》2020 年第 3 期),论文重新阐释了"文胜其质""雅颂所披""符采复隐"三则内涵,作者认为"文胜其质"意谓商周之文,其辞采与内容相符相称,二者的结合非常协调完美。"雅、颂所被,英华日新",意谓商、周时代的《诗经》,其文辞藻采日益繁盛优美。"符采复隐"取王运熙《文心雕龙译注》:"周文王患难中创作的《易经》卦爻辞,光彩照耀,如玉石横纹般美丽蕴藉而又意义精深坚实"之意。《原道》篇的内蕴十分丰富,对于其具体文辞的释义是理解此篇主旨的关键所在。两位学者对《原道》中较有争议、较难理解的字词进行了阐释分析,这是很有必要的,文本细读法的使用将有助于进一步勘探此篇之内涵。

除此之外，《辨骚》篇的相关问题研究也是学者关注的重点。李金秋《辨与变——〈文心雕龙·辨骚〉篇主旨探微》（《内蒙古师范大学学报》2021年第1期）认为刘勰正是通过对楚辞的辨析与定位，借此对当时的文坛流弊予以规范，并探求文变的规律，同时也对魏晋时期的文学进行了反思。《辨骚》的主旨及其在"枢纽论"中的意义历来众说纷纭，牟世金先生曾在《文心雕龙研究》中研究了此篇的枢纽意义，指出刘勰将之作为论文的"枢纽"，主要是楚辞在文学发展上的典范意义①。李文指出刘勰通过对楚辞的评述来反思魏晋文学，这是在牟先生观点的基础之上具体展开。刘勰在《辨骚》篇中所言"若能凭轼以倚《雅》《颂》，悬辔以驭楚篇，酌奇而不失其贞，玩华而不坠其实；则顾盼可以驱辞力，欬唾可以穷文致，亦不复乞灵于长卿，假宠于子渊矣"②，也是其论魏晋文学的重要标准。《辨骚》中的"博徒"之褒贬向来也是被讨论较多的。黄傲鑫的《〈文心雕龙·辨骚〉"博徒"一词褒贬新议》（《文化学刊》2020年第9期）和魏伯河《二元对立思维模式的困境——对〈文心雕龙·辨骚〉"博徒""四异"争议的反思》（《社会科学动态》2020年第3期）两篇文章皆探讨了《辨骚》篇的"博徒"之意，二者皆认为此乃贬义，不过"博徒"虽为贬义，但并不代表刘勰完全否定楚辞。这样的观点应该是比较符合刘勰之意的。刘勰将楚辞与《雅》《颂》对比之后，认为前者比后者稍逊一筹，所谓之稍逊也是基于宗经而言的，并不是整体上否定楚辞。

五、《文心雕龙》文体论研究

在文体论的研究论文中，学者们针对不同篇目进行了具体研究。当代对于文体论的探讨越发加以重视，充分体现出了研究人员对《文心雕龙》的全面观照。在"龙学"史上，《乐府》篇中的"宰割辞调"如何解释是一直以来颇有争议的问题，周兴陆教授的《〈文心雕龙·乐府〉"宰割辞调"重释》（《文艺争鸣》2021年第12期）便是着重解决了这个问题。文章回顾了"宰割辞调"的研究史，对其中存在的问题逐一做了辨析，然后通过对"魏之三祖"乐府诗歌的回顾与研究指出，"魏之三祖"的乐府诗

① 牟世金：《文心雕龙研究》，北京：人民文学出版社1995年版，第200页。
② 刘勰：《文心雕龙》，戚良德辑校，上海：上海古籍出版社2015年版，第25页。

歌有一个共同特征：辞与调相分离。故而刘勰所谓"宰割辞调"，就是指"魏之三祖"乐府歌辞内容与所采用之曲调的原初主题没有关系，即辞与调相分割的现象。"宰割辞调"是指"辞"与"调"的分割，而不是"割辞成曲""割辞合调"。作者对此短语的学术史进行了细致分析，从根本上解决了"宰割辞调"的释义问题。可以看出，周教授也是采用了回归历史的方法，再现了当时乐府问题的真实情况，这为准确理解刘勰的"宰割辞调"奠定了基础。高宏洲的《〈史传〉〈诸子〉非"亚枢纽"辨》（《语文学刊》2021年第6期）对周勋初先生所提出的《文心雕龙》中的《史传》和《诸子》具有"亚枢纽"的作用进行了重新思考，文章认为周先生提出的理由，不能成为判断《史传》和《诸子》属于"亚枢纽"的充要条件。周先生的判断没有注意到子、史对文学创作的重要性，与《史传》和《诸子》论述史书和诸子的写作规范，立论角度的差异。另外，从刘勰的文学观念也能证明《史传》和《诸子》属于文体论。周勋初先生提出的观点确实非常有见地，但是否符合刘勰的本意，这是值得商榷的。高文再一次辨析了《史传》与《诸子》于文体论的重要意义。"龙学"史上提到的问题大多仍然值得继续思考，所总结的观点也并非完全板上钉钉。两篇文章的新颖之处就在于对已有的结论进行了再思考、再探索，以还原历史、回归文本的方式考察了刘勰的写作动机。

其他另有文章如韩霜怡《〈文心雕龙·哀吊〉文学观探析》（《齐齐哈尔师范高等专科学校学报》2020年第5期）指出刘勰认为哀吊文应在表达情感与追求形式之中寻求平衡，感情需要哀而有正，这对后世哀吊文的写作与点评给出了明确的思路。徐维瑜《〈文心雕龙·书记〉"书"之概念辨析》（《宜春学院学报》2020年第4期）认为刘勰在《书记》中对"书"的概念进行广义和狭义的探讨，既说明了"书"涵盖了二十四种政务应用文体，又强调了书信作为独立文体的特性。拜昆芬《〈文心雕龙·祝盟〉篇论宋玉〈招魂〉与刘勰的祝辞文体观》（《古代文学理论研究》2020年第1期）谈到《祝盟》一方面规定了《招魂》篇的祝辞文体性质，具有文体学意义；另一方面从此篇对祝辞"降神务实"的文体要求而言，"组丽"的《招魂》受到其肯定，又与刘勰对楚辞的整体评价相关。肖霄《解读〈文心雕龙·乐府〉——兼论刘勰对俗文学的看法》（《北方文学》2020年第14期）指出刘勰眼中的乐府有雅俗之分，《乐府》中对俗文学持批评态度，但不是全盘否定。万奇《〈文心雕龙·论说〉的理论内涵及其现实意义》（《中国文论》第七辑，2020 年 7 月）讨论了何为"论之正体"和"说之枢要"，作者认为前者持"正理"、贵"圆通"，后者是阅"时利"、守"义贞"，与此同时，《论说》具有不可忽视的现实意义，对当代高校学生写作论文启发甚多。张星星《从〈文心雕龙·诔碑〉看蔡邕碑文》（《吕梁教育学院学报》2021 年第 1 期）指出刘勰在《文心雕龙·诔碑》一文中对蔡邕碑文推崇备至，认为蔡邕碑文具有叙事该要、缀采雅泽、巧义卓立三方面的特点。蔡邕碑文符合刘勰重叙事的创作论与清雅的美学标准是受到刘勰肯定及赞赏的原因。马兰花《〈文心雕龙·谐隐〉的文体特征》（《焦作大学学报》2021 年第 1 期）文章根据谐隐文的要求与规范，归纳总结出其讽喻箴戒与兴治济身性、谲辞会俗与诙谐隐晦性、文字游戏与回互其词性等文体特征。

六、《文心雕龙》创作论与批评论研究

在创作论的研究史中，成果早已汗牛充栋，所以新的方法和独特的视角会使人耳目一新，有两篇文章即是如此。第一篇是刘海明的《〈文心雕龙·练字〉的图像学阐释》（太原师范学院学报（社会科学版）2020 年第 3 期），文章从图像学视角切入《练字》篇研究，认为《练字》篇呈现着整个社会的政治和技术等因素。作者指出汉字是形象转化为图像的最理想的物质媒介。文中的一段话格外引人注意，"在网络信息化时代，尽管文字的传播和书写方式发生了前所未有的变革，但刘勰关于练字的理论依然有重要意义。首先，它为今人了解古代社会提供了窗口。人们对古代社会的了解多限于历史文献，但历史文献的撰写受到当下环境的制约，其客观性难以估计。其次，它为研读古代典籍提供了科学路径……"作者运用图像学方法思考《练字》篇的内涵，并积极与当下联系，其指出通过《练字》篇的理论阐发可以帮助当下学者了解古代社会环境，以古文字为媒介知晓古代社会面貌。这种立足当下，将《文心雕龙》的价值移接到具体应用中的研究视角、研究方法十分新颖，亦是非常潮流，彰显出了《文心雕龙》在当代运用中的重要意义。作者用新方法为"龙学"研究提供了新视角。另一篇是袁济喜教授的《论"温柔敦厚"与"隐秀"的诗学融合——以《文心雕龙·隐秀》为中心》（《郑州大学学报（哲学社会科学版）》2021 年第 4 期），文章指出"温柔敦厚"是秦汉时期形成的诗教，对于中国古代诗学审美价值与批评标准有着重要的作用，但是囿于六艺之教的儒学范畴，未

能深入到诗学内在规律。魏晋以来,"温柔敦厚"这一概念受到不同的对待与解读,刘勰的《文心雕龙》对这一诗教概念进行了新的阐释,其中"隐秀说"是从诗歌的创作与鉴赏两个方面进行的变创,刘勰将这一新的学说与《诗经》与汉魏以来的五言诗的批评融会贯通,将"隐秀"思想与"温柔敦厚"诗教概念有机地结合起来,体现出高超的文艺理论智慧,从而使得这一范畴在六朝之后不断发展与变化。在以往的研究中,较少有学者能将"隐秀"与"温柔敦厚"的诗教思想联系起来,袁教授则考察到了《隐秀》与《诗经》的温柔之美有着密切关联,这是将《隐秀》置于整个中国文论中才能看到的关联性。新时代"龙学"的发展需要新方法、新视角,这两篇文章便提供了非常好的研究路径。

另如朱倩《〈文心雕龙〉为文之"术"三境界分析》(《邯郸职业技术学院学报》2020年第1期)讲到《总术》篇论述了为文之术,纵观全文,可总结出为文之术的研术为文、练术晓术、执术驭篇这三个步步相连且深入发展的"术"之三境界。王凤英《附辞会义,首尾相援:〈文心雕龙·附会〉篇探析》(《语文学刊》2020年第3期)对《附会》篇进行了总结,其认为《附会》的内容包括四个方面:一是总文理,二是统首尾,三是定与夺,四是合涯际。《附会》指出了命意谋篇的法则:情志为神明,事义为骨鲠,辞采为肌肤,宫商为声气。除此之外,高宏洲《〈文心雕龙·附会〉主旨辨》(《古代文学理论研究》2020年第1期)、白建忠《〈文心雕龙〉之〈镕裁〉〈章句〉等篇中"本""体""要"之内涵新探》(《语文学刊》2020年第4期)、郑晓婕《知音与知味:论〈文心雕龙·知音〉的批评鉴赏观》(《豫章师范学院学报》2020年第1期)、殷守艳《〈文心雕龙·丽辞〉"刻形镂法"误释辨正》(《语文学刊》2021年第5期)也对文体论进行了研究。

在批评论方面,也有两篇文章以新视角进行了研究。李思捷的《知音:批评家的另一种称谓——〈文心雕龙·知音〉再解读兼谈对读者中心主义驳反》(《青年文学家》2020年第9期)着眼于古今文论的话语转换,作者指出"批评家"是"知音"的现代话语调换,也是最贴近于《知音》原旨本意的概念指称。此文篇幅较短,似乎未能言尽,不过作者的目的是"欲将'知音'和'批评家'两种称谓对应比合,表层是想要打破古代文论与当代文论的语言壁垒,进一步是要寻求不同时代同一身份间的精神联通,肯定称谓背后的主体性价值。"当然,将"批评家"与"知音"作直接转换可能并不一定准确，但这样的思维方式应该给予鼓励。文章虽然表达的不够完整，可是作者力求打通古今，寻找不同时代文论话语的共通性，希望证明古代文论在当下活力依旧。作者为"龙学"灌注了新的生命力，虽然可能不尽完美，但其积极运用新视角挖掘《文心雕龙》的新面貌还是值得肯定的。潘华的《论〈文心雕龙·物色〉之内涵及定位》（文艺研究2020年第2期）对旧问题再次进行了探讨，文章指出《物色》篇在性质、写法、内涵等方面都与批评论各篇吻合，而且暗合"天、地、人"三才观念中的"地"，与各篇浑然一体，不可分割。因此，依通行版本，《物色》篇位置合理，不应调整。对于《物色》的篇目位置问题，在学界多有研究，作者将"天、地、人"三才观念引入此篇的内涵讨论之中，由此来证明《物色》篇的位置合理，这种方法、观点是新颖的，在以往的论文中不多见。另如周娜《浅析刘勰的〈文心雕龙·知音〉："知音之难"》（《焦作大学学报》2020年第2期）文章对《知音》篇的内涵进行了分析，在此基础上作者认为从人类普遍的心理来看，"知音之难"是所有批评家、读者的心理共通感受。还有王广州《〈文心雕龙·知音〉篇译疏拾遗辨析》（《语文学刊》2020年第5期）和乔志《〈文心雕龙·时序〉辨析》（《文化学刊》2020年第7期）也对批评论进行了研究。

在这些论文中，我们不仅可以看到许多学者采用新颖的视角切入研究，也可以考察到仍然忠实于传统方法进行探索的文章。总体而言，论文的质量呈上升趋势，学者们对《文心雕龙》具体篇章的诠释较为准确、清晰，梳理比较通透，但部分研究亦略有拾人牙慧之嫌。

七、《文心雕龙》美学理论研究

在理论专题探讨中，学者们主要从以下两个方面来进行考察，第一是美学理论研究，《文心雕龙》作为古典美学的精华，针对这方面的探讨，学者们未停止过。第二是应用与传播研究，已有越来越多的研究者观察到了《文心雕龙》的应用价值，如何立足于当下，展现"龙学"的实用意义，是学者们思考的又一个问题。与此同时，《文心雕龙》的翻译以及域外传播一直以来备受关注。

首先，笔者想讨论一篇将《文心雕龙》与现象学进行对话的文章，即佘国秀的《照亮与对话——现象学视野中的"文之为德也大矣"》（《成都大学学报（社会科学版）》2021年第4期）。论文在现象学视野下，将"文之为德也大矣"与黑格尔"美是理念的显现"进行异时空的照亮与解读，厘清"文"与"道"，并由"文"鉴"道"，索"道"观"文"，在本质直观和主客交融的层面上，鉴照洞明，考察"文之为德也大矣"的内在机理。作者指出从现象学角度观照"文之为德也大矣"，并将其与"美是理念的感性显现"相互比照，并不是简单的平行比较，而是在现象学理论"照亮"的大背景下，用"美"的命题再度照亮"文"的命题。现象学在当代西方哲学中很受关注，其集合了德国古典哲学的优势。以现象学的视角考察中国古典文学、美学似乎成了一个新趋势，通过这样的研究可以帮助探索中国体悟式美学的内在逻辑原理，这将为当代中国文学、美学的阐释研究增添源动力。本文的作者就是采取了如此方法，利用现象学原理对"文之为德也大矣"进行了解剖，这是一种前卫、大胆的尝试。即使作者的观点可能有值得商榷之处，但在研究路径上为后面的学者们提供了一个范例，如何对《文心雕龙》进行逻辑原理的呈现是当代需要思考的问题。新颖的视角总是会给人眼前一亮之感，杨紫童的《万物有灵且美：〈文心雕龙〉批评话语的"动物转向"》（《大众文艺》2021年第13期）即是如此。作者主要研究了《文心雕龙》中利用动物隐喻来进行批评的现象，放眼"龙学史"似乎极少见到这样的研究视角，可谓创新性十足。论文指出《文心雕龙》存有大量鲜活可感的"动物"隐喻，批评话语的"动物转向"，或由动物形貌喻文学风貌，用动物习性察文学规律，抑或是对早期"动物"征典进行移植与再度阐释。这些动物隐喻皆彰示着诗性情怀与生命精气，并能够为《文心雕龙》的多元化批评方法提供参鉴。比如《原道》《情采》中的"虎豹"，《物色》以"鱼"为喻，作者统计得出《文心雕龙》五十篇提及的动物有牛、羊、马、龙、凤、豹虎、龟虫、雁鼠、鹿雀、鹰狐、麒麟等将近三十种。论文得出的观点也是非常新颖的，作者认为刘勰以动物形貌喻指文章风貌，以动物习性暗示文学规律。在以往的研究中，我们更多的是把这些动物隐喻看作是意象来研究，所以忽视了动物特性与文章规律的暗合，而事实上这种契合是存在的。遗憾的是此文规模较小，让人颇觉意犹未尽，还可以通过对文本的进一步细读来展开，材料也可以再充实。笔者相信如果对这个问题进行深度研究，会发现非常不一样的风景。

其次，有三篇论文将《文心雕龙》与书画理论相结合。龚鹏程《〈文心雕龙〉文势论——兼论书法与文学的关系》（《关东学刊》2020年第5期）认为刘勰所说的"势"与书法论"势"联系甚密。彦和之定势说，较诸汉魏以来的书势理论，仍是有发展的，即循体成势，体势相通。总而言之，文学与书法，都是文字的艺术，因此其关系异常紧密。而且这种关系不是两类事物间的关系，有内在之共同性和通贯的理路。黄伟豪《以书论为文论——〈文心雕龙·练字〉"单复"概念与六朝书论及其审美之关系》（《文学遗产》2020 年第 2 期）认为《练字》篇中的"单复"概念应该移植自南朝乃至汉魏两晋书论中有关书法结体、用墨等审美概念。作者列举了"骨气""鸣凤""体势"等文论概念，事实上与当时的书论是大同小异的，由此可知《文心雕龙》在自然观、物感说、文质结合等方面与六朝书论出现互渗情况。作者最后指出融合"'文学批评的研究'与'艺术批评的研究'来进一步探讨古代文学批评上的不同命题，这或许能够让我们重新发掘或评估古代文论中不同批评理念的价值。"《文心雕龙》与书画理论的关系是极其密切的，其中的较多审美范畴都可以在书画理论中见出。龚先生所论之"势"乃是书法理论中非常重要的范畴，刘勰的定势论与书法中的"势"范畴不无关系，寻找二者之间的关联亦是在探索古典美学中不同领域的共通性。黄伟豪老师则是从《练字》篇中的一个"单复"概念入手，寻找了其在书法理论中的源头，由此指出以文论与艺术理论的互通来探索古代文论。杨冬晓《从六朝人物画论视角看〈文心雕龙〉"辞采为肌肤"的含义》（《云南大学学报（社会科学版）》2020 年第 2 期）指出在六朝画论的影响下，《文心雕龙》的"辞采为肌肤"既表明语言是文学的物质存在基础，又体现了文辞独立的审美价值，文辞对思想情感有积极的表现作用。此文表明了《文心雕龙》的"辞采为肌肤"受到了六朝画论的影响。《文心雕龙》与书画理论的关系是十分密切的，还有值得进一步挖掘的空间。

再次，笔者发现有六篇论文都研究了《文心雕龙》与民族美学的关系。第一篇是郭鹏飞的《〈文心雕龙〉"心物交融"说中的同构关系》（《阴山学刊》2020 年第 3 期）文章从格式塔心理学的角度对《文心雕龙》"心物交融"说中的自然事物与主体的同构关系进行阐释，作者把"郁然有采""其无文欤"看作物我表现性的同构，将"物色相召，人谁获安"视为物我内在生命力的共鸣。其结论是刘勰"心物交融"说中的同构关系，继承发展了中国古代"比象"和"比德"的传统，实现了审美与道德的统一，具有审美道德论的色彩。相较阿恩海姆的异质同构理论，《文心雕龙》更有思想上的共通，更富有自己的民族特质。这篇论文运用了西方心理学方法分析《文心雕龙》的美学内涵，故而作者所看到的层面也与其他学者略有不同，通过梳理审美对象与主体心理的复杂关系，得出"心物交融"说乃是审美与道德的统一之结论，最后以此见出民族美学特质。方法上以西解中，内容上紧扣民族义论特色，虽然部分观点可能值得商榷，但这种思维模式却是"龙学"研究需要的。第二篇是张然的《从文图理论看〈文心雕龙〉的"神用象通"说》（《人文论丛》2020 年第 1 期），作者利用文图理论指出"刘勰著名的'神用象通'说，明确了'象'之于文学构思的重要意义。"文章认为"'神用象通'将'意象'的生成作为构思的终点，但在古代'微言大义'传统影响下的'象'中所建立的'图像'比之西方更强调'图像'背后的意义与文本的深层内涵；同时刘勰对筑'象'过程中语音的重视，也因中国独特的平上去入的语音体系。可以说，以文图理论为参照系的《文心雕龙》'神用象通'说在多个方面都显示出重要的民族特色。"这篇文章与第一篇类似，也是采用新方法切入《文心雕龙》，最后着眼于民族文论之特色。接下来的三篇论文视角类似，分别是李建中、李远《博雅：中华美育关键词——以〈文心雕龙〉为中心》（《文化与诗学》2019 年第 1 期）、张晶《作为中华美学精神生成基因的诗学元素》（《中国文艺评论》2020 年第 3 期）以及张晶、韦丽斯《〈文心雕龙〉创作论中的审美主体性及其现代启示》（《河北学刊》2021 年第 3 期），他们的共同点仍是立足于中华美学，依托《文心雕龙》来涵养中华美学之精神。李建中老师通过刘勰对"博"字的阐发来寻找中华美育的目标和追求，认为彦和所言之"博观"和"悦读"，可以培养具有君子人格和自由精神的大通之才。张晶老师既通过挖掘《比兴》篇的"触物起情"的美学元素，得出了以感兴思维作为审美发生的核心观念是中华美学精神生成的诗学基础，又在《神思》《体性》《风骨》《情采》等篇章的思考研究中指出审美的根本作用和目的在于使人心向善，提升人的精神境界，使人成为"全面发展的人"，并以特殊的精神力量推动着人类社会健康永续发展。第六篇文章是詹文伟的《〈文心雕龙〉中的"人化文评"现象研究》（哈尔滨师范大学 2020 年硕士论文），作者认为《文心雕龙》当中有许多的"元范畴"（"骨""体""气"等等），围绕这些范畴滋生了一系列关键词语和概念，它们都在或隐或显的层面上同"人"相勾连。无论是将人体结构和文章体制联系起来论述，还是以范畴为核心构建"人"跟"文"的关系，这些都构成了《文心雕龙》的生命美学氛围。《文心雕龙》中的生命美学，其核心要义就是讲究天、人、文的汇通。文章力图寻找《文心雕龙》的生命美学内涵，作者梳理了书中的"人化文评"现象，如"文章字词的有力与骨头坚硬的关系、文章的体貌与人的才性的关系，文章风格与体气的关系"。从传统文化中寻找生命美学、生生美学之内涵似乎是当代美学研究的一大主题。此文循着学术研究之潮流前进，所取得的成果也是与当下紧密结合的。由这六篇论文，不禁引发思考，《文心雕龙》能为中华美学提供什么？这仿佛是一个一直被追问的话题，通过这些论文的研究可以发现《文心雕龙》是民族美学的中转站，前代美学理论在《文心雕龙》里有所汇聚、总结、创新，后世美学思想又从《文心雕龙》开始分流，民族美学之特色可以在《文心雕龙》中见到。在当代"龙学"研究中，《文心雕龙》与中华美学的关系，以及可以为当代美学提供什么？这是需要持续思考的问题。

最后，还有论文如陈婉燕《文心雕龙"奇"范畴研究》（闽南师范大学2020硕士论文）系统讨论了刘勰的"奇"审美范畴，指出此范畴内涵丰富，体现了文学自觉时代的理论自觉。龙世行《〈文心雕龙·神思〉篇与魏晋个体审美意识的觉醒》（《广西青年干部学院学报》2020年第6期）认为"神"与"思"的融合，是符合时代精神的理论发现，也是自然审美与艺术审美相互融合的体现。张瑜《〈文心雕龙〉中的审美遗忘思想探析》（《文学教育（上）》2020年第8期）指出《文心雕龙》中的"虚静"理念对创作心境的选择性遗忘，以及自然理念中的反浮华尚质朴，都要求主体对现有僵化的审美经验进行审慎观察并主动淘洗，为文学创作打开审美视野。李宛玲《论〈文心雕龙〉中的自然象喻批评》（《萍乡学院学报》2020年第1期）强调刘勰多用草木、天地、气候、四时之喻，进而构建了一系列诸如"根""气""风"等文论术语，这是《文心雕龙》独特的自然象喻批评话语体系。史钰《圆通：古代文论建构的审美表达》（《中国文学批评》2020年第1期）讨论了《文心雕龙》的"圆通"审美理念，文章以《明诗》《论说》《封禅》中的"圆通"为例，指出此美学理念是刘勰文论建构与审美表达的重要概念。

八、《文心雕龙》应用与传播研究

在应用研究中，首先要谈的是《文心雕龙》对写作的指导。《文心雕龙》本身就是谈论文章写作的专门之著，所以挖掘其中对于写作的指导原理是很有必要的。在这两年中亦有部分论文对这方面进行了仔细研究。任悦《"功以学成"——〈文心雕龙〉写作学习观研究》(《散文百家(理论)》2020年第9期)指出刘勰对"学"的重视落实在对作家写作和为文规范提供具体指导的层面。在学习对象的选择上,刘勰认为当时的一些写作学习者通常只选择与自己相距较近时代的文人学习,而忽略了对经典的掌握和学习。"今才颖之士,刻意学文,多略汉篇,师范宋集,虽古今备阅,然近附而远疏矣"讲的就是这一问题。侯迎华《刘勰公文批评的特点与历史意义——以〈文心雕龙〉为视角》(《郑州大学学报(哲学社会科学版)》2020年第4期)强调刘勰《文心雕龙》的出现,标志着我国古代公文批评达到了一个自觉、成熟的阶段。刘勰意识到公文在处理政事中的重要作用,主张普及公文写作,反对"重文轻笔",批评实践以公文为主体,具有独立的公文批评意识。刘勰总结了批评方法,并为公文批评设立了一个客观标准及可操作的规范。《文心雕龙》对公文批评的发展具有重要意义。赵天歌《〈文心雕龙〉创作论对高中作文教学的启示》(《名作欣赏》2020年第9期)从写作主体的高度自觉、注重谋篇布局和运用语言能力的培养、加强经典著作的阅读三个角度出发,指出在作文教学实践中运用《文心雕龙》创作理论,不但可以为高中作文教学现有问题的解决提供新思路,还可进一步完善写作教学理论体系的建设,综合着力提高学生的写作水平。程龙浩《〈文心雕龙〉"修辞立诚"观对应用文写作的启示》(《河北能源职业技术学院学报》2020年第3期)认为《文心雕龙》的"修辞立诚"观作为重要的写作真"理",是指在应用文写作实践中要真正地表现出叙事之信以及作家情感、道德之真。韩高峰《〈文心雕龙〉应用写作美学思想管窥》(《兰州职业技术学院学报》2021年第3期)指出应用写作美学思想构成了《文心雕龙》整体美学思想的重要组成部分。这几篇文章从一个层面显示出了《文心雕龙》的当代应用价值,将刘勰论文的思想直接运用至写作中以及写作教学中。《文心雕龙》从一定程度上给我们指明了一篇好文章应具备的元素,以上论文就是对这些元素的挖掘。

除此之外,还有几篇应用型文章较为新颖。王毓红的《中国古代文学批评与中医——以〈文心雕龙〉〈黄帝内经〉为例》(《上海师范大学学报》(哲学社会科学版)2020年第4期)指出在疾病意义上发现文病并予以诊治的现象,普遍存在于以刘勰为代表的中国古代文学批评中。这种"掎摭利病"的文学批评现象,昭示了文理与医理内在的一致性,展示了中国古代文学批评与中医在基本术语、思想、原理、思路、方法等方面的相同或相似之处，揭示了二者本质上都是"攻疾防患"的实践性应用学科，文即人、天人合一是其建立的重要认识论依据，"不治已病治未病"、有机整体、综合性和多元性是它们共同的特征。王教授的论文将《文心雕龙》与中医联系了起来，在"龙学"史上几乎见不到类似的研究视角。中华文化在不同领域中有所互通，这是不争的事实，但其中具体的联系是需要仔细挖掘的，王教授找到了《文心雕龙》与《黄帝内经》在各个方面的相似之处，并且通过此研究总结了二者皆具有天人合一的特点。此文特别让人耳目一新，将中医与中国文学批评结合在一起，显示了中华文化的共通性，这种打破学科边界、利用学科交叉的研究思路十分值得学习。另有郭鹏《含道必授——〈文心雕龙〉的文学教育思想论析》（《重庆师范大学学报（社会科学版）》2020 年第 4 期）指出刘勰的教育思想有三大特点：一是细大不捐的全面性；二是媵理无滞的深刻性；三是内义脉注，跗萼相衔的体系性。刘艳的《刘勰〈文心雕龙〉阅读思想阐释及启示》（《图书馆研究与工作》2020 年第 7 期），作者在理解《知音》篇的基础上指出要真正实现知音式阅读效果应具备良好的阅读态度：有志趣、贵有恒；还应采用正确的阅读方法：精读式阅读、体验式阅读以及拓展式阅读。文章认为图书馆工作需与读者相互结合，提升国民阅读兴趣、阅读深度。赵耀锋《论"数据挖掘"技术在中国文学研究中的应用——以〈文心雕龙〉的研究为例》（《宁夏师范学院学报》2021 年第 2 期）主要探讨了数据挖掘对《文心雕龙》研究大有裨益。贾建国《试论〈文心雕龙·物色〉对影视艺术创作的启发作用》（《美与时代》2021 年第 1 期）从影视艺术的角度看《物色》篇的现代艺术价值。可以看出当代学者对《文心雕龙》应用价值的挖掘呈现出多维度、多元化的特点。由此证明了《文心雕龙》的价值不仅在文论方面，更是全方位存在于中华文化之中，故而将《文心雕龙》称为中国文化的百科全书并非谬论。

在翻译与域外研究方面，研究成果也是十分丰富。合肥工业大学的胡作友教授是《文心雕龙》英译研究的专家，在这两年中，他共发表了十篇论文，与此同时，其指导的硕士生毕业论文也选择了此课题作为研究对象。胡教授的论文主要集中在对《文心雕龙》几个译本的研究，比如《〈文心雕龙〉英译中的译文杂合——以宇文所安英译本为例》（《外文研究》2020 年第 2 期）、《存异、化同、谋合——施友忠〈文心雕龙〉英译本的伦理维度》（《解放军外国语学院学报》2020 年第 4 期）、《翻译对意识形态的创构——以宇文所安〈文心雕龙〉英译本为例》(《外语学刊》2020 年第 4 期)、《从〈文心雕龙〉英译看译者惯习、翻译规范与典籍复译》(《西安外国语大学学报》2021 年第 1 期)、《〈文心雕龙〉英译的生态翻译学解读——以宇文所安译本为例》(《重庆三峡学院学报》2021 年第 5 期)、《论宇文所安〈文心雕龙〉翻译的人文向度》(《大连大学学报》2021 年第 4 期)对施友忠、宇文所安、杨国斌的译本进行了分析,其中宇文所安的译本是其研究的重要对象。另有《〈文心雕龙〉英译中的文本阐释》(《外国语言文学》2020 年第 3 期)、《关于〈文心雕龙〉英译研究的回顾与展望》(《常熟理工学院学报(哲学社会科学)》2020 年第 4 期)、《概念整合与〈文心雕龙〉美学思想的异域重构》(《山东外语教学》2021 年第 1 期)则是从整体上对《文心雕龙》的英译情况进行理论分析。通过具体研究与整体情况分析,作者指出现今《文心雕龙》英译情况存在成果稀少、理论维度不足、学科意识不强、研究队伍不齐、研究对象有限的面貌。未来的研究应该开拓研究空间,拓宽研究视野,扩展理论维度,强化学科意识,壮大研究队伍,扩大研究对象,并在翻译研究与文化研究的融合、译学历史研究的深化、跨学科研究的创新上砥砺前行,继往开来,深化发展。胡教授的研究生也继续着这方面的研究,刘梦杰《翻译伦理视阈下〈文心雕龙〉英译研究——以施友忠译本为例》(合肥工业大学 2021 年硕士论文)与梁爱玲《他者理论视角下〈文心雕龙〉杨国斌英译本研究》(合肥工业大学 2021 年硕士论文)以不同的视角对施友忠与杨国斌的译本进行了研究,王文君《翻译暴力——以〈文心雕龙〉英译为例》(合肥工业大学 2021 年硕士论文)采用翻译暴力理论对宇文所安的译本进行了考察。胡教授团队的《文心雕龙》英译研究成果丰富,采用多种研究方法、视角,全面仔细地考察了现有的《文心雕龙》英译本,指出了其中的不足之处。对于《文心雕龙》的英译研究是需要进一步展开的,如何将刘勰的论文思想用另一种语言表达出来,这是一个巨大的难题,胡教授团队的研究分析为此课题的下一步发展提供了新思考、新路径。

无独有偶,戴文静教授也针对相同的问题展开了细致研究。在这两年中,作者一共发表了四篇论文,2020 年度两篇分别是《〈文心雕龙〉海外英译及其接受研究》(《中国文学批评》2020 年第 2 期)和《〈文心雕龙〉元范畴"气"的英译及其变异研究》(《暨南学报(哲学社会科学版)》2020 年第 8 期),前者对《文心雕龙》的海外英译进行了仔细考察,文章结合施友忠、刘若愚、宇文所安、黄兆杰和蔡宗齐五位具有典型意义的传译代表，对他们的译介与研究实践以及效度问题作具体分析；后者指出海外汉学家在元范畴"气"英译过程中采取了语词符号层面的陌生化变异、语义层面的可读性变异及意义层面的阐释性变异。作者强调以陌生化变异激发视域关注；以语义变异增强译文可读；以阐释变异回归拓展原义。2021年度的两篇分别是《英语世界〈文心雕龙〉理论范畴"比兴"的译释研究》（《国际汉学》2021年第1期）和《〈文心雕龙〉"风骨"范畴的海外译释研究》（《文学评论》2021年第2期），二文风格类似，都是对《文心雕龙》中审美范畴的译释研究，着力解决翻译中的误读，同时思考导致误读的原因。可以看出作者2020年发表的文章基本上是从整体上关注《文心雕龙》的翻译情况，而到了2021年则开始寻找小的切入点，以小见大，从某个审美范畴译介来观察海外《文心雕龙》的翻译问题，越发细致，问题也愈集中。作者并未仅仅集中在翻译问题的研究上，而是进一步思考了中国文论"走出去"的路径，提出的方式主要是两种，第一是通过探索中西诗学特殊性和共性中寻求中西理论契合点，第二中国文论真正"走出去"还有赖于文论的实际运用研究，扩大其在异质文化中的阐述空间。这样的观点是发人深思的。《文心雕龙》的翻译不只是语言层面的问题，更是涉及如何向外传播，也就是"走出去"。戴教授提供的两条思路有着一定的可行性，以理论与运用相结合的方式扩大《文心雕龙》在域外的活力和生命力，这将是接下来"龙学"向外拓展的关键。另有吕荣《〈文心雕龙〉三个英译本可接受度对比研究》（《湖北第二师范学院学报》2020年第3期）、符滨《中国传统文论话语"道""气""味"译介研究——基于〈文心雕龙〉四译本的对比》（广东外语外贸大学2020年硕士论文）、黄菁菁《顺应论视阈下〈文心雕龙〉中的隐喻翻译》（《豫章师范学院学报》2021年第1期）、李逸津《东方比较诗学视域中的刘勰"风骨"论——俄罗斯、英国古马来文学研究家B. И. 布拉金斯基对〈文心雕龙〉与印度梵文诗学的比较研究》（《语文学刊2021年第1期》），此四文也是探讨了类似的话题。可以看出，学者们依托《文心雕龙》英译研究，思考中国文论、文化如何走向世界，以小见大，由点及面。做好译本研究着实有利于《文心雕龙》和传统文化的输出，也将有助于《文心雕龙》与世界经典文论话语形成对话。

在域外研究中，谷鹏飞教授思考了《文心雕龙》的"中国性"与"世界性"的问题，其在《阐释的记忆与技艺——〈文心雕龙〉在美国汉学界的"中国性"与"世界性"问题》（《文学评论》2020 年第 1 期）中从阐释学的角度提出了两个问题：其一，美国汉学界如何对《文心雕龙》文本进行阐释学意义上的互视与互释，以肯认其区别于世界文学批评的'中国性'身份？其二，美国汉学界如何阐释《文心雕龙》文本在当代的'世界性'价值，并将这种'世界性'价值读进世界文学批评的内在脉络？文章通过阐释学理论对美国《文心雕龙》学术史进行了梳理，认为当今学界应注意世界文学批评内部互动的复杂性与模糊性，注意适应文学现代性的潮流，在《文心雕龙》所处的"中国文学批评"与"世界文学批评"双向空间中，发掘其"中国性"与"世界性"双重价值。谷鹏飞教授的文章所思考的问题与上述戴文静教授类似，《文心雕龙》如何既能显示出民族文论的特色？又如何融入世界文学理论的梯队中？这是当代"龙学"发展需要思考的问题。此文展现了美国《文心雕龙》研究的面貌，可以说为后续的"龙学"域外研究提供了一种探索方式。可以看到，在这方面的研究成果还是不足的，需要更多的学者对这个问题进行研究考察，《文心雕龙》的域外研究还有很长的路要走。除此之外，王毓红《世界"龙学"史上较早的跨文化、跨学科专题研究》（《中国文论》第七辑，2020 年 7 月）探讨了美国学者惠特克·霍普的硕士论文"宗炳《山水画序》与刘勰《文心雕龙》的比较"，文章认为这篇硕士论文"既是汉文化圈以外，标题里较早直接出现'《文心雕龙》'字样的研究成果，也是世界'龙学'史上较早的跨文化、跨学科专题研究性成果"。通过对此文的具体分析，作者指出惠特克的跨学科比较研究微观和宏观结合，细致深入，打通文学与艺术，将文学与其他中华文化相互联系。这是对《文心雕龙》域外研究的源头进行了发掘。

除去上述两节之外，还有几篇文章也是关于《文心雕龙》的理论研究。丁金国《中国修辞学的现代转型——从〈文心雕龙〉到〈修辞学发凡〉》（《烟台大学学报（哲学社会版）》2021 年第 3 期）和李咏吟《刘勰关于语言创制自由的综合判断》（《武汉科技大学学报（社会科学版）》2021 年第 1 期）从语言修辞的角度对文本进行了考察。姜深洁《比较诗学研究视野下的〈文心雕龙〉文学史观探析》（《文化学刊》2021 年第 7 期）采用与西方比较的方法探索了文本的文学史观念。黄维樑《符号学"瑕疵文本"说：从〈文心雕龙〉的诠释讲起》（《符号与传媒》2020 年第 1 期）从符号学的角度指出应避免对文本的终极释义过分执着。总而言之，在理论专题中，新颖独到的文章不在少数，但老问题亦有一些。

九、《文心雕龙》的学术史研究

对"龙学"史进行回顾和考察将有助于新时代《文心雕龙》的研究。首先看一下书评，在本次综述中，共有 6 篇书评。第一篇是魏伯河《"龙学"史研究的新创获》（《中华读书报》2020 年 2 月 19 日第 16 版），作者对戚良德的《百年"龙学"探究》进行了评价，文章指出龙学在发展，龙学史的研究也不应停步，故而戚著就是这方面的最新创获。此作对百年"龙学"史的划分是清晰的，也是符合事实的。全书学案设置合理，详略得当，同时由此引出传统文论话语回归的思考，具有重大意义。第二篇是魏伯河《探幽发微，别有会心——读童庆炳〈文心雕龙〉三十说》（《语文学刊》2020 年第 4 期），文章充分肯定了童庆炳先生"龙学"研究的成就，认为童先生对《文心雕龙》的很多范畴和命题进行了深入探讨，给出了全新的解释；还通过广泛征引西方文论和现代心理学的精华，对《文心雕龙》中的不少疑难点进行比较研究，取得了借他山之石攻玉的良好效果。与此同时，作者认为童著也存在着某些瑕疵，比如大文学观和小文学观的问题，童先生对刘勰的"大文学观"涉及甚少，所有论题几乎都集中于"小文学观"的范围之内，而这事实上与彦和所说"文"的观念有所区别。这两篇书评皆体现出了作者的文学观念立场，作者特别强调对刘勰"文"观念的回归，传统文论话语的还原。事实上，笔者在前文的评述中也数论及此，思考古代文论的话语回归已经是当代学者无法避开的问题了，这样的一种还原既有利于我们走近古人的创作理念，又有助于建构具有民族特色的文学理论体系。另外，还有三篇是对王万洪老师著作的书评。洪威雷《〈文心雕龙〉研究的新收获——〈《文心雕龙》雅丽思想研究〉评价》（《广播电视大学学报（哲学社会科学版）》2020 年第 1 期）对王万洪博士论文《〈文心雕龙〉雅丽思想研究》做出了评价，作者认为此著是从《文心雕龙》文学思想角度切入的研究，在纷繁的范畴之中，独拈出"圣文雅丽，衔华佩实"之"雅丽"一说，详细论证了雅丽文学思想如何贯通《文心雕龙》全书、何以成为全书隐伏的理论红线这一重要问题，在《文心雕龙》研究史上具有创新的价值，是一次大胆的尝试。汪莉《〈四川思想家与《文心雕龙》〉评介》（《地方文化研究辑刊（第十七辑）》，巴蜀书社 2020 年）对王万洪、孙太、赵娟茹、许劲松四位博士合作完成的《四川思想家与〈文心雕龙〉》做出了品评,作者认为本书的主要价值在于突出表明在以儒家思想为主导的《文心雕龙》中,巴蜀文学作家、作品具有重要的地位,以此为基础,证明巴蜀文学在当代文学理论版图中不应该处于缺失的状态。该书还具体论述了巴蜀历代多民族著名作家、作品对《文心雕龙》成书做出的突出贡献,在四川省大力推进历史文化名人研究的今天,具有突出的当下价值。汪莉《"龙学"研究的新收获——〈《文心雕龙》文学思想渊源论〉评介》(《品味经典》2021年第1期)再次高度评价了王万洪老师的新著《〈文心雕龙〉文学思想渊源论》,其指出王著在前人基础上拓展创新、实事求是地研究《文心雕龙》的文学思想理论渊源,认为《文心雕龙》的文学思想是雅丽思想,主要来自儒家,并化合了先秦诸子、史传素材、谶纬神学、魏晋玄学和部分书画艺术理论而成。作者认为这是目前学术界对《文心雕龙》文学思想研究最全面的新成果,具有推进"龙学"研究发展的学术意义和传承巴蜀"龙学"研究特色的价值。王万洪老师是"龙学"新生代的中坚力量,他对四川巴蜀"龙学"的研究极为细致,产出了一系列的成果。巴蜀学人辈出,比如著名的巴蜀学者刘咸炘就作有《文心雕龙阐说》,所以对四川"龙学"的学术史研究会从整体上丰富"龙学"史。最后一篇是石文的《铅字时代的中国小说探索——评〈汉语言文学原典精读系列:文心雕龙精读(第二版)〉》(《林产工业》2020年第3期),文章对杨明的《文心雕龙精读》一书进行了评介,作者认为杨著讲解、梳理十分清晰,对《文心雕龙》中的重要概念进行了详细介绍。对"龙学"专著加以评析,既可给予读者一些参考,又能依托著作反思中国文论的当代走向问题。

其次,"龙学"学案研究也是颇具特点。王志彬先生作为内蒙"龙学"的代表人物,著述颇丰,门生弟子更是成了当代"龙学"的中坚力量。石羽《王志彬先生六十载荣光文心路》(《广播电视大学学报(哲学社会科学版)》2020年第3期)、岳筱宁《王志彬先生学术研究评述》(《广播电视大学学报(哲学社会科学版)》2020年第3期)、朱文民《王志彬先生与"文心雕龙学"》(《语文学刊》2021年第1期)、詹福瑞《龙学界默默耕耘的学者》(《中国出版传媒商报》2021年2月9日)、黄维樑《志弘师道,彬蔚文心》(《书屋》2021年第2期),这四篇文章都讲述了王志彬先生的"龙学"研究之路。王先生一生致力于《文心雕龙》研究,著书立说二十余种,且培养了大批优秀的科研人才。无论是研究方法,还是研究态度,王先生身上都有太多值得后生学子学习的地方。可以说，在"龙学"界，王先生孜孜不倦、默默耕耘的学术精神让学者们都十分敬佩。王元化先生的《文心雕龙讲疏》已然是"龙学"研究的必读书目，学者们对王先生也是非常怀念。杨水远《王元化与黑格尔的对话及其文论史意义》（《文学评论》2021 年第 2 期）和陈平原《在乾嘉学风与魏晋玄言之间——重提王元化的意义》（《华东师范大学学报（哲学社会科学版）》2020 年第 6 期）对王元化先生的治学生涯进行了回顾。在二文中，王先生的《文心雕龙讲疏》被谈到，这部书在学术界引起极大的反响，正如作者所言："书出版后，得到了郭绍虞、季羡林、王力、钱仲联、王瑶、朱寨诸位先生的奖饰"。徐庆全《"花开两朵缘一枝"：王元化、牟世金与〈文心雕龙〉学会的成立——以王元化致周扬两封未刊信为主的疏考》（《文史哲》2021 年第 4 期）对《文心雕龙》学会成立的艰辛历程进行了回顾。王元化与牟世金两位先生为了学会的成立付出了非常之多。除此之外，张然《珞珈龙学研究》（山东大学 2020 博士论文）详细梳理了珞珈龙学学术史，主要探讨了黄侃、朱东润、胡国瑞、刘绶松、李建中等学人的《文心雕龙》研究，作者在结论中指出现实品格是珞珈龙学所有特点中最突出的，也是一代又一代珞珈学人传承并发扬的最鲜明的特点。狄霞晨《〈文心雕龙〉与刘师培文论的建构与变迁》（《燕山大学学报（哲学社会科学版）》2020 年第 2 期）和刘文勇《民国时期的〈文心雕龙〉研究（上）》（《古代文学理论研究》2020 年第 1 期）是两篇对于民国"龙学"史的研究，前者指出《文心雕龙》是刘师培重要的文论资源，他通过模仿、精读、重构等方式，将《文心雕龙》的资源吸纳进他的文论，比如《中国中古文学史讲义》就是对刘勰文质相宜文学观的吸收；后者梳理了黄侃及其弟子对《文心雕龙》的研究，作者认为黄氏等人"使《文心雕龙》从'晚明以来，乃渐可读'的小打小闹而臻于现代的众星云集的学术大观。""龙学"史上的前辈学人为《文心雕龙》的研究做出了卓越的贡献，无论是具体的课题探索，还是与"龙学"有关的活动开展，前辈们都付出了常人难以想象的努力。今日"龙学"得以昌盛即是离不开前辈们的奉献，所以当代以学案的方式对学人进行回顾总结是非常有必要的。我们对《文心雕龙》的研究一定是在前辈探索的基础上继续前进，他们即是现今晚辈们的引路人。

在学术史研究中，还有几篇论文是对《文心雕龙》具体问题研究史的梳理。如赵红梅《〈文心雕龙·辨骚〉研究史论》（《徐州工程学院学报

（社会科学版）》2020年第4期）对《文心雕龙》产生以来《辨骚》之接受与研究做了系统考察，梳理学术史发展状况，作者主要从《辨骚》的注译校勘、内容义理研究、归属争议及地位评价等角度归纳分析其间凸显的问题及理论得失，以为相关研究提供学术史借鉴。文章认为"《辨骚》渐受推重的趋势明显，其重要性得到较普遍认同，而刘勰对楚辞之究竟态度、楚辞对《文心雕龙》理论建构的究竟作用，亟需着眼全书各篇做彻底的挖掘归纳。"林佳锋《总结、比较与致用——"风骨"范畴四十年研究路径探析》（《辽宁教育行政学院学报》2020年第2期）对"风骨"范畴研究史进行了仔细梳理，从"总结""比较""致用"三个主题入手整理学术史，其结论是"风骨"范畴的重要性不仅在于其参与建构的文学批评范畴和审美范畴，是中华美学精神的核心价值组成部分，更在于其"用"，即价值作用所在。正是"致用"才能做到"风骨"范畴的实践，使刘勰的"风骨"作为古代文学批评理论的范畴真正做到古为今用，这也是进行"风骨"范畴研究的意义所在。田睿思《〈文心雕龙·神思〉篇"游"论研究综述》（《今古文创》2021年第12期）对《神思》篇中的"游"研究史进行了整理。高彬倩《〈文心雕龙·镕裁〉知网论文研究综述》（《开封文化艺术职业学院学报》2021年第3期）对知网上的《镕裁》研究论文作了综述。

总而言之，当代"龙学"不仅急需向前看、往前走，同时也要回顾、反思《文心雕龙》研究的得与失。只有在不断地反思中才可以行稳致远。《文心雕龙》的研究自黄叔琳注本正式起算至今历时已久，"龙学"史的挖掘、整理势在必行，特别是从民国至今的学术史，亟需对这一百多年的研究情况进行客观批评，如此一来或许"龙学"下一个一百年才能走得更稳、更远、更有色彩。

（作者单位：山东大学儒学高等研究院）

王昭君与和亲文化

石　羽

一、和亲是婚姻的极端形态

一般说来，当今人类婚姻有四种形态：常态、个别形态、特殊形态和极端形态。

人类为了自身的优生繁衍，在漫长的发展过程中，不断选择、调整和推进婚姻制度的变革，从原始人的杂乱性交到群婚，包括血缘群婚和族外群婚，到对偶婚：一夫多妻，或一妻多夫，最后到一夫一妻制，有了今天人类普遍遵循的婚姻制度。这是婚姻的常态。

由于族群和部落发展进程的差异，至今在地球上极少数地区仍然保留一夫多妻制或一妻多夫制。这是婚姻的个别形态。非洲的乌干达是世界上目前还在实行一夫多妻制的国家，有的男性的性伴侣往往超过十个以上。在祖鲁，拥有众多妻子是一个祖鲁男人身份地位的象征。亚洲的泰国法律规定一夫一妻制，但是从国王到百姓，愿意一夫多妻的，法律也并不真的去限制。一妻多夫制，现在在美国、非洲以及一些伊斯兰国家和海湾地区国家，如埃塞俄比亚、摩洛哥、索马里、利比亚等还多有存在。在印度南部和尼泊尔的红拉地区，一个女人可以成为这家所有弟兄的公共妻子，有的妻子可以同时拥有四五个、五六个丈夫都不足为奇。

由于世界之大，历史之长，有的民族、国家、甚至不同的姓氏形成一些婚姻的禁忌（婚姻的土政策）。比如《魏书·官氏志》："凡与帝室为十姓，百世不通婚。"指有血缘关系的族人之间禁忌结婚。宋人陈师道《后山谈丛》卷一所说："兄弟之国，礼不通昏。男女之际，易于生隙。"指不同国家之间禁忌结婚，万一婚姻出了问题，可能会殃及国与国之间的关系。有的民族之间禁忌结婚，比如回民与汉民之间。我国婚姻法规定，五服之内的亲属禁忌结婚。还有的姓氏之间禁忌结婚，比如郑成功和施琅、岳飞和秦桧、杨继业和潘仁美、潘金莲和武大郎，因为他们之间的历史冤仇，使这些姓氏后人之间禁忌结婚。但是凡是有禁忌就会有突破，不管在哪一条上的禁忌被突破了，就可以叫作"通婚"。这是婚姻的特殊形态。

婚姻的极端形态是和亲。什么是极端形态？好比人与人，之间有了深仇大恨，所有的方式都达不成和解，冲动之下，拔剑对决，不惧一死。比如俄国诗人普希金、法国数学家埃瓦里斯特·伽罗瓦就死于决斗。但是民族之间、国家之间，也到了剑拔弩张、回旋无计的时候，他的君主们就不能一时冲动，像个人决斗那样选择鱼死网破。因为千千万万的人头落地、血流成河，政治家是要对历史负责的。这个时候，掌握政治话语权的男人们，黔驴技穷、一筹莫展的男人们，便选择把女人推出去，让金枝玉叶般的女子，以柔弱的肩膀扛起历史的闸门，化干戈为玉帛，挽狂澜于既倒。于是发明了和亲——即敌对状态中的两个民族或两个国家，以王室女儿为媒介，形成民族和国家首脑间的婚约。因为和亲的媒介是王室的女儿甚或皇帝的女儿，对方接受了这个女人，就意味着你接受了这个民族或这个国家的尊严与地位，你接受了因为这个女人生儿育女要改变你民族的血统以及所生子女有可能继承你的帝位这样的事实。所以和亲作为婚姻的极端形态，事关民族与国家的命运，属军国大事。历来当事民族与国家的双方都极为重视。要祭天祭地，昭告天下。

二、中外历史上的和亲案例

有趣的是，当男人们把女人推出去止息硝烟战火时，世界各地的男人竟惊人地相似。几千年的人类中世纪史，和亲几乎贯穿所有的时间与空间。

据笔者阅读所及，中世纪的英格兰就盛行和亲。涉及法国、丹麦、瑞典、匈牙利诸多国家。英法百年战争期间，法王菲利普希望与英格兰议和，调整领地边界。为了保证联盟，英王约翰将侄女布兰奇嫁给菲利普的长子路易，将伊苏登、格雷塞男爵领地和贝里各领地作为她的陪嫁。到了英王理查德期间，双方一再签署停战协定，理查德国王与查理国王的女儿伊萨贝尔订婚，时年公主仅七岁。

丹麦人入寇英格兰，英王阿泽尔斯坦为了绥靖丹麦人，将其妹埃德莎嫁给丹麦贵族西塞里克，两国罢战。到英王埃瑟尔里德为了与诺曼底人联盟对付丹麦人，向诺曼底公爵理查德二世之妹埃玛求婚并成功。丹麦新任君主克努特猜忌前任国王埃德蒙的两位王子不忠，求助瑞典国杀害王子，但后者把两位王子送到匈牙利宫廷接受教育。两位王子为了自身安全，分别娶了匈牙利国王的女儿和亨利二世皇帝的女儿。克努特为博取诺曼底公爵欢心，向王子的母亲公爵的妹妹埃玛王后求婚，许诺帮助这次联姻的子女继承英格兰王位。公爵接受了，埃玛王后遂与克努特结婚。当然克努特并未遵守诺言，在理查德公爵去世后，立遗嘱指定其子哈罗德继位。而埃玛王后所出的哈德克努特未被立为继承人。双方矛盾再次爆发。如此等等。

在中国，一般认为和亲是从汉高祖刘邦开始的。其实和亲真正始作俑者是周襄王。史记《匈奴列传》记载："初，周襄王欲伐郑，故取戎狄女为后，与戎狄兵共伐郑"。这里说的"戎狄女"是指深入到内地河南河北一带建立政权的一支匈奴人翟国国君的女儿翟叔隗。周襄王想联合戎狄攻打郑国，就提请娶戎狄女为后以缔结盟约。公元前635年，翟国国君亲送小女儿叔隗进王宫嫁于周襄王为后。但是叔隗是个不安分的女人，与襄王的政敌襄王后母岳惠后儿子子带勾搭成奸，终为襄王发现，被废黜了王后。这下给了子带机会，子带带领西戎兵马里应外合，霎时攻占都城，吓得周襄王仓皇出逃。史称"子带之乱"。

虽然这次和亲像引狼入室一样，以失败告终，但是它开启了中国和亲史之先河。据不完全统计，从周襄王开始，在整个中国封建社会历史上，和亲的案例不下几百人之多。汉朝是个高峰期（西汉对北匈奴，东汉对南匈奴），元明清三代成为更加频繁的时期。

现在说到汉高祖刘邦。《汉书·匈奴传》有一段文字非常精彩，其形象的文字描述颇有史记之风。"是时，汉初定，徙韩王信于代，都马邑。匈奴大攻围马邑，韩信降匈奴。匈奴得信，因引兵南踰句注，攻太原，至晋阳下。高帝自将兵往击之。会冬大寒雨雪，卒之堕指者十二三，于是冒顿阳败走，诱汉兵。汉兵逐击冒顿，冒顿匿其精兵，见其羸弱，于是汉悉兵，多步兵，三十二万，北逐。高帝先至平城，步兵未尽到，冒顿纵精兵三十余万骑围高帝于白登，七日，汉兵中外不得相救饷。"这等于说，冒顿三十万大军把高祖包饺子了。因用陈平计，重金贿买单于阏氏，匈奴"乃开围一角。于是高皇帝令士皆持满傅矢外乡，从解角直出，得与大军合，而冒顿遂引兵去。汉亦引兵罢，使刘敬结和亲之约。"一场大战使高祖亲见"马王爷三只眼"，匈奴煞是不好惹，所以才卑躬屈膝表示和亲。

根据汉书记载，高祖至武帝前的六七十年间，汉匈之间有十几次和亲记载。包括：

高祖七八年（前200—前199）间，取家人子名为长公主，妻冒顿单于，使刘敬往结和亲；

高祖十二年（前195），樊哙拔代、云中、雁门，高帝使刘敬往结和亲；

惠帝三年（前192），以宗室女为公主，妻冒顿单于；

孝惠、高后年间，冒顿单于为书遗高后妄言，高后复于匈奴和亲；

文帝四年（前176），冒顿单于遗汉书，约和亲；

文帝六年（前174），冒顿单于死，老上单于初立，文帝复遣宗室女公主为单于阏氏；

文帝后二年（前162），使使报匈奴书，和亲；

文帝后五年（前159），老上单于死，子军臣单于里为单于，复与匈奴和亲；

孝景元年（前156），匈奴入代，与约和亲；

孝景五年（前152），遣公主嫁匈奴单于；

孝武建元六年（前135），今帝即位，明和亲约束，厚遇，饶给之。

这六十多年间，差不多有十几位公主远嫁大漠。一般每有新单于上台，或每有匈奴异动，汉朝就必定送去一位新公主，随之而去的，还有大量金帛钱财衣服粮食作为嫁妆。

对这段和亲，史学家并不看好。班固在汉书的"赞语"中就表示"昔和亲之论，发于刘敬。是时天下初定，新遭平城之难，故从其言，约结和亲，赂遗单于，冀以救安边境。孝惠、高后时遵而不违，匈奴寇盗不为衰止，而单于反以加骄倨。逮至孝文，与通关市，妻以汉女，增厚其赂，岁以千金，而匈奴数背约束，边境屡被其害。是以文帝中年，赫然发愤，遂躬戎服，亲御鞍马，从六郡良家材力之士，驰射上林，讲习战陈，聚天下精兵，军于广武，顾问冯唐，与论将帅，喟然叹息，思古名臣，此则和亲无益，已然之明效也。"在班固的影响下，历来史家多持此论。

但笔者对班固的评价并不认同。第一，即如班固所言，"匈奴寇盗不为衰止，而单于反以加骄倨。"但是纵观这六七十年，汉匈并无大战。不过是匈奴挑逗一下，汉朝还击一下，再送个女人安慰一下，十来八年就过去了。这才换来汉武帝的安邦定国，衣食丰饶，兵强马壮，才有后来的三大战役，打得匈奴落荒而逃。"从此漠南无王庭"。这还是和亲的好处吧？第二，和亲效果不遂人意，难道仅仅是匈奴的原因吗？我看未必。有一点，历来史学家无人言到，但我想在此指出：本文上面所举英、法、匈、瑞之类的外国人，说嫁公主，就嫁公主，或至少把妹妹、侄女、外甥女，总是近亲贵胄嫁过去，哪怕偶有失败，总是真心对人，不掺假货。一如周襄王和亲，人家匈奴人也是把自己亲亲的小女儿送到你的家里。更不要说到元明清三代，和亲媒介清一水的各色公主。唯独我们汉朝这堂堂中原大国，白纸黑字写着："乃使刘敬奉宗室女翁主为单于阏氏，岁奉匈奴絮缯酒食物各有数，约为兄弟以和亲。"你皇帝老儿三宫六院七十二偏妃，亲生儿女不计其数，但你一个都舍不得为国效劳。嫁给外族的女人，往往是隔着八丈远的宗室姻亲。就拿嫁给乌孙王昆莫猎骄靡的刘细君来说，猎骄靡的左夫人，人家是不折不扣的匈奴公主；而刘细君这右夫人呢？是父母被当朝诛杀的罪臣之女，他自己本就对你有深仇大恨，还哪管你朝廷的安危所系呢？你当朝不能真心嫁女，后来许多事实都证明，嫁出的女人像泼出的水，根本缺少后期维护。没有真心何能换来真意？我看直到今天有些国人说假话不脸红，可能就得了汉高祖的真传。汉人汉人，我们就是从汉朝开始的人！

三、三个伟大历史人物成就了一段伟大历史传奇

尽管历史上对西汉前期的和亲褒贬不一，但对昭君和亲却众口一词地加以肯定。这原因，我想是三个伟大的人物，成就了一段伟大的历史功绩。

第一个伟大人物是汉元帝刘奭。班固在《汉书·元帝本纪》中夸他"多才艺，善史书，出于恭俭，号令儒雅"。元帝在位 15 年，也是赶上匈奴忙着内讧，元帝一尊祖训，修好匈奴，天下太平。以前历代君王嫁女都是子侄辈，汉匈为翁婿关系，位分尊卑。唯元帝一改前朝，把可能成为自己妻子的掖庭待诏嫁给匈奴。这才实现真正的"约为兄弟以和亲"，这一下拉近汉匈的关系，让单于备享尊荣，大有与汉天子"平起平坐"的感觉。这使单于不能不以同样恭敬之心以回报。

第二个伟大人物是呼韩邪单于。成就胡汉和亲，在呼韩邪单于一方，首先是"屁股决定脑袋"——即天下大势令他唯走此路才能自保并保住匈奴最后的基业。

当时呼韩邪单于所面临的形势是：到汉武帝时，西汉经过近70年的休养生息，经济、国力大大增强，对匈奴从战略防御转为战略进攻。到武帝去世前的十余年间，连续发动三次大战：河南之战、河西之战、漠北之战。此时匈奴正为伊稚斜单于在位时期。汉兵乘势穷追猛打，轮番作战，匈奴伤亡惨重，"自单于以下各级贵族都有和亲愿望"。

漠北最后一战发动于元狩四年（前119）。粟马十万，令大将军卫青出定襄，骠骑将军霍去病出代，各将五万骑，私负从马负四万匹，步兵转运辎重接军后者又数十万人，咸绝漠击匈奴。卫青一路追杀至巅颜山赵信城（蒙古杭爱山南——作者注），得大量粟米，尽烧其城余粟而归。右贤王率领四万余人投归汉朝，汉军共获俘七万多人。

骠骑将军出塞两千余里，绝大漠，与左贤王接战，左贤王败走，汉得首虏七万余级，封狼居胥山，登临海而还。伊稚斜单于及左贤王带少数人逃走。这一战使匈奴远遁，"从此漠南无王庭。"

至公元前102年5月，汉天子遣光禄勋徐自为出五原郡塞数百里，远者千余里，筑城障列亭至庐句，而使长平侯卫伉、按道侯韩说为游击将军将兵屯其旁，遣路博德为强弩都尉筑居延泽上。此时匈奴转过北去的身影，只能远望阴山而徒叹奈何。"胡人不敢南下而牧马，士不敢弯弓而抱怨"。

这三场大战，特别是最后漠南一战的结果，第一是匈奴的人口和牲畜、战马大量被俘或死亡（每仗伤亡几万头，几十万头乃至上百万头）。第二是匈奴因战败而退出大量赖以起家的、适宜游牧和繁衍人口的地区。远走漠北苦寒无水草之地。其中著名地区包括祁连山、燕支山（甘肃境内）和河套北面的阴山（贯穿今内蒙古中部地区）。《汉书·匈奴传·下》郎中侯应上书所言：至于阴山，则草木茂盛，禽兽颇多，咸宜牧猎，且有木材可资军用，原是冒顿单于的"后库"和南下的重要基地。故"匈奴失阴山后，过之未尝不哭也"。到公元前68年，匈奴发生大饥荒，人民牲畜死者十之六七。经济陷于崩溃，部族生存危机。第三是属部瓦解。从冒顿以来征服的许多部族或部落趁火打劫，揭竿而起。丁零攻其北，乌桓入其东，乌孙击其西，左地部落南投汉，匈奴上层统治集团矛盾加剧，发展到公元前57

年终于形成"匈奴五单于争立"乱象。

匈奴生死存亡在此一秋。就在这时，呼韩邪单于登上历史舞台。

公元前 58 年（五单于形成之前一年），左地贵族与乌禅幕拥立稽侯珊为呼韩邪单于，西击握衍胸鞮单于（使其自杀而亡）所属民众尽数投归，呼韩邪并回归单于庭。不料，呼韩邪寻找回来的当年失散的哥哥被呼韩邪立为左贤王的呼屠吾斯，在东边自立为郅支骨都侯单于，杀死闰振单于后，并其兵马恩将仇报，攻破呼韩邪，占据单于庭。呼韩邪不得不败走南下。（此事史书原因不详。电视剧《昭君出塞》编纂为被呼韩邪单于父亲遗弃的颛渠阏氏蛊惑引诱挑拨离间——作者注）。

面对如此严峻的形势，呼韩邪采纳左伊秩訾王建议，率领部众南下靠近汉朝边塞。有意向汉朝称臣。

在呼韩邪单于一方第二点，大量史实证明，呼韩邪个人品质好，为人真诚、大度、有倾听精神，有容人之量。一旦确定与汉朝君臣大计，他便于公元前 53 年（宣帝甘露元年）先后派遣儿子右贤王铢娄渠堂及他的弟弟左贤王入汉，作为归附的先遣人员，表达归附汉朝诚意。公元前 51 年，春正月，亲自款五原塞，入汉晋见汉帝于甘泉宫。宣帝派专员车骑都尉韩昌先至五原迎接，经五原、朔方、西河、上郡、北地、冯翊等郡直至长安。元帝为他颁金质玉玺，确定君臣名分，承认藩属政权。同意驻跸光禄塞。赠送大量礼物与粮秣。派高昌侯董忠与韩昌领兵护送至朔方鸡鹿塞。

公元前 49 年，呼韩邪第二次亲自入朝，力图确保和加强与汉朝的关系。

公元前 43 年，汉朝允许他北归单于庭，因为"塞下禽兽尽"，射猎无所得。

公元前 36 年，汉朝西域都护使甘延寿与副将陈汤发兵斩杀不仁不义的郅支单于，割下头颅，悬长安城墙以示君威。呼韩邪看到郅支单于被斩，既喜且惧，因为汉朝可能的敌人只剩下他自己了，所谓"唇亡齿寒"。公元前 33 年（元帝竟宁元年）呼韩邪不远万里行程从漠北到长安第三次入朝觐见，自言愿当汉家女婿。遂得昭君阏氏。又上书愿为汉朝守卫自上谷（河北怀来）西至敦煌一带（这一带恰恰是匈奴失去的祁连山、燕支山和阴山一带起家的"后库"），请求汉朝撤出边备塞卒。也许呼韩邪本出善意，但军国大事，汉朝不能不防。元帝本着"安不忘危"的警觉，婉言谢绝了他的请求。阴山一带不能久留，这也证明呼韩邪此次必是带着他的美丽阏氏一同回到漠北王庭。《汉书·匈奴传》赞曰：从此"边城晏闭，牛马布野，三世无犬吠之警，黎庶无干戈之役"。呼韩邪功莫大焉！

　　第三个伟大人物当然是中华民族辉映千古的美人王昭君。为什么同是和亲主角，细君公主、解忧公主、文成公主等等，没有谁的名声能与王昭君媲美？为什么同领"四大美人"名头，昭君远在貂蝉、西施、赵飞燕诸美之上？其中缘由：除了王昭君的美貌、修养、学识之外，王昭君远嫁大漠乃"自愿请行"。这在女人命运交付男人处置的封建时代，昭君此举，不啻惊世骇俗，有了巨大想象的浪漫空间。这就与整天灰头土脸吟唱什么"居常土思兮心内伤，愿为黄鹄兮归故乡"的细君公主等等不在一个水平线上。

　　王昭君为什么会"自愿请行"，《后汉书·南匈奴传》所说"昭君字嫱，南郡人也。初元帝时，以良家子选入掖庭。时呼韩邪来朝，帝敕以宫女五人赐之。昭君入宫数岁，不得见御，积悲怨，乃请掖庭令求行。呼韩邪临辞大会，帝召五女以示之。昭君丰容靓饰，光明汉宫，竦动左右。帝见大惊，意欲留之而难于失信，遂与匈奴。"这是见于史书，解释昭君远嫁的唯一记载。这里说的"入宫数岁，不得见御，积悲怨，乃请掖庭令求行"，应是原因之一，如果皇帝见御，她也就不是后庭待诏，不会远嫁，呼韩邪娶的就会是另一个人，另一个细君公主，另一个解忧公主，另一个文成公主，等等。汉匈关系历史就是另一种写法了。

　　但这也不会是唯一原因。史学家们根据她秭归生活地与长安生活地的实际寻找其思想根源时推断，其一，昭君自小生活在荆楚之地，距离大名鼎鼎的屈原家乡与生存时代都很近，作为"良家子"，王昭君从小受到屈原忠君报国思想教育，这一推断绝非虚妄；其二，昭君请行前国家发生过大事。据《汉书·元帝记》中载："（元帝建昭三年）秋，使护西域骑都尉甘延寿、副校尉陈汤挢发戊己校尉屯田吏士及西域胡兵攻郅支单于。冬，斩其首，传旨京师，县蛮夷邸门。四年春正月，以诛郅支单于告祠郊庙。赦天下。群臣上寿置酒，以其图书示后宫贵人。"据这段历史记载，汉朝把诛杀郅支单于、呼韩邪单于统一匈奴当作国家大事，通令全国，大赦天下，举国欢庆。而特别说明："以其图书示后宫贵人。"就是说汉元帝把这件大事编成爱国主义思想教育材料，免费发放全国，特别还发放到"后宫贵人"。以此推断，王昭君在请行之前，已经深切了解汉朝与匈奴关系关涉国家安危大业。她既已大义凛然"自愿请行"，说明她明明白白就是为民族大业而献身。这是支撑王昭君不惜万里之行，居于大漠，嫁于胡人以及胡人的继子，以至在她的教育影响下，几十年后的后辈儿孙，还在为汉匈友好尽其心力，至生命终老的精神信仰。

无论用中国人传统儒家思想衡量，还是用今天社会主义核心价值观衡量，把美丽、贤淑、高雅、尊贵、忠诚、爱国、无私、奉献等等这样人间最美好的词汇加在王昭君身上都不为过。

在武帝末年匈汉局势逆转的必然中，中华民族土地上偶然出现三个伟大人物：汉元帝、呼韩邪、王昭君，于是在两汉之交的历史卷册上，写出了昭君和亲这流布千年而不朽的壮丽篇章。

四、昭君和亲的伟大意义究竟有多伟大

昭君和亲的历史贡献到底有多大？《汉书·匈奴传》班固赞曰：从此"边城晏闭，牛马布野，三世无犬吠之警，黎庶无干戈之役"。这是后世所有史学家肯定昭君和亲的历史依据。在各种历史教科书的文本中，表述为"为西汉后期六七十年中争得和平发展的环境"。

这些认识是否已经到位？以笔者之见远未穷尽。

在构思这篇论文时，我常常站在世界历史地图册中的两幅地图前深思：一幅是秦朝的版图（公元前207年），一幅是西汉后期的版图（公元2年）。

历史上声名赫赫的大秦帝国你知道有多大？以黄河为界，黄河东线垂直下降至昆明、贵州，黄河北线向东延伸至辽东北部，这两条直线包含的方块，就是这么大的地方；而到公元2年，西汉末期，中国版图向北延伸到贝加尔湖之北，向东到库页岛、汉城，西北至康居、月支，西南含现在的西藏全境。目测是秦朝版图的三倍半以上。

考察西汉版图扩大起于何时？张骞出使西域时，乌孙、大宛等西域国家还在张骞游说中，更不要说庞大的匈奴帝国正与汉朝生死相搏。正是到了呼韩邪单于时代，特别是昭君和亲以后，呼韩邪把整个匈奴版图并入中国，不啻给北方东西两翼之敌来了个釜底抽薪，使西边的乌孙、大宛等国失去匈奴所依，仿佛断其右臂；东北鲜卑、肃慎失去匈奴所依，仿佛断其左臂。这对汉朝来说，仅次于威胁了三四百年的匈奴的东西两翼之敌，一夜间化为孤岛，变成一局不堪一击的死棋。这时的汉朝，有呼韩邪看守北疆，甘延寿、陈汤者流悠哉游哉地坐稳西域都护府，控制西北疆域。此时

的汉朝再征服巩固西南诸国，便无异于探囊取物耳！

从昭君和亲的公元前 33 年，到公元 2 年，只有 35 年时间，中国版图像变戏法似地猛增三倍以上。你就是如入无人之境去跑马圈地，圈下这么大的版图需要多长时间呀！真是不可想象，但这奇迹真实发生在昭君和亲之后的 35 年中，这是历史上尚无人言及的铁的事实。因为有惮于"耸人听闻""夸大其词"等等贬抑，我真的不敢说这是王昭君之功。我只能说，王昭君，这个生于江南、远嫁大漠的柔弱女子，为祖国的统一、团结、强盛，在世界民族之林中确定强国地位，做出了自己毕生的贡献。她对得起华夏炎黄列祖列宗，对得起中华民族皇天后土。

（2016 年 3 月 26 日，北京苦味斋）

精神不灭百代扬

——祝贺《牟世金文集》出版

徐传武

  欣闻六卷本《牟世金文集》已经由人民文学出版社于 2022 年 1 月份出版，我非常高兴，特致贺意。在 2018 年纪念牟世金先生九十周年诞辰的纪念会上，我曾经写过一篇《怀念恩师牟世金先生》的 15000 字长文，先是在《文心学林》发表，后来收到《千古文心》纪念文集之中。和牟先生交往的情节叙述得比较全面，有关想法叙述得也比较细致，这里就不再重复了。

  牟世金先生正当大有作为的年代，不幸突然离世。这对于他的家庭，对于山东大学和中文系来说，对于龙学和古代文论事业来说，都是一个巨大的损失。我感到他对于龙学和古代文论事业，对于山东大学和中文系的师生，都是很值得大书特书的。他没能被批准为博士生导师，从著述出版量上来说，也不是太多的，但我觉得他的成就是巨大的，影响是广大而深远的。我这几天思考，觉得牟世金先生在治学、教学和工作上，在对待家人、同事和学生上，都有一种超越常人的、影响深远的、值得我们怀念和发扬的"牟世金精神"。借此祝贺《牟世金文集》出版之际，我觉得我们应当提倡和发扬这种"牟世金精神"，把我们的教学和科研事业做得更好，把我们的山东大学建设得更加美好。这应该也是牟世金先生所期望的，牟先生在冥冥之中，也会祝愿我们成功的。

  这种"牟世金精神"，表现在治学上：一、酷爱自己的专业，醉心于斯，甘之如饴。二、专心致志、心无旁骛。牟世金先生毕业留校，跟随陆侃如先生研究中古文学，特别是研究《文心雕龙》。牟先生可以说是专心致志，潜心向学，有"板凳坐得十年冷"的精神。不久就与陆先生合著出版了《文心雕龙选译》。后来时逢动乱，牟先生仍然念念不忘《文心雕龙》的专研和探讨，后来动乱结束，人们重视学术，牟先生能够较快地推出

《文心雕龙译注》和多篇分量很重、影响较大的有关论文，简直可以用"井喷"来形容，就是他多年积累的结果。三、打好根基，建好牢固的根据地。牟先生把研究《文心雕龙》当作自己的根据地，不惜花最大力气把这块根据地经营好。突破一点，再及其余。他自己打好了基础，逐步积累了治学和写作的经验，为进一步地腾飞打下了牢固的根基。四、把精研文本和理论探索密切结合起来。牟先生把《文心雕龙》的每字每句都下死功夫搞懂搞深搞透，先后和陆侃如先生一起搞了《文心雕龙选译》，然后又是《文心雕龙译注》，这为他对《文心雕龙》的理论研究做好了十分充足的准备；当然他对《文心雕龙》的理论研究也为他注译《文心雕龙》文本起了更深层次的理解。二者相辅相成，相互都有加深和提升质量之效。五、充分汲取前人的精华，站在前人的肩头上提升。牟先生在《刘勰年谱汇考》的"前言"中说："与别人不同者，不得不同；与别人有异者，不得不异。"要充分吸收继承前人的东西，别人对的，我们就要理直气壮地汲取，哪怕是名不见经传的小人物的观点；别人错的或不准确或可以前进一步的地方，我们也要理直气壮地纠正或改进或发展，当仁不让于师，哪怕是名满天下的名家或权威人物的看法。刘心武研究《红楼梦》"创立"了"秦学"，土默热研究《红楼梦》的作者，"创立"了"洪昇说"，假设要大胆，但也要建立在充分吸收继承前人东西的基础上，否则，抛开传统一意孤行，往往就是毫无价值的胡说乱道。牟先生特别注意，对那些不尊重优秀传统的做法，常常嗤之以鼻。六、具有非常强烈的探索精神和创新意识。牟先生不论是对《文心雕龙》文本注译，还是对《文心雕龙》进行的理论研究，都很重视探索和创新。他认为吃别人嚼过的馒头，全然跟在别人屁股后面跑，是没出息的表现，一定要有强烈的探索精神和创新意识，唯有如此，你的著述才有价值和意义。牟先生的长篇论述被著名刊物争着要，就是看到了其中的探索精神和创新意识，牟先生短时间内声名鹊起，也是这些探索精神和创新意识在里面做支撑。七、重视民族特色。牟先生多次谈到古代文论的民族特色问题。他一生特别是晚年更加致力于对这个问题的研究。他认为，很长一段时间内，古代文学、古代文论研究领域出现过机械、生硬、简单化地硬搬西方或苏俄理论来研究古代文学、古代文论的现象。牟先生认为这种情况必须彻底改变，才能恢复中国古代文论的本来面目。不能简单地用"现实主义""浪漫主义"等一些域外词汇来硬套中国古代的文艺理论和文学思想，我们有我们的特色，我们有我们的一套专门的话语，我们有我们自己的一套完备的体系。八、牟先生多次谈到搞《文心雕龙》研究，要有"世界性眼光"：要把《文心雕龙》和《文心雕龙》研究推向世界。牟先生到日本访学，他带回了台湾和日本的好多成果，对台湾和日本的《文心雕龙》研究都写出来了总结性的专著专论（《台湾文心雕龙研究鸟瞰》和《日本文心雕龙研究一瞥》）。他1988年初冬抱病参加广州《文心雕龙》国际研讨会，很多人都为之十分感动。牟先生认为刘勰和《文心雕龙》是具有世界影响的名人和名著，应该让全世界的人都了解和参与对他们的研究。他说，把刘勰和《文心雕龙》推向世界，这是我们的骄傲，也是我们的责任和义务。

这种"牟世金精神"，表现在教学上：一、对学生极其负责，舍得下大功夫备课；建立良好的师生关系。二、教学相长，上课和科研相互促进。三、有创新意识，对别人现成的馒头也要重新嚼过，特别给研究生上课。四、注重品德教育和学习方法的传授。

这种"牟世金精神"，表现在领导工作上：牟先生对人对事都是"心地光明"的。他当中文系主任后，多次讲过要"善待所有人"。不要搞"小圈圈"，要搞"五湖四海"。他第一次系务会做了类似于就职报告的讲话，当时留任的一位副系主任佩服得五体投地说牟主任讲得太好了，完全是出于公心，有宏大而又切实可行的规划。牟先生做通了中文系两位殷先生的工作，小殷先生主动拜访老殷先生，二人握手言欢了。这预示着牵扯好多人的积怨就要瓦解冰释了。牟先生对我谈到这些情况非常兴奋，他认为中文系大团结的局面即将出现了，这对中文系的发展是至关重要的。有些人说，牟先生不当领导，以为是个只会做学问的书呆子，做了领导，才认识到他在领导艺术方面还真有一套。唉，可惜不久牟先生患了重病，他的一些美好愿望也只好付之东流了。牟先生对年轻一辈，不论你是哪个"圈圈"内的，都极端热情，极端负责，无论巨细，有求必应。只要有某些特长，或者所论问题有某些可以成长的余地，他都极力扶持。他爱才、惜才、养才，他认为这是对学术事业负责的表现，是义不容辞的责任和义务。他认为嫉贤妒能、压制人才是很不道德的，特别是负有领导责任的人。他愤怒地斥责这种人是："治学无能，捣鬼有术，简直是对学术事业的犯罪。"

按照牟先生和我们的愿望来说，他真可以真应该为国家、为事业再健康地工作二十年，惟"斯人而有斯疾"，真是无可奈何。但"生绡剥落精神在"（宋戴复古《赵尊道郎中出示唐画四老饮图滕贤良有诗亦使》），"凡物可爱惟精神"（宋欧阳修《戏答圣俞》），"人贵有精神"（宋邵雍《人贵有精神吟》）、"精神如太阳"（宋邵雍《人贵有精神吟》），牟先生却"揉破黄金万点轻，剪成碧玉叶层层。风度精神如彦辅，大鲜明"（宋李清照《摊破浣溪沙·揉破黄金万点轻》），他"掷火万里精神高"（唐杜牧《赠李处士长句四韵》），"叱咤风云生，精神四飞舞"（秋瑾《失题·登天骑白龙》），那垂范后世、昭彰未来的"牟世金精神"，"忽然一夜清风发，散价乾坤万里春"（元王冕《白梅》），值得我们永远继承、发扬和光大。

说到这里，似乎还意犹未尽，打油八首，再表寸心：

（一）

高文六卷捧在手，遥忆当年热泪流；
钩深致远龙学盛，探赜索隐耀九州。

（二）

心无旁骛深默潜，唯与彦和静晤谈；
步步虽艰固营盘，豁然开朗艳阳天。

（三）

寻疑探真求新意，敢登绝顶撷珍奇；
外人但见光鲜丽，艰难险恶有谁知？

（四）

绛帐欣闻析中古①，深耕细作浅显出；
当歌对酒文乃互②，三喻导人善读书③。

---

① 绛帐：东汉大儒马融教养诸生，"常坐高堂，施绛纱帐"（见《后汉书》卷六十上《马融列传上》）。

② "当歌对酒"句：牟先生讲课，总是有些新东西，总是有些自己的研究和体会。比如他讲到曹操的《短歌行》中"对酒当歌，人生几何"这句话。那时人们对"对酒当歌"的理解，大概都是"面对美酒应该高歌，人生短促日月如梭"的意思，把"当"理解成"应当""应该"。而牟先生认为，其中的"当"字不做"应当"解释。在古汉语、古代诗文中（现代也有时候用到），有种"互文见意"的现象：古文中的"当"与"对"字同时出现在一个词语中，往往是同样的意思。牟先生认为，曹操的"对酒当歌"之"对"和"当"就应该是这种"互文见意"。其意应该是"面多着美酒，面对着欢歌"，而不是"面多着美酒，自己去高声歌唱"。牟先生这种解释更加符合曹操彼时彼地的身份和心境，很有说服力。学生们听了，都觉得很有收获。

③ "三喻"句：牟世金先生上课给研究生上课介绍读书经验时说："以书为友，以书为敌，以书为师。"笔者曾写成《读书三喻》一文，发表在 1979 年 10 月 22 日《山东大学报》，1980 年 1 月 15 日又被《大众日报》转载。

（五）

主政中文倡四海，心地光明爱人才①；

典册等身藏大道②，筚路蓝缕光未来。

（六）

先生育才心特切，浇灌嫩苗结硕果；

鹰击长空鱼翔河，惜我惭愧不舞鹤③。

（七）

二竖凶残哲人殇④，今日群贤恭心香⑤；

精神不灭百代扬，新浪澎湃壮阔强。

（八）

国运文运开新境，山大文院日兴隆。

世界名校有吾侪，典庆无忘告牟公。

（作者单位：山东大学儒学高等研究院）

---

① "心地光明"句：在牟先生的书房里，挂着一幅醒目的对联："书城高大能藏道，心地光明始爱才。"

② 典册：经典著述。毛泽东给高亨信称赞高先生的著作："高文典册，我很爱读。"

③ 不舞鹤：南朝宋刘义庆《世说新语·排调》："昔羊叔子有鹤善舞，尝向客称之，客试使驱来，氋氃不肯舞。"

④ 二竖：本意为两个小孩子。语本《左传·成公十年》："公梦疾为二竖子，曰：'彼良医也，惧伤我，焉逃之？'其一曰：'居肓之上，膏之下，若我何？'医至，曰：'疾不可为也，在肓之上，膏之下，攻之不可，达之不及，药不至焉，不可为也。'"后因用以称病魔。晋葛洪《抱朴子·贵贤》："二竖之疾既据而募良医，栋桡之祸已集而思谋夫，何异乎火起乃穿井，觉饥而占田哉！"明郑若庸《玉玦记·索命》："伯有今为厉，二竖还乘衅。"

⑤ 心香：谓中心虔诚，如供佛之焚香，指真诚的心意。南朝梁简文帝《相宫寺碑铭》："窗舒意蕊，室度心香。"唐韩偓《仙山》诗："一炷心香洞府开，偃松皱涩半莓苔。"郭沫若《苏联纪行·六月十一日》："假如当天便能够起飞，我倒是馨香祷祝的。"

稿　约

　　《中国文论》是由山东大学儒学高等研究院主办的以《文心雕龙》研究为中心的中国文论研究集刊。我们认为，中国文论是对中华文章的解读、概括和认识，因而这里的"文论"不完全等于近世以来的"文学理论"。本刊不仅着眼中国文论的研究，也注重文论与各类文章的联系以及对文章本身的探索，注重中华文脉的承继和发扬。以对中国文论的把握和阐释为中心，关照并联系中国文论赖以产生的经济、政治、思想、文化根源以及文章、文学风貌，甚至鼓励尝试古诗文辞的练笔和创作，以体现"文心雕龙"的真意，将是本刊的追求和特色。

　　本刊欢迎各位同仁赐稿。兹就有关问题说明如下：

　　一、来稿字数不限，既欢迎短小精悍的佳作，亦不拒洋洋洒洒的长篇；然无论长短，均需作者独立创获，文责自负。

　　二、来稿请在文前加500字以内"摘要"和不超过5个"关键词"。

　　三、来稿请用WORD排版，简体横排，单倍行距，正文用五号宋体，独立分段引文用五号楷体。

　　四、稿件所有引文均需详细注明出处，并保证准确无误。

　　五、注释请采用脚注（即页下注），每页重新编码，用①②③……注释的要素和格式，示例如下：

　　①［唐］姚思廉：《梁书》，北京：中华书局1973年版，第712页。（文中再次引用本书可省略出版信息，简化为：［唐］姚思廉：《梁书》，第713页。下同。）

　　②［唐］杜甫：《偶题》，［清］仇兆鳌：《杜诗详注》，北京：中华书局1999年版，第1541页。

　　③［宋］晁公武撰，孙猛校证：《郡斋读书志校证》，上海：上海古籍出版社1990年版，第517页。

④［梁］刘勰：《文心雕龙·原道》，范文澜：《文心雕龙注》，北京：人民文学出版社 1958 年版，第 1 页。

⑤ 王重民：《中国目录学史论丛》，北京：中华书局 1984 年版，第 134 页。

⑥［美］勒内·韦勒克、奥斯汀·沃伦著，刘象愚等译：《文学理论》，南京：江苏教育出版社 2005 年版，第 158 页。

⑦ 牟世金：《〈文心雕龙〉的总论及其理论体系》，《中国社会科学》1981 年第 2 期。

⑧ 庞朴：《一分为二，二合为三——浅介刘咸炘的哲学方法论》，《国学研究》第 11 卷，北京：北京大学出版社 2003 年版，第 123 页。

⑨ 曹顺庆：《〈价值理性与中国文论〉序》，刘文勇：《价值理性与中国文论》，成都：巴蜀书社 2006 年版，"序"第 3 页。

⑩ 张清俐：《形成〈文心雕龙〉研究的中国学派》，中国社会科学网 http://ex. cssn. cn/zx/bwyc/201803/t20180323_ 3885240. shtml，2018 年 3 月 23 日。

六、来稿请于文末注明作者详细通信地址、邮政编码、联系电话以及电子邮箱。

七、来稿一个月内即决定刊用与否并作出回复，除作者特别要求外，一般不退稿，请自留底稿。

八、本刊拟用稿件，编辑有删改权，不同意删改者，请来稿时申明。

九、来稿一经采用，酌奉薄酬，并寄赠样刊两册。

十、本刊联系方式：

电子邮箱：zgwlck@ 163. com，zgwlck@ 126. com

通信地址：山东省济南市山大南路 27 号

山东大学儒学高等研究院《中国文论》编辑部

邮编：250100